U0573260

谷雨

第二卷

中共芜湖市繁昌区委宣传部
芜湖市繁昌区文学艺术界联合会 主编

春风文艺出版社
·沈 阳·

图书在版编目（CIP）数据

谷雨. 第二卷 / 中共芜湖市繁昌区委宣传部，芜湖市繁昌区文学艺术界联合会主编 . -- 沈阳 ：春风文艺出版社，2025. 5. -- ISBN 978-7-5313-7010-9

Ⅰ. I217. 1

中国国家版本馆 CIP 数据核字第 2025K9Y682 号

春风文艺出版社出版发行
沈阳市和平区十一纬路 25 号　　邮编：110003
四川科德彩色数码科技有限公司印刷

责任编辑：仪德明　　助理编辑：佘　丹
责任校对：陈　杰　　印制统筹：刘　成
装帧设计：书香力扬　　幅面尺寸：186mm×260mm
字　　数：350 千字　　印　　张：16. 75
版　　次：2025 年 5 月第 1 版　　印　　次：2025 年 5 月第 1 次
书　　号：ISBN　978-7-5313-7010-9　　定　　价：68. 90 元

美术作品

黄晓林　国画《查济印象》

金绍林　国画《金寨初雪》

童鸿求　国画《家朋水街》

程建国　国画《清园》

协会活动

2024 年 1 月 14 日，强基工程——文艺助力基层精神文明建设行动，安徽省作协“文学创作大培训、作品大改稿”活动（繁昌站）在繁昌区举办，来自繁昌区作协、镜湖区作协的二十多名会员参加活动

2024 年 8 月 15 日上午，繁昌区作家协会联合区图书馆来到新港镇开展文学志愿服务进基层暨暑期少儿分享会活动

2024 年 10 月 9 日，由芜湖市繁昌区文化馆主办、繁昌区作家协会承办的“群文杯”文学创作征文大赛颁奖座谈会在区文化馆举行

2024 年 10 月 10 日，由新港镇人民政府主办、繁昌区作协承办的“磕山杯”征文大赛颁奖仪式在新港镇政府举行

繁昌区美协承办“一路西行——陈光鑫水彩旅行纪实作品展”2025 年 1 月 3 日开展

“大地欢歌　清韵流芳”2024 年繁昌民歌会暨安徽民歌大会第二季展演活动

“大地欢歌　清韵流芳”2024 年繁昌民歌会暨安徽民歌大会第二季展演活动

“皖美过大年”2025 年繁昌区书法家协会开展送福送春联进万家活动

“皖美过大年”2025 年繁昌区书法家协会开展送福送春联进万家活动

卷首语

当此甲辰年持续酷暑之际，作为繁昌文学园地的《谷雨》第二卷，初审定稿，即将付梓。

本卷在第一卷原有栏目的基础上，调整了部分栏目名称，并增设了新栏目，属于一种自我完善的革新。目的是让栏目设置更合理，与内容更契合。

“主编荐读”向读者重磅推荐我省知名作家胡竹峰、张诗群的最新力作。胡竹峰是当代文坛炙手可热的散文名家，他的大散文《惜字亭下》洋洋洒洒万余言，娓娓描述了徽文化背景下“故家”的前世今生；在厚重文化的底蕴下，多重信息叠加出真实情感的喷涌与内敛。张诗群的中篇小说《寻找余焕章》是她受邀赴寿县采风的重要成果之一，小说以流畅的笔调、饱满的情怀，叙述了“我”在寻找爷爷的过程中所生发的最终出乎意料的感人故事，弘扬了主旋律。这两篇精品值得我们细细品鉴、赏读。

小说贵在创意虚构。在“万象虚构”栏目中，本土作家蒋诗经的中篇小说《软壳城堡》以环环相扣、层层递进的讲述，构建了一个不断反转的同窗之间的生活闭环，其现实性、故事性和可读性都很强，展示了作者不凡的叙事功力。芜湖知名作家韩步华的短篇小说《两只船》以象征的手法、诙谐的语调、沉稳的叙事，为读者掀开了当代都市青年的恋爱观和价值观的一角，颇有意味。

散文、随笔是透视现实生活的艺术升华，意境和情感不可或缺。在“世相叙事”里，本土作者大显身手，他们当中，既有陈运松、汪福绥、程自桥、施明荣等老作家，也有孙建康、汤明余、杨才星、查君书等中年作家，更有彭彦、孟婷、强兰兰、孙爱俊等文学新秀。其中，孙建康近年来创作势头趋旺，小说、散文作品不时见诸报刊。《畜禽帖》是他为数不多的长篇散文，作者将自己熟悉的生活场景和家禽家畜诉诸笔端，通篇颇具意境、情感真挚、语言清新、乡土味浓，由此窥斑见豹，其创作前景值得期待。

繁昌曾谓“春谷”，乃诗意盎然之地。本卷“春谷诗群”的六位作者均为本土诗人，他们歌吟美好生活的姿态不失端庄与洒脱。

本卷“春谷评坛”选用了徐世宝、安艳莹、刘敬三位本地作家的书评，他们在创作小说、散文之余，潜心文学评论写作，解析作品架构，展示读书心得，实属难能可贵。

“谷雨芳草”栏目首次进入《谷雨》视界，初衷是在繁昌境内的诸所学校发现、培育文学新苗。首批选刊的六篇习作，出自繁昌一中和皖江中学六位中学生之手，其辅导、推荐老师为此付出了辛勤劳动。

《谷雨》第二卷由张诗群、俞民、黄在玉负责组稿并初审，由于篇幅和水平所限，遗珠之憾与错漏之处在所难免，恳请各位文友谅解、指正。

目录

春谷诗群

春谷评坛

春谷芳草

谷雨

主编荐读

胡竹峰，1984年生，安徽省作家协会副主席。出版有五卷本“胡竹峰作品”，《雪下了一夜》《空杯集》《墨团花册》《中国文章》《民国的腔调》《茶饭引》《惜字亭下》《黑老虎集》《南游记》等作品集三十余种。曾获茅盾新人奖、孙犁散文奖双年奖、丁玲文学奖、紫金·人民文学之星散文奖、奎虚图书奖、刘勰散文奖、冰心散文奖、丰子恺散文奖、林语堂散文奖、滇池文学奖、三毛散文奖等多种奖项。部分作品被译介为多种文字。

惜字亭下

胡竹峰

故家青瓦泥墙的老房子渐渐忘了，耳鬓厮磨的日常也如云烟，时过境迁，找不到丝毫影迹。老街口的惜字亭还在，风风雨雨，不改古朴模样。天晴时候，有老人去亭下焚烧字纸，又古典又清闲，砖炉纸灰仿佛透着幽静，飞扬出诗书礼乐的韵致，飘飘然遁入暗黄淡然的遥远心境。

依稀记得当年亭边农户，门庭清幽，草木扶疏，夏天格外青葱翠绿。屋旁开辟有菜地，种了茄子、辣椒、南瓜、扁豆、向日葵。一株青藤绕上毛桃树，不知不觉爬到枝头蔓延过树顶，无风也微微晃动。有人在门前汲水、灌溉、浆洗衣物，几百年来上上下下，青石板台阶被脚底磨得光滑透亮。牧童牵牛过桥，一身夕照，像诗像词像曲又像画。

旧时儒生乡绅自愿组建惜字会、敬字社，尊孔尚道，教人爱惜字纸。《帝京岁时纪胜》上说，二月初三文昌帝君圣诞日，文人行礼拜祭并举办“敬惜字纸”香会，在文昌祠、精忠庙、梨园馆或各省会馆献贡演戏，动辄聚集千人。北地如此，南方也不例外，雇人沿街定期收取废旧的字纸残书汇总焚化，余烬投入江河。古风绵延几百年，风雨无阻。凌濛初有诗专颂道：“世间字纸藏经同，见者须当付火中。或置长流清净处，自然福禄永无穷。”他的话本里，敬惜字纸的人得享安详、福及子孙。

《二刻拍案惊奇》里的故事，宋朝有人捡拾遗弃在地上的字纸，落在粪秽中也设法取将出来，洗净烘晒再焚化，行径多年不改。妻子有孕将产，梦见孔圣人吩咐道：“爱惜字纸，阴功甚大……遣弟子曾参来生汝家。”果然生得一儿，感梦中之语，取名王曾，后连中三元，人称状元宰相，封沂国公。传奇上还说一客梦科考事，有人孝顺友爱、广行惜字、多积阴功，果然得中。有人争强好讼，爱作风流小说，应除名。那人醒来，一一验证，与梦中无误。话本好奇谭怪事，笔涉迷信，诸多无稽，但其中多警醒心向善心，有劝世教化之旨。

中国人认为字是神圣的，对字纸有特殊心理。燕京旧俗，污践字纸几乎与不敬神佛不孝父母同罪。仓颉造字，惊动了天地鬼神，只因文字有灵。昔年渔民习俗，出海前虔心去一读书人家，请回字纸压在船舱底，算作破浪远航的定针。

《颜氏家训》上说，读圣人之书，应严肃恭敬相对。故纸上有经文和贤达姓名，从不用在污秽处。古人劝勉字纸善行，让人守住笔下的清正光明。有关性命、功名、闺阃以及婚姻之类，谨慎再谨慎，忌淫词艳曲兼以书文讥诮他人，不可离间骨肉，倾人自肥，不可凌高年欺幼弱，更不能挟私怀隙谋害别人，唆人构怨，颠倒是非，使人含冤。损子堕胎的偏方不可刻印，否则害了自己命格。这样的“惜”是敬是止是仁是义，因果报应且先不管，为人处世堂堂正正，多些磊落，更踏实安稳。

祖父略通文墨，桌底备有竹篋，将写有字的废纸团成一球放入其中，隔十天半月，找一树下或河边焚去，观想所烧字灰中一切法义与大地众生结缘。幼年记忆里，纸灰浮扬上空或随水波悠悠荡荡漂远了，引得一阵遐想，让我懂得百姓之礼自有端庄肃穆。

祖父说旧时有人背篾筐，上书“敬惜字纸”四字，走乡串户，收集字纸，送往镇上惜字亭内烧掉。先辈建惜字亭，旨在教化子孙勤学苦读、珍惜文字。

惜字亭是砖石结构，形如塔，高三丈三尺有余，五方皆为假门，底层有一方辟有拱形空心正门，专供焚烧字纸之用，以育人文风气。二至三层实心结构，飞檐斗拱，有各式花纹图案。亭子建造于清朝光绪年间，小时候手头有几枚光绪通宝，铜钞面文为楷书，背铸飞龙。乡下人家里多存有铜币，康熙、乾隆两朝最多，大小不一。旧人一双双手指摩挲过的缘故，钱币锃亮，触鼻有阴凉清冷的铜锈气，让人脑门儿一新。

穿过长长的老街，出口即惜字亭，如老松一般，那是平凡乡村雍容的儒风与清逸的仙容。亭头烟雨散了又聚，亭外青山黄了又青，亭尖自生野草，雀恋鸠飞。旷达和清穆不倒。一百多年光阴点点滴滴渗透砖壁，斑驳坑洼，古意充盈，愈久弥坚。亭边有人家终年在门檐下挂两个红灯笼，风吹雨打日晒，灯笼有些陈旧了，衬着粉饼般色调的外墙。

惜字亭下人家，虽世代耕农，对字纸也有敬惜之心。家里有读书人的，必备字纸篓。字纸保持清洁，不受污秽，得空放入炉中焚化，将灰烬深埋或送入河里。一些乡民识不了多少文字，却深得人间仪礼。路口瓜果，孩童们偷偷摘走吃了，主人也不恼。秋天瓜果成熟了，总会送亲邻尝新。

乡人惜字更惜物，村戏里上法场的人唱词一句句都是惜物之情："舍不得老布袜子有帮无底，舍不得鸡窝上一顶斗笠，舍不得床底下三升糯米，舍不得刚抱的一窝小鸡。"

地底潮湿，房子屋基用青石方块，青砖砌半人高，刷上石灰。青砖是珍物，舍不得多用，平常人家造房子，一律砌土砖上顶。砖缝抹平了，沿缝压出一条沟纹。夏天敞开窗子，冬天才贴上薄薄的白纸，窗上微微发出米糊与白纸的气味。屋檐下堆满松针，引火烧饭。劈开的木柴码放整齐，这种情调为山乡独有。

亭下常生野草，紫苏、苍耳、麻叶、稗子，还有我不认识的青藤。亭下河水流了不知多少年，石板桥却是晚清旧物。街上老房子，大多已湮没在历史尘埃中，那桥那亭在日出日落中演绎着清凉与温暖的感叹。

水一天天鲜活地流着，因在古桥下，多了一层淡淡的古意。夕阳斜铺在河里，水面映照得如稻草般淡淡的黄。我乡有极多石板桥，每逢夏天，桥洞是我们的乐园。摘几片芭蕉叶，铺地做床，无所事事过一个上午或者中午下午。有月亮的夜晚，桥影、月影、人影、树影连同水的光影，是极美的景致。有桥处往往是交通要地，总有几家店铺。和母亲去购物，怯生生地尾随其身后，紧拽衣摆，看一眼又看一眼那些花花绿绿的东西。老家乡俗管怯人叫"黑耳朵"。

惜字亭是灰扑扑的。阴雨天气，亭子也阴郁着，草尖低垂，树叶低垂，亭上细藤也垂须朝下。亭边瓦房人家灰扑扑的，墙角斑驳着裸露出藏青色大砖，砖上稀落落生有苔藓。老式木板门，窗户也是木制的，窗格被烟熏火燎得漆黑黑的一节一节的。苍老与陈旧里，凝结着一份幽古的清寒与贫乏。只有河水透亮，不知疲倦地流淌，寂寞无依，义无反顾。今时想起，都已怅然，都已寂灭。

惜字亭下山深树茂，一年四季花色烂漫，东风西风轮转方成四季。乡野绿植遍野，无有风沙，窗明几净。少年时每日在窗下读两册书，喝一壶茶，间或一二乡友来闲坐，上下千年。远离闹市，得了清静也得了热闹。

那些人家房屋邻近，鸡犬相闻。老屋错综复杂，多则百十间房子，少则几十间。一个族下几十户人家住在一起。人丁兴旺的开始搬移祖宅，鳞次栉比的瓦房仄仄斜斜横戳在一行行树中，也不规矩，靠东向西，坐北朝南，建得自然。路都是沙子路，两边种了些花草，被参差不齐的树、新旧不一的楼包围着。

民居多依山而建，峰峦环抱做靠背，有上好的风水。门前多有水塘，半月形居多。房子常常是几十年的旧宅，五进三厢四合院，两端外带抱厦，青砖黛瓦马头墙。还有人住百年老屋，几十户人家围聚在一起，乡人称为“万家楼”，因为住户多，民居原为万姓人家所建，遂得此称谓。

万家楼后来归了吴家，友人住在那里。他母亲做的萝卜干真好吃，二十几年，忘不了那样的情味。冬天借宿，夜雾中影影绰绰的鱼鳞瓦老房子，几盏未灭的灯火，点缀其间。早晨起霜了，一头走出去，迎面沁凉，瓜果蔬菜萧然意远。

古人说，欢喜一个人，他家屋顶的乌鸦也欢喜。不喜欢那个人，连带厌恶他家的墙壁篱笆。友人母亲为人和善，待我等如亲儿，每日烧好热水灯下候着。洗漱泡脚，屋梁上近尺长的老鼠探头缩脑，好像通了人情，并不可厌。几个少年嬉皮笑脸，世间最好的事，是人的相遇，像梅花沾有霜雪，草叶凝结露珠。

开春后，惜字亭下村落山野的各色花都开了，小路上常见挑夫折一枝野花放在扁担头，蕴含三分春色，又吉庆又和煦。日子贫苦，生在马槽牛栏，也在槽里栏里开有绿叶鲜花。

柳梢风味最好，丝丝绦绦长长短短，与茅草间杂一起。桃花谢了，焕然一树新绿。山中映山红红艳艳躲躲闪闪，小孩一捧捧折来当作玩物。厚厚的棉衣可以脱去了，草木向荣，人面欣欣。小女子穿上春衫，布袖飘摇如风行水上，韶华胜极，是一枝枝桃花。不独人物鲜活如此，屋前弯弯绕绕几条田埂，也若游蛇一般。水口关上，田里浅浅一洼水，远看如镜子，映得云白，映得山绿，映得树翠。田边有山，不甚高大，却青葱莫名，从山冈绿到岭脚。布谷鸟开始叫了，一只一只在田野咕咕相和，从清晨至傍晚。微风徐徐，正是放风筝的时节，终日有纸鸢在天上飞着，高高低低。

光阴流转，四季时序轮番。谷雨清明时候，遍地庄稼，一片翠绿，一片祥和。乡农造屋早已不用土窑砖瓦，省却许多柴火，几年养得山林茂盛繁密。乡下常见大树，一人抱不过来，清凌凌有喜气。乡俗说山上多柴，家里有财，这就是太平盛世了。

乡野无邪，花草无邪，童年心性无邪。诗中“路上行人欲断魂”一句，我并不喜欢，觉得阴郁低沉。因为不喝酒，对“借问酒家何处有，牧童遥指杏花村”也无动于衷。后主词里感慨“才过清明，渐觉伤春暮”，也未免丧气。白居易倒是说得好，“好风胧月清明夜，碧砌红轩刺史家”，王谢堂前的燕子与碧砌红轩，都入了寻常百姓家。程颢也作过清明诗，“况是清明好天气，不妨游衍莫忘归”，比他《易传》《经说》《遗书》之类著作容易亲近。

清明时节雨纷纷，南方总有大片连阴雨，蒙蒙细丝十天半月不止，天气应了诗句，年年如此。墙角苔痕又高了几寸，人在雨中，望着烟笼远树，景致更妙。雨飘在庭院，飘在池塘，飘在田垄，飘在坡地，也飘在人的头面，细碎冰凉。河水涨了一些，乱流山沟，水中圆石无数，大者如菜盆，小者似鹅卵，更小的像弹丸，一颗颗润洁可喜。

地气旺盛，天清目明。晴日得气，有田园气山林气。天地日月人世安定清明，春阳流水与畈上新绿有远意，水声经久不息，引得人向上向善向远。春天凝在花红叶绿里，溪涧池塘涨满水，积蓄自然之力。野草越长越高，蒲公英绒球随风乱飘，荠菜老得开了花。

春欣佳景，牛都是喜悦的，不再嚼棚里的干稻禾，每日早晨饱食大把鲜草，鼓腹昂首阔蹄从村前禾垛旁走过，潇洒陶然，好似仙家之物。午后，有牧童牵它上山，山林茅草遮身，那牲畜如入宝地，又一次肚皮浑圆。山地阴凉，草浅处可卧可眠可立可坐，或捧一书闲翻，不知不觉，日影西斜。

老屋旁有水塘，虽不见烟波浩渺的万千气象。每每午后，垂钓于树荫，或在草丛中酣眠，清风醉人，几忘烦心俗事。屋旁也有老井，甘甜悠长，可饮可涤。院墙外的空地上种些丝瓜、青椒、茄子、白菜，晚上在瓜架豆棚下乘凉。

星光灿烂，夜色如水，菜叶上露珠粼粼。常有青萤飞入窗口，屋内荧光闪烁，更有月色照得纱窗一片皎然，几缕寒光泻进室内，映着半床诗书。

友人茶舍有“耻受多钱”挂轴，湖州钱云鹤所绘，宗法宋元，得了陈老莲笔意，又浓艳又清逸，内容说汉人刘宠事。刘宠为官清白，会稽太守任上，治下狗不夜吠，民不见吏。后来，朝廷召他为将作大匠，掌管宫室修建。五六个山阴老翁，须发皆白，从若邪山谷间出来，每人送来百钱拜别。刘宠坚辞不受，各选一钱藏之，慰藉诸叟敬意，后世称他“一钱太守”。

祖父处世稳健、低敛，不受多财，避开了人生争斗与凶险，一辈子像棵树，生在深山长在深山，在此间凋落腐朽。如今坟头长满茅草，生前看护的树林回身护佑他了。当年的幼苗，腰身粗大已是苍松，生前耕种的土地变作茶园，不过几十年，竟也沧海桑田。

人过中年，前途短促，心怀不甘，常常有戾气，惜字亭下不少人却面容安详。岁月漫长，历经世事，他们尝尽几度秋凉。冬日窝在草丛晒晒太阳，顺了温润人心的暖意，不管老之将至老之已至，无惧生，无惧死。

村里一老妪，无儿无女，幼年缠足，人称“小脚姑”，做不得农事。村民轮番砍柴晒干挑到她家，也有人送肉菜盐米酱醋。此俗成了惯例，直至小脚姑寿终。平人的关怀，虽只有一饭一蔬，却细水长流、温润贴心。

姑祖母孀居多年，父亲兄弟四个侄辈经常送些柴米，肩挑背驮几里路。她上了年纪，手脚不利索，做出饭菜无人问津。有一年路过她家，歉然留我午饭，咸豆角与萝卜干，还有一碗蔬菜。我连吃两碗米饭，姑祖母很高兴，说小哥当年也如此。她小哥是我祖父，兄妹情谊迥于世人。哥哥去世十多年，妹妹还记得往昔的日子。姑祖母八十几岁无疾而终，死前没有劳烦别人。

祖父在乡村做祭师，偶做纸扎，纸马纸轿子纸房子，常年挂在我睡觉的阁楼上。清晨醒来，仰卧着赖床，静静看一会儿纸马。有时候纸马轻轻转动，祖父见了总会说马要走了。过几天果然有人来家里，领走纸马纸轿。乡下习俗，人去世，要在家门口三岔路边烧一对轿马，让逝者行旅方便。烧轿马的时候，请人写断卖契，是为死契，一旦签订，买卖双方不得赎回。

白鹤仙人，今将白马一匹，花轿一顶，配备食槽、水草、皮鞭、鞍韂、辔头，卖与某府某县某乡某村某社地界居住之某老大人名下，以供冥中坐骑使用。实价玖仟玖佰玖拾玖元玖角玖分玖厘整，现金收讫。关津渡口请勿阻隔，妖鬼仙神魑魅魍魉不得占用，倘有胆敢劫获者，九天玄女殿前依律治罪。

轿夫马童各有姓名，名号来宝、来福、来发、来喜。还有证人：东王公、西王母、千里眼、顺风耳。并有当值土地画押。民间朴素中有诙谐，诙谐自见庄严。乡下人相信阴间，亲朋亡后，烧成堆的纸钱，让亡人殷实无虞。

站在故家门口屋檐下可以看见水口大树。两棵老松比冠而长，高耸云霄。一棵是我家的，另一棵是邻居的。他家那棵树后来砍掉卖给人家做了屋梁。树倒后不久，邻人二十多岁的儿子起病。几个大劳力连夜把他送到县城，天一亮，躺在担架上回来了。担架经过我家后山，白床单在绿树林里穿过。抬架人垂头不语，几只乌鸦在门前枣树上不停鸣叫。许多人挥动竹篙子驱赶，乌鸦并不离去，只在老屋四周惊飞。那人躺在枣树下，两只大脚竖在床单外，一动不动。

夜里，家人都去帮工了，丧仪的锣鼓夹杂着稀稀落落的鞭炮声，又悲凉又凄苦。

躺在床上翻来覆去睡不好，枯睡中回忆死去的人，裹着薄薄的被子滚来滚去。那个童年初夏的夜晚，又漫长又漆黑。

庄子箕踞鼓盆而歌，祝贺妻子死亡，说她终于解脱了，好比是囚徒刑满释放。庄子将死，众弟子论及葬仪，说要用很多东西陪葬。庄子说："天地为棺椁，日月作连璧，星辰可谓珠玑，万物皆陪葬，哪里用得着别的东西。"

弟子说："我们担忧乌鸦和老鹰会啄食先生的遗体。"

庄子回："弃尸地面就是让乌鸦和老鹰吃，深埋地下就是让蚂蚁吃。你们为什么要抢夺乌鸦老鹰的吃食交给蚂蚁呢？怎能如此偏心？"

乡民自然不如庄子豁达，他们觉得死不过下一轮回，存了善意，死便死了，活就活着，来去磊落，无牵无挂，像田垄风一样不留羁绊。有人心思重，倾轧算计，人见了只是叹息，少有与他为伍的。

故家人老了之后，随身不过衣服与被褥，别无他物。那些人从来没读过《庄子》，却得了庄子法旨，知道死生天命，不由人心，不必生而欢乐，不必死为之悲。像书上骷髅说的那样："死，无君于上，无臣于下；亦无四时之事，从然以天地为春秋，虽南面王乐，不能过也。"民间心性总有些大道。

乡下没有尊崇太多神灵，社神夫妇窝在路边一尺高的土坑里，终年不得香火。一极小的五猖庙立在凸处，山以此得名，农人称"五猖包"。五尊五猖楠木雕成，是宋元老物件，某一日不知所终，乡民懊恼不已，族下几个老人只能重新立木为像。

惜字亭下每家每户尊崇的是先人，所谓人死为大。平人格外看重拜祭，绵绵思远，求一个护佑心安，也求坟山"管事"，说管事则家庭兴旺。山中有太多老坟，无名无姓无碑，一土丘孤立，无法辨识，妇孺老幼绕道而行，不敢无礼。清明中元二节，有人顺路也上前烧一刀香纸。人活着，经历无穷无尽的悲欢离合、酸甜苦辣，死后永入山阿，入土为安。

上坟是大事。随身带锄头给坟茔添几兜土，清理一下沟渠。祖父告诉我们，跪拜时容颜要肃穆，衣服扣正。他自为表率，三叩首之后，又直挺挺毕恭毕敬地跪在拜台上，好像在默祷，然后站起来，后退两步，这时候才离开坟山。临事以敬，处世以诚，祖父说他从小就那样，一代代下来，自古如此。所谓祭如在，祭神如神在，孔子更着重说："吾不与祭，如不祭。"

祖父故去，祖母哀恸如新妇丧偶，大半年魂舍不定。当年年岁小，不懂得老夫妻几十年相濡以沫之情，更不懂得死别决绝。祖母一生在乡下，经年不出小村，县城也没去过几次，祖父就是她的天地世界。此后十来年，直到祖母去世，她内心最重的事，就是给祖父上坟，她是老派人，顽固守着女子不上坟的旧俗。每回目送我们，一脸心事，更提前装好祭品，有肉有鱼有酒，还有碗米饭，外加香纸鞭炮若干。

上坟并无多少伤感，人人知道生来难免一死，大多能看淡生死甚至直面生死。经日在乡村田野劳作，终年委身低小狭窄的老屋里，哪怕屋舍繁华，市井尘嚣也使人心蒙尘。扫墓的时候，总有一种通脱，有一种百无聊赖，有一种慎终追远，感觉新鲜。

人的死亡，不只肉身消失，时间也在消失。当年未知酸甜，不懂生死，更无从感觉人生悲哀，但我知道世间的光阴是一寸寸溜走的。晒稻谷的时候，弟弟与我守在箩筐旁边，不让鸡与麻雀之类偷食。从早晨到中午，屋檐如日晷，瓦片的光影从瓜埂到稻床，一寸寸退，退到屋檐下，日影渐斜，直到阳光照进窗子，打在东墙上。

死是生的消失，那时候不懂得消失的黑暗。葬仪上，两壁悬挂阎罗殿图景，不觉得害怕。有人下了油锅，有人身受无数刀剑，有人血淋淋被取了心肝、割掉首级，只以为新奇。

现在年岁渐大，懂得生死无常，不论英雄豪杰智者凡夫，到头终不免一死，如一缕烟。道士超度亡魂，高念经文："真宗徽宗唐太宗，到头都是一场空。秦王汉王及楚王，生碌碌，死忙忙。曾子言子与孟子，哪个生前免得死。顺风观世耳，世事永扬长。山中只有千年树，世上难逢百岁人。"打马而过的时间，铁蹄嗒嗒，无论老幼不分贵贱。

别处习惯我不知道。惜字亭下人去世后与下葬后的第一个清明节前会做隆重的祭仪，乡俗称"做清明"，要蒸汤粑和剪纸钱。汤粑如团球，以籼米糯米做成，也可以掺入一些面粉。汤粑熟后，涂红染绿。纸钱则用黄绿白各色纸，剪成玲珑宝塔状挂竹竿上，插在坟地或者厝基上。此风至今犹存。

做清明时，直系后人跪地上挽起衣摆，有人给他们撒几把汤粑。随后那人站在高处，向众宾客广撒汤粑。汤粑满山乱滚，小时偶尔也能抢到几枚，觉得稀罕。汤粑或煮或烤或蒸，味近年糕，可算作一道时令小吃。

每年三四月，大户大姓多有公祭，少则几十人，多则成百。众人举旗奏乐，在祠堂致礼一番，吹吹打打到族内几座远祖坟前祭祀，然后吃顿饭。无非鸡鸭鱼肉，加上自家的时令蔬菜。

春日，香椿发芽，采些归家，以香油拌之，养胃怡神。村口槐树开花，摘了回来，放鸡蛋清炒，饭量大增。每年可以吃到三五条黄鳝，祖父犁田遇到了捉回来烧汤。用茶碗装着，一段段入嘴清香。黄鳝并不稀罕，却是春夏时令之物。一次生病，家人不知道从哪里谋一偏方，说油桐树虫有效，逼我吃下三条。那东西藏身油桐树干，形状像蚕，倒无异味。只是虫子黑得油亮，蠕蠕而动，总不免发慌作呕。

适逢节令，自有平日所无的章程。立夏称重，端午包粽子、吃绿豆糕，中元烧香纸，重阳打糍粑，中秋食月饼，过年祭祖，清明上坟。一岁尤重三节，端午、中秋、过年。过年的热闹不必说。端午、中秋亦有喜悦处。

过端午，吃粽子习俗由来已久。古人包粽子多用黍米，籽粒淡黄色，也叫黄米，煮熟后有黏性。粽子一般四个角，三个角的也有，还有五个角的，像戏台上的帽子。

小时候过端午，家里会包些粽子，裹上一颗红枣，有甜蜜的寓意，再蒸几枚咸鸭蛋，一分为二或者一分为四切开，四仰八叉躺在白瓷盘中。说来也怪，咸鸭蛋非要那样才流光溢彩，囫囵剥壳而食，不仅少了情意，滋味似乎也差一些。我不喜欢吃粽子，唯好其香，那种香缥缈肆意又含蓄温柔。老家人包粽子多用芦苇的叶子，提前摘下，一叶叶洗净叠好，与古人不同。

古人多以菰叶包裹粽子。用菰叶包黍米成牛角状，称角黍；用竹筒装米密封蒸熟，称筒粽。筒粽方便快捷，近年巷口常见老翁老妇贩卖。粽子剥开以长竹签擎来吃，有翠竹的香气也有糯米的清香，还有惜字亭下人家的旧时气息。

每回吃粽子，总会想起祖母。祖母包的粽子，说不出的家常朴素，后来我再也没有吃到过了。

端午节旧俗，照例要挂把艾草在门头，我家年年只是随意放一捆在那里。有人将艾草剪作宝剑形状，民间各色禁忌皆有仙鬼依附其上，这是俗世的庄严肃穆。端午如此，中秋也如此。如果是大晴天，月亮地里，漫天星光下摆张桌子，一家人团团围住水壶的袅袅热气，月饼切成扇形，就着点心，喝茶聊天，是一件愉悦的事情。

吃月饼每年只一次，金黄的面皮，细碎的芝麻，嚼出沙沙的声音，都是美好的。更美好的是红色纸盒凸印嫦娥飞天的画面，衣袂飘飘，上空一轮金黄的圆月，让人生出许多联想，还有飘飘欲仙的快意。小心翼翼地剪下嫦娥，贴在镜子旁。梳头洗脸，顾影自盼之余与嫦娥眉目传情，牵连瓜田岁月的美意。

纸上嫦娥不老，有年回家在老屋里相逢，二十几年时光，我已非我，她还是当初的模样。二十几年，没吃过那种月饼，仿佛消失了一般，市面未见。我不惦记那种味道，但我怀念过往的日子，怀念漆红桌子上那块切开的月饼辰光。

老屋旁有梅、柑、梨，有芭蕉，还有石榴。石榴从来没有挂果，是风景树也是风水树。最贪恋桂树，巨大的一团，远远就可以看见。爬上去，枝杈繁乱，零散几个鸟巢，别有洞天。有大树，少则上百年，更有千年古柳，虬根盘旋，枝叶参天交错，春天发了新枝，立夏后像一层浓重的绿云，遮挡好大一片天。又有芳草萋萋，青藤数枝绕树蜿蜒上行，越发绿意葱茏。

庭院海棠花开了，招蜂引蝶，也引来了几只蜻蜓。蜘蛛在天井结丝，两只飞虫自投罗网。山脚路口过来一村童，衔一秆麦管，呜呜吹响黄昏。天色茫茫，又下雨了，蒙蒙细丝落在衣袂间，亦见清风明月的气韵。青梅尚小，在枝头立着，隐有花的余香，白绒绒一身亮。炊烟在老屋的鱼鳞瓦头袅起。

屋前屋后皆是菜畦，一脉新生，豌豆灌荚了，长满一地绿月，摘回来烹食，风味大佳。韭菜尤好，有种稚嫩的香甜。一经立夏，韭菜浊气重了，吃起来并无春时新嫩。古人说蔬食以春韭秋菘滋味最胜，这是知味之言，也是经验。韭菜清炒或煎鸡蛋，有春鲜美味。用来炒河虾亦好，咸香且微甜，一时比翼。小时候河虾珍贵，不易吃得到。

望肉馋叹的日子，母亲自制网兜，兜口缝几枚铜钱，入水可紧贴水底，趁手一提，多有所得，无非小鱼小虾，也足以让人欢喜。夏日傍晚，母亲带我兄弟二人自溪头至水尾捞获，觅食若干。水中河虾，触须对碰，弹跳自在。鱼虾大者如蚕豆，小的粒米而已，焙干后，放辣椒炒食，咂舌之美，通达心底。放下碗筷，觉得未来远大，一室吉祥欢腾。

门前溪河清亮，阳光照下来，沙石闪动，竹影树影也闪动。河潭是浣洗场所，乡妇槌起槌落，清晨捣衣声不绝。溪边三五桃树，花开时节，花影人影相映。有落红飘至溪中，水流花谢，人一时无语。夏天，几个小童避开上人眼线，卷起裤腿在河中捞寻鱼虾，养在玻璃罐里。

小河水流平缓处芹菜丛生，葳蕤一片。掐回家洗净，以腊肉之油炒食，入口生气颇盛，与畦园菜蔬滋味不同。以前有贫人吃了芹菜，觉得美味，献给贵人分享。贵人觉得辣辣的，蜇于口，惨于腹。幼年听到这个故事，不觉得寒碜，感慨贫人的浩荡烂漫与仁厚朴素。这风气从先秦至今，跨越两千年，没有中断。

在徽州游玩，一族人家老祠堂的大厅抱柱上高高挂着旧联，说是清人所作，内容大好，说出了心头话：

惜衣惜食非为惜财缘惜德，
求名求利但须求己莫求人。

这联语让我感动，仿佛看见了惜字惜物的祖父青灰色的身影，也仿佛看见了一代代乡村老人的面容，更让我想起乡居的母亲，每回饭熟了，她总用钳子夹取灶台下正热的火炭丢入陶瓮中，用木板封口，火炭须臾而灭，经月可得数斗，冬天用来烧小炉。

做孩子的时候，凡穿衣或饮食，上人总让我们爱惜，一粒米也不能糟践，衣裤鞋袜更要当心，不可随意损坏污染。祖父说一个人不爱惜衣食，必损坏福报，甚至折了命格。民间凡夫也得了些汉儒之风。

家里来了新客，邻人说话含笑，举止多礼。母亲在厨下，煎炒油炸之声响彻四壁。菜里会添一勺油，油汪汪的，动人心魄，仿佛照得见人影。虽无山珍海味，村落人家现世的安稳也是华丽富贵。给客人盛饭，小辈倘或单手接递，上人总要嗔怪，提醒用双手。来客盛饭要满，碗头有菜，几乎直抵鼻尖。乡村趣味处处讲究一个满，圆满丰满，水满缸，粮满仓，被满床，年画里的鱼和婴儿，也以肥美为上。

少时生活俭约，少喧哗，吃饭不得多话，不准挑三拣四，从自己面前慢慢吃。左手端住饭碗，不要吃着自己碗头又盯着盘子，夹菜不能把手伸到长辈面前。睡觉不许翻来覆去，坐要端正，晃腿会折了福分。人世久了，觉得少比多好。人生一世，忧患实多，欢喜是有的，忧愁的时候也不会少，轻轻浅浅享一份清福就好。君子知命，随分守时而已。不是君子，更要懂得随分守时顺应天命自然。

乡民饭场多设在厨房外，屋里一张八仙桌四条凳子。桌子很旧，油漆脱落了，好在还牢固安稳。有人家水缸裂了缝，用铁绳困住。天长日久，锈迹斑斑，水迹濡湿锈迹，像桑叶像地图。水缸面上浮着葫芦瓢，或敞口或覆身，泛出青铜色。从缸里舀半瓢水，仰头喝了，水线入喉清凉爽快，是清冽的山泉。

农人生来出力为务，上山砍柴、下田种稻，春天要播种，秋天要收割。地里依岁序种有玉米、蔬菜、小麦、红薯，年头忙到年尾，吃事舍不得花大块时间。

乡间日常，饮食仿佛余事。妇人从田间劳作归来，身上沾满尘土草叶。喂过家畜，洗净衣物，才有空闲进厨房。一日三餐不见山珍海味，素日不过米饭、各色蔬菜及家禽之类。粗瓷盘子或者海碗年年所盛都是笋、葱、白菜、豌豆、茄子、黄瓜、萝卜、冬瓜、粉条、扁豆。春节才有鱼，切成块，或者一整条，头尾饱满。年年有余，年年有鱼，鲢鱼、鲤鱼、鲫鱼或者草鱼。餐餐有腊肉，锅底米饭也会煮得满些，饭边是各色菜蔬，炖得发黄，不贪形色美丑。

日落日息，耕种挥汗，一年没有几天空闲。家里或者邻人做了年糕、米饼、芽粑、粽子、月饼、豆粉之类，虽平常物事，母亲却吩咐用盘子或者用藤编的箩筐装好与人分食。

月色中，星光下，漆黑里，捧着喷香的吃食轻扣柴扉。挨家挨户送过，人开门，惊喜盈盈，一边说多礼多礼、过情过情，呼小儿从厨下换碗接过。挟空回来，一路步履飞快，星月晚风草木虫鸣仿佛亦含笑。予人之乐如山涧流水，回响雅然。

饮食到底本性，山水风物娱目驰怀，远不及果腹重要。日常饭粥点心乃至闲食，均有各自底色，足见一方生活习俗。

惜字亭下人家一日三餐不重山珍海味，但得饱食就好。最讲究的饭菜也不过八大碗，为何单单是八碗？一来取吉祥意思，二则古已有之。先秦王侯案头有八珍，直到宋元明清直至民国，历朝历代各有八珍，食材制法彼此不同。

陕西、湖南、江苏、福建、广东，中原、东北，各地皆有本乡之八大碗。在江南吃过一次八大碗，当地人称“头菜”，也叫“杂烩菜”。就地取材，有鱼皮、海参、河虾、笋片、木耳、莴笋，用高汤烩制而成。味道甚好。还吃过满族八大碗、清真八大碗、布依族八大碗，觉得别有情意，与汉家风味不同、风范不同。

惜字亭下的八大碗多在婚丧喜庆上。不管是婚事还是丧仪，上菜都用木做的红漆托盘端出，一碗碗递上，以示庄重。端菜人一边上新菜，一边顺手将桌子上吃剩的菜盘收回送进厨房。一道菜两盅酒，饭前上红烧肉、蔬食和咸菜，一顿饭下去，费时两个小时。那些场合，大人多是帮工，空下来的人在树下坐着或者在稻床敞处谈笑、玩牌。

孩子们不能真正懂得人间的悲欢，婚礼也好，丧事也好，只在人群钻来钻去，满头大汗。转得累了饿了，找到自家大人，溜进厨房盛半碗饭，从锅里舀几勺菜，海海堆着吃完，放下筷子，疯也似的跳将出门，又是一场好耍。

所谓八大碗，是八大佳肴，用海碗装得满满的。八大碗是宴席主菜，各村风俗不同，主料是豆腐，此外有银鱼、虾米、鸡、鱼、汤圆、猪肉、猪肚与心肺之类。另外也加粉丝和农家自制的蔬菜、咸菜，乡人称为“吃饭菜”。将老豆腐切成细条再放入银鱼，混在一起做成烩菜。很少的几条银鱼，取生活盈余的意思。虾米谐音像蜜，也是点缀。

银鱼虾米是珍贵物什，人又称八大碗为“银鱼虾米饭”，入口有饱满的油润润滋味，那是少时生活的膏腴，回忆中依旧丰沛。虽是家常菜，却有民间的富足安适，螺蛳壳里的道场经营得热热闹闹。菜放在厨房里，花花绿绿，很有一番金玉满堂的景象。

八大碗中印象深的是“六谷”。乡人称薏米为“六谷”，谓其居五谷之外。薏米与排骨或精肉炖一起，炖到稀烂，别有清香。有年族下一老人高寿仙逝，我盛了半碗六谷在草棚外吃。枣树叶落光了，风吹动枯枝来回摆动，又萧瑟又干冷。碗里六谷春意撩人，吃了半碗，又加了一勺子。草棚一水牛如水墨绘就，望着我，几次仰头干嚼枯草，不见悲喜。

我对八大碗中的香菇、生腐两道菜，印象不深，当年喜欢的是红烧肉。猪肉四方方整块，硕大像斧子的后脑头，以形得名，乡人说是斧脑块。众食客筷子奔至如风卷残云，很快就见碗底。油汪汪的肉汤，泡饭或者浸一块锅巴，有很好的滋味。这些年偶遇几次“斧脑块”，肉味变了，用汤泡饭来也不复当年滋味。

族谱记载，胡氏一祖任丈量官，宋朝时候来到惜字亭下，见风水宜室，定居下来。一世祖坟茔犹在，多少代人零落山丘，如草灰入地。当年祖父手植的几棵树或老死或挪作他用。只有一棵桂花立在屋边，被风吹过，摇响一垄秋声也吹开一枝冷香。

多少年，一次次从远方归来，老屋木门后，熟悉的人不在了，后来老屋也不在了。宋元明清到民国至今，一朝朝一代代，胡氏族人世世山野为民，务工出力，春种秋收。

从惜字亭入口，穿过老街，是一条稻田小路，路上有心窈窈想遇到的少女。她迎面而过，彼此无话。午后的风，静静的，轻轻悄悄吹动树叶发出沙沙声响。有时候也并肩而行，说是并肩，我终会慢半步。悄悄看着她侧脸，轮廓玲珑俊俏，颇似巧手精心打磨的玉人，蹙着双眉下，一对乌黑清亮的眼盈盈如不见底的一泓水，蕴藏着淡淡阴霾。她瘦而单薄的身躯像只小猫，风从耳际拂过，新耕的田地散发出清馨的泥土气息包裹着我，一些草的味道飘到鼻息间也瞬间包裹着我。初时的心事不敢点破，一抹私念悠悠漫漫，又如同飘扬的风筝，最后断了线，消失天边。

少年的矜持与羞怯，是高山上稀薄的云朵，是花叶之间微妙的芳香。坐在浅绿的草皮上，以手枕头，书散在一边。天湛蓝深邃，云片白蒙蒙的像棉花糖，风吹即散，少年走神了。指缝滑落的比留在掌心的多。过去就过去了，只有记忆，当年岁月丢了，不能回来。少时旧友，为人夫妇为人父母，各自艰苦，各自欢愉，彼此相忘于江湖。

晨雾迷漫，只有青山、河流、老屋、古亭的影迹。春光浩荡，亭尖野草又绿了，野花高举。大雨过后，忽而云开，阳光照过亭尖画戟，斜斜切下一抹幽凉。惜字亭默默看着。小村人家生老病死，井然有序。有些人走了，有些人来了。惜字亭至今康泰，亭尖野草萎了又绿，青了又枯，反反复复。亭下一户户人家在光阴里老去，一年年，山改了模样，河改了模样。

窗外起了风，茶褐色的松针落满后山，枯叶萧萧，心绪也萧萧。枯叶寂寥，心绪也寂寥，内心有秋声赋。秋风刮过瓦片，飒飒的声音，不是秋声赋，是物之哀了。戏词说："你记得跨清溪半里桥，旧红板没一条。秋水长天人过少，冷清清的落照，剩一树柳弯腰。"落日冷清清照在西山，那些树那些草，被擦亮了一般。无数次静静地坐在门前塘埂上看夕阳之光，染得山影红彤彤的灿烂。

西山如笔架。民国时有风水先生路过，说门对笔架山，此地当出一个文士。我勤勉读书，以为自己会应了那话，将来做一文士。而实在生了逃离之心，出门是山，过了那山还是山，一座座山挡住了一切。孔子说他是丧家之犬，而那时我不过是丧家的微尘虫豸。

后来到处见到像笔架的山，江山多胜迹，才明白此说无稽，风水先生讨一个彩头而已。人生业障太多太重，实在不必太多穿凿太多执念。

走在惜字亭边，喧嚣只在远处。近旁荒藤绿树老宅古桥，高且大的树栖居了飞鸟，长满了野草的废园。暮鸦归来，秋燕南去，风过塔顶，雨落天井，草动虫鸣……四季悄然更迭。白昼日光，夜阑月色，将惜字亭下的日子照得晴朗光明。

前人走过的路，年年山风，春草复生，一寸一尺一米一丈吞噬往日旧痕。下雪了，荒野堆银砌玉，亭子白了头。人间踪迹被一片白隐住了，倏忽回到了过去。山依旧，水依旧，树枝上三五只麻雀跳跃，几百几千几万几万万年前大概也如此。

小村陋室里第一次读柳宗元《江雪》，唐时景象让人沉迷。山无鸟影，路无人迹。孤舟上戴蓑笠的老翁，独自在寒冷的江面上垂钓。斯时想来，又写实又虚空，如人生诀。

戏台上演鲁智深事。花和尚醉闹山门，打坏寺院和僧人，被师父遣往别处，辞别之际唱曲，说自己赤条条来去无牵挂。人性空无，富贵人家与贩夫走卒无二，生来无物，死后带不走一粒尘埃，赤条条来去，在得失中参透看破，在拿起与放下之间解脱，最怕牵挂太多羁绊太多。古人说，几亩小园，一座破旧的小屋，能避风遮霜。蜗牛角与蚊虫的睫毛，都足以容身。先民心性如此豁达。

空而无心，空且有我，无所谓有无所谓无。人生至此，所得不过得，所失不过失。吃饭、喝茶、饮酒、读书、写字、作文、行乐、受苦、沉浮。沉沉浮浮，是河东河西岁月码头变幻的风景。中国文章有人间天国，那是陶渊明幻构的桃花源，是《红楼梦》中的大观园。住到文章里，像走进了日月星辰。我欣喜写一点文章，潜入文字世界。

那些冷僻荒村，自甘平淡。村人不知外乡外埠繁华风光，知道也不羡慕，守着惜字亭下不大一块天一方地自生自灭。何止百年孤独，追忆逝水年华找不到引子。

人生在世，命途不同，足迹有别。有人轰轰烈烈做大事，有人终身平凡寂寞，激不起半点浪花。无有是非不论成败，各自福祸吉凶，都不过在世间谋一口热饭滚汤暖炕。有人谋得酒酣耳热笙歌夜夜，有人粗茶淡饭偏居一隅，最终都是走向空无，要的不过此身安妥。

惜字亭下人家撒豆播种，以田地为业。那是他们的桃花源、大观园。一茬茬农人无求无喜，酸甜苦辣尝遍，一切有度，自可过着生活。顺应天道，施肥灌溉，收成好了便好了，收成不好由它不好，来年春日再来耕种。人无妄念无着相，无有梦便不会醒，无牢骚心无矜夸心，处处有佛性有道性。乡农如此，乡景也如此。

秋夜过惜字亭边石桥，河里一轮圆月，明润在天，不知它照着溪水，溪水不知有月照着，不管不顾地流着。石桥、溪水、明月不知有我经过。

张诗群，中国作家协会会员，安徽文学院第四届签约作家，芜湖市作协副主席，繁昌区作协主席，一级作家，安徽省江淮文化名家领军人才。文学作品刊于《小说月报》原创版、《北京文学》《安徽文学》《边疆文学》《福建文学》《雨花》《红豆》《西湖》等刊。出版著作《不负时光不负爱》《在最好的年华遇见你——他们曾这样相爱》《锦瑟华年是情痴——李商隐诗传》等十部。

寻找余焕章

张诗群

一

田老头睃我一眼，拎起眉毛，拿腔拿调地说："你爷爷嘛，说实话，名声不大好！"

我知道田老头瞧不上我，话说回来，我也不大瞧得上他。这老头篷着一头枯草般的乱发，倒三角脸，宽眼距，薄嘴唇，怎么看都和他养的绿毛龟有几分神似。去年吧，我把绿毛龟的视频发布在新媒体账号上，一时心血来潮，起了个很玄乎的标题：养了三十年的绿毛龟竟与主人神奇撞脸！结果，无论田老头走到哪儿，都有认识不认识的街坊邻居朝他行注目礼，一边还捂着嘴，像发现新大陆般窃笑自语：像！真像！气得田老头脸色铁青，从此再不拿正眼瞧我。

要不是父亲给我出了个天大的难题，我才不会觍着脸上门求他。

我父亲上个月确诊了阿尔兹海默病，这段时间一会儿清醒一会儿糊涂。有一天老爷子拉着我的手，眼巴巴地看着我，嘴唇嚅动了半天，石破天惊地蹦出一句："爹！"我正惊骇，老爷子又说："爹，你回来了？飞到哪儿去了？怎么不带上我？"这话让我毛骨悚然，因为他爹也就是我爷爷余焕章，在他四岁时就像空气一样消失了。过了几天，老爷子清醒过来，从书柜里翻出破损毛边的余氏家谱，指着余焕章三个字，郑重得近乎庄严，“余是乎，”父亲叫我的名字，“我的儿！去搞搞清，不然我死不瞑目！死不瞑目！”两行浊泪爬出了父亲的眼眶。

家谱是墨笔小楷的手抄本，已经发黄起脆，几乎每个名字后面都罗列着生平简介，唯独余焕章名字后面没有，不仅没有，名字上面还触目惊心地画了两把镰刀一样的叉。这个名字像稗子一样从家谱中叉掉了。

父亲生病前，一直对爷爷的名字讳莫如深。我小时候偶尔问起，总会莫名其妙换来一顿呵斥。后来有一次，父亲和田老头下棋时红了脸，两人吵起来，田老头骂我父亲：“上梁不正下梁歪！活该你老子不要你！”我这才知道，爷爷当年是遗弃了年幼的父亲，神不知鬼不觉地消失了。再后来又拼凑了更多内容，说我爷爷余焕章当年是跟着一个女人私奔了！我奶奶却矢口否认，她说死都不会相信余焕章在外面有了女人。

父亲在清醒时叮嘱我一定要查清爷爷的失踪真相，然后重修家谱，让他清清白白在家谱里立身。说也奇怪，那天晚上，我就看见了从家谱里立起来的余焕章，不错，是三个字，余焕章三个字变大，再变大，像电影里的立体字幕那样，然后像城墙砖一样站了起来，那个镰刀一样的叉七零八碎地躺在城墙砖底下，像一堆愚蠢的垃圾。

尽管这个梦有些荒诞，尽管我十二分不情愿，但因为老爷子清醒的时候越来越少，这算是老人家的最后遗愿了，我不得不满口应承下来，硬着头皮跨进了田老头的家门。

田老头和我父亲都是老寿州人，一条巷子长大，他爹和我爷爷余焕章也是一条巷子长大。我太爷爷的广济堂鼎盛时期，大半个寿州城都飘荡着广济堂熬制中药的味道。他爹是药铺的伙计，整日在飘荡着中药味的店堂里抓药熬药，我爷爷则是个万事不愁的少爷，整日袖着手，有时一连数天不着家，有时像猫一样躲在阁楼里几天不出门。可我爷爷二十七岁就失踪了，田老头的爹却活到八十七岁才谢世，我爷爷的前二十七年岁月没有谁比田家更熟悉，所以寻找他失踪前的蛛丝马迹，怎么也绕不过田老头。

绿毛龟趴在玻璃水箱里的一堆小石子上，两只圆溜溜的眼睛出神地盯着我——也许是幻觉，但我确信它是盯着我的。我努力不去看它，把两瓶酒放在田老头面前的桌子上，讪讪地向他打听我爷爷的事。看在两瓶梦之蓝的分儿上，田老头暂时抛弃了前嫌，向我说起从他爹那里听来的我爷爷的往事。“你爷爷是个不成器的败家子！”田老头撇了撇嘴，摇了摇被香烟熏黄的食指。

我不确定田老头有没有添油加醋或故意歪曲的成分，但我保证以下所述都出自他的讲述。

“你爷爷余焕章是寿州城广济堂大药铺的少爷，你太爷爷老来得子，对这个独子自然是万分宠爱。少爷要读书，就送他去芜湖读，又去上海读。你太爷爷的意思，广济堂将来是要由少爷接班的，一心想留他在身边学些药铺的本事。你爷爷倒好，放着这么大的家业不管，整天东奔西颠的，要么带些脸生的人回家，要么一走两三个月，那年月，兵荒马乱的，在外是死是活都不知道。你太爷爷想拴他的心，就给他定了门亲，娶了周裁缝的女儿，就是你奶奶。你爷爷也确实安生了些日子，但好景不长又开始东奔西颠，这下更坏，一回来就下馆子逛赌场，还到隆大土膏店，你猜那是干啥的？抽大烟的！银子花完了，就在药铺拿，次数多了，你太爷爷就晓得了，就叮嘱账房不给他拿。好吧，拿不到了，他就去偷！”

“偷？自家的银子还去偷？”我惊愕地张大了嘴。

“就是嘛！你爷爷有天晚上撬开了账房的门锁，溜进去把柜子里的银圆偷了个精光，然后有人就在隆大土膏店看见他。你太爷爷气得大病了一场，不久日本鬼子进城了，你太爷爷就关了药铺，一家人避到了乡下。后来，有人又在正阳关看见他，说他在酒馆里跑堂，想必是把银子抽光了，没脸回家，就去正阳关打杂找活路了。可怜你奶奶踮着小脚要去正阳关找他，但到处是鬼子兵，过不去呀！你奶奶只好又踮着小脚一路哭回家。”

我叹了口气，我奶奶余周氏七十二岁谢世，确实辛辛苦苦守了一辈子寡。

“更可气的是，”田老头这时咬牙切齿起来，“你爷爷败了家还不算，还有本事在外面勾三搭四，找个女人跑了！”

“我奶奶说那不可能！”我想起奶奶近乎顽固的坚定，立即反驳道。

“这还有假？有人亲眼看见的！那个女的穿个蓝竹布旗袍，也住在酒馆里，有一天早上和你爷爷一起坐船走的！”田老头涨红了脸，两只绿毛龟一样的眼睛睁得圆溜溜的。

我告辞出门时，心里多少有些不忿。田老头站起身，用他的圆眼睛把我上下打量了一番，半是关心半是不屑地说：“年纪轻轻，人瘦毛长，怎么搞成这个鬼样子！年轻人，不要净在网上搞那些乌七八糟的门道！”

二

田老头说得没错，我确实人瘦毛长，我知道公司里那些不对付的小人背地里叫我瘦猴儿。我父亲和我爷爷一样，也是老来得子，现在我四十多了依然单身，我常常觉得对不住他老人家。我患上失眠症有一些日子了，我甚至想过要去精神科挂个号看看。我还焦虑，夜里老做噩梦，总梦见被公司裁了。对了，我在一家传媒公司做新媒体，就是在网上发布一些热点视频，最好能制造顶流，拉动粉丝经济，然后给公司带来变现盈利。这是个数据为王的时代，一个热点视频的“转、赞、评”只要达到一定的数量级，就能实现平台的利益转化。因此，公司的每一个员工都鸡血满满变成了生产创意的机器，人为的蓄意竞争让我们身陷其中无法自拔。我夜里的梦开始光怪陆离，梦里经常没有自己，一会儿看到大鱼变成战马，一会儿看见高楼“嚯”的一声变身顶天立地的钢铁侠。

所以，我这么说你就能明白，为什么我在发布田老头家的绿毛龟视频时起了那么个有意味的标题。我这还算好的，我一个广东来的同事，为了制造热点，找来一个侏儒，睁着眼睛说瞎话硬说那侏儒是他爹，撇着一口现学的贵州话，说他的侏儒爹含辛茹苦地把他培养成人终于走出了大山，如今日子好了，他孝老爱亲羔羊跪乳，把侏儒爹接到身边颐养天年。说着，真的一把眼泪一把鼻涕地在侏儒面前跪了下去。这招很奏效，公司平台呼啦啦一下卖出了五万件牛奶。我一边呸呸地吐出不屑的唾沫，一边恶狠狠地咽下了羡慕的口水。

说实话，我真不想接我父亲派给我的活，我哪有那闲心。但架不住老爷子隔三岔五喊我爹，我只好狠狠心向公司告假，准备去正阳关走一趟。

部门经理乔安娜是个比我年轻很多的“美眉”，听完我告假的理由，她黑葡萄一样的眼珠转了几转，本来阴沉的漂亮脸蛋忽然晴空万里：“这个创意好！寻找消失的爷爷！你搞个系列直播，标题就叫寻找余焕章！”

“不是的，不是创意，我是真的要去寻找我爷爷的踪迹！”我赶忙解释。

“知道知道！让你私事当公事办还不划算？公私兼顾嘛，多拿点提成就是了！”乔安娜笑盈盈地向我闪了个媚眼。

摊上这么个不成器的爷爷，换作别人谁都不愿公之于众，我说考虑考虑，可是当晚公司平台就打出了置顶预告：首席主播“于是乎白云苍狗”将走遍淮河两岸寻找消失的爷爷！八十年前失踪的爷爷究竟是仗剑天涯，还是携意中人红尘远遁？明天起请关注系列直播——寻找余焕章！

幸亏我父亲的意识游荡在乌有之乡，要不准被这预告活活气死！我也很生气，我还没答应呢，公司先斩后奏不说，还把我爷爷说得那样随心所欲，就算我爷爷是个随心所欲的人吧，他也是我爷爷。但想到公司破天荒把我尊为首席，还有即将到手的提成，这些我先忍了，到时注意点措辞，尽量挽回爷爷的形象就是。

我开始为明天的首场直播做准备。可是，连我父亲都对爷爷语焉不详，我又如何能知？我总不能让田老头当我替身，何况绿毛龟事件之后，这老头对一切出镜高度过敏。我在焦虑中度过了又一个失眠之夜，好在天色微明之际，我终于想到了首场直播的内容，那就是我的奶奶余周氏。

第二天上午十点，按照约定的时间我准时开了播。看着直播间里泥鳅一样滚动的用户名，我铺垫了开场白后，开始了声情并茂的讲述——

我的奶奶余周氏出生于民国七年。是的，她没有自己的名字，并且裹了一双三寸金莲的小脚。民国二十四年，满城的银杏树一片金黄时，这位寿州城周裁缝的女儿，嫁给了我的爷爷余焕章，从此成了余周氏。我爷爷饱读诗书、儒雅帅气（我瞎编的），我奶奶以为嫁对了良人有了幸福的归宿，但她不知，不幸的命运就此埋下了伏笔。

那一年我父亲四岁，在一个飘着细雨的晚上，几天不见人影的爷爷忽然回到家，对我奶奶余周氏说他要去一趟正阳关。我奶奶在晚年回忆这一幕时说，她当时就觉得哪儿不对劲。结婚几年，虽然相处的时日不算多，但她和爷爷感情很好。我奶奶问，要去几日？我爷爷余焕章低着头沉默了半天，说，你不要等我。以前爷爷出门总会说个归家的大致日期，这一回却说了句这么不明不白的话，我奶奶一听就急了，说，什么叫不要等你，生是你余家人，死是你余家鬼，做人做鬼我都等你。爷爷不说话了，就那么坐在煤油灯下，默默地看着我奶奶，眼圈红了。

此时，直播间里鲜花、棒棒糖、幸运星、小金人鲤鱼跳龙门般让人眼花缭乱，在不断刷单的礼物里，我居然看到了飞机和跑车，甚至还飞过了几艘火箭。我定定神儿清了清嗓子，一边回忆一边继续讲述——

看我爷爷难过，我奶奶也不再说什么，起身帮爷爷换下半旧的长衫，然后收拾好爷爷出门的包裹。第二天天刚蒙蒙亮，奶奶就掌灯起床，烤了几个面饼，送爷爷出门。爷爷走到门口，又回到内房，我四岁的父亲在床上睡得正香，爷爷俯下身，在我父亲的额头亲了亲，然后冒着细雨，就那么走远了，留给我奶奶一个渐渐消失的背影。

奶奶说，那一天是端午节的前一天，她到死都记得那个日子。第二天，就听到寿州城方向传来轰炸声，又看见许多人拖家带口地往乡下跑，下半夜鬼子就进了城，寿州城回不去了。

我爷爷走后再无音信，直到两年后，我太爷爷从一个在正阳关跑船的同乡那里得到消息，说正阳关胡记酒馆有个跑堂的像我爷爷。我奶奶余周氏，一个小脚女人，用锅灰涂了脸，又用粗布头巾裹了头，胳膊上挎个卖香烟火柴的篮子，一路假装卖香烟一路往正阳关方向走，她要去寻我爷爷。走了大概两里路，就遇见个岗哨，我奶奶余周氏说，行行好，家里没法过了，想去正阳关码头做点小生意。站岗的是个伪军，不耐烦地向我奶奶挥手让她回去，我奶奶哪里肯回，继续往前走，那个伪军抬起手，一枪托就把我奶奶砸倒在地上。我奶奶只好爬起来，捂着被砸破的额头慢慢往回走。

“苦命的奶奶！大哭大哭！”“人间小富婆321”发了个哭脸的表情。

“太可恶了！流泪流泪流泪！”“往事如烟666”打出了三个流泪的表情。

这一刻，我也沉浸在奶奶的故事里。我想起奶奶一生的孤苦一生的望眼欲穿，不禁眼眶发热，喉头一阵哽咽。我平复了一下情绪，继续往下说——

1942年，还是那个在正阳关跑船的人告诉我太爷爷，说看见我爷爷余焕章和一个女的从南大街上了码头，坐船走了。他说这一回看得真真的，确定是我爷爷，穿一身老蓝布对襟短褂，帮那个女人拎着箱子，一前一后上船走了。

我太爷爷不敢把这话告诉我奶奶，但跑船的一来，我奶奶就躲在门外，把这话听见了。她死活都不相信我爷爷在外有了女人，她说可能他们有别的事呢，没看见红的绿的，就不能红口白牙地冤枉他。

余周氏从此活在绵绵不尽的思念里。我爷爷留给她的只有一件长衫，就是离开寿州城的那天夜里奶奶帮他换下来的。爷爷失踪后，她把长衫改成长褂穿在身上，后来两个袖子磨破了，她就将长褂改成背心穿在衣服里，再后来背心也破了，她就从背心上剪了块布缝在衬衣上，熬到最后她走了，我父亲就将那块布放在棺材里，和她一起下了葬。

屏幕上一片大哭的表情。我用手掌抹去了眼角的泪水，叹息了一声，展开一个无比真诚的微笑，对着屏幕说：“亲爱的家人们，我奶奶余周氏的故事就说到这里，明天我将从爷爷消失的地方开始寻找他的踪迹，家人们，明天上午十点，正阳关不见不散！”

首场直播，人气三万，点赞三万，评论一万五，礼物价值一万二，新增粉丝三千一百人，初战告捷。

三

我开着我的破吉普赶到正阳港时，天下起了蒙蒙细雨。早春的天气，尤其是雨天，放眼望去一片漠漠春寒，田野刚解冻，枯草和新绿顶着亮晶晶的雨水，天空像罩着一层湿漉漉的灰棉絮，我的心情也莫名其妙地跟着暗沉起来。

顺着一条水泥路刚走到码头，乔安娜的电话就来了："余哥，准备好了吗？"

我一边调整稳定器一边说："'于是乎白云苍狗'此时已站在正阳关码头，将准时向家人们直播！"

"好嘞！期待你刷新流量！"乔安娜的声音又亮又脆，像一头兴奋得团团转的小母狮。

正阳关在寿州城南三十公里，因淮河、淠河、颍河三水在此交汇，又称"七十二水通正阳"，因此是淮河中游重要的水运枢纽，鼎盛时期人烟辐辏、舟车四达，是方圆数百里著名的淮上古镇。我想起爷爷余焕章曾在这里生活又从这里消失，内心升起一丝亲切又复杂的情感，好像他并没有走远，空气中还残存着他的气息，又好像有一张古怪的大嘴，在过去时空的某一天把他给吞没了。

视线所及处，宁静淡黄的淮河水向左右两边延伸而去。除了我，周遭一个人也没有，河对岸隐约有一些灰白的杨树林，近岸处芦苇丛生，停着几只破败的小船。小雨无声地下，周遭一切都是静止的，显出几分亘古的荒寒。公路铁路发达后，曾经水码头的繁忙景象和我爷爷余焕章一样，已经消失不见了。

十点整，我准时开了直播。一开播就把我吓了一跳，屏幕上像煮开了一锅水，不，像开闸放水，各种千奇百怪的用户名成堆涌进来，短短几分钟，人数就达到了三万+，并且仍在不断攀升中。

我调整好状态，沿着河堤不紧不慢地边走边说，镜头一会儿对准我，一会儿对准码头，一会儿又对准河水，就只差对准我虚空中的爷爷了。我的讲述离不了码头过去的繁荣和如今的萧寂，最后重点，当然是我爷爷与一个女人从这里坐船离开的传闻。

"别老重复，后来呢？""卖米的老张"刚说完，就被上滚的评论淹没了。

"继续说故事！""人间小清醒"说。

"说故事说故事！这黄不拉叽的河水有什么好看的！""梦梦吃不胖"说。

眨眼间，像看了一场糟糕的演出一样，评论区只差没喊出"嘘"声赶我下台了。半小时前还像蹦跳的鱼一样争先恐后地涌进来，这一刻就呼啦啦接二连三地逃走了，生怕走得晚被我讨债似的，眼看着人数从四万+一路退到不足四千人，我想找些噱头挽回颓势，但大脑一片空白，我整个人蒙了。

仓皇地下了播，乔安娜的电话就催魂般追了过来："怎么搞成这个样子？"

"寻找寻找，不是要慢慢找吗？我哪知道这些粉丝这么没耐心！"我很不耐烦，又有些心虚。

“那你告诉我，接下来怎么办?”乔安娜的语气咄咄逼人。

“继续寻找呗。”我说。

小雨细密如烟，我把破吉普开到镇上，找了间干净的小旅馆住下。已是午饭时分，肚子咕噜噜地叫唤起来，我才想起一上午忙着直播早饭都没吃。到楼下，见马路斜对面有一家淮南牛肉面馆，便走进去点了一碗牛肉面，然后找了张靠墙的长桌坐下。店门口的不锈钢网架上堆着黄灿灿的馓子和小麻酥，我用盘子各取了两只，坐下来先填肚子。

老板是个胖乎乎的中年人，系着印有某超市字样的蓝色围裙，戴着一顶白帽，一问，果然是回族。

我问他可知道老正阳关的胡记酒馆，正在捞面的老板头也不回地说：“这条街有陈晖饭店、方华酒楼、隆兴土菜馆，没有叫胡记酒馆的。”

我说不是现在，大概是七八十年前。老板睁大眼睛说：“七八十年前?七八年前的我都不知道，别说七八十年前了，我是五年前从八公山闪家冲过来的。”

面馆里只有我一个食客。我和老板聊起此行的目的、我爷爷在胡记酒馆跑堂以及从这里走失的事。老板把面端给我，趁空闲在我桌前坐下，先夸赞了我的孝心，然后十分认真地告诉我，他想起经常来吃面的一个人，或许这个人能给我答案。

下午，雨停了。我按照面馆老板的指点来到镇文化站。还未进屋，一阵清脆悦耳的淮词小曲传了出来，循声走进，见场馆里有两拨人正在表演。左边的小舞台上，五个长衣女子手执酒盅、筷子和瓷碟，和着音乐一边击打一边吟唱；台下右边空阔的场地里，三个成年男子和三个男童正在表演“肘阁”。成年男子身穿黄色演出服，每人身上都缚着一个弯曲的铁支架，支架上部饰以花束，花束再往上，是站在支架上穿戏服的男童。大人在底下将台步走得悠闲自在，孩子在高处又是抬手又是踢腿，模仿戏台上的某个神话人物，看着挺危险，其实男童的另一只腿被结结实实地绑缚在铁架上。

大门边，一位老者正在收拾布花道具，我问：“哪位是方老师?”

老者的眼睛在场馆里找了一会儿，然后向舞台边一指，说：“那个就是。”

这时，音乐停了下来，一个戴眼镜、穿灰色上衣，满头白发的老人走上小舞台，接过身边女子手中的酒盅，左右手各扣两只，两手上下舞动着轻轻叩击，同时侧身向那女子说着什么。

待老人重新回到台下，我走过去，喊了声：“方老师。”

我大致表明了我的请求，方老师听说是七八十年前的事，有些犯难，指了指表演的人说："马上要参加县里的非遗展演，我们正阳关的国家级非遗'肘阁'、省级非遗'淮词'都是重头戏，马虎不得，天天都在排练，我这走不脱呀。"

我说："不急不急，等您排练完。"

听面馆老板说，方老师原来是小学校长，退休后专门研究正阳关非物质文化遗产和历史文化，经常在机关学校做公益讲座，也被文化站请去做专业指导。

下午四点半，两拨表演的人陆续走了，方老师这才过来和我说话。眼看快到饭点，我将方老师请到对面的迎客来酒店，找了个包间，点了当地的特色名菜鸡海、白汤羊肉锅和两个炒菜，又要了瓶口子窖，和方老师边吃边聊。

就着酒菜，我爷爷余焕章的往事再一次被我翻了出来。说到余焕章在胡记酒馆跑堂时，方老师忽然伸出食指："停！"方老师蹙起眉头，凝神思索了片刻，眼睛从镜片上方看着我，压低声音问："你有没有想过，你爷爷可能是地下党？"

"地下党？怎么可能？！"我杯中的酒差点洒了出来。我爷爷那么个人，又是偷银圆又是抽大烟，还抛家弃子和人私奔的，说他是地下党，就好比说秦桧是岳飞一样。

方老师却不满地白了我一眼，说："你可知道，20 世纪 30 年代我们正阳关有两个地下交通站？你说胡记酒馆我就想起来，当时木匠街拐的馄饨馆里，就有个伙计是地下党，不仅是地下党，还是共产党的县委书记，这是我们地方党史上记载的！那个年代，有什么不可能！"

我说："我爷爷是 1942 年从这里失踪的，不是三几年。"

方老师的眼神黯了下去，但很快又看着我说："那也不是没有可能！抗战前后正阳关虽然是国统区，但 1938 年日本鬼子打进来，后来涨水撤走了，1940 年又从淮南打过来把西门给炸了。斗争形势那么严峻，又是国民党又是小鬼子，地下党和交通员只能隐蔽作战，隐姓埋名牺牲的也多了，哪能都被记载下来？再说了，你爷爷就算和人私奔，这么多年不可能音信全无。小余，你要好好寻寻，你爷爷真有可能是地下党！"

我靠在木椅背上，半天缓不过神来。方老师的话听起来像天方夜谭，和田老头嘴里的余焕章有如云泥，但万一呢？万一我爷爷真是地下党，那余焕章何止能在家谱里立身，那应该是浩气长存光宗耀祖！我那尚未完全痴呆的父亲要是知道这个消息，会是多么大的心灵抚慰！我的心怦怦直跳，被这个假设弄得热血沸腾，我站起来一口干了杯中酒，对方老师一抱拳："方老师，您是一语点醒梦中人！您教教我，我该怎么去寻？"

方老师呷一口酒，努力睁开微醺泛红的双眼说："小余，这件事，我愿意帮你。"

四

当晚，方老师就将我拉进了“正阳关访古”微信群。这是个两百多人的群，群友大多和方老师一样，喜欢研究正阳关的历史文化和地域风情，大部分是正阳关的老街坊，还有一些不知来处不知因何而加入的陌生人。方老师先发了一串热情的鼓掌欢迎我进群，然后将我寻找爷爷的事情简单做了介绍，最后希望大家提供有价值的线索。

我十分诚恳且谦逊地向群友打了招呼，同时请各位关注我明天的系列直播。最后我说，各位老师、乡友，我的爷爷余焕章——1942 年正阳关胡记酒馆的跑堂伙计，他和那个穿蓝色旗袍的女子不可能凭空消失，也许您的父祖辈就曾经不经意间留下过关于他们的记忆，哪怕是一个方向，或者一个特征，拜托乡友们多多关注！

表示欢迎的鲜花和礼炮，在群里一波又一波沸腾起来。

有个叫“清风若来”的群友说：“年代太久远了，真不知道正阳关有个胡记酒馆呢。”

“是在哪条街？可能当年开张时间太短，从没听说过呀。”“正阳散人”说。

方老师又给我推来了党史办和当地红色文化专家的微信，他们对我爷爷的那段历史很感兴趣，但都提供不了有价值的线索。

尽管如此，这个新的寻找方向却像电光石火，让我激动难安。我打电话告诉乔安娜我可能有个地下党爷爷，这个小女人差点在电话那端蹦了起来：“天啦！居然成了谍战片！余哥，明天直播，你就把今天的发现再来一遍！”

不出所料，当晚公司平台就置顶了新的预告：是酒馆伙计还是奉命潜伏？爷爷的故事出现新转机！明天上午十点，请继续关注“于是乎白云苍狗”的系列直播——寻找余焕章！

第二天上午，我准时在文化站开了播。“淮词”和“肘阁”的排练仍在继续，见有直播，演员们也格外认真卖力，镜头里乐声盈耳五彩缤纷一片热闹喧腾，直播间人数果然呼啦啦往上涨，鲜花、小金人、飞机、跑车又一溜烟地狂刷起来。

眼看热身得差不多了，我把昨天下午的寻访过程简要叙述了一遍，然后把镜头转向正在指导“淮词”的方老师，再把方老师请到屋外，开始了我们两个人的直播访谈。

因为准备充分，我和方老师聊得很透彻。在我们互相的询问和解答里，关于爷爷和奶奶的陈年往事、关于爷爷同一个女子的失踪，以及正阳关地下交通站隐秘战线的历史点滴，都有了清晰的脉络。方老师的加入增添了很多人气，“正阳关访古”群里的人几乎都在观看直播，他们又转发给更多的正阳关人，屏幕下方的评论区一直在更新，本地人的参与尤其热烈，他们说起一些老街巷、老字号，还有谁家的祖宅被鬼子的炮火炸平，谁的爷爷或奶奶又差点被洪水淹死。怀旧的情绪在直播间蔓延。

忽然，一个叫“风中轮笛”的人说：“跟我奶奶的经历很像，她也是1942年从正阳关坐船离开的。”

这个评论很快就被淹没了，但就在那么一瞬，我抓住了它。

我立刻对着屏幕说：“这位‘风中轮笛’朋友，您说您奶奶也是1942年从正阳关坐船离开的？可否说具体一点。”

两分钟以后，“风中轮笛”回复说：“是的，巧的是，她是和一个男同志一起走的。”

我忙问：“那个男同志叫什么？叫余焕章吗？”

我焦急地等待着，不仅是我，直播间所有人都在等，评论区不约而同蹦出一连串相同的询问：是叫余焕章吗？

可是，一直到直播结束，“风中轮笛”再也没有回复。

五

接下来两天，我在正阳关的寻找毫无进展。我专门在那些历史悠久的老街巷转悠，和那些晒太阳听戏曲的老人聊天，但没有人知道胡记酒馆，更不知晓余焕章为何人。

几场直播草草了事后，乔安娜质询的电话就像注定追尾的汽车一样，躲都躲不掉。她让我趁热度还在，赶快想办法。我说有什么办法，这不正在寻找吗！乔安娜“嘁”了一声说，刚进公司培训的时候怎么教你们的？要想直播有流量，一、脸皮要厚；二、嘴皮要溜；三、三是什么？故事靠编哪！你都忘了?!

我又开始失眠，偶尔睡着便噩梦连着噩梦。一天晚上，直播间的人气数字忽然变成铁链圈成的“0”，荡秋千一样对直不打弯地朝我飞过来，狠狠砸中了我的脑门儿。我在惊吓中猛然睁开眼，脑门儿依然隐隐作痛。小旅馆的床有些板硬，卫生间一侧的小夜灯散发出微弱的亮光，听着空调机单调的“呜呜”声，恍然间，“风中轮笛”这个名字像一道电光从我脑海闪过。

那天我专门找过“风中轮笛”，但一下播，直播间的观众就像鱼归大海般一哄而散，这个偶然出现的名字也就无从寻觅。况且，单凭在直播间的两句留言，就猜测和我爷爷余焕章有关联也未免过于草率。

但是，就在我快放弃这个想法的时候，“风中轮笛”却主动出现了，在我又一次下播后，他（她）在我的直播号上私信了我。

我们很快互加了微信，对方的微信名仍然是“风中轮笛”，头像是一束蓝色小花。我的微信名是“余先生”。

“您好，余先生！”“风中轮笛”首先向我打了招呼。

“怎么称呼您？先生还是女士？”我内心有些激动。

“就叫我‘风中轮笛’吧！”

“没记错的话，您在直播间说过您奶奶也是从正阳关离开的。”

“是的，余先生。”静默了几秒，对话框显示“对方正在输入”，但过了好一会儿，才出现了一行字：“我可以请您帮个忙吗？”

“您请说，只要我能做到。”

“您有时间吗？明天下午我去正阳关找您。”

我不假思索地答应了。答案似乎昭然若揭，如果和我爷爷的失踪一点关系都没有，这个人也没必要主动联系我。

第二天下午，明媚的阳光铺满大地，沿路的屋脊和树叶上有光点莹莹闪动，一切都有了春天的样子。我心中揣着无数悬念，从小旅馆走到名叫“三口甜”的西餐甜品店时，竟比约定的时间提前了二十分钟。找了个卡座坐下，服务生走过来问我想吃点啥，我说稍等，我在等人。话音刚落，就听一个温柔的女声在空中响起：“是余先生吗？”

我这才发现，原来这是二层楼式的店堂格局，一楼点餐加卡座，楼上则全是卡座。在一楼不起眼的位置，一个小小的木楼梯旋转而上，一位身穿淡紫色上衣的女士站在楼上的扶栏边向我微笑。

我转身在吧台点了一杯杨枝甘露，一杯山楂洛神果汁，又点了个八英寸的榴莲比萨。然后上楼，与这位陌生的女士寒暄问候。

“我叫白兰，白色的白，兰花的兰，网名是‘风中轮笛’。余先生大名是？”她伸手请我入座，声音轻柔清晰，衣着简洁精致，左衣襟别一枚蓝色勿忘我的胸针，一看就是有内涵的女士。

“我叫余是乎。”看她皱眉不解的样子，我用手在桌上画字，“不是‘于是乎白云苍狗’的于，是这个余。”她笑着点头，一副“原来如此”的表情。

我急着切入正题，没有再做铺垫，我把上次她没有回答的问题又抛了出来：“那个，陪你奶奶离开正阳关的人，是不是余焕章？”

白兰低头用小茶匙在杨枝甘露里轻轻搅拌了一下，沉吟了几秒，抬起头看着我说：“不是。”

不可否认，我满腔的热情瞬间降到了谷底。我以为她迟迟不愿正面回答，是因为一些原因无法简单作答，比如说我爷爷真的和她奶奶私奔并且过完了一辈子，比如她觉得有些愧疚需要面对面地说清这些事实，否则，她主动来找我，又作何解释？我们只是网络沧海中不相干的两个人。

我抱起胳膊，向后靠在卡座椅背上，深吸了一口气问：“那你为何找我？”

“对不起，余先生，我知道您很失望，这也是我那天没有在直播间回答您的原因。”白兰真诚地看着我，脸颊微微泛红。她皮肤光洁白皙，加上娴静的书卷气，不大看得出年龄，大抵在三十五至四十岁之间。

“我想请您帮我找一个人，确切地说，是找一个人的家人，但这个人，不叫余焕章。”白兰十指交叠，两肘支在桌子上，两只眼睛恳切地看着我。

“这个人叫什么？”我叉起一块比萨送进嘴里。

“王葆真。三横一竖王，永葆青春的葆，真假的真。”不等我回答，白兰又说，“从我奶奶开始，我们一直在找他的家人，足足找了三代。因为奶奶是和他一起从正阳关离开的，所以我加入了‘正阳关访古’群，想寻找一些蛛丝马迹。好巧不巧，看到您寻找爷爷的直播，人气那么旺，我就想借用您的人气和关注度，也许会是一个突破口很快就找到了呢？所以，我就冒昧地从南京赶过来，请您帮忙。”

王葆真。我反复念着这个名字，心想这世界太怪诞了。我原本是要寻找余焕章，刚出来一点头绪，却被横空出现的王葆真给截断了。也就是说，一条线握到手里，刚要往后捋，却捋出了一个新的线头。

“您愿意帮这个忙吗？”白兰小心翼翼地问，因为激动和担心拒绝，她的声音微微颤抖。

我得承认，我被她的真诚打动了。我知道这会给我带来一些麻烦，特别是那头情绪无常的小母狮，我可能会面临她没大没小的训斥，当然，这可能也会耽误我寻找余焕章的进程，但想起白兰祖孙三代的接力寻找，想起我父亲一生的失落，还有，我实在不忍心让眼前这位文静优雅的女士失望，我愿意用“于是乎白云苍狗”的名义做一次公益的寻找。

我抬起右手，对白兰做了个“请”的手势——“请说出你的故事。”

六

我跟奶奶姓，我叫白兰，奶奶叫白慧兰。

20 世纪 30 年代，江苏金坛有一家著名的白记绸缎庄，生意做得很大，我奶奶就出生在家底殷实的白家。白慧兰从小就很聪慧，要不是战争，她的人生会是另外一部传奇。当然，这不是重点，我拣重点的说。

1937 年金坛沦陷，万幸的是，我奶奶白慧兰已考入国立上海医学院，这一年随校迁到云南昆明，1940 年又迁到重庆歌乐山，这个学校是 1946 年也就是抗战胜利后才迁回上海的。

余先生您是知道的，那时候抗战形势是多么紧张激烈，战士在前线浴血奋战，中弹负伤却缺医少药，因此军队需要大批医护人员。在这种情况下，1942 年春天，确切地说应该是 4 月份，我奶奶白慧兰就接到了去新四军二师某旅战地医院报到的通知。

接到通知奶奶很激动，她的原话是：真是望眼欲穿啊！我早就想去前线救治伤员报效祖国了。于是在 4 月下旬，我奶奶记得是一个有雾的早晨，她打扮成走亲戚的样子，拎着一只柳条箱，由学院党小组的一名同志护送到嘉陵江码头，再由码头的一位地下党乘船护送到宜昌，再由宜昌的交通员护送到武汉，就这样一站一站地接力护送，终于在 5 月初到达了寿县正阳关。

那时候的正阳关因为水运发达，是一个十分繁忙的商业码头，八个省都在这里设立过会馆……对对，您直播时说过，总之是十分繁荣。正因为如此，人多眼杂嘛，处处又都危机丛生，特别是抗战以后，这个地方又成了各方势力暗潮涌动的龙潭虎穴。

白慧兰到了正阳关准备往下一站去的时候，国民党的盘查忽然紧了起来。那时皖南事变发生不久，国民党顽固派仍然十分猖獗，一时就走不成了。怎么办？前方战事正紧，每天都有大批伤病员等着医治，我奶奶却困在这里走不了，她急得不行，但也没办法，只好在地下交通员的安排下，暂时住在了一个酒馆。

您也喝点果汁，别光听我一个人说。胡记酒馆？什么酒馆奶奶没说，她说记不大清了，总之是住到了一个酒馆里，这个酒馆的掌柜和三个伙计都是地下党。这么着，我奶奶就遇到了她的救命恩人王葆真。

这个王葆真只知道是寿县人，具体是哪里奶奶不知道，那个特殊年代也不好细问。我奶奶多大？我想想，她 1923 年出生，医学院是七年制，当时十八九岁吧。这一等，白慧兰就在正阳关整整等了十天。终于在第十一天的凌晨，酒馆的伙计、地下党员王葆真担负起了继续接力护送的任务，带着我奶奶混在一只商船里离开了正阳关。

下一站是哪里？也就是终点，在定远藕塘镇，路程还有一百多公里。奶奶说，虽然只剩最后一站，但这一站却最为艰险，一路上不是日伪军的封锁线，就是国民党兵的盘查哨和巡逻队。水路只能坐船到曹家湾，然后从曹家湾下船绕道谢家集，再从淮南经赵圩子、湖里张、魏庄、吴家小圩到谷庄、程桥，到了定远后，还要经过蔡庄、油坊胡、走马场，最后才算到达终点。是啊，这么多地名，您也好奇我怎么记得住，我怎能记不住呢，找了这么多年，说了这么多遍，背也背熟了嘛。

王葆真话不多，人却非常机智聪明。坐船离开正阳关的时候，他把一支毛瑟枪，也就是盒子炮，放在随身拎着的藤条箱的隐秘隔层里。他左手拎着藤条箱，右手拎着我奶奶的柳条箱，我奶奶穿旗袍挎着个软布包，一前一后像一对儿回娘家的小夫妻，不大引人注意，所以，一开始走得也比较顺利。

下船后，过了谢家集，他们要经过国民党兵的盘查哨。王葆真十分机灵，他客气恭敬地对国民党兵说要去淮南丈母娘家，一边主动打开两只箱子，让国民党兵检查。藤条箱里，是王葆真事先放好的两包老刀牌香烟，国民党兵看了双眼放光，王葆真假装不舍的样子，把两包烟塞到了国民党兵手里，国民党兵得了烟也不再细查，挥挥手让他们过去了。

到淮南后，他们和地下交通员接上了头，在一个老乡家住了一晚，第二天找了辆驴车继续赶路。怕遇到盘查哨和巡逻哨，他们走的都是偏僻小路。到了魏庄，就挨着庄稼地走，那时候是 5 月，油菜和麦子长得很高，已经结荚长穗了，放眼一望无遮无挡全是青泼泼绿秧秧的一片，我奶奶以为这下子安全了，盘查总不至于像变魔术一样凭空而降，但就是这么怪，像从地底下钻出来似的，一队伪军从麦田前方往这边走来。

庄稼地躲不住人，再说躲也来不及。远远地，伪军大喊："站住！干什么的？"还加快脚步跑了过来。总共是五个黄皮伪军，我奶奶这边加上赶驴车的老乡总共三人。我奶奶那时年轻，刚从学校出来嘛，没有经过战争洗礼，所以有些慌。王葆真十分冷静，轻声快语地要我奶奶和老乡保持镇静，一边从口袋里掏出良民证，大声说："我们是回老家哩！"

五个伪军把驴车和我奶奶他们团团围住，一个伪军挨个检查了良民证，我奶奶的良民证是在淮南临时借老乡的。检查了良民证，又开始搜查驴车和行李箱，两只箱子打开，我奶奶的箱子全是换洗衣物和生活用品，王葆真的藤条箱里，除了衣物和一双布鞋，再有就是暗格里的毛瑟枪了。见伪军开始搜查藤条箱，我奶奶白慧兰急中生智，退下手腕上的一只镯子，也学王葆真塞香烟一样，壮起胆子塞到了伪军的手里。正搜查的伪军一看，哈哈笑起来，旁边四个伪军也阴阳怪气地嘻嘻哈哈。但搜查的伪军笑过之后，手并没有停，还在箱子里又翻又找。我奶奶的心悬到了嗓子眼，枪要是被找到，一切就都完了。就在这时，王葆真突然蹿上去，把伪军扑倒在地，抢夺他手里的镯子，同时对我奶奶骂骂咧咧："你这个败家婆娘，就这么个传家宝，你三瓜不值两枣地转眼就送了人，看我回去怎么收拾你！"就和伪军滚作一团扭在了一起。四个伪军齐刷刷端起枪，见难以瞄准，放下枪一齐上阵，对躺在地上的王葆真拳脚相加又踢又打，最后看王葆生不再动弹，才抓着镯子和驴车上的一袋地瓜干扬长而去。

王葆真浑身是血，站都站不起来，只好躺在驴车里继续赶路。天傍黑的时候，到了程桥，再过两个村就到定远，就有部队的人来接应，王葆真的任务也就完成了，但偏偏这个时候出了事。

余先生，我说得有点啰唆，没有让您厌烦吧？我尽量说快点——赶车的老乡心疼驴，毕竟走了一天了，就停下来给驴喂草料。三个人看着驴吃，这时谁也没有料到，不远处歪塌的草棚子后面，三个端着枪的日本鬼子正蹑手蹑脚地逼近。

还是王葆真警觉，草棚子后面干草被踩踏的微弱声响惊动了他，虽然遍体鳞伤靠在驴车里，此时王葆真却果断地打开藤条箱，取出暗格里的毛瑟枪，朝鬼子的方向连打了两枪，没有打中，然后他一翻身从驴车上跳下来，忍着痛一瘸一拐地向右边的林子里跑去。鬼子果然掉转方向去追王葆真，赶驴的老乡赶紧拉着我奶奶躲了起来，我奶奶只听得林子里爆豆子一样的枪响，还有鬼子呜里哇啦的喊叫和撕心裂肺的鬼哭狼嚎。

来接应的战士听到枪响，火速赶来与我奶奶白慧兰接上了头，又包抄林子击毙了一个鬼子，地上躺着一个之前被王葆真打死的鬼子，还有一个，被打中了腿躺在地上哼哼。

王葆真却不在林子里。战士们找了半天，终于在一个山崖下找到了他，他仰面躺在一棵大树的枝杈上，一颗子弹打中胸膛，另一颗穿过了肩胛，他的上半身浸泡在鲜血中，一片殷红。

后来，部队试图联系他的家人，却怎么也联系不上。到正阳关交通站去打听，却不知道他家住何处，只说是寿县人，几年前从外地来的，知道他具体信息的人也早都不在了。

我奶奶白慧兰还没正式开始革命工作就遇到了这样的事，对她的震动很大，这也成了她一生中难以抹去的记忆，她一直活在遗憾和感动中。奶奶说，她的命是王葆真用自己的命换来的，所以她一辈子都拼命工作，多次受到嘉奖，新中国成立后其实有更好的发展机会，但她不愿去，就留在医院救死扶伤，临终前两个月还坚守在手术台边。她大半生都在寻找王葆真的家人，临终又托付给我父亲，现在我父亲也老得走不动了，这个接力棒就交到了我的手上。

余先生，这就是我要说的故事。

七

天很快就黑下来了，我和白兰却都坐着没有动。窗外的樟树被阳光照耀了一天，此时若有若无飘来一阵暖暖的好闻的香气；路灯次第亮起来，像谁正举起一盏一盏黄澄澄的灯笼。我摁亮卡座上悬空的莲花小灯，顿时，我和白兰就被笼罩在一团温馨里。为了制造一点活泼的气氛，我叫来服务生，重新点了两份意大利黑椒牛肉面，又叉了一块榴莲比萨递给白兰，她微笑着接过去，很斯文地慢慢吃着。

关于王葆真，根据白兰的讲述，我在脑海里快速地梳理了一遍，却没有找到可供突破的线索，他像我的爷爷余焕章一样，也形成了一个无从入手的自我闭环。他是哪里人？他的家人有没有找过他？他有什么特征？全都一无所知。

见我苦苦思索的样子，白兰忽然说："对了，我奶奶有一个采访视频，我找给你。"她已不知不觉把"您"改成了"你"。

白兰很快就找到视频发给了我，我在手机上点开，是一个叫《寻找》的电视栏目，这一期的摄制时间是 2017 年，白慧兰已经九十三岁了。

老年的白慧兰虽然牙齿脱落，但皮肤依然白皙干净，满头白发纹丝不乱，可以想象她年轻时的聪慧秀美。视频是采访和解说交叉进行的，内容基本和白兰叙述的相吻合，但白慧兰面对镜头的讲述，还是丰富了更多的细节和内容。

"战士们把他（王葆真）抬上来，他已经牺牲了。老蓝布的对襟褂子，也被血浸透了。有一个战士细心，摸到他右边袖子下面蓝印花布补丁里有一块硬硬的东西，拆开来一看，是一封从交通站带出来的情报，要交给部队首长的。这一路走来，我是一点都不知道，他把我都瞒住了。其实我一直觉得奇怪，一个年纪轻轻的男人，那时候他才二十多岁嘛，衣服怎么补了那样一块蓝印花布，女人用那样的布做头巾做衫子，哪有男人用那样的布的。再说他家境应该还不错，不至于打那样的补丁，因为聊天时他说，为了支持革命，他经常从家里拿钱，家里人以为他败光了，其实是给党小组做活动经费了……"白慧兰说得缓慢庄重，像在做一生最后的缅怀。

和白兰分手时已是月上中天，我走在飘满月光的正阳关街头，内心涌上一些理不清的情愫，是惊讶、感动还是懵懂？它们搅和在一起，把我胸口塞得满满的，我想找个人彻夜长谈或一醉方休，于是在电话簿里翻来翻去，最后却拨给了乔安娜。

我说，安娜呀，我想给人帮个忙，在直播里帮她找个人。

手机里好半天一点声都没有，我正疑惑电话打错了的时候，乔安娜的声音炮仗一样炸了开来："你说什么？给别人找人?！你爷爷呢？余焕章呢？找到线索了吗？没找到！没找到不接着找居然要给别人找人？余是乎！你脑子还好吧？"

我把电话拿远，免得炸得我脑瓜子疼。我咬牙切齿也偷摸骂了声奶奶的，一面笑嘻嘻地柔声说："安娜经理，少安毋躁，我爷爷的线索暂时断了……"

"那就编！接着往下编！你奶奶的故事不是编得很好吗？"

"那是真的，不是瞎编的！"

"哪有什么真的，你说说，我们公司的直播有真故事吗？你糊弄别人可以，糊弄我？嘁！"

这样下去，事情就越说越远了，这小女人一发起飙来，事情就没有转圜的余地，我强压住怒火，把白兰求助的事情简要复述了一遍。

"像这种情况，利用公司平台找人，是要付费的你知道吧？"乔安娜慢条斯理地说。我以为她会改变主意，谁知道她竟跟我说钱。

"乔安娜，你脑子里除了钱还有什么？"我感觉自己要爆发了。

"余是乎！你少跟我提什么情怀！公司的宗旨就是盈利！就是赚钱！否则要我们干什么？公司创造了那么好的推广平台，哪一场直播不是几万加，你倒好！利用平台给别人找人？我告诉你，不行！'寻找余焕章'只能是余焕章，没有流量就去挣流量，没有故事就去编故事！"乔安娜理直气壮振振有词。

"编！编你大爷！"我猛地喊出这一句，然后狠狠关了手机，长出了一口恶气。

第二天上午十点，我在小旅馆里开了播。直播间照例拥满了人，都等着我继续找爷爷呢，却等来了我的告别演说。

"家人们，谢谢你们一直的陪伴，但我现在不得不和你们说再见了，上次直播时给我留言的'风中轮笛'朋友希望我能给她帮个忙，帮一位英雄找家人。对，也是找人。但这偏离了我们公司平台的规则，并且也偏离了这个系列直播的主题，毕竟，这和寻找余焕章的直播无关。所以，我决定，暂时退出这个直播平台，接下来我会在某音平台重新注册账号，帮'风中轮笛'找英雄的家人，他的故事深深打动了我。恳请家人们原谅我的虎头蛇尾，但是我保证，我不会放弃寻找我的爷爷余焕章，一有线索我会立即直播向家人们报告。当然，我也希望大家能关注我的新账号，给'风中轮笛'朋友提供有价值的线索……”

直播间一下炸开了锅，各种询问和疑惑满屏飘了起来：

“真的假的？什么英雄？”

“新号是什么？我会继续粉你哦！”

“余焕章还没找到，怎么又要找英雄？”

…… ……

像鱼吐出的泡泡，一句接着一句，评论区瞬间大水漫了金山。

该说的都说了，我果断下了播，乔安娜的电话又追了过来：“余是乎，你什么意思？不想干了是不是？”

“再说一遍！我、目前、现在、心里只有情怀和英雄！爱咋咋地吧你！”我无比畅快地挂了电话。

八

我在某音平台注册的新账号是“于是乎风中轮笛”，我也不知道为什么要起这么个名字，觉得和白兰的嘱托有关，就这么叫了。征求过白兰的意见，她说没有意见。

首场直播在晚上七点，地点在一间安静的茶室，这里灯光温暖，摆设也很温馨。我邀请白兰一起直播，她有些腼腆，说怕一紧张中途卡壳，王葆真的故事还是由我来转述。

一个新号，要想立刻拥有粉丝量不太可能，我做好了光杆司令自说自话的准备。直播间冷清清的，像一间刚刚粉刷完毕的新房，空空荡荡，还没有居家的气息和氛围。我有些尴尬，又好像置身于一个空中舞台，台下只有一个人在默默关注着我，她把所有的希望都寄托在我的身上。我怕辜负了这份期待，想竭力表现得完美一些，引来观众和掌声，交上一份满意的答卷。

真的，我第一次有了这样的奇怪感觉。以前在直播中，我从未想过责任二字的含义，甚至寻找我爷爷余焕章的直播也是如此。我嘴皮子练得很溜，懂得煽情，也会控制节奏，但说到王葆真，不由自主的庄重感让我丧失了这种能力。

直播间人数寥寥可数，我开始天南海北一个人穷聊，从淮南美食“大救驾”说到正阳关的非遗“抬阁”和“肘阁”，说到寿州香草和淝水之战，每说一段就穿插一段预告，说直播间人数达到五百我将讲述革命英雄王葆真的感人事迹。

我在等待，等人，等流量。同时做好了心理准备，今天没有人，明天继续，明天没有人，后天再来，总之，我下定决心，这场公益寻找我会一直进行下去，直到有新的线索出现。是的，比起我的爷爷余焕章，王葆真让我敬佩，也更激起我寻找的欲望。

七点十五分，直播间有了四十多人，七点二十，涨到一百零三，七点半的时候，人数忽然增加到五百多，七点四十便破了千，看着熟悉的用户名和评论区催促的留言，我知道大多是跟踪过来的老粉儿。

我正式开始讲述。我已将白兰说出的故事牢牢记在了心里，并化作了自己的语言，所以我的讲述是认真和平静的，没有半点浮夸和戏谑。

讲完时，直播间已接近四千人。然后，我把采访白慧兰的《寻找》栏目在直播间播放了一遍。这段视频很有年代感，白发苍苍的白慧兰沉浸在往事的追忆中，她一字一句缓缓讲述着王葆真的生死瞬间，举重若轻又难掩伤感，皱纹环绕的眼睛里，有泪光闪动。

因为有真实的细节，王葆真的英勇牺牲格外感人。直播间没有了往日的喧闹，我知道大家都在静静地观看和聆听。视频播完，我最后总结说："王葆真牺牲时，来不及留下半字遗言，他的家人知道吗？也许根本不知道。他的父母亲人不知道他去了哪里，一直在等待他回家，可是一辈子都没有等到。子弹击中他的胸膛时，他也许想过再也不能和家人团聚，但他选择牺牲自己的那一刻，就已经做好了充分的准备，那是坚如磐石的信仰的力量……今天，我们已经远离战争，他的英灵却无法魂归故里。所以，这就是我们寻找的意义，我希望有朝一日能找到他的家人，让他在子孙后辈的心目中、在他宗族的家谱里光辉永存……"这一刻，我想到了我的爷爷余焕章，一丝难言的疼痛在我心底蔓延，这是我从未有过的体验。

下播后快到十点，小镇的夜晚已进入半休眠状态，空阔的街道上只有路灯昏黄的光晕。白兰向我道谢，并重新布了茶点请我喝茶。白兰说，明天一大早她就要回南京了，今晚向我辞行。她是一所大学图书馆的管理员，这次是专门请假过来找我，她感谢我让白家三代人的寻找有了新的途径。"余先生，也许一切都是冥冥中的安排，让我遇见了你。"她微笑着说。

回到旅馆已过子时，我以为又将度过一个不眠之夜，谁知没有了流量焦虑和乔安娜的催魂电话，我居然睡得很沉。直到八点，仿佛平地里一声炸雷，"你快回来，我一人承受不来"的来电铃声将我惊醒。

我迷迷糊糊抓过手机，划开接听键，孙楠的金属嗓音瞬间切换成一个毫无头绪的苍老声音："你赶快回家一趟！马上！快点！"我愣了好几秒钟，才听出是田老头。

我腾地从床上坐起来，问是不是我爸出事了，田老头闷头闷脑回一句："回来再说!”便挂了电话。

我心急火燎地起床抹了把脸，到一楼退了房，开上我的破吉普，一阵烟儿似的往家赶。

赶到家时，楼下淘米做饭的邻居堆起笑和我打招呼，我顾不上搭理他，三步并作两步上了楼，气喘吁吁地打开门，见田老头坐在我家的沙发上，我父亲也好好地坐在轮椅里，护理工在厨房铛铛铛地切菜，我这才一屁股坐进圈椅，像一堆泥沙一样松塌了下来。

田老头右手夹着香烟，神情严肃，垮着他那张标志性的倒三角脸；我父亲嘴唇抖动着，双眼潮湿，像是刚刚哭过。我不确定我父亲此时是清醒还是糊涂，喊了一声：“爸!”

父亲嘴唇抖得更厉害，眼巴巴看着我说：“你回来啦?”

我把疑惑的目光转向田老头。田老头任香烟烧了半截，盯了我好几秒才郑而重之地对我说：“小余，你爷爷找到了!”

我父亲像个孩子般嘤嘤哭了起来。

田老头举起夹烟的两根手指，激动地上下直点：“蓝印花布！蓝印花布啊!”见我满脸的焦急和疑惑，他不耐烦地“啧”一声，掐头去尾地说：“那个王葆真，袖口、蓝印花布、补丁!”一边说一边比画着。原来，田老头一直在悄悄看我的直播。

见我还是一头雾水，田老头干脆一竿子到底：“哎呀！王葆真就是你爷爷！余焕章就是王葆真!”

此时，我父亲号啕了起来，眼泪鼻涕流在了一起。

我顾不上给父亲擦脸，拖了把椅子，挨着田老头坐下。田老头叹了口气，指了指墙上我奶奶余周氏的照片，说：“你奶奶，真不简单哪！唉，我一直以为……”

时间便又回到了1938年端午节的前一天，余焕章失踪前在家的最后一夜。我奶奶余周氏帮余焕章脱下半旧的长袍，准备换下快要缝好的老蓝布短褂。作为裁缝的女儿，女红是余周氏拿手的本领，这一夜，她在灯下缝了半宿。鸡叫头遍时，她对着灯举起已完工的短褂，想起余焕章平时伏在桌上写字，右边衣袖总是先磨脏磨破，这一走又不知何时才能回家，便鬼使神差地剪了自己的蓝印花布头巾，一针一线地缝在了衣袖下。

余周氏在晚年多次和邻居们说起过这个细节。但包括田老头，甚至包括我父亲在内，所有人都没拿她的话当真，他们觉得一个被丈夫抛弃的女人，还像祥林嫂一样深情回忆这个男人，真是愚痴又可悲。

我奶奶余周氏当然并不知道，这个蓝印花布补丁，不仅成了丈夫传递情报的秘囊，也最终铺平了把他引渡回家的桥与路。

我抬起模糊的泪眼，我奶奶余周氏平静温和的脸，在白墙上漫漶出宁静又神秘的微笑，她仿佛和光同尘，融入了漫长的时空。

但冷静下来，似真似幻的迷雾又渐渐升起，我依然觉得疑窦重重。也许不过是巧合，在那个动荡穷苦的年月，谁的身上不是补丁摞补丁？仅凭一块蓝印花布补丁，就能确定余焕章是王葆真？

九

我迫不及待地打电话告诉白兰，满怀欣喜又小心谨慎地说，王葆真有可能就是我爷爷余焕章。她一时反应不过来，直到我说完前因后果，她才惊叹道："我的天！太难以置信了！太好了！"

我问她王葆真的墓在何处，我想去看看。白兰说，明天周六，我陪你去。

我告诉父亲，我要去爷爷的墓地看一看。父亲坐在轮椅上抓住我的手，露出小孩儿要糖吃的眼神，想让我带他一起去。我安慰他，说我先去看看，下次陪你一道去祭奠爷爷。他"嗯啊嗯啊"地应着，很不情愿地松开了我的手。走到门口，父亲突然对着我的背影口齿不清地喊了一声："爹！你早点回来啊！"我鼻子一酸，眼泪流了下来。

在开往南京的高铁上，我接到了乔安娜的电话。不知乔安娜从哪里得到的消息，她一改上次的跋扈嚣张，声音温柔到让我无法适应："余哥，对不起哦！没想到王葆真竟是……这实在是太令人——惊喜了。不过说真的，你那个直播间人气不行，比起公司的推广度还是差远了，回来吧！我们可以让你爷爷的光辉形象家喻户晓，同时你也会有更多的收益，这是英雄后代应得的补偿！"

我忍不住大笑起来，笑得眼睛都湿了，邻座频频投来好奇的目光。我说："乔安娜，谢谢你这么看得起我。余是乎现在不关心收益也不关心流量，只关心能睡一个踏实好觉，面朝大海，春暖花开，请你不要再来打扰我。"

说完，我戴上睡眠眼罩，松软地靠在了椅背上。

在南京站出站口，我看到了一身黑衣的白兰。白兰认真地看着我，不可思议地缓缓摇头。我知道她内心的感慨，这一切来得太突然，仿佛有一双神奇的手一路牵引着我们，从陌生之地走向命运的交汇点，完成冥冥之中的郑重交付。我们相视一笑，太多的感慨突然间没有了来路，仿佛所有寒暄都过于矫情和苍白。

我们转乘下一趟车，去往定远。到定远后，找到一家鲜花店，我和白兰一人买了一束鲜花，再转汽车和出租车，终于在下午三点多赶到了陵园。

入口处的柏树下，站着一个中年男人，见到我们，笑盈盈地走上来打招呼，白兰介绍说是退役军人事务局的张科长。

张科长领着我们一边往里走，一边介绍陵园的情况。陵园面积很大，一眼望去，触目可见皆是苍松翠柏。不远处层层叠叠的台阶之上，在蓝天白云的映衬下，一座汉白玉烈士纪念碑巍然耸立。纪念碑周围，是一块块密密麻麻凸起于地面的黑色方形墓碑，有的墓碑上有名字，有的墓碑上什么也没有。张科长说，这些烈士以前分葬在定城、桑涧、藕塘等地，是多年前陆续迁来的，其中有很多无名烈士共一个墓堆，至今没有姓名，也无法找到家人。

为了方便祭奠，每一排墓碑下面都砌了水泥步道，顺着窄窄的步道走到中间一块墓碑前，张科长站定，指给我们说："这就是王葆真烈士。"在两块没有名字的墓碑中间，一块黑色大理石墓碑静静展现在我们眼前，墓碑上刻着"革命烈士王葆真同志"几个烫金楷体字，下面两行是小一点的字号：安徽寿县人，出生年月不详，中共地下党员，一九四二年五月十五日护送新四军军医赴藕塘途中牺牲。

我一遍一遍地看着，一个字一个字地默念着，仿佛置身梦境，似真似幻，忽近忽远，一切忽然间都不真实起来，又好像从来我都知道这一切。我愣怔在那里，忘了时间的流逝。白兰碰了碰我，示意我敬献鲜花。我缓过神儿来，和白兰一起将鲜花摆放在墓碑前。在弯下腰的那一瞬，我看到墓碑周围的草地上开满了淡蓝色的勿忘我，这些小小的花儿穿过无名的藤蔓和草叶，悄然又繁密地一路开向远方，仿佛是写在大地上的无声诗行。我内心万马奔腾，此时所有的疑虑都已消失忘却，这块大理石墓碑之下，仿佛真的就是我失踪了八十年的爷爷余焕章，他不是浪子，是舍生忘死的英雄！他机智勇敢，有坚定的理想和信念，却被误解了那么多年，甚至于，像拔一棵稗子一样，被最亲的亲人从家谱中无情地拔除！这是多么巨大的委屈和悲痛！

天空蔚蓝得像一块薄脆的蓝水晶，大地深邃草木宁静，仿佛温柔不语的母亲。我站起身，梦游一般回到眼前的现实，一种使命感催促着我：作为余焕章血脉的延续，我有责任帮他找回遗失的姓名，领他回家。

我问张科长，能否将王葆真的名字改为余焕章，或者在墓碑上加上"本名余焕章"几个字。张科长笑笑说，当年为了革命需要改名换姓是常有的事，但没有十足的证据表明烈士王葆真改过名字，况且即便是真的改过，现在要改回原名，也要有十足的证据。

我知道张科长说得在理，也知道我的请求过于唐突，但我仍然心有不悦。白兰看了看我，对张科长说："还请您考虑一下烈属的感受，我以为余先生的心情是可以理解的。"张科长却含笑不语。

我说："特殊的战争年代，哪能轻易找到证据？王葆真牺牲时穿的衣服上有一块蓝印花布补丁，与我爷爷身穿的衣服补丁一样，她奶奶就是见证人……"我指了指白兰，一边快速在手机上翻找那个采访视频，"现在国泰民安了，我爷爷若是泉下有知，我想他一定想做回他自己，这难道有什么不妥……"我知道自己说得有些心虚。

张科长微笑着用手制止了我："我不是这个意思。说实话，这件事需要慎重。单凭一块补丁真无法确定王葆真就是余焕章，一件衣服，有没有可能是借给了别人，比如说借给了王葆真？或者为了乔装打扮，王葆真故意穿了余焕章的衣服？也不是没有可能，对不对？"

我一时语塞，我承认他说的话很有道理。严谨，我第一次觉得这两个字是没有情感的冰坨子。

"张科长，那你说怎么办？"我很不高兴地加重了语气。

张科长笑眯眯的，一点也不在意我的脸色和情绪，故作神秘地说："当然有办法，科技发展到今天，这个问题早就不是事了。"

张科长说，当年从各处散葬地迁来烈士的遗骸时，顺便替无名烈士和未能联系到亲属的烈士提取了DNA，就是为了今后帮烈士寻找家人。

"但你知道吗？因为这里有很多无名烈士，这些年到这里采血寻亲的已经有一千多人，王葆真烈士虽然有名字，但考虑战争期间有可能改过名，所以也有一百多人来采血，但都没有比对成功。"张科长意味深长地拍了拍我的肩："我希望，你会是比对成功的那一位。"

傍晚时分，在张科长的安排下，两名公安来到我入住的酒店给我采血。当采血针扎进血管的那一刻，我似乎连通了一条血脉的河流，河流的另一端，站着我的爷爷余焕章。

DNA比对结果将在明天上午揭晓。这一夜，我和白兰一起等待天明。在酒店的落地窗前我开了直播，重温着今天发生的一切。窗外，星河灿烂，繁花正妍，春天的气息在空气中涌动，我闻到花朵和植物的芬芳，一切都是孕育希望的样子。直播间里满屏滚动的祈祷和祝福让我感动，他们和我一样，在等待一串神奇数字的出现。而那一刻，究竟是这场寻找的圆满结局，还是新的开始？

我再次展开真诚的微笑，对着屏幕说："亲爱的家人们，明天见！"

谷雨

万象虚构

软壳城堡

蒋诗经

一

酒喝得差不多了。一群老同学围着桌子你聊你的，我聊我的，对方听没听进去，并没有人在意。每个人都把攒在心里的话，趁着酒精挥发了出去。从初见时的兴奋到酒后的唏嘘，时光公平地从每个人的心头碾过。看着一张张熟悉而又陌生的面孔，三十年前的时光仿佛猛地被拽到了眼前。老花了，离得越近，就越看不清晰了。每个人的记忆都带着主观的色彩，不太真实。依稀间，老大问我，老三你能联系到老六吗？我摇了摇头。老大叹了口气无限感慨地说，过去的都不是事儿了。

我没撒谎，现在我真联系不到他了。我答应过老六，要保密的。如果他泉下有知，是不是应该夸我一句？上了出租车，我连夜赶向高铁站。很多同学将逗留在这个城市一夜畅谈。促使我离开的，或许也和老六有关。如果老六还活着，肯定不希望大家谈论到他。大学时，他就不喜欢被别人谈论，至死也还是这样。

老六是在一个多月前去世的，死于肝癌。我是班里唯一参加了他葬礼的同学。近十年里，我也是唯一和老六有联系的同学。这一点，他也让我不要告诉别人。我和老六毕业后也有将近二十年没有联系，我找不到他。也不是找不到，毕业那年我曾经去过他老家，后来完全可以再去一趟问问。但后来我的生活过得一地鸡毛，没有心劲儿，就没去找了。大约是七八年前的某个下午，我接到了一个陌生的电话，电话的归属地，是邻省的省会。电话的那端，一个中年男人说着夹杂着口音的普通话。他问，是丁老师吗？我答，是。再往回几年，如果有人叫我老师，我会觉得他是在骂我。但跟过剧组以后，我发觉老师并不是什么了不起的称谓。剧组里的人鱼龙混杂，不管你是干什么的，都会有人叫你一声老师。这是一种社交智慧。经历过人生的风风雨雨后，我反而觉得“老师”这个称呼，可以省去很多不必要的麻烦。我的声调里有着末流编剧的矜持和保守，等待着对方的下一步询问。电话那端突然笑了起来说，三哥，我是老六。

我比老六小，但他还是像大学时一样，有些戏谑地叫我三哥。三十年前，我们走进学校宿舍时，都像小公鸡头，有准备开嗓司晨前的踌躇和自信，谁也不服谁。不知道是谁的提议，寝室结义，忽略年龄，按进寝室的先后顺序排行。老六其实是我们中年龄最大的。我还不错，是老三，够本了。

老六说是从网上搜了我的名字，先找到剧组，再辗转找到我的。老六驱车近二百公里，来到我生活的县城。老六的脸上有了皱纹，鬓边有了白发。那时我刚离完婚，编剧工作让我晨昏颠倒，日子过得乱七八糟。唯一的好处是，够自由，酒喝到昏天黑地也没人管。老六酒量比我大，那天喝得也比我多。第二天，我醒来完全忘了昨晚酒后聊了些什么。老六已经走了，我打电话给他。他还在电话里笑，让我别和同学说见过他。

这些年，我们就这样断续地联系着，偶尔一醉。我知道老六日子过得还算不错，手里有一个建筑公司，他开的 Q7 能证明他是个中产阶级。我对他后来的故事并没多大的兴趣，甚至没问过他为什么会成为一个“包工头”。就像他也没问过我为什么会当上了这种末流的编剧。我们浸泡在酒精里的话题在回忆里绕来绕去，像迷了路，找不到现在或将来。

半年前，老六又来找我，一反常态地没喝酒，苍白的脸上挂着的笑像风筝，能随时拽回来的那种。老六说，假如有一天我走了，你会来参加我的葬礼吗？我放下酒杯，问他怎么了？他想了想说，肝癌，晚期。我怔了怔。他又给我倒了一杯酒说，没事，你不常说人生的剧本是写好的吗，我的剧本到这里应该就是大结局了。

那天，我还是喝醉了。我不想在死亡的面前表现得太坚强。老六没有故作轻松，也没有我想象的悲伤。他仿佛真的是在翻看一部六十分的剧本，神情平静。我们把大学时发生的事又翻了一遍，就像农夫把自留地又深耕了一次，除了这样，还能干什么呢？

老六问，还记得我第一次进宿舍时的模样吗？

我说，当然记得。其实我记不清楚了，只依稀想起来，老六进宿舍的时候，好像是黄昏。9 月的阳光斜斜地从木框窗户插了进来，落在最外面一张空着的下铺上。那张铺本来是老五的，但老五不喜欢灼热的夕晒，搬到了上铺去了，下铺就空在那儿。老六就是这时候走进夕照里，披着落日的余晖。他脚上的那双解放鞋让人印象深刻。老六如释重负地脱下解放鞋后，整个屋里都弥漫着酸臭味儿。

老六脸上的笑深了一些。他说，那是我第一次离家出远门，从车站找到学校，走了整整一天。老六的生活很清苦，这我们都知道。就算他没走那么多的路，解放鞋也容易臭脚。三十年前，解放鞋已经不太多见了，学校里多见的是各式各样的皮鞋和球鞋。老六说，当我找到学校，看到教学楼上飘扬的红旗下，挂着蛋黄一样的夕阳，没来由地感到一阵忧伤。这是老六第一次说这样有点诗意的话。或许，大病在身，他是真的伤感了。

那天，老六连夜开着他的 Q7 离开了。临别之际，我说，他们在筹划三十年的同学聚会，你就没想过去聚一聚？他摇了摇头，说不用了。我意识到这可能是我和老六最后的相聚了，有点执意地问道，你是不是还没放下那件事？

他笑了笑，又习惯性地迅速地收了起来。他说，我可能等不到 9 月了，答应我，不要和同学们说起我。我问，为什么？他说，我希望他们忘了我。

二

一个月前，一个女人用老六的手机给我打来电话。我这才得知，老六走了，明天是他的葬礼，我是他唯一指定要通知的人。女人是老六的妻子，叫陈红。我和老六在大学的关系算不上亲密无间。老六和谁的关系都不是特别好，他总喜欢保持一定的距离。他在酒后和我说过，之所以二十年后还会找到我，就是喜欢我淡淡的冷漠。

去参加葬礼那天，天气格外闷热，我的破车空调一直不太好。高速路走了一半，天气突然变了，雨点打在车前玻璃上，因为车速很快，雨点反而向玻璃的上方蜿蜒，像逆流的眼泪。雨点越来越密集，我不得不放慢车速，雨刮器像疯了一样摇摆，仍然无法擦清视线。我忍受着车里蒸腾的热气，小心地开了几十公里。暴雨说没就没了，不知道是我驶过了暴雨区域，还是雨已经停了。

我是提前一天去殡仪馆的，正式的葬礼在第二天。殡仪馆里，老六躺在灵堂插了电的冰棺里，还没有火化。灵堂里人不多，一个消瘦精干的中年人在忙前忙后。我自报了姓名。中年人叫了我一声三哥，给我端来了塑料凳和一杯茶。他是老六的弟弟阿毛。阿毛能叫我三哥，看来老六确实和家人交代过和我的关系。

阿毛指着在另一边椅子上坐着女人说，那是我嫂子陈红，还有我侄子阿瓜。阿瓜是个小学生，还不明白生离死别的悲伤，正在低着头玩着手机。陈红呆坐在椅子上，脸上更多的是茫然。陈红知道我是谁后，向我点了点头，算是打过了招呼。阿毛忙着要去安排我的住宿，我赶紧拒绝了，说我习惯了熬夜，想在灵堂里坐一夜，也算是送老六最后一程。

老六的冰棺前是一个老式的供桌，上面放着两个烛台、一个香炉。我晚上的任务是及时拨亮蜡烛，并续上香。葬礼还有一些老式的农村习俗。夜里，殡仪馆安静下来，隔壁灵堂的哭声也消失了。殡仪馆在市郊的山脚下，不知什么时候起，山腰间蒸腾起一丝雾气，仿佛是生与死的临界，有点不真实。偶尔，远处会传来一声不知名的鸟叫。

我在殡仪馆转了一圈，并不感觉害怕。说实话，老六的去世于我而言，更多的是感慨，时光易逝，生命无常，除此之外，我的脑子里空空荡荡。我甚至有点喜欢这种感觉，在这去往黄泉的站台前，仿佛就不用再多思考什么。冰棺里的老六保持着明天即将被瞻仰的遗容，他的嘴角有一丝笑意，反而比平时的笑更坚固。

Q7 的灯光很亮，陈红从车上下来，进了灵堂，她的一只手里还拎着一瓶酒。我有些讶异，觉得陈红过于客气了，她应该好好休息，明天好好和老六告别。陈红打开了饭盒，用一次性杯子给我倒了一杯酒说，三哥，我来是想问你点事。

酒是平时老六爱喝的那个牌子，后备厢里常备着。我看了看不远处冰棺里的老六，没再推辞，算是默认。陈红低着头想了想说，你觉得他是个什么样的人？她嘴里的“他”指的应该是老六。我觉得陈红的这个问题有点奇怪，她应该比我更了解老六才是。我喝了口酒说，我不明白你的意思。

陈红努力地挤出一丝笑，又低下头说，我和他结婚十七年了，可还是感觉像不认识他一样，刚结婚那会儿，我以为是老天对我开了恩，可是后来我才发现，我从来不知道他心里想的是什么。

或许，陈红只是想找一个人倾诉，并不是想问什么。找我这样和老六生活并无交集的同学倾诉，算是个不错的人选。我没有接话，继续喝着杯子里的酒。陈红见我没说话，知道话还没说透。她犹豫了片刻，拿过放在一边的香烟，点了一根。她抽烟的动作很熟练，不是初学者。她吐了口烟说，戒了十七年了，从嫁给她的那天起戒的。她脸上浮现出和老六几乎同样的笑容，可能是和老六共同生活了十七年的原因吧。她说，说出来不怕你笑话，我是个小姐。

我怔了怔。我明白她嘴里“小姐”的意思。我看向了她。她抬起头，有一种豁出去了的勇敢。我理解地笑了笑说，谁都会有过去。卸去了拘谨，陈红的声音也放松下来。她说，我就想问问，他是一个大学生，为什么要娶我？

你们是怎么认识的？我觉得我应该问一句了，要不然不知道话题该怎么继续。

陈红又抽了口烟说，他是我的客人。烟雾迷蒙，她仿佛陷入了回忆之中。

那是一间逼仄的美容院。美容院的卷闸门前，是一盏转灯。卷闸门后是又一张玻璃门，屋内大白天也点着粉红色的灯，温暖暧昧。左手边的墙上嵌着镜子，镜前的置物架上放着一些蒙尘的美发用具。厅里放着一张宽大的沙发，沙发的对面是液晶电视和音响。电视里放着流行歌曲。沙发上躺着的，才是这个店里真正的商品。十七年前那个春天的下午，二十三岁的陈红和几个姐妹坐在沙发里，听着歌昏昏欲睡。下午不是生意的高峰期，人都有些懈怠。老六就是这时候进来的。

我算了算，那时候的老六应该是三十二岁了。三十二岁且还是单身的老六走进这样的地方并不奇怪。

老六进屋后，说了一个名字，说是要找人。姐妹们都笑了起来。这里的人换得很勤的，做这行的姐妹都不是踏实的人，做做走走，一年都要换好几拨，找不到的。老六脸上有些失望，准备离开，老板娘上前一把拉住了老六说，你找的是你什么人？老六想了想说，朋友。老板娘指着沙发上的姑娘说，她们都可以是你朋友。老六摇了摇头。老板娘说，一回生二回熟。老六又摇了摇头。老板娘向姑娘们使了个眼色。陈红主动起身，拽着老六上了楼。老六并没有故作矜持，随着陈红来到了楼上的小包间。能看出来，老六有些慌乱。慌乱的老六很快就投降了。投降后的老六一边穿衣，一边说了一句让人大跌眼镜的话。老六说，我可以娶你。陈红就笑，笑老六的这个玩笑开得并不可笑。老六掏出一张名片说，你想好了就给我打电话。陈红从名片上看出，老六是个包工头。又一个没有生意的下午，陈红无聊至极，看到那张名片，想起了老六的玩笑。陈红拨通了电话问，你不是要娶我吗？你来的时候给我买个金戒指我就嫁给你。第二天，老六就来了，带了一个金戒指。金戒指也不算太贵，但陈红这时候才意识到，是自己把玩笑开大了。

陈红下意识地摸了摸手上的戒指，款式很简单。

半个月后，陈红离开了美容院，换了手机号，又戒了烟。两人的婚礼很简单，完全按老六的意思来，只通知了双方的家人，老六父母都不在了，只有一个弟弟，婚礼当天才到。来参加婚礼的，大多是工地上的工人。陈红家来的只有父母和姐弟，她没通知任何以前的朋友。她要彻底告别那段过去。婚礼上，有个叫老雷的包工头，笑着喊老六大学生。陈红开始以为老六只是个娶不上媳妇儿的小包工头。可结过婚才知道老六不但有建筑公司，还是个大学生。她想不明白，以老六的条件为什么要娶她。她也问过老六。老六只是笑笑说，就是想结婚了呗。陈红忐忑地接受了这个理由，不再追问原因。她害怕这是一场梦，太过究竟会把梦惊醒。那段时间，是她和老六过得最幸福的一段日子。她每天在家变着法地做好吃的饭菜，等老六回来。

说到这里，陈红的眼神变得有些落寞。她对我说，你是我见过的他唯一的大学同学。我点了点头表示明白，但并未接话，她想说的故事还在继续。

结婚后，陈红一直没有怀孕。她偷偷去过医院，也查不出什么原因。她觉得很对不起老六，但老六好像并不在意，只说随缘。直到六年后，陈红终于怀了孕。她拿到孕检报告后，第一时间给老六发了微信。老六在忙，很久才回了两个字，好啊。阿瓜出世了，老六也挺开心，常常逗阿瓜玩。但有一点，让陈红一直无法明白。自从怀孕后，老六就和她分了房。后来，老六换了大房子，换了新车子，但唯独没再进过陈红的房间。陈红哭过，也闹过，但老六只推说一句，累了，就转身关了门。这样的日子一过就是十年。这十年里，陈红又想到了当初的那个问题。老六有钱，又是大学生，为什么会娶她一个风尘女子？这让她觉得自己矮了一截，连和老六说话都没有底气。但老六除了不再进她的房间，不再多说话，物质上从没有怠慢过她。

说到这里，陈红轻轻地叹了口气说，如果他还在，这个问题到死我也不会问的，但现在他走了，我还是想知道答案，想知道他心里到底在想什么，想知道他为什么会娶我？

问题提出来了，可我却不知道该怎么回答她。这个世界很多问题是没有答案的。如果用世俗的眼光，我依稀能明白老六的选择。这也是我和老六后来聊天一直没触碰过的问题。我之所以从不提起，是怕老六难过。老六之所以不提，可能是因为往事不堪回首。

现在，陈红带着一腔的疑惑问我，该不该回答她？我起身去老六的冰棺前续上了香，拨亮了蜡烛。老六脸上的笑意还在。我坐下喝了口酒，终是不忍看陈红一脸的凄楚，想了想说，他坐过牢，你知道吗？

陈红摇了摇头，并没有特别吃惊，脸上泛出一丝苦笑，仿佛找到了答案，又并不确定。她说，能和我说说大学时的他吗，我想多了解一些他的过去。

三

老六的故事该从哪儿说起，我一时理不清头绪。三十年前的记忆已经遥远而不真实，那些青春时光，像泛黄的老照片，有些模糊。只有一点是毋庸置疑的，老六是宿舍里最穷的。他的解放鞋，他的衣着，甚至他说话的语气，都无一例外地证明着他的贫穷。

三十年同学聚会的时候，老五大言不惭地说，他曾在生活上帮助过老六。老六不在场，没有人反驳他，因为没有意义。而我的记忆里，老五常常指派老六干这干那的，洗衣服，扫地，值日什么的。老五也很会做人，事后都会给老六一些小恩小惠。有一次，老大看不过去，质问老五凭什么整天指挥老六干这干那的。老五也不示弱，阴阳怪气地反问，是不是老六不愿帮你干活？老大怒了，指着老五的鼻子要和他出去单挑。老五这时语气就弱了下去，说是老六自愿的，不信你问他自己。每天夜里，老六都留在教室看书看到最后。等老六回来，老大真的问了，仿佛在等着老六的投诉。老六沉默了片刻才小声地说，我是自愿的。老五听完答案，得意地笑了。老大被噎得直翻白眼，狠狠地对着墙上打了一拳。

这些都是细枝末节，真正让老六的故事开始的，是一个女生，叫林幺妹。林幺妹和我们不是一个班，本来和老六并没有什么交集。在冬日的某个夜晚，她却鬼使神差般地闯进了老六的生活中。

这天深夜，宿舍已经熄了灯，保卫科的马干事坐在值班室里打瞌睡，门被敲响了。马干事的好梦被惊扰，很不高兴。这时候校园里应该一片宁静才对，怎么会有人敲门？门外站着的是老六，老六手里拿着一个钱包。钱包是老六在校园捡到的。钱包里有林幺妹的学生证。马干事例行公事地问了几句后，收下钱包说等明天再处理，这都熄灯了，怎么还在宿舍外面转悠？

第二天下午，马干事找到了老六，让他去保卫科一趟。到了保卫科，马干事说钱包找到失主了。老六当时还有些不好意思，以为失主要专程感谢他。然而马干事的口气变得很生硬，问老六有没有看见钱包里的钱。失主林幺妹说她的钱包里面还有二百块钱。马干事瞪着老六，眼神里充满怀疑。老六莫名地有些慌乱，话说得就有些结巴，像是无端露了怯。看着老六的表情，马干事笑得意味深长，话锋一转说，我们调查过了，你每天晚上都最后回宿舍，出去干什么了？老六的脸上再次吹过慌乱的风，表情全散了，没了章法。马干事更加笃定了自己的推断，继续加强攻势说，男生怎么会在女生宿舍附近捡到钱包？老六梗着脖子不再说话。马干事见老六不敢说话，改变策略放缓了口气说，你知道二百块钱，对一个来自农村的女孩有多重要吗？那可是她半个学期的生活费啊！

老六怎么会不知道二百块钱有多重要呢，二百块钱对他来说更是一笔巨款，可是现在他被怀疑成小偷了，又百口莫辩。老六可怜巴巴地看着马干事，希望马干事能还他一个公道。马干事自诩看穿了老六的心事，语重心长地说，你们农村孩子能考上大学都不容易。这样吧，如果你能把那二百块钱还上，这事我就当没发生过。但是如果你解释不了我的问题，我只能上报学校，请你的家长来学校解决了。老六手足无措，不知道该怎么应对马干事提出的条件。马干事想了想，又和蔼地说，给你一天的时间，希望明天你能给我一个满意的答复。

事件的发生大致是这么回事。我也是根据后来事件的发展做的合理想象。这种想象如同马干事的推断一样并不准确，很多细节会和事实有出入。但时隔三十年，我只能这样靠着固有的生活逻辑和经验来描述了。

老六失魂落魄地走出保卫科，像个皮影似的回到了宿舍。老六坐在床铺上，放下了发黄的蚊帐。他躲在蚊帐里，像一只瘦弱的蚊子想抵御冬天的寒冷。黄昏透进最后一丝阳光落在他的床铺上，他却感觉不到一丝温暖，反而是如坠冰窟般地僵硬，无声无息。还是老大感觉他有些不对劲，拉开蚊帐问老六是不是遇上什么事了。老大这一问，老六的委屈全涌了上来，眼眶一下子红了。在老大的追问下，老六把事情大致地说了一遍。老大听完，“嚯”地站了起来，要找马干事去评理。可老六一把拉住了老大说，如果事情闹到学校再通知家里，这书他就读不成了。

我的记忆又发生了偏差。当时老六可能说了这句，也可能没说。但好像就是那次我们得知，老六是从家里溜出来上大学的。他的父亲并不想让他读这个大学。我们那一届，国家有了新的政策，大学毕业后不再包分配。大学生原本能捧上的铁饭碗被砸了。这也是老六父亲反对他来上大学，让他赚钱养家的原因。

这是我们宿舍发生的第一次危机事件，大伙儿七嘴八舌地讨论着。老二一贯以军师著称，慢悠悠地说，这钱不能赔，如果赔了，就等于承认钱真的是老六拿了。说实话，除了老大，我相信每个人都多少有点怀疑，老六是不是真的拿了那二百块钱。

那天的晚饭，老六没去食堂吃，他就那样饥肠辘辘地看着窗外的夕阳一点一点地沉没，他眼里的光也一点一点地沉没。老五破天荒地帮老六打来饭菜，老六还是忧心忡忡。最后老大急了，问老六到底想怎么办。老六这才回过神说，你们要真心想帮我，就借我点钱。

大伙儿答应每人借四十块钱给老六。我钱不够，还向老五借了二十块，完成了这个盟约。说实话，我当时并没有对老六的处境有太多的感同身受，反而是初出茅庐面临挑战的兴奋。老六接过每个人的钱，手有些抖。他说，这钱，我会还上的。

老六将二百块钱交给了马干事。马干事满意地拍了拍老六的肩，表现出长者特有的宽容。

事情的转折发生在寒假前的一个夜里，保卫科意外逮住了一个来自校外的小偷。小偷承认，他在女生宿舍偷过一个钱包，钱包里有二百块钱，钱包他顺手就扔了。保卫科顺藤摸瓜，很快就找到了林幺妹。马干事这才知道冤枉了老六，在他还没想好该怎么处理时，事情在校园里传开了。我们得到消息后，像得到胜利的消息一般欢腾起来。老大说，走，我们去保卫科讨个说法。老六的脸上也出现了少有的潮红和激动。我们拉着老六雄赳赳地来到了保卫科兴师问罪。马干事得知我们的来意，有些讪然，责怪老六说，你这孩子，当初怎么不说清楚呢，叔错怪你了，对不起了。这样的敷衍我们当然不同意。我们信誓旦旦地要求马干事必须在全校的大会上公开道歉。马干事说当初他把事情瞒了下来，也是一片好心。

我们不依不饶。保卫科科长闻讯赶来，又叫来了教导主任。两人一合计，将老六带到一边的办公室单独问话。不一会儿，教导主任让我们回去，说老六已经答应了和解。我们都蒙了，看向老六，老六低下头不言不语。等老六回到宿舍，说那二百块钱已经被小偷花掉了。如果不同意和解，那二百块钱就找不回来了。如果同意和解，学校才愿意垫付这二百块。我们一时转不过弯，应该是林幺妹把二百块钱退还出来才对。老六又一次躲进蚊帐里，不再说话。第二天，老六领回了那二百块钱，如数地还给了我们。我们拿到了钱却一致认为，老六背叛了大家，他应该和大家站在同一个战线，闹到底。

酒瓶已经空了一半，我不知道叙述的时候会不会疏忽了细节，使故事失真。或者说，我的记忆出现了混乱，让故事也显得更加混乱。

陈红起身拨亮了案前的烛火说，那他为什么会坐牢呢？

山边又传来了几声单调的鸦啼，像是更夫有气无力的梆子声。死亡的是人，不是时间。老六依然静止不动，跳动的是刚被拨亮的烛火。

我又倒了一杯酒说，老六坐牢的罪名不是盗窃，故事还没有结束。

四

林幺妹的出场没有细节，细节已经被往事淹没。老二是我们宿舍的“学霸”，他在期末的一次数学竞赛中拿了一等奖，从此身边多了一批追随者，林幺妹就在其中。但林幺妹是怎么成了我宿舍的常客，是因为和老六的钱包误会，还是因为追随老二而来，我已经记不清了。总而言之，到了大一的下学期，林幺妹和我们都混熟了。

林幺妹长得很可爱，成绩却不怎么样。老二在给她讲解题目的时候，当着大家的面，骂她是猪脑子，问她怎么考上大学的。林幺妹眼泪都出来了。可转过脸，她又带着零食来“贿赂”我们。那些零食，包装纸都闪着七色的光，很诱人。从她买零食的手笔来看，家里的条件不差。也就是说，那二百块钱对林幺妹来说，根本没有马干事说得那么重要。

寒假来了，我们如飞鸟般离去，回家美美地过了一个春节。再开学，我们又各自背着大包小包飞回来。我们拿出从家里带来的好吃的分享。只有老六什么也没有带。老四没心没肺地说，老六你也不带点家乡的好东西让我们尝尝。老六躲在蚊帐里，一声不吭，也不从蚊帐里出来分享我们的食物。那顶发黄的蚊帐，成了老六的堡垒，不管春夏秋冬都不撤下。

老大意识到老四的话伤了老六，白了老四一眼，掏出从家里带的卤水鸭，扯下一只鸭腿，撩开老六的蚊帐，递了进去。

后来，老六和我聊天时说过这个细节。老六说，同情有时也会带给人压力。老六之所以只愿意和我联系，可能和我的淡漠有一定的关系。老六说，我情愿别人看不到我的贫穷，而不是带有同情的关心。人到中年，我才理解老六。

老大的善意有些夸张，他将鸭腿塞给老六的时候，容不得老六拒绝。老六没有伸手，他就拉起了老六的手。老六痛得叫了一声。老大也怪叫了一声。老六叫是因为疼痛，而老大叫是因为吃惊。老六的手红肿而又粗糙，布满了裂口，裂口里淡红的肉色因为手的肿胀仿佛一张张小嘴，在无声地喊叫着。伤口的边缘不易清洗，沾染着污垢。更让那双手触目惊心。

老大吃惊地问，老六，你这是怎么了？老六慢慢地爬出蚊帐，像冬眠刚刚醒来的蛙，鼓着腮长呼了一口气。这个寒假，老六没有回家，这样就节省了路费。他一个人在宿舍里过的春节。白天的时候，他像个农民工带着一张纸壳牌子，蹲在菜市场门口帮人打零工。运气好的时候，一天能找到好几份工。什么都干，搬家送货，通下水道，在工地拎灰桶，做小工……只要给钱，什么活儿都接。老六说怪只怪学习没老二好，要不然找个家教应该会轻松一点。但这样也不错，不但填饱了肚子，还挣了一些生活费。

老六的遭遇成了开学后的第一个话题。夜里，老五出了个主意，说我们可以和老六一同摆个地摊，用这样的方式挣钱，总比在外面打零工要好，也不用等到假期，平时就能挣钱。老五的主意弄得大家都很兴奋，直到熄灯后还讨论了很久，争吵着摆地摊卖什么才最赚钱。生活老师在窗外大喝着闭嘴，那些沸腾的想法才渐渐安静下来。后来，大家商议出一个结果，摆地摊卖磁带和碟片。那些年，各种港台的流行歌曲占据着大街小巷，很火爆。老六没什么意见，只强调说，大伙儿凑钱，那赚的钱就得大家平分。我们又在操场正式讨论了一次，这次林幺妹也在一边。她说她也想参加，但所有的男生一致不同意。老五说，林幺妹，这是我们宿舍的生意，你想参加，除非搬到我们宿舍来住。林幺妹就红了脸，满操场地追着老五打闹。

选磁带和碟片都没费什么力气，都是在小商品市场批发的盗版货。情歌天王、天后、歌神、歌后、王子、教父粉墨登场。有一点我不会记错，我们进的最多的磁带，是校园民谣专辑——《青春无悔》。这盘专辑不是特别火，但老大坚持认为这才是属于大学生的歌。

很多年后，每当我听到一些熟悉的旋律，就会自然地想起那段阳光明亮的岁月，校园里午后的收音机、操场的草皮、晒在院墙上的棉被、纯净的天空，还有无忧无虑的云。

空闲时间，我们背着破旧的手提包，穿行在校园里，穿行在城市的广场和角落。在阳光里，在路灯下，我们用兴奋的嗓音拼命吆喝，幻想着磁带和碟片会被抢购一空。一个星期过去了，我们的生意遭遇了滑铁卢。面对着仍然是一大包的磁带和碟片，我们的热情遭受了打击。老四开始数落老五的臭点子和老大的破眼光，抱怨结局只能是血本无归。倒是老二，依然保持着“学霸”的镇定，淡淡地说，挣钱这事吧，还是要随缘，为赚钱耽误了学习，不值。热情来得快，去得也快。我们都泄气了。那个黄昏，大家心照不宣地没再提去卖碟片。老六沉默了很久，默默地背起提包说，我一个人去吧，至少要把本钱卖回来。老六独自走出了宿舍，走进了夕阳。我们都没再坚持。老六一个人出了几天摊之后，也许是原价处理的缘故，生意竟意外地好了起来，剩下的存货也卖完了。最后一算，没亏本，还赚了一点辛苦费。老大提议那点辛苦费就留给了老六。老六还想推辞，老大说这是他应该得到的，并没有沾谁的光。

事情没过几天，老四在宿舍里阴阳怪气地说，你们说，林幺妹到底看上我们中间的谁了，为什么要帮咱们？老四的是话里有音的，这几天他听到一个消息，说林幺妹托宿友和同学，买回了一大堆碟片，然后自己又不要，到处送人。人家问为什么这样做。她说，这就叫“青春无悔”。宿舍里又讨论开了。林幺妹这么做，她喜欢的到底是老二还是老六？老六一如既往地躲在蚊帐里沉默不语。老二则胸有成竹地否定着，我还有那么多书要读，哪有时间谈恋爱？

唯有贫穷让我想到的却是另一个问题，林幺妹家真的很有钱。

我记得第二天，老六接到了家里发来的电报，说是母亲病危。那时候已经快放暑假了，老六就提前请假回家去了，算算他离家已经九个多月了。老六这次回家，要等到 9 月开学再见了。老六走的那天清晨，他的蚊帐在夏天第一次撤了下来，叠得整整齐齐地放在枕头的部位。发黄的蚊帐上放着一个白色的信封。打开信封，里面放的是买磁带的本钱和他赚的辛苦费，明细都一笔一笔地记在一张练习本的纸上。纸的最后，是老六有些生硬的笔迹。老六委托老二将这些钱还给林幺妹。

这一切和他坐牢又有什么关系呢？陈红摁亮了手机，看了看时间。已经快要十二点了。我沉迷在回忆里不知归路，离陈红要问的问题越来越远了。酒瓶已经空了一半，我应该尽快结束这个故事了。我说，或许是林幺妹给了老六错觉，或许是老六真的爱着林幺妹，所以他才一时冲动，强奸了她。

陈红的眉头皱了起来，他是因为强奸罪坐牢的？

我喷了一口酒气说，悲剧。

陈红仿佛想起什么似的，念着林幺妹的名字说，我和他在美容院遇到的那一天，他要找的人，好像也叫林幺妹。他要找她干什么，赎罪吗？

我摆了摆手，时间过去太久了，你肯定也记错了，老六认识你的时候，林幺妹已经死了快十年了。你说，一个人怎么会去寻找一个死人呢？

或许是吧。陈红无奈地点了点头，但忍不住又追问了一句。那她是怎么死的？

所以我说那是一场悲剧。林幺妹自杀的时候，只留下莫名其妙的三个字：我错了。我们无法从这三个字中间猜到任何故事。直到老六去自首，大家才推断出林幺妹是被强奸后才自杀的。

陈红还想再问什么，想了想，扔掉了手中的烟说，我该回去了，阿瓜还一个人在家里。我点头送陈红出了门。她的身上好像少了一些来时的恓惶，而多了一份平静。或许，每个人都在寻找她想要的答案。我想，陈红应该是找到了。

殡仪馆的夜又安静下来。我独自喝完了瓶中的酒，在老六的身边来回踱步，老六依然顽固地笑着。自我认识他以来，他的笑从来没有这么持久过。酒精让我有了困意，但今天晚上，躺着的只能是老六，站着的必须是我。所以，此刻的老六应该有些得意。

五

葬礼并不复杂，走的都是流程。瞻仰过遗容，老六最后的笑容终于随着一阵烟火消失了。将老六的骨灰送往墓地入土为安，结束时已经临近中午。老六从此就真的消失了。如果我们不再提起他，他的故事也会慢慢地随着记忆消散。

陈红没再和我打招呼，带着阿瓜走了。阿毛招待我吃过午饭，我想趁着白天赶回去。阿毛说，三哥，我们见过面的，还记得吗？我点了点头说，你那时候还小，只有十几岁。如果不是老六的葬礼，我已经认不得阿毛了。

我见阿毛是在我毕业后，老六已经在监狱里了。我路过老六家的县城，突然就想起了老六。大二那年，我给老六寄过一封信，老六家和我们是隔壁县，不远，所以我还依稀记得他家的地址。

凭着记忆，我四处打听，坐着乡间的三轮车，找到了老六家的村子。老六家在村子的最南边，靠着一条山河，孤零零的，有点偏。一条板车路坑坑洼洼地通向了大门口。走上那条小路，我仿佛走回儿时的贫穷和落后。村里已经竖起了不少小洋楼，老六家的房子却还是土墙青瓦。斑驳的土墙上，贴满了牛屎粑粑。牛屎粑粑是我们农村以前常用的燃料。此时的阿毛正在墙下，拿手捏着牛屎往墙上贴。这一幕让我印象深刻。我知道老六家穷，但不知道会穷成这副模样。阿毛看见我，停下了手中的活，也不说话，带着些许惊恐的眼神看着我。我说明来意，阿毛没说话，转身进了屋。我站在屋前，看见堂前的墙上挂着一个女人的遗像。遗像用的是第一代身份证的相片。相片里的网格被无限放大，仿佛是一张网，将女人网住了。这应该就是老六的母亲吧。

过了一会儿，阿毛用指尖捏着一个信封出来，说上面有老六监狱的地址。阿毛手上仍然沾满了牛屎。他并没有洗手，或许他在等我离开继续干活。我抄下了地址，想了想又用笔在那信封上留下了我工作单位的地址。那是我毕业后找的第一份工作。虽然我们大学毕业已经不包分配了，但那个年代，大学生想要找一份工作还不是特别难。我告诉阿毛说，你以后要是有什么困难，可以给我写信。阿毛点着头，拿手背擦了擦快流下的鼻涕。牛屎沾在了他的腮边，他根本没有在意。不知为何，我有些慌乱地告别走了。

后来，我并没有给老六写过信。阿毛也没写信向我求助过。即便阿毛给我写过信，我也不知道，因为那份工作，我没干到一年就离开了。

阿毛听我说完后，笑了。阿毛的笑比老六的要踏实一点，也憨厚一点。阿毛说，三哥，我还记得你临走的时候塞给了我半盒饼干，就塞在我沾满牛屎的手上。这个细节我已经不记得了。阿毛又说，三哥，你再留一晚，我有话想和你说。这趟出门我也准备在外漂几天。看着阿毛话里有话的样子，我索性答应了下来。阿毛替我在宾馆开了个小房间，然后回去处理了一些事后回来，在宾馆附近找了家饭店，和我边吃边聊。

阿毛的回忆是从老六离家上大学时开始的。

时光再次回到遥远而模糊的三十年前。老六接到录取通知书的时候，正在毒辣的太阳下“双抢”。“双抢”是一个属于时代的词语，过去的农村为了能从地里多刨一季的收成，春天种下的早稻会在夏季成熟。在炎热的夏天，抢收到了稻谷之后，还要立即耕田灌水，栽下晚稻。抢收抢种，每一天都累得像头牛。三十年前，农民工拥入城市，“双抢”已经很少见了。但老六家还在“抢”，想多抢点收入。邮递员骑着墨绿色的自行车从机耕路上驶来，停在了老六家的水田边，扬起了手中的信。

老六被录取了。如果不是母亲的病重，老六应该会如愿地去上大学。可是母亲倒下了，卧病在床。父亲不能去城里打工，只能守着田地带着老六，还有年幼的阿毛在抢收抢种。老六从邮递员手里接到通知书后，天突然就变了，劈头盖脸地下了一场暴雨。老六用雨衣裹着通知书全身透湿地回到了家，通知书还是被洇湿了。老六把通知书晾在桌上。不识字的父亲盯着通知书上的字，久久无语。仿佛看久了，就会认识它们一样。父亲把通知书放在了母亲的床头。母亲的眼里全是浑浊的光，表情呆滞。

老六知道父亲的举动意味着什么。那一年，大学不再包分配，这个消息已经传到了父亲的耳朵里。在父亲的眼里，考大学就是为了捧上铁饭碗。没有铁饭碗，读再多的书又有什么用呢。母亲的病，也是父亲做这个决定的主要原因。老六开始不再说话，只拼命地干活。平时明明只挑半箩的稻，现在却非要挑满箩。扁担压破了老六的破衬衫，又磨破了衬衫下的皮肤，留下了一道和扁担一样宽的疤。

十岁的阿毛很多事还不懂，只知道哥哥不会笑了。直到有一天傍晚，父亲还没回来。一直在咳嗽的母亲把老六叫进了房里。阿毛听见母亲说，娃啊，你走吧，带上这些钱，别告诉你爹，以后你只能靠自己了。第二天，阿毛没再看到哥哥。父亲大发雷霆。老六带走了家里唯一的三百块钱，那是存着给母亲看病的钱。

那年暑假，老六接到电报，说是母亲病危。实际的情况是，等他回到家里，看到的是母亲冰冷的遗体。电报还是父亲托村书记找到学校的地址发过去的。或许，老六在偷偷离开家去上学的那一天，就已经预料到会有这么一天了。老六并没有特别悲伤，只是跪在母亲的遗体前，跪了很久。父亲依然很沉默，甚至没有和老六多说一句话。老六和父亲，像两头沉默的牛。

母亲被埋在门前河边的小山坡上，新盖的黄土像是母亲唯一的新衣裳。在阿毛的记忆里，那个夏天，整个屋子里都充满着农药的气味，久久不能消散。阿毛问老六，哥，妈是不是去了下面？老六有些茫然地点了点头。阿毛说，妈说让我们都好好读书，她在下面会保佑我们的。老六这才直愣愣地盯着阿毛问，妈什么时候跟你说的？阿毛眨巴着眼睛反问道，农药真的能毒死人吗？

成年以后，阿毛才明白，他无意中透露了母亲的死因。母亲不想再成为家里的累赘，喝下了农药。那是母亲死后，阿毛第一次看见老六哭。老六捂着脸，像被人抽了筋一样，缓慢地蹲在母亲的遗像前。泪水从指缝间滴落，堂屋里土夯的地面上开出了无数朵黑色的小花。随即，老六无法压抑的哭声像气球一样爆炸开来，和整屋的农药味儿交织在一起，使土坯房的整个夏季都弥漫着阴冷和压抑。

“双抢”过后，暑假结束了。开学时，老六却没再返回学校。这一点，我们宿舍的记忆都是正确的，老六将近有一个月未返校。老大建议写封信去问问，正好学校在发助学申请表，我就顺手替老六拿了一份，顺便寄了过去。因为助学申请还得村里和乡里盖章。我希望老六能在来的时候，把章都盖好了再来，省得让家里人去办，再寄来寄去。

对，我记得那封信。阿毛说。

老六收到信后，将信随手丢在一边，就拿着锄头去田里干活去了。吃晚饭的时候，父亲问他什么时候回学校？老六摇了摇头说不回了，等忙完田里的活，到了冬闲，就出去打工。说完老六放下碗就离开了饭桌。不识字的父亲捡起那封信，让还在读一年级的阿毛给他读读，信上到底说了什么。

信上说了什么呢？阿毛不记得了。虽然是我写的，我也不记得了。我想，无非是一些少年的为赋新词强说愁或是豪言壮语吧。都不重要了。重要的是，过了不久，老六就带着盖好了章的助学申请来返校了。

从阿毛的叙述中，我看到了老六返校前的纠结。

收到信后的某天傍晚，老六从田里干活回来。老六的父亲掏出把那张申请表推给了他说，你还是回去上学吧。老六扭过头，不说话。那张空白的申请表上已经填满了字，并盖上了鲜红的印章。父亲长长地叹了口气，将申请表放在母亲的遗像前，又摸索着掏出一沓零钱说，这个学你一定要上，要不然怎么对得起你死去的妈？

阿毛无限感慨，当初我哥要是不去上那个大学，就不会去坐牢了。

老六的坐牢和上大学有关吗？或许有，或许没有。后来事情的发展，我总觉得和这张申请表有些许关系。

六

不知不觉天色已经完全黑了。阿毛已经有了一些醉意。我劝阿毛先回去。阿毛说，还想听听我的看法。我摇了摇头，我没有任何看法。包括到最后，我和老六推杯换盏，偶尔提起过这些往事，只是浅尝，没有深究。我们的回忆都在搜寻一些无聊的细枝末节。对于这件事的所有前因后果，并未提及。阿毛的眼有些红说，三哥那你现在就更应该说说了，我哥已经走了。

是啊，老六已经走了。这些年，这些事恐怕一直烂在他的肚子里，发了霉，伤了肝。好吧，那就拿出来晾一晾，虽然事件描述起来，已经千疮百孔。

那一年的 9 月底，老六再次回到宿舍，一切还是原来的模样，大家也都很高兴。

老四迫不及待地告诉了老六，大家把钱都还给了林幺妹。林幺妹当时就说，要请大家去饭馆吃一顿，她也收不回那些碟片了。可老二却坚定地认为，这顿饭，得等老六到场，如果他不来，这顿饭的意义不大。

那是一个小饭馆，饭菜算不上丰盛，但对于我们来说，已经很满足了，打一次牙祭，纪念一下没亏本的买卖，也算是画上了一个句号。林幺妹郑重地向老六道了歉，第一是因为钱包的事，让老六受了委屈；第二是她自作主张买碟片，忽略了大家的感受。老六低着头，脸上终于有了一丝持久的笑意。老五趁机插科打诨说，林幺妹，你看上的到底是老二还是老六？林幺妹脸红了，又惹得大家一阵大笑。

如果生活能一直这样下去，就不会发生后来的悲剧了。贫穷永远是老六最大的烦恼，他每天都不愿和我们一道去食堂，永远也无法真正融入大学生无忧无虑的快乐中。他连食堂最便宜的菜也不敢要，兜里剩下的钱，哪怕一直精打细算，也无法坚持到学期结束。助学金申请已经交上去了，如果能够批准下来，才能解决燃眉之急。没过多久，老六接到了通知，因为名额有限，他的助学金申请被驳回了，还有其他更需要帮助的学生。当然，我也没申请到。我对这件事并没有抱太大的希望，还不算太失落。大家坐在操场上安慰我和老六的时候，老六只是摇了摇头，无奈地看着远方。

林幺妹的出现有些不合时宜，她满脸欢笑地从远处跑了过来，手里握着几张电影票，要请我们去看电影。这本不是什么大事，但究其原因放在当时的情境里就对比出更多的不公平来。林幺妹申请的贫困助学金批了下来，所以才来请我们去看电影，庆祝一下。老四怪叫了一声，什么世道！林幺妹，你也不像贫困生啊？

林幺妹有点窘迫地说她们乡是贫困乡，她在档案里就是特困生，所以老师让她填了申请表寄回去，让家人帮忙盖了章，也不知道怎么就被选上了。事情就是这样的，毫无逻辑可言。老大有些无奈地看向我和老六。老六默默地起身离开了大家，斜阳里，他的背影有些孤独。

事件发生到这里，悲剧的结局仿佛已经注定。但离悲剧的距离还有一年的时间。接下来的一年，老六真正地远离了我们。他远离的原因，是因为当天晚上，我们发现了他的另一个不愿让人知道的秘密。

那天夜里，老六没有去看电影。林幺妹叫上了另一个女同学。是什么电影我们都已经忘了。看电影归来发生的事比电影里的剧情更让我们震惊，所以印象深刻。电影散场，已经很晚了，天有些冷。林幺妹整个下午都有些失落，可能是受到了老六态度的影响。我们一路故意走走笑笑，取悦着林幺妹和她的女同学。林幺妹笑得有些牵强，但那个女同学被我们的热情感染了，笑点显得特别低。我们主动送她们回宿舍。女生宿舍离男生宿舍隔一个操场，我们要绕上一小段路。路边的小树可能是榆树，也可能是冬青。这些细节在记忆里已经不复存在。只记得路灯灯罩下白炽灯泡很昏暗，发出淡黄色的光。隔上一段路，总会有灯泡成了瞎子，在等待一个月一次的检修和更换。

那个女同学夸张的叫声非常突兀，让大家都吓了一跳。她手指着垃圾堆在微微颤抖。垃圾桶边的黑影里躲着一个人，蜷缩在地。小偷。我们当时一致认为是小偷。如果没有女生在场，我怀疑我们会四散而逃，多一事不如少一事。但女生的尖叫让我们有了男生的虚荣心。老大紧张地挥了挥手，我们壮着胆慢慢围了过去。黑影无处可逃，慢慢地站起了身。站起身的黑影不是别人，是老六。老六手里的垃圾袋掉落下来，里面的垃圾掉了一地，发出的声音不大，却惊心动魄。我们都愣在当场，不知道该怎么处理这尴尬的局面，老六是小偷吗？不是，他手里的垃圾袋和袋子里的垃圾是最好的证明。

路灯下的夜晚，像一张纸，被轻轻撕开，再也无法复原。我们站在路灯下，踩着各自模糊的影子，都无法逃脱。老六开了口，声音像脱了水一样干燥。老六说，现在你们知道我夜里出来干什么了吧？

记忆如同路灯一样昏黄。按照正常的逻辑推理，之前老六每天夜里出去捡垃圾，才捡到了林幺妹的钱包。好心交上去之后，却被马干事误认为是小偷。老六怕事情闹大，让大家知道他捡垃圾的事实，会被看不起，所以咬牙答应赔了那二百块钱。其中的委屈，只有他自己知道。当然，不愿让学校通知家里，也是一个重要原因。那样的家庭窘境，确实再容不得添一丁点乱。老六不捡垃圾，就没办法坚持上学，这才是现实。

阿毛凝神地听我说话，仿佛我还能分析出更有道理的话。

事情到这里，在我的回忆中，已经没有后来了。后来的一年里，老六和我们都疏远了，他躲在他发黄的蚊帐内，拒绝了我们的各种善意，独来独往。我和陈红说的时候，故意隐去了这段往事，也算是帮老六守住了最后的颜面。从我对贫穷的敏感来看，他非常在意这件事。如若不然，也不会有后来的悲剧发生。

是的。一年后的某一天，他在学校的后山强奸了林幺妹。第二天，林幺妹跳楼自杀，只留下了三个字的遗书。没有人知道是为什么。直到老六主动敲开了保卫科的门自首。接受老六自首的还是马干事，事情仿佛成了一个轮回。

我说完了。阿毛点了点头，准备起身告别，又突兀地问了一句说，我哥在大学时写日记，你知道吗？

日记？这个我真不知道。这些年，日记这个词几乎已经被生活遗忘了。大家都活得这么匆忙，谁还会写日记呢？阿毛说，我哥进监狱之前，寄回来一本日记，出狱后我又还给了他。

我笑了，老六都已经走了，他的日记还有意义吗？阿毛想了想说，我哥托我给你留下了一个包裹，我猜里面应该就是他写的日记。

好吧。或许阿毛今天就是来把日记交给我的。

不。阿毛说，我哥交代说，等他满七之后再交给你。

我能理解，按家乡的说法，满七之后，灵魂也离开这个世界了。老六连灵魂都烟消云散了，那他还有什么想和我说的呢？现在，连我也有些好奇了。

七

一切好像是冥冥中注定的，老六在同学聚会之前就走了。聚会回家后，我开始着手一部拙劣的网络电影，情节完全以猎奇为主。这也导致了我在用文字叙述时学会了耍心眼。我总是遮遮掩掩地把出人意料的曲折放在最后，就像老六的遗物一样，隐藏着最后的真相。

剧本初稿完稿的那天，我打开手机，发现三天前有一份快递。我这才想起，老六满七已经好几天了。我去了菜鸟驿站把快递取了回来，打开。里面有一本牛皮纸封面的日记本。我粗略地翻了翻。老六的日记记得并不详尽，大多是一些有感而发、语焉不详的感慨。字迹也不甚工整，有点像捧在手里写的。这让我想起他那发黄的蚊帐，我想，他的日记大抵是在他的蚊帐里完成的。那个秋冬不撤的蚊帐，是他的柔软的壳，无力地抵挡着外面各种无形的压力。

老六的日记是从进大学开始写的。他有着初进大学校园的欣喜和豪情，也有对故乡、对父亲母亲的愧疚和厌恶。他恨父亲的短视，恨母亲的疾病，但大都只是一些情绪。在日记中，我寻找到了被冤枉的事件。他的口气里充满了无奈和愤懑，仅此而已。日记中还有很多不知所云的励志、叹息、自卑、孤独，甚至抱怨。当时发生了什么已无迹可寻。但在日记的最后，也就是他出事前的那段日子，我看出了一些端倪。也正是这本日记，让我产生了将这个故事写下来的冲动。日记写得很简单，老六没有什么好的文笔，所以我只能依仗着一个编剧的想象力做一次推演式的还原。

大二那年的寒假，老六依然没有回家。这一次，四处寻找零工的老六运气不错，他在工地上遇到了一个叫作雷哥的包工头。雷哥在得知了老六的遭遇后，答应让老六留在工地，而且等开学以后，老六可以随时来打散工，不用再四处找活干。老六充满感激地松了一口气，从此以后，只要节省一点，生活是没有什么问题了。

这个雷哥，我想应该就是老六婚礼上陈红见过的老雷。

从日记的只言片语里可以看出，老六对林幺妹有那么一丝好感。他会远远地看着她和我们嬉闹，会为林幺妹偶尔对她的一瞥心惊肉跳。老六独自在日记本里上演他一个人的爱恨情仇。只是，这只是他一厢情愿的自我演绎，他不敢走近人群，不敢走近我们这些室友，更不敢走近林幺妹。他固执地以为，他和她永远不会是同一类人。他反而更愿意和工地的工友们待在一起，更轻松，更快乐，虽然那样的快乐在他看起来有些廉价。

老六充分得到了雷哥的赏识，这样的日子一过就是大半年。大三的秋天。老六一边上大学，一边给雷哥充当兼职的出纳。每逢发工资，老六是必定要到场的，他现场给工人发钱，记账，让民工签字摁手印，一切办理得井井有条。雷哥那天心情非常好，发完钱后拉着老六和一帮工友去了一家小餐馆。雷哥和工友们都喝了酒。老六被逼着也喝了一点，但没有喝多。

老六的日记里特地又一次提到了第一次进餐馆是和林幺妹在一起的，只有寥寥数语，但却无限留恋。这时候，案件还没有发生。一切都和这个秋天一样平静。

事件的转折发生老六和雷哥一行在酒馆喝完酒之后。日记里的字迹变得激动起来，潦草起来。

雷哥亲密地搂着老六的肩，大哥般的宽容里有对老六的赏识。雷哥说，来，大学生，我带你看下什么才是真正的生活。雷哥又说，有了钱，就有了生活，其余的都是扯淡。雷哥醉醺醺地带着工友，拉着老六来到了那家名叫“青春”的美容院里。老六还不太明白这样的美容院里是做什么的，但从暧昧的灯光和工友放肆的言语间，依稀明白了工友们来这儿的目的。老六无端地有些心慌，他嗫嚅着想要离开。喝醉的雷哥生气了。雷哥瞪着眼将老六摁坐在沙发上，喷着酒气问，你是不是看不起我们？老六脸上局促的笑容一纵而逝，他不安地坐在沙发上，等待着雷哥的安排。

殊不知一切更像是命运的安排。这个美容院应该就是陈红所在的美容院。而此时的陈红还不在这间美容院里。

雷哥嚷着让老板娘给老六封个红包。老板娘笑得像镜子边的塑料花。老板娘向一个浓妆艳抹的女孩说，这个大学生的清白就交给你了。女孩熟练地牵着老六的手，带他上了楼。老六像个木偶，来到了楼上的一个狭小的房间。房间里只有一张床，铺着暗红色花边的被单，充斥着腐烂的青草气息。一台吊扇在嗡嗡作响，不知疲倦地疯狂转动。老六的头也嗡嗡作响，眼神落在墙角。那里吊着一根蛛丝，如同他的内心一样在战栗。

女孩指着花色的床边说，坐呀！老六就坐下了。女孩问，你真的是大学生？老六木然地点了点头。女孩突然就叹了口气说，你不应该来这儿的。房间里突然就沉默了，只有女孩窸窸窣窣的脱衣声。老六咽了口唾沫，想打破这沉默，她怕女孩听到他心在狂跳的声音。老六问，你叫什么名字。女孩说，我在家是老小，所以叫幺妹。

日记上的字迹愈加潦草起来，让我无法推测当时房间里到底发生了什么。等到字迹变得清晰时，我看到了幺妹的故事。幺妹也读过高中，却没有考上大学，只能跟随表姐出来打工，却不承想被骗到这里。幺妹说到这里眼红了，她接受了这样的命运。幺妹说，真羡慕你能上大学，如果我也考上了大学，命运就不是这样了。日记的最后，记录了幺妹的地址和她的姓氏。幺妹也姓林。老六在林幺妹的名字下接连写了一大串为什么。为什么为什么为什么为什么？

老六能遇上另一个林幺妹，是一个巧合。但巧合不能一而再，再而三，大学里的林幺妹和美容院里的林幺妹竟然来自同一个县城。这又是为了什么？答案几乎已经呼之欲出。接下来的几天里，老六的日记里充满了愤怒和不甘。他说，不是为自己，甚至也不是为了林幺妹，具体为了什么，他也不知道。

后山的树叶已经红了。我们偶尔也会去后山，踩着枯叶吱吱作响。而老六和林幺妹最后一次见面的地点，也是在后山。对，那也是案发的地点。

日记写到这里，只剩下最后一篇了。根据阿毛的叙述，老六在自首前就已经将日记寄回了老家，将这一段往事封存了。

最后一篇日记里的事情是这样的。几天后，老六第一次单独约了林幺妹。老六把时间选在了黄昏，地点选在了后山。林幺妹为什么会单独赴约，这篇日记的后半段给出了解释。为了不影响叙事的顺序，这里我先略过不提。

前几天刚下过一场雨，已经有了秋凉。山岚间腾起了雾霭，像极了老六的蚊帐。老六站在后山的“蚊帐”里，看着氤氲的远方。林幺妹则低下头，用脚上的白球鞋搓动着一根树枝。林幺妹还不知道即将来临的灾难，脸上含着一丝少女的娇羞。太阳已经慢慢隐入了远山的背后，黑暗代替了蚊帐的模糊，脚下的城镇亮起了万家灯火。

今天的老六不再是往日的老六。今天的老六是舒展的，是愤怒的，是扬眉吐气的，再没了往日的小心和畏缩。老六竟然还摸出了一盒烟，点上了一根。烟火在后山的黑暗中明明灭灭。老六的姿态有了审判的高度。老六被烟呛得轻咳了两声后，带着一丝沙哑问，林幺妹，你原来叫什么名字。林幺妹的声音里有了慌乱，有了欲盖弥彰，问老六是什么意思。老六又吸了一口烟，一字一顿地背出了日记本上的地址。然后看着远方，一言不发。

林幺妹真的慌了，夜色掩盖了她苍白的脸色。她像一只溺了水的猫在急切而慌乱地叙说着。她不是农村人，那个地址不是她的家，是她所在县城下的一个农村。她害怕，内疚，自责。可她太想上大学了，为了能成为一名大学生，她丢掉了一个名字，成了林幺妹。在拿到助学金的时候，她知道了林幺妹是一个穷苦人家的孩子。她更加的害怕，内疚，自责。但这是一个既成的事实，谁也改变不了了。来到大学后，她努力学习，找老二补课，渴望能真真正正地做一名合格的大学生。她永远也不会想到，有一天这个秘密竟然被老六发现了。老六的眼睛在夜色中显现出狼眼一样的绿光。他一步步地逼近了她，冷冰冰地说，你想过另一个林幺妹吗？你知道她现在在干什么吗？她瑟缩着退让，楚楚可怜地看着老六，有无路可逃的绝望。老六看着她眼里的泪水，依稀又看到了美容院里粉色的灯光，又闻到了那个房间里复杂的气味。

"狂乱，愤怒，骄傲，自卑，欲望，摧毁，可悲，审判……"日记本最后的语言已经不再连贯，像一个高烧者的呓语。老六已经化身为野兽，化身为魔鬼，要撕破这世界所有的美好和伪装，还原它赤裸裸的本质……

日记到这里戛然而止。而我想象中的老六却仍然执拗。他以为所做的一切，是内心的审判，是对不公平的报复。他占有了林幺妹，他处罚了林幺妹，却没有获得一丝快感。林幺妹的哀求和哭泣，一直在他的耳边回响。他从未感觉过如此失败，完完全全，彻彻底底。他逃一样地离开了后山。整个夜里，他在城市陌生的街道上毫无目的地走着，不知道该去哪里。天色泛亮，他又回到了大学的门口。这个曾是他梦寐以求的地方，让他产生了逃离的冲动。

他像一个幽灵，在我们上课的时候钻进了他的蚊帐，他的软壳城堡，等待着秋日黄昏的最后一道残阳的温暖。当那抹斜阳照映着发黄的蚊帐，整个学校都收到了林幺妹跳楼的消息。林幺妹从黄昏的五楼纵身而下，像一块石头投进了学校这块平静的湖面。整个学校都没有人知道她为什么会跳楼。她留下的三个字"我错了"，成为她自杀的证据。

夜已经很深了。保卫科的灯光还亮着，马干事依然在值班。他推敲着黄昏的自杀事件，百思而不得其解。一阵敲门声响起。门外站着的是老六。马干事有些不耐烦地说，同学，怎么又是你？

老六站在门外，僵直得像一根木棍。老六面无表情地说，我要自首。

结束了。我在三十年后，将老六的故事一一复盘。我不明白当初老六在自首的时候为什么没说出林幺妹的秘密，而是留下了一个谜。三十年后，他让我解开了这一道谜，却又留下了另一个谜。他又为什么在离开人世后，将这本日记本留给了我？

我突然想起，老六认识陈红的那次，是去美容院里找人的。陈红说，老六去找的是林幺妹。是的，那时候，学校的林幺妹死了，另一个林幺妹仍然还活着。他要找的不是别人，是美容院里的林幺妹。而当时我告诉陈红说，肯定是她记错了，老六不可能去找一个死人。不是。林幺妹没有死，死的只是抢了她名字的另一个女孩。

老六的遗物里，除了日记本，还有很多乱七八糟的证书和证明。这里面包括他的减刑证明，释放证明，很多年前别人向他借了钱的借条，都是一些很私人的信息。我把这些纸张一一过目。直到看到另一张证明。那是一张医院的诊断证明，证明上写着老六的大名，诊断的结果是他没有生育能力。诊断证书的日期是十五年前的，是他婚后的第二年。而陈红却在结婚六年后怀了孕，生下了阿瓜。

我不得不再次复盘陈红和我说过的话。老六在知道陈红怀孕后，波澜不惊，欣然接受了这个结果。只是他不再和陈红亲近，但物质上从没有亏待过母子俩。作为一个编剧，我强迫自己推导出一个可以说服自己的逻辑。老六已经不再害怕欺骗了，他甚至欣然地接受了所有的欺骗。

故事的脉络愈来愈清晰了。老六的面容像一张拼图，慢慢在真相背后呈现出来，却比我记忆中的他更加模糊。再回望，我已经忘了他真实的模样。我甚至看到他躲在蚊帐后在对我模糊地笑。那份笑意，竟然和他离世时脸上的笑容一模一样。

两只船

韩步华

2020年元旦，司群迈入二十九周岁门槛时，还没有过任何形式的恋爱经历，距她接到第一封求爱信已有十五年，其间发生的事车载斗量，她也愈发魅力四射。

司群上初二的一天，走在校园林荫道上，忽被人拦住，同班男生把印有粉色蝴蝶的信封塞给她，掉头就跑。回到家里，妈妈对着太阳照照，说是求爱信，你喜欢他就拆开，不喜欢就别拆。翌日她把信退还，十二年后，又接到他的结婚请柬，她出的份子钱也比流行的五百多了一百。

如今她已经参加过十二个女同学和七个男同学的婚礼了，闺蜜雅然已经有过三次同居、两次流产、一次离异的经历。

司群个性像爸，也像妈，不争强好胜，从小学到大学成绩中游。她喜欢开开心心聊天，无忧无虑游玩，欢欢喜喜看电影，热热闹闹逛街。爸是建筑公司会计，妈是预算员。公司倒闭，分别去了两家开发公司干老本行。两人都有过与人合伙开公司的机会，又都放弃了，这种小富即安的思想深刻影响着女儿。

感情方面，司群运气不很差，也不太好。从中学到大学的追求者里，有干部子弟，有大款后代，她没接受其中任何一人，是他们真没有轻易打动她的容貌或品学，他们也没对她软磨硬泡。她表面高冷，内里柔软，真遇到死缠的，很难坚持到现在。

她财会专业，毕业后却来到电信公司办公室做文员，遭遇为老不尊的主任。此人儿子有她大了，独处时言语轻佻，动手动脚。她严厉警告，他也毫不客气，马上赐予小鞋。找工作不易，她也不肯忍气吞声，果断辞职走人。刚巧公安局110热线招人，她报考轻松过关，穿着警服上下班风光一阵子。正干得起劲，雅然一句话就让她抱头鼠窜。雅然说，女孩子熬夜等同于毁容。110热线活儿不累，夜班只有四小时，下班时也是脸色发黄，眼圈发青，和吃了生肉差不多。司群很少浓妆艳抹，也深知容貌的重要，经雅然提醒立马拜拜。

现在工作安定了，振华物业会计。公司千余员工，业务范围有序扩张，工资福利说得过去。长白班，有规律。有人介绍男友，可她最多只看两眼，就过去了。不是她过分挑剔长相，是她心不在焉，她相信自己会恋爱，却不是现在，究竟是什么时候，她又说不清楚。用妈妈话说，司群开智迟，总把自己看成小姑娘。

有天全家参加爸爸同事女儿婚礼回来，她开车，妈妈说司群好像比新娘大两岁。司群反问，那又怎样？妈妈说，虚二十八，一晃就三十了。爸爸喷着酒气，话声从她脑后两边扑来，说我们三个过，不也挺好吗？妈妈笑了说，哪有你这样的老子。司群快乐地说，时候一到，本姑娘自会仰天大笑出门去。

春节临近，人们纷纷置备年货，沿街店铺挂出灯笼、春联，天地间红光闪耀。这天一早大姨突然邀请全家去指定饭店包厢聚餐。妈妈就这么个姐姐，相处融洽，动辄凑一起吃喝。快中午了，照例司群开车前往，进了包厢，大姨、姨父已经入席，圆桌边还坐着个陌生女人和青年。亲戚彼此招呼，落座时司群选择了爸妈中间，和生人隔开。

爸妈进门就明白了怎么回事，两人眼睛齐齐地瞄向青年，青年和司群年龄相仿，稳重大气。司群却没在意，笑嘻嘻问大姨，敏敏又没来？大姨说敏敏有事。敏敏是表哥，大她两岁，也是光棍一条，却不像她喜欢和爸妈在一起。

大姨解释说，最要好的女同学郝美丽嫁在外地，两人十来年没见面，昨天才知道郝美丽从外地赶来，看望在合资企业工作的儿子房正良，明天回去。抢在今天宴请老同学，叫来妹妹全家作陪，足见关系不一般。司群也察觉出来，郝美丽起先看她的神色是谨慎和挑剔的，又转为欣赏和愉悦。司群不由看向房正良，恰遇房正良看过来，她就逃开了。她又犯老毛病了，对这场莫名相亲有了抵触，她不想听的话，就有本事充耳未闻。

爸妈听得很认真。房正良毕业于名牌大学，来这家合资企业工作四年多。平时忙于工作，喜欢看书，一般女孩儿不入眼。他刚来这里，郝美丽就买下了三居室的婚房。爸妈对房正良很满意，妈妈的胳膊肘不时碰碰司群，司群却没反应。妈妈对郝美丽说，独生子在外闯荡，扎根不易。郝美丽说，我赞成他在我的家乡落户。爸爸问房正良，生活习惯吗？房正良说，习惯，山清水秀，四季分明，适合人居。

菜上来，“一担挑”开始把盏对饮，话更多了。爸爸兴趣转移，谈全球经济动态和中美关系走向。大姨和郝美丽开启叙旧模式，说某某和某某某早年恋情的轰动，以及悲剧收场的必然，说某某某和某某的假戏真唱，又双双抛家弃子的不仁不义。妈妈涉嫌过早进入丈母娘角色，用公筷给房正良夹菜，房正良很受用。看得出来，他对司群第一印象不差。他不喝酒，细嚼慢咽，吃相稳重。

趁大家不注意，司群扯扯妈妈衣摆，出包厢劈头就问，为什么不提前跟我说声？妈妈说，你不是不知道你大姨，她喜欢突然袭击。不过小房配你没的说。司群说，我到现在都不知道他是什么鼻梁。妈妈说，笔直的高鼻梁。

回到包厢，司群的脸略微发热，眼睛像惊慌失措的小鹿，偶尔蜻蜓点水看看房正良，鼻梁果然高且直，个头也不低，符合她处朋友的预期。她身高一米六八，总不便嫁给一米七的男人。完全没有兆头，一种陌生的感觉从她的心底涌起，像潮水扑滩，喧哗一浪高过一浪。房正良作为男生，主动得多，却也让司群看出他不是情场老手。他问司群，学的什么专业？司群说，记账。房正良愣了愣，妈妈解释说，就是财会。司群反驳，财会不是记账吗？房正良说，记账确实是一个方面。司群暗想，这人够笨。散席前他提出加好友，她答应了。看到他的微信名，她笑了。她相信他看到自己微信名也会笑，快乐猫咪。

姨父让两人看电影，司群说不行不行，又转向妈妈，说和雅然说好了，把你们送到家我就过去。妈妈对房正良说，雅然是司群的闺蜜。司群手机响了，传出女孩儿尖厉的嗓音，舅妈，怎么还不来？司群挂了手机，说雅然一急就爱乱叫。

来到咖啡厅包厢，还没适应光线，就听有人叫姐姐好，一个英俊男孩赫然立正敬礼。她脱口说你好。绝对仪仗队队员的身材，虽一脸稚气，却英气逼人。她冲沙发里的雅然笑道，你行！挨雅然坐下，雅然躲开，指着对面沙发说，你坐过去。

男孩儿仍然立正，雅然拍拍自己身边，说先坐我身边吧。

司群还沉浸在方才的氛围里，既没看出，也没听出男孩儿和自己有关。男孩儿的另类礼仪，反让她生出歧义，以为是雅然的新男友。雅然条件出众，一般男士休想靠近。雅然发誓再谈朋友，比她至少小五岁以上才行。这男孩儿看上去二十出头，也许更小，正合标准。

雅然问，怎么才到？司群说，老爸和姨父一端酒杯废话特多。雅然转向男孩儿，问，姐没撒谎吧？男孩儿说，没撒谎。雅然说，以后对这位姐姐胆敢无理，看姐扒你皮。男孩儿抬高嗓门，是，姐！司群这才看出名堂，没有长辈在场，她也没太把男孩儿当事，问雅然什么意思？雅然说，我故意不透风，想让我堂弟任尔重看到最本真的美女。司群叫起来，让这个小孩儿做我朋友？搞错没？雅然伸出手往下压压，说我弟前年复员回来，刚巧铸管厂由央企收购，政府要它解决近三年复员兵的就业，那可是国企，好得不得了。雅然欣赏地看着任尔重，说分明一个小屁孩儿，猛地就是标志的男子汉了，这位姐姐是不是比照片里还漂亮？任尔重低下头，说你再这么说，我就不好意思了。原来任尔重看朋友圈，看到司群照片，问雅然是谁，婚否，得知此女孑然一人，他喜出望外，希望牵线，雅然一口否决，说小了五六岁，可以做阿姨了。可她经不住任尔重死磨硬缠，有当无地安排了见面。

司群笑着说，小孩儿积极上进才对，早恋没好处。任尔重又站起来，说本人二十三岁，属鼠，符合法定结婚年龄。司群说快坐下，俺刚好缺弟弟，认你做弟弟是了。雅然大眼睛忽闪起来，在两人脸上扫过来扫过去，一推任尔重，说坐过去，天啦，真有夫妻相！任尔重再次站起来，问司群，姐姐同意吗？司群脸红了，看他一眼，又看一眼，说还是坐雅然身边吧。没有房正良，她会同意，而现在，凡事讲究先来后到。

爸爸打麻将去了，妈妈厨房里做饭。司群换完鞋，火上来，说老妈你们介绍朋友也不说一声，害得我险些出洋相。不等妈妈开口，她又赶紧改口，猜猜雅然叫我干什么去了……连珠炮下来，妈妈择好了豆角，问，你不会看上个小家伙吧？司群反问，你也不至于逼我和姓房的谈吧？妈妈说，我们根本人家，千万别三角恋，坏了名声。司群问，我说和谁谈了？还三角恋哩！妈妈说，我看小房挺好，人模样和你般配，学问和家庭都好。司群反问，是你谈还是我谈？妈妈警惕了，说你千万别和小家伙谈，红颜易老，将来有你哭的时候。司群寸步不让，说如今姐弟恋多了去，我干吗不能一试？妈妈笑了说，口气倒像是谈过几十场恋爱。

微信多了两个身份特殊的朋友，司群觉得像梦。一米阳光和驼铃声声，凭微信名就知道分别代表谁。驼铃声声好理解，任尔重在西北干了两年列兵，微信头像是骆驼从千年不朽的胡杨边走过。一米阳光新闻里经常出现，头像是打开的书，书上横着钢笔。驼铃声声朋友圈没启用，一米阳光朋友圈多是读书体会，司群却看不下去，她相信慢慢就看得下去了。

一不小心脚踩两只船，淡淡的负罪感爬上心头。她想删去一个，左挑右拣，都有保留的理由，也都可以删除。

连着三四天，公司特忙，加班不说，还要陪领导慰问，她负责把红包递给领导，领导再转身交到那些困难户手里。有些应酬她也要参加。

一米阳光和驼铃声声也全没动静，她未免失落，请求雅然视频，对方没接受，拨号不接听。才晚上九点多，又连拨三次，可能人机分离，只好作罢。她怀疑自己会失眠，哪知抱着热水焐子，合上眼睛不一会儿就睡着了，又被铃声吵醒。雅然问，找我有事？她迷迷糊糊反问，现在什么时候？雅然说，十二点多，找我什么事？司群说，你要保证不对任何人说。雅然问，连我都不相信？哪知听完，雅然笑起来，说你这算个屁啊，你拉过哪个人的手，还是和哪个亲过嘴？参加相亲节目，在签到簿上签了名，离恋爱差几公里地呢。这回争取二选一吧。任尔重我知根知底，我敢保证他还是处男。房正良条件确实不错，重要的是你和谁在一起有感觉，谁能让你想入非非，你就和谁谈。司群不插话，心里一本账，雅然理论上一套套，恋爱成功率却低，做了回有模有样的新娘，又重回单身狗的状态。

第二天出不了小区，司群又联系大姨，说出目前的尴尬。哪知大姨比雅然更激进，说多好的事啊，就像买瓜，左右多敲几下，拣好瓜买就是了。司群问，什么是好瓜，什么又是不好的瓜？大姨说，好瓜脆、甜，瓜音干净。又说，我看小房就是好瓜，我讨厌男人嘟嘟嘟、嘟嘟嘟，至于那个小孩儿，你俩婚礼可以让他当伴郎。

司群脑子有点乱，一会儿房正良，一会儿任尔重，脸颊一会儿红，一会儿白。她想象着和房正良吃了饭，又和任尔重走进影院。房正良不是无可挑剔，太老成，像个学究。任尔重确实是个孩子，啪的一个军礼，合适吗？混乱里带了点从没有过的幸福和迷茫，幸福像金子闪亮，迷茫又犹如冬日里的雾，让她看不清未来。

三居室，三个人各占一间。公司群里通知，员工除了值班员，提前进入春节长假。好在忙碌了几天，报表都已完成，可以安心待家里了。爸妈工作可在网上进行，冰箱备满年货，城市停摆，生活照旧。过去妈妈很早起床做饭，现在要等太阳升起来才下床。有趣现象发生了，三个大活人，各自捧着手机，家里听不到人声。司群像是身处世外，因为一天过去，三天过去，现在是第五天，一米阳光和驼铃声声像蒸发了似的，再无下文。等着她主动招呼？这事不便问人，只能等。

第六天傍晚，驼铃声声发来问候，姐姐好！激动得司群就要回复，又忍住了。对方也有耐心，过了很长时间，拍拍她。时机到了，她写道，在家里？干什么？他答，住厂里，好忙，上班不许开机。司群松弛下来，回个哭的表情。问，还上班？答，央企涉及民生，哪能轻易停产。问，睡厂里冷吗？答，大西北零下十几度我都不怕，零度左右哪里会觉得冷。司群笑了。

笑什么？妈妈推门进来，又问，那两人还没找你？她翻着白眼，问是不是管太宽了？人家在国企，上班呢。妈妈站在床头，左右看看像找东西，又退向门口，说我看小房配你绰绰有余，不可任性。司群不高兴了，说我比他差那么多？

妈走时门没关严，她听见爸爸问吵什么？妈妈说，叫她认真对待小房，她就冲我，我生气她就快活。爸爸说，别瞎操心，司群不傻。

吃年饭时，爸爸自斟自饮，妈妈盛了汤，司群干吃菜。爸妈话题一朝恋爱上引，她就打断，说吃菜都堵不住嘴。心里却对一米阳光不满，和驼铃声声微聊几次了，他仍然悄无声息，对本姑娘不满吗？不知为什么，面对无可挑剔的驼铃声声，她更希望一米阳光也出来，好有对比。爸爸夏天买瓜，敲一个不满意，再敲一个，有时连续敲好几个才会确定买下。自己手头俩瓜，还没开始敲，另一个就迟迟不出来。今晚再不露脸，格杀勿论。刚想到这里，一米阳光发来拜年贺词，您好，代我向叔叔阿姨致以佳节问候！后面是五朵玫瑰。她立刻起身回卧室，身后是四只无奈的眼睛。

椅子上坐定，她回复也祝您春节快乐。他写，接到突击任务，连轴转了许多天，总算完成。待家里真好。她回，我和爸妈快精神病了，我爸以前都在外散步，现改成客厅里驴推磨。他写，时间在你们那里变成块状，集中时间看书多好，实乃人生幸事。她想回复，我也喜欢看书，又觉不合适，桌柜里三毛散文和两本电影杂志，许久都没翻过了。她发个害羞表情，诚实地写，我毕业以来很少看书。以为对方不快，他却回复，不要紧，读书兴趣可以培养。她心想，看书累眼，我朋友里没有看书的，干事业的干事业，过日子的过日子，没见谁不好。倒是有个自称“书虫”的同学，写诗，得了精神病。

窗外的杨、楝和玉兰树，擎着光秃秃枝梢，暮气沉沉。玉兰树的芽孢只待春风漫舞，即可一夜之间开出满树无叶的白花。

司群习惯并爱上了这种宅家的生活。爸妈在家，家务活她插不上手，每天不是和雅然聊天，就是踩着两只船晃来荡去。一米阳光多在晚八点半上线，半小时后下线，规律很强。他下线后，看一个半小时书，每年看一百本左右。问看什么书，他随手写了几十个书名，她不仅没看过，都没听说过。她由衷写道，你真厉害，我认识的人，你最博学。他写道，你的眼睛是你聪明的标志。她笑着自言自语，这让我听了高兴，写道，总算有人夸我不笨了。他写道，我是心里话，你不仅聪明，还很美丽。她写道，美丽只是皮，又写道，等有时间，我去书店买些书来。他写道，想看什么书，我家里多的是。愿意视频吗？

屏幕上的英俊面孔她差点没能认出来。只见过一面，看了三到五眼，难免记不准。他看到她时，也愣了下，眼睛里像是有只鸟儿飞过。她以为他也有同感，可她错了，那天他没少看她，她的形象早已刻进他的记忆里，对号入座时却发现她比那天中午更加耀眼。

他笑问，憋坏了吧？她说，还好吧，我喜欢安静。他说，太羡慕你了。她问，羡慕什么？他说，自由支配时间。她说，不是有句话，时间去了哪儿。她知道他又会把话题朝看书上引，索性主动，说让我看看你的书。屏幕抖晃，他不见了，出现顶天立地的酱色书橱，哇，层层叠叠全是书。他说，我看得很杂，屏幕不再抖晃，写字台上是本打开的厚书，书缝夹着签字笔。

还好，房正良没有接着谈看书，告诉她这套房目前只装修了书房，其他装修暂缓，等征求意见再进行。司群明白，知道征求对象是那个“她”。可知他在“递话”，希望她接茬。可她不想，和他面对面，脑海里却游荡着驼铃声声，她得控制情绪，不能过早地吊在一棵树上。

夜里司群又险些失眠。房正良满满正能量，看那么多书，又不迂腐。视频拉近了两人，可距离依旧。她不希望进行得太快，聊天时对方一旦使用敏感词，她立刻打住，过很长时间才回复。直觉告诉她，一米阳光和驼铃声声各有千秋，难分伯仲。暂时不卿卿我我，以后会有，晚来比早来好，毕竟两个瓜，她要吃更甜的那个。那两人蒙在鼓里，自己是不是有点卑鄙？

和房正良视频以来，她的情绪超好，总也面带微笑，爸爸看了不吱声，妈妈敏锐多了，说看来和小房谈得不错。她说，现在是弹棉花，不是谈恋爱，说话也都像做报告。

驼铃声声也提出视频，司群心里咯噔一下，知道他轮休。脸庞英俊得让人窒息，他开口就叫，姐姐好。司群很受用，红着脸说，我们商量下，以后别这么叫，行不？叫司姐或群姐都可以。他坚持说，我会一直叫下去，哪怕在大众场合。她板起脸说，别人会笑话。他受了启发，说在家里更要叫了。她察觉出这话有问题，突然闭嘴。驼铃声声又说，姐姐真漂亮。她说，红颜易老，你知道吧？他说，对于有情人，美丽永驻。她说，女人顶顶没用的就是脸，不管吃不管喝。他坚持说，漂亮也是人生资本。她不高兴了，说丑女人不是人吗？他笑了说，我表演倒立给姐姐看。

屏幕摇晃，司群看出是小卧室，只一张床，当屏幕稳定，可见铁床一角和墙角。他脱去工作服，露出紫红棉毛衫，随手一扔，背对这边弯下腰，两手支着深红地板，人贴墙角倒立起来。他问，姐姐，猜我能撑多长时间？司群说我怎么知道。他说，叫我什么时候停，我就什么时候停。她说，不叫你停呢？他说，我正好瞌睡，就睡一觉。她吃惊了，问这样也能睡觉？他说，嗯啊。

恰在这时老妈叫，时群赶紧把手机放床上，出了卧室带上门。老妈说，大姨来电话问你和小房谈得怎么样了？吓得她直吐气，小声说，在和小任聊天。老妈明白了，嘟囔说，别一头脱了，另一头没了。客厅电视坏了，老爸躲在自己卧室里。她捺着老妈坐下，小声说他在倒立，吹牛说倒立可以睡觉。老妈说，倒立睡觉，还是奇人。老妈意思是，还是小房好，婚后一切都现实，缺什么都可以，缺了钱不行。司群给了妈妈背影，说我听到钱就烦，我们家缺过钱吗？不多而已。不多却过得舒心，才叫幸福。要是你和老爸有钱，整天吵闹，你以为我会做老姑娘到现在吗？老妈尖叫起来，你嫁不出去不会怪我和你爸没吵过架吧？

母女俩越吹越起劲，司群忽然哎哟，说忘了小任了，推开卧室门，手机里传出奇怪的声音。一看，驼铃声声仍在倒立，打着呼噜。她吐吐舌头，来到妈妈跟前，妈妈看了，也瞪大眼睛。

司群突然高喊，喂喂！小任小任！驼铃声声！驼铃声声！快起来！起来！呼噜声戛然而止。驼铃声声睁开眼睛，两腿离开墙角，变戏法似的站起来。大卧室的门开了，爸爸探出头，问什么起来？司群说没你的事，就躲进卧室里。妈妈对爸爸说，没见过这样的大姑娘，恋爱就像玩笑。

司群靠着门说，吓死姐姐了，倒立这么长时间，血管爆裂就坏事了。驼铃声声笑了说，我和战友打赌，倒立过三个多小时。对了，姐姐，我刚才做了梦，天啦，好梦一个！她问，什么梦？他的眼睛貌似朝下看，她知道他的视焦落在屏幕那边她的眼睛上。他说，以后我会告诉你。

倏忽间，这两人也近了许多。和一米阳光比，她更喜欢驼铃声声，驼铃声声热烈、直白。她故意居高临下地说，我要你现在就说。任尔重梗起脖颈，说姐姐逼也没用，原则上我不会让步。司群愣了愣，方知大男孩也不简单。她仍要控制情绪，这两人没能分出高下，自己尚且主动，有了明确选择，主动性自行削弱，她会不甘心。她开始怀疑自己正在变坏。

从此，和两个男生视频为主。他们都上班，她关在家里，聊天时段相对固定。时间也不冲突，一米阳光都是晚饭后，驼铃声声喜在午饭后。她享受着过程，更加开朗，又保持必要警觉，避免话题深入。她奇怪地分裂成了两个人，一个看到一米阳光时，自觉快要爱上大学生了，他博学、稳重，不用担心落入旁门左道。另一个在驼铃声声面前，一切那么美好，屋里都是阳光明媚，让她充实。封闭的日子，她过出了五彩斑斓。

那天中午，驼铃声声告诉她，在厂保卫处太清闲，打算申请去一线锻炼，先干全厂最累的铸造工，问她支持不？她说你不傻吗，自讨苦吃。他说姐，没在一线待过，将来出息不会大。她问，你想当厂长？他说，倒不至于，但不想混日子。她想了想说，姐不懂你，你的事你做主。她又抿住唇，说姐对你有个小要求。他挺直了胸脯，说上刀山下火海绝不推辞。她哈哈笑道，将来姐姐披上婚纱，你来做伴郎哟。驼铃声声愣住了，许久颤着音说，不开这种玩笑好吗？

视频结束，她隐约不安，吃不准自己是不是涉嫌三角恋，就征求雅然看法，雅然说你们什么都不算，如今恋爱的标志就是做爱。吓得司群在她这里再也不提这事。大姨态度含蓄多了，说这样挺好，爱情只有合适与否，没有好坏之分。妈妈坚持己见，说小男人靠不住。

3 月初，司群掂量多次，总也辨不出高低上下。和两人视频交流，没谁出言不恭。一米阳光个人条件好些，有房有车，可驼铃声声有个做生意的爸爸，长街最大床上用品批发商，挣下很多铺面，他也有房有车。再说工人怎么了？她问雅然之后怎么办，雅然回答得很干脆，巧妙安排时间，别让两人打起来就是胜利。一旦决定和谁谈，踢掉另一个就可以了。

聊这么久了，再不见面，等同于拒绝。司群不善扯谎，搪塞的技巧却无师自通，同一推迟见面的理由又可以有效使用两次。一旦见面，势必就要抽回一只脚来，永远失去另一只船。一米阳光，就是房正良，具备了女人喜欢的多数优点，失去了怕是很难再遇。他也喜欢自己，是自己拥有容貌必杀器，自带口粮，还有清纯、善良和正直。驼铃声声，就是任尔重，他比不上房正良博学，却精力充沛，朝气蓬勃，生命热力通过屏幕透射过来也炽烈感人，和他视频永远没有忧愁。失去房正良，她会失重，没了任尔重，她又会不安。左拖右拖，半个月过去，不能再这样下去了，她不免有些焦虑。

恰在这时，房正良去南方出差，任尔重去外地学习。司群心有不舍，却松了口气。她享受着这种情绪的轻微撕裂，刺激里伴随担忧，更多却是莫名占有的兴奋。这时再和两人视频，已有不同，不自觉地嘘寒问暖。认识了三四个月，因为春节和各种事情，使得这种慢发展有了理由。

随着房正良回来，形势陡然严峻起来。

房正良回来当晚，就用毋庸置疑又迫不及待的口吻留言，明天上午九点，镜湖公园步月桥见。司群如梦初醒，意识到恋爱正式开场了。她讨厌这种命令口吻，又感同身受地为对方批驳自己，你这个脚踩两只船的坏女人，有资格挑剔人家吗？这么想来，火速回复了害羞表情和“好”字。

她再次失眠。想请教雅然，又觉得张不开口，雅然够意思了，瞒着任尔重至今，再请她出点子，太损。更没法求妈妈或大姨，都是传统女人，从一而终，支着儿怕也是死着儿。她不由感慨，难怪脚踩两只船为人不齿，看似耍人，经受情绪折磨的却是自己。出门前对着镜子想化淡妆，审视后又觉没必要，掐着点骑着共享单车赴约。气温二十度上下，湖水像绿色琼浆。她上身乳白春秋衫，浅棕直筒裤，弃车大甩步像是训练有素的长腿女兵。她想，总有一天她会指责任尔重，谁叫你比他晚回来的？

镜湖公园位于市中心，赭山宝塔倒映湖中。湖柳依依。拐过装饰墙，目光穿过柳丝，步月桥头果然站着个人。湖畔廊桥空荡无人，下午这里才热闹。镜湖由大小两眼碧水组成，步月桥将其相连。这人面湖而立，阳光把他的身影投进湖水，湖水随风抖动，他也轻微摇晃。她的心跳更加厉害，又有些疑惑，这人是谁？看着既像又不那么像房正良，她熟悉他出现在手机屏幕上的脸，对身形却陌生，他高一米七五？一米八〇？走向他，就是走向恋爱？走向爱情？

相距十步时，他听到脚步声，转过身来，她的心跳起来。他笑着说，你好。离他五步远时她停住，说今天天气真好。他两手空空，小步接近时下巴描向九曲桥，她随之抬脚，意识到这是迈向恋爱。她问，出差回来了？他告诉她，这次陪老总出差，参观了若干项目，又签署了几个合同，顺便去了“新马泰”。她说，外面好玩，急着回来干什么。他说，急着回来……这里出现停顿，她就闭嘴了。

步月桥连通大小镜湖，九曲桥却伸向湖心，再弯向对岸桥头，多了些耐人回味的曲折。春风吹皱了满池浓绿稠黏的湖水，柔和的阳光犹如跳跃在这绿色绸缎上的银片。视频聊天相当于演练，现在就是真刀实枪了。她变得敏感，警惕他的胳膊，一旦莫名靠近，就及时避让。

可怜的退伍兵遥远了，影像犹如浸入湖水里模糊不清，和活生生的房正良比，他薄如纸片，随时会被风吹走。

来到桥面伸向湖心的弯处，房正良忽然问，在想什么？司群看他一眼，说没想什么，我平时不看书，脑子里经常空白，我又懒得翻那些沉重的书页，更愿意在电影院里度过业余时光，我有时真觉得自己无药可救。房正良哈哈笑了，说你这么说，我好愧疚，我不该动不动就说看书，很多人工作后就不看闲书，也活得精彩。她心头一热，这话好体贴，她本想引蛇出洞，哪知自己受了感动，她就说我喜欢吃我妈做的春卷，这非常真实，看什么书可以取代？他说，你说很少看书，说话却充满哲理，悖论也是哲理的组成部分。她果然没能听出话外之音，说你的话好深奥，可生活却具体，又说，你没必要顺着我，我还是喜欢看书的人，他们是社会主力，我更适合当配角，我在我妈和外婆那里学了很多家庭烹饪技巧，我应该属于喜欢认真生活的人。房正良浑身抖了下，嘴唇动了动，却没再说什么。

恋爱就是你一句，我一句，有一句没一句？雅然说恋爱是废话比拼，越不靠谱越好。司群有了信心，恋爱既不神秘也不困难，说些没有意义的话，刚才说了什么，现在竟然忘了，但说废话时很快乐，和与雅然在一起的快乐不同，这种快乐的愉悦在血液里弥漫，无以言表。

那个可怜的退伍兵，远得像贴在某个陌生人家里的画，即使存在，也和她无关。

离开了九曲桥，回到了始发地，这里相对开阔，对岸是商业街，高楼林立，市井声从稠密参差的广告牌间隐隐传来。湖水轻拍岸畔，呢喃絮语。这里虽非网红打卡地，也常有人来此录像。附近就有两女一男不时聚首，不时分开摆着姿势，一人举着录像机。

姐姐！司群心一紧，蓦然回头，竟是任尔重，铁锈色短袖T恤，他正吃惊地看着她。她的头炸开，所有想法飘得一干二净，她本能地离房正良远了点。

她有点结巴，你……任尔重盯着房正良，说姐姐，待会再对你说。

房正良也有些吃惊，把任尔重看个遍，心里有了底，一个毛孩子而已，也许一时迷了心窍。司群大姨说，司群没有恋爱史，司群给他的印象也是。他曾有过不成功的异性相处，不算行家，也非门外汉，判断得出她大姨没撒谎。毛孩子神色也透露出，这两人交往不是太多。房正良就由惊愕、愠怒，改为静观事态发展了。

司群平静下来，尴尬又占了上风，手没处放。她站到两人中间，说别误会，我不是那种人，你们也都无辜，问题是……她很快发现解释多余，那两人根本听不进去。他们显然也不会发生肢体冲突，她却遭受到了拉扯感。现在她必须做出选择了，可她心里又不肯那样去做。

这阵势引得附近那个青年录像机转向，司群想制止，又怕火上浇油。房正良不会对任尔重构成肢体威胁，任尔重就难说，一拳过去，怕房正良吃不消。她只能说，我和你们都才认识，都别想太多。她又转向任尔重，说考验你的时刻到了，姐姐叫你回避下，怎么样？

房正良顿时面露喜色，说司群，我今天带来了礼物，只是暂时没拿出来。他心想任尔重一旦退出，他不会反对这对姐弟正常交往。

任尔重的目光也变得柔和些，说姐姐，别疑心，我不怪你。他又歪头看过去，问他保护得了你吗？

房正良侧迈一步，两人又直面了，他没有惧色，更不会退让，他冲任尔重笑道，我们都没有理由怀疑司群，我建议让她自己做出选择，怎么样？

司群的大脑瞬间缺血，随即想到手心手背都是肉的俗语。不论怎么选择，都意味着必须彻底抛弃其中一个，问题是她想不出拒绝的理由来。三角恋尚未形成，裂痛已经浮现，她开始恨自己，那天直接拒绝一人，就没现在的麻烦了。此时，她宁愿他们抛弃自己，哪怕一并发生。

房正良的话音刚落，任尔重就说，你的话不对，又说我不想把矛盾推给姐姐，你我的事，由我俩解决。房正良冷笑说，看你才二十出头，就这么急着恋爱？任尔重说，你想不出办法来，我可要行动了。房正良退后一步，说我可是学过跆拳道的。

司群的心跳到嗓子眼儿，任尔重却朝她撞来，她的小腹挨了一击，脚就离开了地面，她不相信这是真实，人却已像棉絮搭在任尔重肩上，腹部的挤压使她发不出声音来，血又灌入头顶。耳畔突然有了风声，路面朝后疾退，她又听到了如牛的喘息声。她感受着颠簸，思维停滞。任尔重的话时断时续，说姐姐，公司叫我们提前回来……同事相约马上去对面镜湖餐厅吃饭……这是冥冥之中的相遇和缘分……我爱你，没人能把你夺走……那次我就梦见我把你从别人手里抢了过来……我背着你从夏天跑到冬天……

颠簸让司群想呕吐。他终于停下来，她的脚着地后身子晃动，他握住她的胳膊。她大喘，缓过劲来才发现，居然绕了大半个镜湖。来路是彩色地砖铺就的环湖人行道，路弯那里那个青年的录像机正对着这边。等了片刻，仍不见房正良。她一头撞向任尔重，又在他的胸膛附近停下，说你太放肆，你以为你是谁，你马上就要上抖音、成网红了！

任尔重盯着路口，说姐姐，那人追来，我就退出，你们举办婚礼时我做伴郎。

司群哭了，说你创造了传奇！

去迪拜

黄在玉

一

龚运来终于逮到了一次难得的机会。

维也纳大酒店三楼会议厅，虽是白天，却依然灯火通明。一条红底黄字的横幅悬挂在主席台上方——春谷市楚王贡酒酒业“迪拜双飞十日游”掼蛋大赛。八桌牌局平行排开，阵势井然。比赛正热火朝天进行中，岂止热火朝天，分明是激烈较量。重赏之下，除了勇夫，智者也会现身。酒店女服务员穿梭其中，为客人沏茶续水。举办方公司员工游动观战，记录战果。

参与者多是本市书画界人士，除了龚运来和肥虎。

龚运来是市人民医院最年轻的骨科主治医生，业余写点报刊专栏文章，探讨、研究清代、民国时期徽州文化现象。五年大学期间，他每年寒暑假都在徽州、新安江一带盘桓，网罗民间资料，收获颇丰。有人说他是被医学耽误了的青年作家。他当然晓得人家是说笑，况且，就职业而言，医生比作家更接地气和人气。熟人多拿他当医导，去医院之前，先给他打电话，或咨询或请他找什么人。他倒是乐意帮忙，帮人等于帮己。

肥虎姓荆，是一家农庄饭店的小老板。龚运来与肥虎认识，他去农庄吃过饭，对肥虎印象很深。但凡见过肥虎的人都会对他有印象。肥虎人高马大，脑肥脖粗，却生性憨厚，挺像香港影星肥猫。肥虎属虎，又虎背熊腰，因此人称肥虎。他家农庄在郊区，坐落在一个郁郁葱葱的小山丘上，朝南是一座小二型水库，风水够好，风景够靓。

龚运来一心一意要去迪拜，目的是寻找黑丫头万芸，这次机会非常难得。他是被一位书画家朋友带来的。书画家姓郭，人称郭校长，是这个县级市唯一的中国书画家协会会员、芜城市书画家协会副主席，精通“五体”；还是省美协会员，擅长国画和工笔画。在北门护城河畔开一家书画轩，常年招收学员，教授书画，兼书画装裱，生意虽小众，收入却可观。郭校长梳着大背头，着藏青色唐装，戴佛珠项链和手串，一副文雅脱俗的样子。龚运来喜欢郭校长的书画，郭校长佩服龚运来的医术和文采，二人惺惺相惜。龚运来曾经为郭校长的老婆治愈了颈椎病和腱鞘炎，为其父治好了老寒腿，为他介绍的俏少妇医好了腰椎间盘突出和肩周炎。郭校长老婆和俏少妇轮番来找龚运来做免费按摩，他都尽心尽力。为此，郭校长除了送锦旗，还将一幅获得全国铜奖的蝇头小楷《心经》和一幅参加过国展的工笔《萨摩耶》裱好赠给龚运来。《心经》是龚运来的超爱，近乎每日欣赏，已能全文背诵。

开赛前，郭校长私下对龚运来说：“我这次是为你参赛，拿到一等奖就送给你。”

“太贵重了，受之有愧啊，我尽力自己争取。”龚运来言不由衷。

“你先争取，我做保障。”郭校长说，“不过，今天高手云集，还要凭实力和运气。”

龚运来点点头，眼里流露出一丝丝迷茫。

郭校长敏锐地捕捉到了龚运来的细微神情，他知道龚运来最想去迪拜，因为他知道一些龚运来与万芸之间的过往。他安慰龚运来：“不要有顾虑，我会为你兜底。”听了这句话，龚运来有了些许底气，但顾虑一时难以打消。

比赛第一轮是淘汰赛，每一局都要摸牌拼对找对家，尽管随意性很大，但基本上不会改变实力优势。郭校长是圈内高手，对拿一等奖信心满满。他在多次掼蛋比赛中拿过大奖，实力摆在那里，不是瞎吹。果然，第一轮成绩出来，郭校长排第一，龚运来和肥虎都胜出。按比赛规则，八个人重组摸号，组成两桌开战，相当于半决赛；依然三局两胜，将按照个人积分高低排出名次，前四名进入决赛。其实，八个人都进入了等级奖，其余人皆有纪念品。参加这种活动，只要欲望不大，闷头吃喝玩乐，其实很开心。

而龚运来却是带着必胜的信念而来，尽管获胜的概率很小。

郭校长打听到万芸在迪拜开了一家中餐馆，但没有具体地址，也没有联系方式，只知道靠近波斯湾附近，距迪拜塔一百三十分钟左右的车程。本来龚运来要只身前往，哪怕找遍迪拜所有中餐馆也要找到她……却被郭校长劝阻。郭校长有个学生的老舅大学刚毕业，去年被熟人骗到迪拜，又从迪拜经泰国辗转到缅东秒瓦底，被迫从事电诈活动，怕是回不来了。郭校长强调：“要去也不能一个人去，最好是跟靠谱的旅行社组团前往。”龚运来沉吟片刻，喃喃道：“等旅行社组团，不晓得要等到猴年马月。”

龚运来跑遍市区和芜城所有旅行社，打听有没有组团去迪拜的，对方都无一例外地摇摇头。失望像难以找回的恋情，令他沮丧。他给旅行社留下电话，或与经理们加微信，说一旦有，请第一时间联系他。

大约一个月前，郭校长喜滋滋地告诉龚运来一个好消息，楚州市楚王贡酒酒业集团要开展一项活动，在全省范围内举办掼蛋大赛，以每个县（区、市）为单位，一等奖是迪拜双飞十日游。届时，全省所产生的数十名一等奖获得者将通过旅行社组团前往迪拜旅游。“机会难得啊!”郭校长呵呵笑道，“到时候我请你参加。”龚运来说：“我的手艺差得远，你是知道的。”郭校长说：“还有个把月时间，可以练嘛。有我做你的后盾，怕什么，要志在必得。”于是，隔三岔五，他们就在一起喝酒、掼蛋，多由龚运来邀请、组局，花费也不大，权当交学费。郭校长不吝教授，龚运来潜心学习，果然牌技精进不少。这期间，他在本单位工会组织的掼蛋比赛中拿了第二名；紧接着，在全市卫健委系统工会掼蛋比赛中，得了第三名。龚运来信心大增。

郭校长在获邀参加比赛时，对春谷市楚王贡酒总代理昌总说，他要带一位医生朋友去。昌总满口答应，连声说：“欢迎欢迎。”郭校长补充说：“我的这位朋友不仅是医生，还是位低调的作家，到时候让他为你们写文章宣传宣传。”昌总忙不迭道谢。其实，郭校长也就这么一说，他知道，龚运来是不会写这类狗屁文章的。

去维也纳大酒店之前，郭校长领着龚运来到昌总那里见个面。几乎所有的酒业代理都和地方书画界关系密切，他们办公的地方，除了展示各种档次的酒品，多半是书画作品，墙上挂不下，便靠在墙根，一来供人欣赏，二来以示高雅。龚运来留意到，郭校长有五幅作品位列其中，草、隶、篆、国画、工笔画各有一幅。由此可见郭校长的功力与分量。

坐上牌桌，龚运来暗自摩拳擦掌，期望自己能超常发挥，创造奇迹。

二

从省中医药大学毕业后，龚运来本来有机会进芜城一家省立医院。可是，大学校友、学姐常莹莹是春谷市人，已在春谷市中医院影像科上班。他俩在医科大同乡聚会时相识，并互有好感。毕业前夕，龚运来和相处了两年多的北方女友洒泪分手。热情、丰满的常莹莹多次邀他去春谷市玩，还陪他去徽州、新安江采风，恰好填补了空窗期……在春谷市，他们除了逛街，还逛了中医院和市人民医院。新建的市人民医院富丽堂皇，一流设施，一流设备，一流管理机制，让龚运来怦然心动。

“毕业后来这里工作，好不好?”常莹莹笑盈盈地问。

“没问题，向你靠拢。”龚运来眼都没眨。

“拉钩。”常莹莹伸出右手小指。

龚运来毫不犹豫地迎合上去，两个小拇指钩在一起，大拇指摁住。两个人相视一笑，情定春谷。

毕业后，龚运来放弃考研，直接来春谷市人民医院应聘，并如愿以偿在骨科当医生。

市人民医院在市区南门，中医院却在北门。他俩在北门某小区租了个两居室，过上了二人世界。平日里，龚运来对常莹莹的关爱细致入微，譬如，常莹莹来例假，他不是随便和点红糖水给她喝，而是炖燕窝；常莹莹想吃榴莲，他会骑车跑遍市区甚至到芜城买来她喜欢的猫山王，亲自剥给她吃，天冷还会烤给她吃；常莹莹不爱运动，最多在家练几招瑜伽，他也不强求不唠叨，一味地惯着她……这让常莹莹非常受用。

龚运来平时散步，来来回回，都会路过郭校长的“鹅池书画轩”。起初看到许多孩子端坐着练习毛笔字，一个气宇不凡的男人捻着佛珠在指点一个小女孩儿运笔。时间长了，龚运来便进门欣赏墙上的书画作品。捻佛珠的男人便和龚运来攀谈。龚运来才知道，男人叫郭鹅池，名字有些古怪，是书画轩的主人。他问：“鹅池是真名还是艺名?”

郭鹅池答：“是个非常像艺名的真名，我父亲给我起的。”

龚运来说：“为什么起这个名字?”

郭鹅池说：“我父亲一生喜欢书法，痴迷王羲之，就给我起了这个名字。”

龚运来点点头。他想，郭鹅池的父亲一定是个随性而又执着的人，不像自己的老爸，马马虎虎的。按龚家辈分，他原名叫龚恩来，上小学报名时，老师提醒他老爸，说和伟人同名不妥，最好改了。他老爸好说话，当场问老师，改叫什么好。老师随口说，就叫龚运来吧。他老爸随即认可，上午给他报名，下午便去派出所更改过来。

一来二去，龚运来和郭鹅池开始交往。男人之间的交往，有雅有俗，雅的是高山流水，俗的是下里巴人。他俩之间，雅俗交织——雅，谈论书画、文学艺术；俗，离不开酒肉、扑克和女人……

龚运来业余爱好除了看书写作，还是个骑行达人，他有一辆价格不菲的捷安特。平时就骑单车上下班，雨天打出租车。常莹莹离得近，步行十来分钟就到单位。

早上，两个人一同到小区门口的小吃店共进早餐。小吃店清清爽爽，只不过客人较多，每天都要排队等候。常莹莹倒是不慌不忙；龚运来骑单车，有些吃紧，遇到人流高峰就会迟到。常莹莹叫他换一辆电动车，他不大情愿。春谷市电动车限速，比自行车快不了多少。他又不能像外卖骑手那样随心所欲。何况电动车事故率高，他几乎每天都要接诊交通事故病人，其中电动车事故占大头。

同科室的人见他来得匆忙，便问缘由。他说吃早餐时间把控不了。同事就建议他到马路对面去吃，说有好几家小吃店，几乎不用等候，随到随吃。

于是，在和常莹莹商量后的第二天早上，他骑车直接到单位，放好自行车，再到马路对面吃早餐。

这里的早餐门店多，品种更多，琳琅满目。有他喜欢吃的小笼汤包和生煎。

有一次，他想换换口味，便鬼使神差地走进了一家“老上海馄饨”店。小吃店一个门脸儿，两间房，还算宽敞明亮。虽然客人不少，但是仍有余位。多数人一边吃着碗里的一边看着手里的。这里的馄饨和“千里香”“范记馄饨”“老姜馄饨”有所不同，它是一种元宝状的大馄饨，有鲜猪瘦肉、荠菜猪肉、香菇猪肉、芹菜猪肉、韭菜猪肉五个品种；兼卖水饺，水饺馅除了与五种大馄饨类似，更有皮蛋猪肉的。当然，还搭配鸡蛋和卤干子。鸡蛋有五香蛋、荷包蛋和水煮鸡蛋，卤干子有白卤干和兰花干。柜台里，一位头戴厨师帽的姑娘既收银又下馄饨和水饺，看来是店老板。姑娘五官标致，皮肤黑点，右眉梢有颗痣，像黑芝麻粘在栗子壳上，不那么显眼；一根粗壮的独辫子歪向一边，吊儿郎当地搭在左锁骨上。龚运来顿时想到一个称谓——黑牡丹。想必她喜欢户外运动？否则一个女孩子不至于如此黑不溜秋。他想。店堂里有位系着围裙的大妈在小餐桌间忙活。这种馄饨店上海多，省城也有，龚运来吃过，口味不赖。不过，上海和省城没有皮蛋猪肉水饺，没有水煮鸡蛋和兰花干。他不假思索地点了一碗“全家福”和两个水煮鸡蛋以及两块兰花干。所谓“全家福”，便是五种大馄饨各取两个组成，龚运来私下里又叫它“五味杂陈”。龚运来脱口而出时，黑牡丹盯了他一眼，没吱声，快速合计好了价钱。龚运来扫微信支付后，找了空位坐下。“全家福”端上来，他闷头就吃，咬了一口，又赶紧吐出来，太烫嘴了。他下意识地朝柜台看去，不料，黑牡丹也在看他，见他囧样，还偷偷一乐。

中午，龚运来和常莹莹在各自单位食堂就餐。晚上常莹莹减肥，只吃水果。龚运来除了应酬，有时去面馆吃一碗炒面或蛋炒饭将就一下。今晚值班，他忽然想吃黑牡丹家的水饺。

黑牡丹闪着一嘴白牙向他推荐皮蛋猪肉水饺。他没吃过，同意尝尝。龚运来母亲是东北人，随山东籍父亲转业到皖南芜城。母亲擅长包饺子，饺子馅五花八门，却从没包过皮蛋猪肉馅的。

临走，他问黑牡丹："皮蛋猪肉饺子味道独特，谁包的？"

黑牡丹微微一笑："谢谢帅哥夸奖。我在网上看到一篇文章，说特别喜欢吃他妈妈包的皮蛋猪肉水饺，我就尝试自己包，经过多次试验，才调成了现在的味道。"

他对她刮目相看，做生意就得动脑筋，人无我有，人有我精，做出特色来。出了店门，他刻意扫了一眼路灯下几辆非机动车辆，果然有一辆意大利德罗莎混在其中，显赫而低调。他忍不住返回店内，问黑牡丹那辆德罗莎是谁的。她抿嘴一笑，承认是她的车："二手，不贵。"

回到办公室，他上网一查，二手德罗莎，比他的捷安特贵一倍还多。

节假日，他带常莹莹来吃过馄饨、水饺，常莹莹赞不绝口，抱怨中医院那边没有这么好吃的东西。她却不吃皮蛋猪肉水饺，说接受不了那个味道。

他也请郭校长来吃过，除了大馄饨、水饺、荷包蛋、兰花干，一人两瓶青岛纯生，能把肚子撑圆。

三

这一轮，龚运来和肥虎排在一桌。两人照面相互点头微笑，无须语言交流。第一局摸牌后，他俩并非对家，而是对手；第二局是对家；第三局又是对手。其实大家只是短暂合作，总体各自为战，都是对手。这种比赛相对公平公正，大家相互之间不熟悉出牌的习惯和套路，全凭手气、记忆、牌技和临场发挥。和其他人相比，龚运来算是新手，他有自知之明，自己的长处是记性好，但牌技和临场发挥不足。今天手气也一般，没抓过特别满意的牌。他喜欢闷最后三张，然后揭一张喊一声最想要的，通常不能如愿，往往泄露信息。心理素质不稳的新手容易落入"想赢怕输干着急"的窠臼。龚运来心理素质足够稳定，只是过于求稳，打得比较保守，一心想稳中求胜或后发制人。当然，这样也容易贻误战机，造成被动的局面。高手往往险中求胜。郭校长就是这类高手，他总是沉着冷静，运筹帷幄，每出一张牌都显得那么慎重，那么深思熟虑；并习惯性地将自己出过的牌整整齐齐地放在桌上，时不时拿捏整理一下。郭校长的缺点是输了牌喜欢埋怨对家，从来不反思自己。他的对家多是资历比他浅的人，面对埋怨，只能忍气吞声。

肥虎看上去有点激动，涨红着脸，睁圆了眼，每出一张牌都掷地有声，像在厨房挥刀斩排骨。他的手气一直不错，经常打出两三杆枪或同花顺。一局下来，肥虎晋级；龚运来遭淘汰，终究没能创造奇迹。

另一桌，郭校长毫无悬念地晋级决赛。他和肥虎还有另外两人进入最后角逐。心情沮丧的龚运来站在郭校长身后观战。他像看球站队一样在心里默念——郭校长必胜！现在，郭校长是他唯一的指望。

通过摸牌，郭校长和肥虎始终不是对家，而是对手。郭校长本来没把肥虎放在眼里，见肥虎居然闯入决赛，才觉得这家伙不简单。但他一贯在战略上藐视敌人，不就是手肥吗？总不能把把牌手气好吧！还得拼战术拼经验，看谁登上巅峰，笑到最后。

最后一局，不露声色的郭校长抓了一手好牌，共有三杆枪，其中有俗称“大火箭”的 10 到 A 黑桃同花顺。见郭校长手握重器，龚运来心情放松下来。

抓完牌，始终一声不吭的肥虎嘟哝道：“唉，脚抓的牌。”

信息透露——肥虎抓了一手烂牌。

郭校长微微点头，暗自称心。他利用上家得手后放单溜走了几张单牌，因担心下家肥虎顺道跑小牌，他有意扣下一张最小的梅花 3，有最大的同花顺保底，倒无后顾之忧。

孰料，当郭校长甩出同花顺冲刺时，肥虎劈下了六个 6 的“王炸”。郭校长扒拉了一下，那“王炸”竟然是五个 6 加个配子红桃 2，这大大出乎他的意料。他知道，轻敌使他阴沟里翻船，与冠军无缘了……遂沮丧地将手中的梅花 3 插进牌堆里。这回他没埋怨对家，只怪自己大意。

肥虎爆冷，一举夺得冠军，斩获一等奖。有人估计，一等奖价值约一万五千元，妥妥的大奖。

郭校长屈居二等奖，奖品仅是一箱二十年窖藏楚王贡酒。他朝龚运来摇摇头，表示无可奈何。龚运来尴尬一笑，也是一脸无奈。

午宴上，酒到酣处，郭校长却胸有成竹地对龚运来说：“别急，我估计肥虎去不了迪拜，等会儿我去和他商量，补贴他五千块钱，把他手里的奖券拿过来。”

龚运来心中刚刚熄灭的希望火苗又被点燃。他下意识放眼寻找肥虎，脑袋转了 270° 也没见肥虎的人影。“咦，肥虎怎么不在？”他嘀咕。

有人说：“我看到肥虎接了个电话，和昌总打声招呼就匆忙走了。”

郭校长淡定地说：“没事，我下午就去盛泉农庄找他。”

龚运来暗忖，一等奖价值一万五，郭校长只花五千拿过来，这不是欺负老实人吗？当然，他能否拿得过来，还说不定。

晚上，龚运来接到郭校长电话，说肥虎有点动心，但还得考虑考虑，要和家人商量一下。

第二天一直没有消息，龚运来坐不住了，一来他担心夜长梦多，二来也担心其他人出高价，从中截和，肥虎当然认钱不认人，除非他是大傻瓜……他决定去一趟盛泉农庄。傍晚下班后，他骑着捷安特径直朝郊区跑。他去过盛泉农庄，轻车熟路，和肥虎认识，并非不速之客。

经过饭店吧台时，龚运来留意到墙上的酒架上放满了酒，而楚王贡酒占了三分之二。旁边还有一面三角锦旗，上有“赠：盛泉农庄楚王贡酒销量全市第一”等字样。他明白了，难怪肥虎有资格参加此次掼蛋比赛。

正在厨房忙活的肥虎见到龚运来，以为他是来吃饭的，连忙微笑着朝他点头哈腰。

龚运来说：“我今天不是来吃饭的，昨天郭校长来找过你吧？”

肥虎“嗯”了一声。

“你考虑好了没有？”

“我们是没空去旅游，生意不能不做，但我小姨子想去，我们还在商量。”

“荆老板，这样，我给你一万五千元，下次郭校长来，你把奖券送给他如何？”

“那、那当然可以。”

“别跟任何人说钱是我给的，好吗？”

“好、好，你放心，我不会泄露一个字。谢谢你啊，龚医生。”

四

龚运来知道黑牡丹名叫万芸，还是一年前某个星期六的下午。

本来骑友们商定好双休日要去征服皖南青藏线的，不料，医院临时通知开会，龚运来没走成。会议开了一上午，几名卫健局的工作人员和院领导轮番讲话，让龚运来联想起喜欢拖堂的老师们。错过了这次集体行动，他打算下次约人再去。午饭后稍加休息，他便骑车去烈士陵园一带热身。烈士陵园在南门外的山坡上，周边的环山马路波荡起伏，车少人稀。在那里，他偶遇骑德罗莎的黑牡丹。只见她一边骑车，一手牵着一条黑色的板凳狗，车快狗快，车慢狗慢。

“嘿，骑车遛狗？”龚运来撵上去扭头打招呼。

黑牡丹转脸看到龚运来，露出皓齿，刹车，单脚杵地，黑狗随即立定，吐着红舌微微喘息。“是你……Sorry，不晓得怎么称呼你。”她莞尔笑道。

龚运来几乎同时刹住车，说：“我叫龚运来，是市医院的骨科医生，叫我小龚或龚医生好了。我去你店里怎么没见过这条狗？”

“谁会把狗养在店里？何况这是一条警犬。”

“警犬？它叫什么名字？”

“它是拉布拉多搜救犬，我们叫它拉布。拉布，坐下。”

拉布应声坐地，并快速扫了一眼龚运来，继而淡定地目视前方。龚运来盯着拉布，发现它的毛发有点粗糙，毛色并非光滑，便问：“它是退役的警犬吧？几岁了？”

“它退役不到半年，今年十一岁。”

“你是怎么搞到退役警犬的？”

“怎么，你是兼职警察还是记者？”

“呵呵，我就是好奇。”龚运来不好意思，人家分明不想说，于是换了个话题，“请问你尊姓大名？”

“万芸，千万的万，草字头的芸，绰号黑丫头，九五年的，应该比你大。”

“大我三岁，我得叫你姐。喜欢户外运动，黑点正常。”

“我上学时肤白貌美，腿也不短，我是故意晒黑的。”

“干吗要故意晒黑？”他睁大眼睛问。

“你没听说吗？女孩长得好，难免有骚扰。黑是漂亮女孩的保护色。”她狡黠一笑。

龚运来对眼前的黑丫头也产生了好奇，他判断，这是个有故事的女孩。于是，他们坐在路旁的石凳上，愉快地聊起了他俩共同的爱好——骑行运动。他告诉万芸，他今天本来是和一帮骑友们去皖南青藏线的，可惜没去成。万芸坦言，自从开了那爿小吃店，她就不能远行了，毕竟生存第一。平常她只能在下午两点到四点半之间出来遛狗和运动，五点前得开门做生意。她忽然想起什么，说：“对了，春谷也有条号称青藏线的小路，适合骑行，不晓得你去过没有？”

“听说过，但没去过。”

“你若感兴趣，姐明天下午带你去。”

万芸提前半个钟头出发，带龚运来穿越“春谷青藏线”。两人穿戴骑行装，一蓝一绿，宛如两只硕大的彩蝶，飞翔在通往原野的大道上。

所谓“春谷青藏线”，实际上是条三四米宽的“村村通”乡村公路，只不过原先是水泥路面，如今铺上了沥青，于是有了“线”的感觉。其特点是起起伏伏、七弯八绕，“线”的两旁或是田畴，或为农舍，或是渠塘，抑或山林和幽篁。他们骑行于上，感觉多巴胺爆棚，快意无边。相比真正的青藏线和皖南青藏线，前者是高峰，后者是高原，而这里则是峻岭，别有一番景致。他们约定，无特殊情况，每月要来这里骑行一次；甚至计划骑车去欣赏新安江的山水画廊。

这天早晨，龚运来像往常一样去“老上海馄饨”店吃早餐，只见店门关闭，把手上横着一把U型锁，门上贴有一纸告示：因处理家事，需停业数日，给您带来不便，敬请原谅。署名是黑丫头，日期正是当日。龚运来有点蒙头蒙脑，本想打电话问问，却又觉得没有必要，谁家没点家务事呢。

两周之后的一天下午，龚运来突然接到万芸电话，说有事找他面谈。见面地点在城南烈士陵园。下班后，龚运来骑车去陵园。远远就看到万芸牵着拉布坐在台阶上。她上身穿黑色T恤，下身着白色长裤，表情忧郁。拉布也穿上了黑色的衣服。见龚运来走近，拉布摇了摇尾巴。

“来啦，坐。”万芸主动地说，“龚医生，我今天约你到这里，是有一事相求。”

“什么事？姐你说。”

他俩四目相对。龚运来突发不祥的预感。

“不瞒你说，我这些天是去部队处理后事了，我的男友是一名消防指挥长，我们原定在今年元旦结婚，而他却在救援化工厂爆炸事故中不幸牺牲。拉布是他之前的无声战友，他们感情深厚，拉布退役后，他请求收养，得到了首长的同意。现在他不在了，拉布好像心有灵犀，寝食不安，已瘦了两斤多，我都不敢直视它了。我就要离开这里，去国外发展，想把拉布托付给你，行吗？”说完，万芸用期待的目光看着龚运来。

拉布也用期待的眼神望着龚运来，像和万芸排练过一样。

龚运来惊怔了，此时此刻不容他多想，便郑重地点点头。他心知肚明，万芸在“托孤”，他很可能要为拉布养老送终。他接过狗链，仿佛接过庄严的使命。

“拜托了。”万芸临别叮嘱，双目盈泪。

“放心。”龚运来挥挥手，带走乖巧的拉布。

五

龚运来将拉布牵回家时，常莹莹正坐在沙发上看谍战剧。她今天没去棋牌室搓麻，出乎龚运来的意料。

“哪儿来的狗？”常莹莹边嗑瓜子边问。

“是一位骑友的，她要出远门，不定哪天回来，托我养一阵子。”龚运来轻描淡写地答。

“这条狗还没见过同款的，它有名字吗？”

“这是退役的警犬，它叫拉布。”

“拉布，挺利落的名字。快去给它洗洗，放阳台吧。”

“好嘞。”龚运来舒了一口气，难得常莹莹能接受。她曾说过不喜欢养宠物，嫌麻烦。

拉布被牵进了卫生间。龚运来放了半盆温水，倒了沐浴露，伸手搅和出浓密的泡沫，然后解开拉布的衣服。不料，从里面掉下一个扑克盒大小的塑料袋，龚运来打开一看，竟是一张银行卡和一张字条。字条上写：我以两万三卖了德罗莎，放在这张卡里，作为拉布的日常开销，密码960629，倘若不够，请帮我垫上，日后奉还。黑丫头即日。龚运来愣怔片刻，将银行卡和字条揣进衣兜。他按手机视频里的步骤，给拉布洗、净、吹、梳、理，足足花了一个多钟头。这期间，常莹莹进来解手，顺便表扬了龚运来，并要求他经常给狗洗澡，至少每周洗一次。龚运来满口答应。

狗窝是龚运来从小区一家超市讨来的一只厚纸箱，里面垫了泡沫，等过冬时，再给它垫上棉垫。狗窝安放在阳台最西边，三面环墙，空间不小。

他每天清晨牵着拉布去护城河边溜一圈，让拉布清空大肠和膀胱。他时常遇见在河边打太极的郭校长。郭校长对拉布似有一见如故的感觉，说让龚运来哪天带拉布去“鹅池书画轩”，他要将拉布画下来。他说：“我画过许多宠物狗，唯独没画过退役警犬。”

画拉布那天，龚运来将万芸的事和盘托出，郭校长听后不免唏嘘。

两个月后，作为青年骨干医生，龚运来被单位安排去省城进修，时间半个月。临行前，他打算将拉布送往宠物店寄养，常莹莹却说不用，不就是喂食、喂水、遛遛狗吗，她能行。“拉布这么乖，我也喜欢，你放心好了。”她言之凿凿。龚运来喜不自禁，一把将常莹莹拥在怀里，吻了足足有五分钟。

没承想，拉布白天没见男主人，便茶饭不思，晚上断断续续地发出呜咽声。常莹莹估计拉布不适应换人照顾，便在一旁陪着它进食。拉布随便吞了两口狗粮，便舔舔嘴巴，不再吃了。常莹莹无奈，只得回客厅继续追剧。

第二天依然这样，常莹莹晚上便给龚运来打电话：“拉布闹情绪了，怎么办？”

那头龚运来说：“再观察两天，实在不行就送宠物店去，省得你麻烦。”

送宠物店寄养需花费，她有点不舍得。不料，第三天，平常比较安静的拉布，时常在窝里莫名吠叫。常莹莹不胜其烦，便把它牵到天台上，拴在墙头的避雷针上。她想，让它换个环境或许能安静下来，况且自己耳不闻心不烦。

双休日下午，常莹莹应邀去棋牌室搓麻。白天手气不好，晚上在棋牌室随便吃点又继续战斗，企图扳本。半夜，当她听见外面“哗哗……”落雨时，顿时想起了天台上的拉布。她"嗷呜"一声，发疯似的冲出门去，快速跑到出租房楼下时，人已像只落汤鸡。她赶紧乘电梯到15层下，又一口气爬到16层的天台上，喘得跟肺气肿病人一样。她用手机电筒照过天台的每个角落，不见拉布踪影。她立马慌了神，脑子里"嗡嗡"作响……猛然发现避雷针的焊接处已裂开，显然，拉布带着狗链消失了。常莹莹急得直跺脚，她预感问题严重，赶忙下楼寻找。果不其然，在大楼北边的人行道旁，拉布软塌塌地躺在那里。她蹲下仔细查看，明显狗头触地，她断定拉布是跳楼自杀。

龚运来回来的当晚，两人第一次大吵之后，常莹莹泪眼婆娑地拖着拉杆箱要回娘家。她边啜泣边嘟囔："既然我在你面前还不如一条狗，在一起有什么意思!"龚运来硬生生地回她："你把拉布的命弄丢了，说你几句不该吗?!"

之后，两人又在电话和视频里有过两次争执……一个赌气不回，一个生气不接，从此冷战开启，二人世界分崩离析。

拉布被龚运来葬在了烈士陵园山脚下一棵葳蕤的雪松旁。

使命未完成，承诺已稀碎，龚运来愧疚不已，想把既成的事实告诉万芸。自从他俩告别以来，一直没有联系过。当他在手机里找到万芸的联系方式时，才发现，对方的电话已停机，微信、QQ早成僵尸。因此，他决意去找万芸，否则，他于心不安。诚然，他也想去迪拜长长见识，顺便碰碰运气，假如，万芸还单着……

六

掼蛋比赛过去第四天，郭校长将一等奖奖券和拉布工笔画像一并送给了龚运来。郭校长说："肥虎那家伙看上去忠厚老实，其实精明得很，我跑了两趟，加了一千元钱和一幅字才搞定。"龚运来要转钱给他，被他按住："我说过要送给你，收你钱，那我成什么人了?!"龚运来紧握郭校长的手，无语凝噎……倒不是因奖券而感动，而是意外收到了拉布画像。他要将栩栩如生的画像带到迪拜，亲手交给万芸姐；当然，还有那张原封没动的银行卡。

晚饭后健步走回来，龚运来在出租房做出行准备。十天前行程已定，明天上午乘大巴去南京，中午从禄口机场直飞迪拜。

突然，手机铃声骤响，龚运来接通，却是肥虎。肥虎问他是否在家，说自己已在他家楼下。龚运来说在家呢，六楼602。肥虎进门，说："晚上昌总他们在盛泉农庄吃饭，讲到转让奖券的事，这才晓得郭校长将奖券给了你；才晓得奖券只值一万，你给了我一万五，多给了五千；另外，郭校长硬塞给我一千，我也不能收，我退六千给你，去迪拜还得花钱。”肥虎将一沓百元钞票递给龚运来。龚运来却之不恭，只好收下，但他只收五千。肥虎说：“那等你从迪拜回来，我和郭校长为你接风。”

肥虎前脚刚走，门铃又“叮咚、叮咚……”响起来。龚运来以为是肥虎返回，可能还有什么事忘了说，连忙开门。却见常莹莹拖着拉杆箱站在门口，翘着嘴，一脸娇柔地望着他，整个人瘦了一大圈。

“这是要去哪里？出差吗？”她盯着龚运来的行李，羞答答地问。

“呃，不出差……去徽州、新安江采风。”他鬼使神差，信口撒了谎。

“让我陪你去，我有公休假。”常莹莹兴奋起来，边说边羞怯地抵近了龚运来，宛若往常两人亲吻的前奏。

此刻，龚运来的心中却五味杂陈。

搭错车

陈友铭

一

喝喜酒的走了，闹洞房的散了，文凯推门走进新房，他酡红的脸上放着光，虽然步子不大稳，还是朝着花床走去。

一只悬挂的灯泡靠近新粉刷过的墙壁，发出亮眼的光。窗前的梳妆台上，一对红蜡烛欢快地吐着火苗。花床架上一边贴着个红双喜，醒目又喜庆。

文凯走到床前，边脱着外衣边朝床上看一眼，云秀穿一身红衣服，蜷缩在床里头。文凯笑着说："脱了衣服睡觉哇！"

云秀没动，仍是双手抱膝，一双眼睛警惕地盯着文凯。

文凯脱去外衣，伸手来拉云秀。哪知云秀狠狠地打开他的手："不要碰我！"

文凯睁大迷惑的眼睛。"怎么了？"接着笑起来，"都结婚了，还不好意思！"说着又伸手拉云秀。

"别碰我，再动我不客气了！"云秀说着变戏法似的，手里竟握着一把闪着寒光的水果刀。

"你……"文凯一下酒醒了大半，惊愕地看着他的新娘，"你这是干吗？"

"跟你讲了，你睡你的，不要碰我！"

文凯想起三娘叮嘱他的话，无奈地摇摇头，掀开被子钻进被窝，也许是酒精的作用，一会儿的工夫便发出鼾声。

文凯没有用强，云秀稍稍心安，她收起刀，放在随手就能拿到的屁股旁。看着亮堂堂的房间，她眼前又闪现那间昏暗的小屋，褐黑的土墙，一只小灯泡吊在房梁下，看到那个叫杆子的男人走进土屋，蜷缩在墙角的云秀瑟瑟发抖。杆子其实很壮实，昏黄的灯光下，他的身躯好似一座山向云秀逼来。

“求求你，放我走吧！”云秀颤声哀求道。

“放你走？”杆子冷笑一声，“我家可是拿了三千块钱的！”杆子说着拎小鸡一样拎起云秀，一下推倒在床上。云秀手足并用，拼命反抗，不想却激怒了杆子，他狠狠给了云秀两巴掌：“老子花钱买你为啥？”云秀只觉得眼前金星乱飞，耳朵嗡嗡鸣响，再也无力反抗疯狂的杆子。

云秀想，当时手里也握一把刀，会不会戳向杆子？她双手抱膝，想着想着进入了迷糊状态。

“云秀，你这样不难受吗？”云秀睁开眼，看到文凯正摇着她，吓了一跳，右手迅速拿起刀。

“你看你，像个神经病一样！”文凯一边穿衣一边说，“你再睡会儿，我去烧早饭，烧好喊你。”

文凯刚出去，云秀就把房门插上，这才躺到床上。直到文凯在门外招呼她洗漱，云秀才起身。

云秀洗漱好来到桌旁，桌上一碗面条，面条上躺着两个荷包蛋，这是文凯为她烧的。“你先吃！”文凯招呼一声就出门去了。云秀拿起筷子又想起在那间小屋里吃的第一顿早饭。

天亮时，杆子醒来，再次剥光云秀的衣服，她反抗的结果又是挨了几耳光。云秀脸上火辣辣的，心里更痛，自此有了恨的种子，滋生出报复的念头。杆子完事后带着满足喊开门，出去又将门锁上。过了好一会儿，杆子的母亲打开门，放下一碗粥，粥上一小撮咸菜，一双筷子从碗上滚落到地上。这个头发花白的女人拉着脸说：“你真金贵，还让老娘服侍你！”丢下这句话就走了出去，又将门锁上。

云秀喝完粥，打量起小土屋，十几平方米的小屋就一道门，已经锁死。屋内一张木床，还有一个粪桶。四面土墙只有一个尺余见方的小窗，三根木棍立着做窗棂。云秀从窗里看外面，远近高低散落着一些房子，大多是盖瓦的土墙房，还有草屋。看到有人走动，云秀想喊，告诉人家她是被拐卖来的，可每次张开嘴又忍住了，在这个陌生的村子里，谁会帮助她？

二

云秀吃完鸡蛋面条，刚放下碗筷，文凯领着个二十多岁的女人进门来：“云秀，这是慧莲，让她陪你在村里走走，熟悉熟悉环境。"

云秀暗喜，困在杆子家几十天，她一直被关在那间小屋里，不晓得村子多大，甚至不晓得村名，即使能逃出小土屋，也不晓得往哪儿跑。

跟在慧莲后面，云秀两眼不住地四下张望，嘴巴也是问个不歇。慧莲热情又坦诚，对云秀的提问是知无不言。慧莲说自己大云秀七岁，今年二十七了，云秀应该喊她姐。

转了两个钟头，慧莲要回家烧饭了，云秀也对村子有了大概的了解，并且知道慧莲是四川人，嫁过来八年了。分手时云秀说："慧莲姐，你真好！"

慧莲笑起来："让你喊姐是开玩笑的，文凯比我家文新还大一岁呢，喊我慧莲就中。"

下午，受文凯之托，慧莲领着云秀去村庄外围转转。她指着一条条的大路和小道，告诉云秀这条路通往哪里，那条路是去哪儿，云秀一一记在心中。

初冬的田野里，多是出土不久的麦苗和油菜秧儿，视野里几棵柳树的叶子凋落殆尽，显得非常空旷。慧莲指向两公里远的一处草棚说："你公公就在那儿帮人看鱼塘。"

虽然只是相处了大半天，云秀跟慧莲已是很熟络了，彼此说话也没多少顾忌。慧莲问云秀："听三娘讲，你是不同意家里包办的婚事，逃出来的？"看着云秀脸涨通红，慧莲忙安慰道，"文凯人不错，相处你就晓得了，就不要再想那些烦心的事了！"

云秀确实说过自己是逃婚出来的，那是为了搪塞三娘的询问。她转换话题问慧莲："你是怎么嫁过来的？"

慧莲说："听人讲安徽好，好找工作，我也没多想就跟着人家过来了。"

"你不是让人拐卖来的？"云秀说着两眼盯着慧莲。

慧莲笑起来，告诉云秀说，她是在工地上做工认识文新的，相处半年多，文新一家人对她都很好，她才答应嫁文新的。慧莲说着感慨道："我们女人也没啥求的，能嫁个对你好的人就中了，你说是不是？"

这话触动了云秀，要是杆子一家对她好，自己会不会跑呢？可杆子一家不把她当人看，自己怎么就落到这种混蛋人家的手里？云秀记得很清楚，那天是 9 月 1 号。

那天，云秀跟着表姐去广东东莞。表姐大云秀八岁，在广东打工好几年了。母亲说："跟你表姐后面好好干，挣钱回来置办几件像样的嫁妆，让你风风光光地出嫁！"云秀脸红了，她还没对象呢。

云秀带一个人造革的箱子，表姐带一个拉杆箱，由云秀拿根扁担挑着。二人刚出村不远，妹妹就追了上来，妹妹上小学五年级，今天开学。她追上云秀说："姐，挣了钱能帮我买双运动鞋吗？"

云秀笑笑："中，那你要好好念书哦！"看着妹妹高高兴兴地向学校跑去，云秀心里骤然升起激奋。

在县城的汽车站等了好长时间，检票上车时云秀突然肚痛难忍，她跟表姐说要去厕所。表姐看看手表说："还有十分钟就要开车了，快点！记住，就这蓝色的大客车。"

云秀从厕所出来看到一辆蓝色大客车慢慢地开向出站口，跑过去拦着车头喘着粗气冲司机说："车去东莞吗？我是去东莞的！"司机打开车门让云秀上了车。车内座位坐满了，过道上也站满了人，云秀往后挤着两眼寻找着表姐。好不容易从车头挤到车尾，没看到表姐，第一次出远门的云秀慌了神，她又从车尾往回找。站过道上的人不高兴了，说你这小姑娘干吗呢？

云秀怯怯地问："这车是去东莞的吗？"

"你要去哪儿自己还不晓得？"有人嫌烦地说。

"我是跟我表姐去东莞打工，她怎么不在车上？"

这时，一个坐窗边穿着光鲜打扮时髦的中年女人说："小姑娘，你是去广东东莞吧？这车是去东关的，搭错车了！"

"搭错车了？"云秀一下哭了起来。

时髦女人说："别哭，我是从广东出差过来的，明天办完事我带你去东莞。"

云秀仍是小声哭着，说自己的东西都在表姐那儿，身上还没带钱。

时髦女人说："没事，等到了东莞找到你表姐，再还我也不迟。"说着就帮云秀补了张车票。

云秀很感激，遇上好人了！

在东关下车后，时髦女人带着云秀住进一家小旅馆。她告诉云秀自己要出去办事，叮嘱云秀不要乱跑，还买来面包，让云秀饿了填肚子。傍晚，时髦女人带回烤鸭、卤菜，还有方便面和饮料，二人就在客房里就餐。云秀没胃口，时髦女人一个劲儿地劝，并亲手为她倒了杯饮料。云秀吃过喝过便迷迷糊糊睡了。

云秀被人喊醒感觉有凉风吹在脸上，她揉揉眼睛，四周黑黢黢的，有几个人影晃动，她被人拉拽着推进一间小屋，成了杆子的女人。

三

临近傍晚，云秀才和慧莲分手，慢慢悠悠地走回文凯家，正碰上文凯的父亲拎着保温饭桶出门。饭菜是文凯烧的，文凯的母亲前几年病故了，父亲帮人看鱼塘，文凯打工回家都是自己烧饭自己吃。文凯的父亲年近六十，个子不高人也偏瘦，云秀听人家喊他侯二。看见云秀他笑着说："我要在鱼塘那儿自己烧吃，文凯讲家里有菜，非得让我回来拿！"

云秀已不是先前的云秀了，先前见人就脸红，更羞于开口，如今性情变了，她也笑笑："大，天快黑了，路上走好啊！"

侯二嘴都合不拢了："放心，我走得好。你们吃过也早点歇歇！"

晚上，云秀依然穿着外衣不睡。文凯哄她好半天，云秀才开口："我那个来了。"

"那个？哪个？"

"就是女人每月都来的那个。"云秀顿了下又说，"你先睡吧，我一会儿就睡。"

文凯见云秀没再拿刀子对他，也跟他讲话了，心想三娘讲得对，要包容云秀，耐着性子慢慢跟她相处。

看着文凯睡着了，云秀又想起在杆子家。一天夜里，杆子折磨过她沉沉睡去，她蹑手蹑脚下床来到门口。她试过，门与墙的间隙可伸出胳膊，白天她不敢有动作，此刻，她伸出胳膊抓住门扣上的铁锁使劲扭，扭到没有力气了，铁锁一点没松动，她无奈地瘫坐在门边。一束月光从缝隙间钻进来，抚摸她惨白又悲伤的脸庞。

又一天晚上，杆子剥云秀的衣服，很奇怪云秀竟然一动不动，他停下手看看，看到云秀眼里射出凶光，听到云秀牙缝里挤出几个字："我要杀了你！"杆子不由心头一颤，突然肚子绞痛，疼得他直打滚儿。

杆子的父母来了，村里小诊所的医生也来了。村医问诊后，让杆子的父母赶紧送儿子去县医院，可能是阑尾炎，要做手术的。

四

文凯又要去工地了，走之前，他把身上的钱掏出来数数，一百八十三元。他带上十三块钱做路费和零用，一百七十元都留给云秀："云秀，想买点什么就去买，我结了工钱再给你。"

文凯走后，公公侯二在看鱼塘的草棚里自己烧吃，隔几天或上午或下午回来一趟，上菜园地里忙活一阵子，带些蔬菜走。云秀很悠闲，缸里有米，菜园里有菜，想吃荤腥，邻村有集市。这天，云秀从邻村集市回来，拿了镰刀去菜园地，打算挖几根大蒜炒肉吃。快到菜园地，云秀看到一位老妇挎着菜篮子隔着篱笆跟里面的人讲话，她知道里面的人是文凯的父亲。

老妇人说：“你父子俩真是心大，就放心她一个人在家里？”

侯二说：“自家儿媳妇，有什么不放心的？”

老妇人放低声音说：“听讲她是逃婚出来的，你不怕她再跑走？要不我跟大伙讲讲，帮你看着点？”

“这就不劳你烦神了。她进了我家门就是我家人，还能当贼防着！”

云秀也听到了，不由得放慢脚步，想想她又哼唱起来：“小小竹排江中游，巍巍青山两岸走……”这是她上学时看电影学唱的，那时学校里的学生都唱。老妇扭头看到云秀走来，红了脸，尴尬地说了一声：“云秀，你也来菜园地啊。”转身走开了。

五

云秀最初常去慧莲家。慧莲的大女儿上小学一年级，小儿子刚走稳路，屋里屋外忙个不歇，也没多少空闲陪云秀，云秀后来没事就自个儿在村里村外走走。有时，无所事事的云秀在屋里发呆，看着新盖不久的三间大瓦房，感觉像做梦一样，她知道，只要自己愿意，就是这屋子里的女主人。每当这念头一冒出来，她就狠狠地拧自己大腿，掐自己脸颊，疼痛会提醒她不能忘了遭受的屈辱，不能忘记出来的目的。半个月过去了，云秀已经把村里及周边的环境摸熟了，这天便往镇上去，她要为下一步做准备了。去镇上，自然是要看看三娘的。

三娘是文凯的本家姑妈，早年嫁到镇上，家里开着早点店，卖包子、大馍。云秀最初来到镇上，就是三娘收留了她。

杆子住院治疗，云秀跟着去了。杆子的父亲原本没打算带上云秀，又担心杆子的母亲奈何不了云秀，万一让云秀跑了不是人财两空？让云秀跟着来医院，在他眼皮下，谅云秀也逃不出他的手掌心。

杆子术后第二天傍晚，他的父亲去食堂买饭菜。邻床的家属是个三十多岁的女人，都叫她吴嫂，心直口快，她说你真是个好父亲，事事都是自己做，打饭也不让你儿媳去？杆子的父亲哪敢把钱交给云秀，更担心她借机逃脱，这话又不能说，只说儿媳服侍儿子更贴心些。

杆子的父亲刚出门，云秀便跟吴嫂套近乎：“吴嫂，医生喊你家大哥去有事？”说着话向邻床走过来，邻床另一侧是窗子，可以看到楼下。

吴嫂说：“可能是问拆线后的情况，看明天能不能出院。”

云秀说：“出院好，在家里什么事都方便。”说着眼光看向下面，看到杆子的父亲朝着食堂方向走去，马上捂着肚子叫唤起来："哎哟哟，哎哟……吴嫂，我肚疼要去厕所，麻烦你帮我照看一下杆子！"

吴嫂爽快地答应着："没事，杆子兄弟要什么，我帮他弄！"

云秀正要出门，杆子骂道："你死哪儿去？忍一下，等我大回来再去！"来医院后，杆子父子仍控制着云秀，云秀上厕所杆子的父亲也是守在外面。

云秀手捂肚子弯着腰，嘴里哼哼着，一脸痛苦状。吴嫂看不过去，说："杆子兄弟，你也太蛮横了，这能忍吗？"

看到杆子不再作声，云秀感激地看向吴嫂，这才捂着肚子往厕所去。

这是住院大楼的四层，楼道两头都有楼梯上下，厕所这头下去是侧门，通往食堂方向，远点的楼梯下去是办理住院出院的大厅，正门进出。云秀四下看看，没人注意她，向着远点的楼梯口快步走去。

走出医院大门，云秀也不辨方向，狂奔起来，跑得上气不接下气才停下脚步。站在这个陌生县城的街道上，她四顾茫然。就在她不晓得往何处去，距她十几米的一家小饭馆里走出个中年男人，手里拿着个小黑包，饭馆门前一位摆摊的女人招呼道："朱师傅，晚上又要出车？"

那个朱师傅说："公司让去大光拉趟沙，明天上午要用，只能晚上过去！"

虽然隔着一些路，云秀听到了，心想那儿不是离家很近的镇子吗？于是尾随朱师傅，看到朱师傅钻进路边一辆货车的驾驶室，她迅疾地从车后爬进车厢。

车子出城后，速度快起来，野外已被夜色笼罩，云秀只觉得耳边风声呼呼的。虽是仲秋时节，穿着单薄的云秀在没有布篷的车厢里还是感觉有些冷。

车子慢慢停下来，云秀听到有"嘎嘎"的摩擦声响，接着车子又动了起来，但很快又停下。云秀从车厢里探出头，看到朱师傅正从驾驶室下来，赶紧缩回去。她看到朱师傅走到门口，跟一个男人说过几句话就出去了，那个男人将两扇大铁门关上拴好，进了一旁的小屋。云秀看看，这是个很大的院子，几盏路灯发出昏黄的光，院里停了许多车，有货车也有客车，估计是个车站。她知道自己现在还不能出去，只好双手抱胸缩在车厢里。

云秀是让汽车发动的声响吵醒的，看看天边现出鱼肚白，大铁门也已打开，赶紧溜下车。云秀走出铁门回头望一眼，大门楼上架着的弧形镂空的铁架上有"大光车站"四个红漆大字。小学毕业的云秀认得这几个字，她心里一凉，又错了，离她家最近的镇子叫大湾。但不管怎样，总算是逃出来了！这样想着便朝有灯光的街巷走去。

六

云秀走进三娘的早点店，店里此时没几个顾客了，云秀跨进门就脆脆地喊了声三娘。

“云秀啊，来看三娘了!”三娘笑着应道。她身穿白大褂，头上套着白布帽，跟大饭店的厨师差不多，此时正往锅上摆放蒸笼屉。

云秀说：“姑父呢?”

“他呀，看店里人不多，又找人下棋去了。”三娘放好蒸笼屉走到云秀身旁说，“文凯和他大对你怎样?”

“他们对我很好。”

“我跟他们交代过，讲你还没过心里那道坎，要他们好好待你。”三娘说着又招呼道，“我去灶下看看火，你自己坐!”

云秀没坐，动手收拾桌上的碗碟筷子，她对这儿不陌生，还在这儿住过一阵子。那天，走出大光车站来到街上，她被一阵阵面食的香味引来这里，然后，又冷又饿的她晕倒在三娘的店门口。

云秀睁开眼，已经靠在店堂里的椅子上，三娘一手端碗一手拿汤匙正喂她温水。“姑娘，你醒了!”云秀却避开三娘惊喜的眼光，望向冒着热气的蒸笼。三娘看出她的饥饿，拿来两个包子，云秀三两口便吞下肚。三娘笑了，让男人用碟子再装几个来，叮嘱云秀说：“喝点水，慢慢吃，别噎着。”

云秀确实饿了，昨晚她就没吃东西。看着云秀打着饱嗝不再吃了，三娘才问她怎么饿成这样子。云秀转转眼珠，告诉三娘说自己是逃婚出来的。最终，三娘收留了她，云秀也在店里帮着干些杂活。

一天，三娘家来了个亲戚，是个年轻的男人。中午饭桌上，云秀感觉男人时不时地偷瞄她一眼，云秀看他时，他就马上勾下头，脸上一阵红。吃过午饭，男人就走了，三娘告诉云秀，男人是她娘家的侄儿。“我这侄儿怎么样?”三娘笑着问云秀。

云秀不晓得三娘问的哪方面，只是笑笑。要论长相这男人还可以，一米七几的个头，不胖不瘦，一张国字脸很有男人味儿，看上去也挺憨厚的。

三娘叹一声：“我这侄儿人很勤快，就是老实，三十岁了还没说亲。”说着看了云秀一眼，“我看你俩挺合适的，要不处处?”

云秀埋下脸，没有回应。

三娘说："是我多嘴了，你是逃婚出来的，心里这道坎还没过去，我不该讲。"

云秀心里明白，拒绝了三娘这儿也不好再待下去了，回去还不晓得家的方向，手头又没钱。即使回到家，万一让人晓得她的遭遇，一些好事的人还不耻笑她，父母也会伤心的。何况她出来是挣钱的，两手空空回去她心有不甘。思考一会儿她小声说："那就处处吧。"

不几天，三娘的侄儿满面春风上门来，他叫文凯，一出手就给了云秀四百块钱，让云秀去买几件新衣服。

随后，云秀在三娘的陪伴下买了新衣服，而后自己又买了些女孩子的用品，还买了一把水果刀。不久，她成了文凯的新娘。

七

云秀在三娘家吃过午饭，又上街逛了会儿，然后去了汽车站。问过车站的工作人员，云秀搞清楚了自家不远的大湾镇距离这个大光镇不到一百公里，车票也只有两块七毛钱。

公公依然在鱼塘那儿自己烧吃，隔个两三天回来在菜园地里忙活一阵子，带些蔬菜走。云秀自由自在，想吃就吃，想去哪儿就去哪儿。日子就这样悠悠又过去半个多月。这天，公公又回来了，拎来一篮子鸡蛋，说是上次回来看到家里的鸡蛋不多了，就去附近的养鸡场买了来。公公不仅买来鸡蛋，还给云秀送来二百一十块钱，告诉云秀是文凯结了工钱让人捎回来的。"文凯讲了，天快冷了，让你添些过冬的衣服。"公公说着又掏出二百块钱，"云秀，这是我刚拿到的两个月的工钱，你帮我去镇上的药店买几盒胃药，剩下的帮我收着，放那草棚子里我不放心。"公公说着递上两个药盒给云秀，交代她一样买两盒。云秀听文凯说过，他父亲患有胃溃疡，一直吃着药。

晚上，云秀把钱拿出来数数，结婚前文凯给了四百，买衣服和生活用品用去一百八，文凯临走留下一百七，这阵子用了二十几块钱，加上今天公公给的两笔钱，手上现有七百七十多元。听表姐说，她在广东一个月也很难挣到二百元。七百七十元不少了！数过钱，云秀心里有些激动，谋划许久的想法终于可以实施了！

第二天早上，云秀煮面条煎荷包蛋，吃饱喝足，她揣好钱锁上门，便往镇上去。出村的路上，有人跟她打招呼，村里许多人都跟她认识了，她也笑着回应人家，还扬扬手中的药盒，说是帮公公去镇上的药店买药。就有人说文凯好福气，娶了个贤惠的老婆。

到了镇上，云秀的脚步不由得慢下来，这里瞧瞧那里看看，忽然感觉对这个大光镇有了一些儿留恋。云秀走着看着，突然一激灵，原本是去车站的，怎么走到三娘的早点店这儿来？她停下脚步朝店门口望去，三娘正从蒸笼屉里捡拾大馍、包子，那个被三娘说是三棍子打不出个闷屁的姑父，在往灶膛里添柴火。云秀心头忽然涌上一种别样的滋味，暗自轻叹一声，她在三娘店外不远处站了好一会儿，怀着复杂的心情向着车站走去。

八

坐上开往大湾的客车，云秀心里还是五味杂陈，她终于攥着钱回家了，这钱要是在杆子家拿来的，那才痛快！

“姑娘，你是去哪儿？”云秀转过脸，同座那个六十上下的老妇人笑着问她。

云秀也笑笑：“我去大湾。”

“我也到大湾。姑娘，我俩同路！”

老妇人仿佛遇见久别的故人，告诉云秀说，她女儿嫁在大光，她来看女儿现在回去。“我家丫头叫兰子，人家都喊我兰子妈。”老妇人快活地说个不歇。

在大湾下车后，云秀见兰子妈一个大包还有个小包，便帮她背起大包。兰子妈说自己能拿回去，云秀说：“你讲你家住大冲口，我家在大冲里的周村，正好顺路。”兰子妈呵呵地笑着：“让你受累了！”

走到大冲口，太阳已经下山了，冬季白昼短，太阳下山天色就暗下来。云秀放下包就要走，被兰子妈一把拽住：“云秀姑娘，周村还有好几公里的路，天快黑了，在我家歇一晚，明早再回去吧！”

云秀看看天色，犹豫着，这时兰子大迎出来，也是一个劲儿地挽留云秀。云秀想想黑黢黢的山路，心里有些害怕，跟着两个老人进了屋。

兰子大开了电灯，屋里亮堂起来，云秀这才看清兰子大模样，吓得一惊。老头个头挺高，长脸，眼睛大大的，鼻子也生的端正，只是上嘴唇又厚又长，呈暗红色，且朝外翻翘，开口说话倒是温和，对老伴是嘘寒问暖。说过几句话，老头便去灶下，不大的工夫端菜上桌，笑呵呵地对老伴说：“晓得你今天回来，就早早烧了咸肉，蒸了鸡蛋。要是晓得有客人来，我就杀只鸡呀！”

晚上，云秀跟兰子妈睡一张床，老头睡另一间房。躺在床上，兰子妈跟云秀谈着心，她笑着问云秀：“你一准想我怎么会跟了这老头吧？”云秀确实有疑惑，兰子妈年轻时应该很俊俏，怎么看上兰子大的呢？不等云秀回答，兰子妈又说："我差不多是被骗来的。看亲时，是他堂弟替他的，结婚前就见过那一次，嫁过来才晓得是他这个翘嘴。"

"你没反抗？"

"我是两天没吃东西，也没让他进房。你不晓得，好多人来劝，都讲老头人好。"兰子妈说着笑起来，"不过老头确实很好，从年轻到现在，从不跟我怄气，也晓得心疼人。"兰子妈顿了下又说，"人嘛，是要真心换真心，人对你好，你也应对人好，你讲是吧？"

二人说了很久，跟在车上一样，基本都是兰子妈说云秀听，说着说着，兰子妈竟扯起呼噜。云秀一时难以入眠，脑子里像是跑马一样想着人想着事，不知何时也迷迷糊糊睡着了。

九

翌日，云秀跟兰子妈道别，踏上回家的路。

父亲、母亲看到云秀回来，惊喜万分。"秀啊，你去哪儿了？你表姐那天在车站找不到你，下午就赶回来了。"母亲抹着泪说。

云秀这才知道，表姐在车上没等到她就下了车，一阵好找仍不见她的踪影，于是赶回来告诉她父母。父母和表姐连着找了几天，还是不知云秀的去向，父母只能是唉声叹气，暗自流泪。虽然报了案，可还是没有消息。

三个多月，一百多天，云秀突然回来了，母亲紧紧地搂抱着云秀，生怕一松手女儿又不见了。平日沉默寡言的父亲憨憨地笑着，一双粗糙的大手不时地抹一下眼泪。

"大，妈，我结婚了。"待母亲松开手，云秀平静地说着。

"什么，你结婚了？"母亲惊讶地张着嘴，"不是讲好了，你出去挣钱回来置办嫁妆，风风光光地出嫁吗？怎么就……"

去年，同村的菊子出嫁，嫁妆有缝纫机、自行车，还有一台双卡收录机，收录机里邓丽君的歌声唱得小山村都沸腾了。云秀的父母很羡慕，尤其母亲，在家里常念叨。听到在广东打工的云秀的表姐回家有事，母亲多次上门，表姐最终答应带上云秀，母亲是欢天喜地，在云秀耳边喋喋不休："挣了钱回来也置办跟菊子一样的嫁妆，让我和你大也长长脸！"可现在，云秀竟然结婚了！

父亲沉默着，连着抽了两支烟，见女人责怪女儿，开口说："算了算了，云秀既然结婚了，就不要多讲了，只要人家对她好就中了！”

母亲这才回过神来，急切地问：“婆家对你好吗？女婿人怎么样？”

云秀瞒去被拐卖一事，说了文凯家的情况，说了文凯父子对她的态度，也说了自己是怎么回来的。她说：“我回来文凯和他大不晓得，他们那儿也没人晓得。大，妈，你们讲，我是回去还是不回去？”这一天一夜，云秀想了很多很多，她想到了三娘，想到文凯父子、想到慧莲，还有兰子妈，觉得世上还是好人多。自己痛恨那个时髦女人，痛恨杆子一家，难道也要做个让人痛恨的人？

父亲咳嗽一声，说：“回不回去你自己拿主意，做人还是要讲良心的。”

母亲担忧地说：“你要想好了，你没给你公公买药，跑回家来，回去他们会不会打死你？”

云秀摇摇头，她相信文凯父子不会的。

妹妹放学回家搂着云秀又说又笑，就是没提买鞋的事。晚上，姐妹俩又睡在一张床上，云秀给了妹妹一百元，让她自己去买运动鞋，妹妹连声说着姐姐好。看着妹妹睡着了脸上还带着笑，云秀心里有了一丝欣慰。

第二天早上，云秀拿出四百块钱给父母：“大，妈，这钱你们拿着，是我跟文凯孝敬你们的。要是你们同意，过年我带文凯回来给你们拜年。”云秀说着把剩下的二百多块钱揣好，公公的二百元她是不能动的。

十

云秀再次走出大光车站已是午后，冬阳晒在身上暖暖的。站在车站门口，看着大光的大街小巷，一种亲近感从她心底油然而生。

过年时，云秀果真带着文凯去给父母拜年。第二年，他们再次去给父母拜年，云秀怀里抱着个孩子。

奥利维亚

王 昱

在一个被世人悄然遗弃的夜晚，我看见了我瘦弱的身躯静静地躺在公寓里，面对着这些那些庸俗的侦探小说，我掩卷沉思，我的灵魂早已枯竭，我的灵魂和肉体准备要分离，踏寻真相的国度。我的耳边尽是逝者的悲鸣，突然间一阵敲门声把我从梦中惊醒，仿佛是天国的警钟——我立马坐起身，轻轻地走到门边，问道：阁下是谁？为何来访？

门外的声音回答道（那并不像是活人的声音），我是你的老朋友，我的生命即将到达终点，我的心脏将要停止跳动，在我咽下最后一口气之前，快开门！快开门！我打开了门，发现一个浑身沾满血的人，正直挺挺地倒在我的房门前，他的呼吸已经微弱，身体已如将死之人般僵硬，他只是轻轻地在我的耳边说了一句：查理第 14 号街道，第 140 格书柜。这最后的话语不断地环绕在我的耳边，随后，那个不幸的人便不甘地闭上了眼睛，鲜血滴落成一团团红色的阴影，在深黑色的地板上纵情流淌。

我知道他的生命已经逝去，他的呼吸停止，身体变得冰凉，完全僵直，没有一丝生机。我轻轻合上他的眼睛，把他埋葬在了黑色的阳光底下，让黑色的土壤作为他最后的归宿。此时，夕阳逐渐升起，那金黄色的阳光如同潮水一般涌起，在我胸前不断翻腾，我在他的墓碑前轻声说道：我一定要找到真相，我一定要找到真相。

我匆匆走上了街道，将一切可疑的事物记在心中，行人、街道、影子，一样样的事物从我的眼前划过，我走过了这城市的荒芜；我身上散发令人作呕的酒气，我是街头流浪汉，是城市里酒精最虔诚的信徒；我形单影只，孤身一人，在别人脚步声的交错间，在无数想法不断地在我脑海里闪现的瞬间，在这样那样的时刻中，我正逐步解出谜底，我感觉到真相的一抹微笑照在了我的身上。

“先生们，请你们行行好，我有个问题想要问一下你们，能否把你们心里知道的都告诉给一个一无所有之人，你们能否告诉我查理第 14 号街道在哪里？”像个叫花子一样，穿着破烂的衣裳，迎着男人和女人们的冷面，真相，真相，我费尽心思地恳求你，我是你最颓废的情人，走遍了城市的每个角落，只为了得到你的回应，再揭开你神秘的面纱，最后再让我如同绅士般品尝你的笑容。

真相，真相，坐落在查理第 14 号街道书店的第 140 格书柜里，埋葬在已逝之人的坟墓中，带着嘲弄的冷笑，左转，左转，再右转。我挨家挨户地寻找着，最终我来到了查理第 14 号街道的图书馆旁，轻轻地叩了叩门：有人在吗？无人应答。我再次叩了叩门：有人在吗？有人在吗？还是无人应答。我下定决心，用力撞开了通往真相的大门。大门内寂静无人，我走了进去，于是我的心开始变得坚强，不再犹豫于眼前黑色的假象。

我看到一本残缺破旧的书，它被放在书店的第 140 格里，它的封面已经被时光所遗弃，泛黄。昨日的余晖已从它的身上慢慢消退，过去的荣耀也难以从它的身上再次见到踪迹。我默默翻开了这枯旧泛黄的书页，看着那在单调的书页上堆挤在一块儿、错综复杂的文字，我轻轻地吐出了那四个字：奥利维亚。顿时，我感到仿佛有万千双手将我的心狠狠地拉扯进这本书里。这本枯燥乏味的书籍此时却牵引着我的心，在那些苍白的、模糊的文字中一个红头发的女孩正远远地朝着我走来，我默默地屏住了呼吸，一切悄无声息，一切沉默如常。

在那一段段臃肿的轻浮的字句中，那少女正在我的眼前不断地舞动着，她的名字叫作奥利维亚。慢慢地，一种莫名的躁动在我的全身不断地窜涌着，我能看到她那洁白无瑕的翅膀，她的一颦一笑，那细腻的笔触仿佛是一道道通向情欲深处的迷宫，令人如痴如醉。最后，我感到奥利维亚正从书中一跃而起——然而她并没有这样，我的心里不由得感到一阵阵的失落；在我的背上，一种毛骨悚然的感觉突然间涌起。此时，这本书已经被我读完，我呆呆地凝视着那最后一行文字，不断地咀嚼着奥利维亚在落幕时最后的场景，奥利维亚最后的结局已经揭晓，但我的心依旧空空荡荡。

这时候我看到了作者最后写下的断章，然而这段文字却和前面的文字差异极大，那些原本臃肿的字句现在突然变得极为沉重。红色的墨水在书页上纵情流淌，此时，墨水的痕迹还未彻底风干。我认出了那些字句，那是只有死人才能够写出来的词句，如此的沉重，仿佛每个字都承载着一个沉重的灵魂，此时，那些残留的魂魄还在这些词汇上不断舞动着，仿佛死者生前那些永远摆脱不了的溃疡。

我继续往下念道：奥利维亚，你是我的恋人，你是我最最亲密的伴侣，奥利维亚，每时每刻，我仿佛都感到与你洁白的肌体相连，你的灵魂和我的灵魂融为一体。奥利维亚，你把我对你的幻想一次次地利用，但我依然对你坚贞不渝；你时常回荡在我的窗棂，犹如一簇幽灵般，我能够感受到你的存在，我向你致意。但是你却从来没有丝毫的停留，我想为你犯罪，可是我做不到，我只能一次次地伤害我自己。我把对你的情欲，对于你的恶念，一刀刀地往我心里面刺，我变成了魔鬼，一步步迈向这永远都爬不出来的忧伤。

奥利维亚，你让我对你说什么才好？每次深夜的时候我都能时常梦到你的背影，你的一举一动都让我着魔，我想尝试着触摸你的脸颊，但我却做不到。我做不到，我感觉到我的爱情已经太过于遥远，遥远到爱上了一个根本不可能爱上的事物。我到底是爱上了爱情的本身，这种感觉，还是不是你呢？奥利维亚，我憎恨你，你如同我的仇人，你是我亲手创造出来的人物，我用这世上最精妙的笔触来雕刻你；我赋予你我最完美的一面，我未能达到的那一面。你是我的镜子，是我在迷茫中流下的眼泪，你永远只是你，而我却永远都不只是我，我已迷失，而你将永远存在于我的臆想之中！

现在，我命不久矣。我知道太阳即将升起，我泪流满面，沉默不语。但是，奥利维亚，我不怪你，永远都只是我，一个在沉默中迷茫的孩子，一个在这绝望的尘世中寻找着不可能拥有那一抹亮光的可悲的信徒，我再也写不了任何东西了，因为我的笔触除了你，再也容不下别的角色。我感到我日渐消沉，我感到我的躯体已经容纳不了我那充满矛盾的灵魂。现在，我将会自己寻找一种英勇的死法来结束我的生命，我不会与任何人进行道别，因为我早已孑然一身，我将使你的生命再一次地变得完整。回归到文字中去吧，回归到那些单薄的、无聊透顶的书页中去吧，就像当初我创造出你时那样。

啊，我明白了，真相，那被遗弃的手稿，残缺的故事，都只向着那一个方向。红头发的女孩，令人着魔的爱情，那病态的、虚构又迷人的情感，触碰不到的恋人。我瘫倒在那棕木色的椅子上，双手微微发颤，我的心脏已经停止跳动。但是真相，他并没有逃走，他依然沉默，依然那么冰冷地望着我，把那些不着边际的幻想、那文字变成最后杀死他的凶手。我知道我再也走不出这扇破旧的、把真相给封死的大门。我的心也逐渐变得如冰窖一般冰冷，奥利维亚——奥利维亚——我用尽最后一丝力气在心里默默地不断重复，呐喊着那个名字，那个名字所带来的含义，所持有的象征和罪孽，喜悦和悲伤。

恍惚间，我再一次看到了那个红头发的女人，她站在那里，带着柔美动人的微笑。我再也不敢望着那美人，我用尽最后的力气从椅子上弹开，把我和那椅子，和那女孩分开。我感到心脏一阵阵的绞痛。那双黑暗的、深不见底的大手即将把真相的火焰熄灭。我想大声喊叫，用尽我一生的力气，可死神的嘲笑声却把我的嘴死死捂住，一切终将会沉寂于此，乌云遮住了最后的一抹微光。

情人！我急促地吐出了这两个字，仿佛把我的灵魂都倾泻于此。“让真相见鬼去吧！”我大声地吼道，“回到你的坟墓里去，无论白天还是黑夜，你都休想再将我占为己有，我不愿做你的牺牲品，纵使你的门前已有一千多个追求者倒下，我也不愿做离你最近的那一个！从现在起，我不再是你的情人，请你走吧——永远，永远地离开我！”但真相她沉默不语，依然朝我散发着那迷人的危险笑容，用冷眼俯视着我，站在我的身旁。

“就让这成为我们最终的秘密吧！朋友！”我最后无礼地说道。这是给那已逝之人最后的留言，无论是我的过去和将来都将如同蝴蝶的翅膀般最后随风飞逝。我听到了那些逝者的哀号。在急促的呼吸间，我感到我的生命将会永远定格在这狭窄的房间里。我知道我再也走不出这扇破旧的、阻隔了一切世人真相的大门。我聆听着真相那最后那嘲弄的冷笑，逐渐踏入死亡。

接着，我感到了一阵阵的悲痛。我的意识在逐渐地模糊，周围仿佛都不断地扭曲，然后逐渐变为空白。但唯有一个人影依然存在着，那是奥利维亚。她的舞蹈还在继续，从未停止过，她纤尘不染的身子不断地舞动着，但是盛夏的花束终将会在寒冬中日渐凋零。我清楚，当奥利维亚的舞姿停止之际，便将是我生命终结之时。到那时，只留下真相将继续沉默下去，在无人知晓的阴影中永远孤独绽放。

但过了许久，奥利维亚的舞姿依然没有停止，她不断地舞动着，依然活跃在那苍白单薄的纸上，她的眼神依旧温柔，清澈得犹如刚盛开的花蕾。我知道我的生命并不会因此而终结。但当那悠悠岁月转瞬即逝后，在依旧无人问津的书架上，在那无数过去的和未来的岁月中，与此共舞的，除了她，还有我那孤独的灵魂永远在流浪！

谷雨

世相叙事

禽畜帖

孙建康

猪 猪

1

我十八岁前，家里养过猪。那时的农村，多数人家养猪，养的多是黑猪，本地品种。所养的猪一般不超过两年就要宰杀，养久了，不划算，成本高，据说猪肉也不好吃。

我打过猪草，戳过猪菜，拌过猪糠，捡过猪屎，洗过猪槽，清理过猪圈，捉过猪身上的虱子，还与猪斗过气。

与人一样，猪食三餐也少不了，它还老是叫着饿。它可知，一些东西它照吃不误，我们人却吃不了。吃不饱，它在猪圈里发着狠、打着转，水泥做的猪槽都被它用嘴拱起，再猛地放下而摔出一个豁口。

它前蹄子扒上围栏，发出哼哼声，大约是说外面的世界那么广阔，人们竟然只给它不超过十平方米的有半个盖子的圈笼，有天理吗？它天生就被孙猴子画了圈吗？哼了半天，没人搭理，它就猴急猫狂地咧开大嘴嘶吼，半村可闻。

后来，它不哼也不吼，不知何时居然撞开石片栅栏，大摇大摆地颠着四蹄满村转悠。村里找不到吃的，它就去田间地头乱拱，既撒欢儿又撒气，把自己制造的屎粒子丢失，被人捡去，却不想招来田地主人棍打棒揍，虽皮糙肉厚，也是疼得嗷嗷叫。你去赶它，它瞪着白眼，翘着厚唇，怪怪地瞅着你，鼻孔里向你喷着热气，似乎在说，怪你！都怪你！你不理解它，它也不理解你。你生气，它发恼，它还发犟。它认为它有足够的理由委屈，有十足的理由吼叫，有完全的理由发脾气发牢骚。

其实，它只想吃个饱，呼吸呼吸来自村郊田野的新鲜空气。比起鸡鸭鹅、牛羊狗，它吃得最差，睡得最脏，还缺乏四处溜达的自由，却要长出肥美的肉。它的名字还要被用作贬义词，拿去比喻人、形容人，搞得被类比被形容的人与它一个等级了，不知抬高了它还是侮辱了它。

人间为何这样对待它？玉帝的旨意？

猪要说吃亏就吃亏在它祖传的秉性上面。它们憨厚老实、质朴厚道、忍辱负重、规矩顺从，每天吃着糟糠败食，睡着肮脏的猪笼，受着“笨猪、懒猪、糟猪、丑猪……”的诘责辱骂，却依然故我，从不往心里去。这样的性子，能指望他者重视与厚待，不挨打不挨骂？

2

遇事遇人从不往心里去的猪，自然心宽体胖。但也不尽然，万物总有特异不合群者。

养猪，最怕的是养上了僵猪。僵猪，顾名思义，仿佛僵住一般，不往大处长，不往肥里生。也叫犟猪，真的很犟，不听使唤，不服管教，有自己的性子，比正常的猪犟上好几倍。它瘦小精干，经常翻栏去外面玩，故也叫翻栏猪。为了让身子灵巧能够翻栏越猪圈，它有意不让自己长膘长壮实吗？

僵猪、犟猪、翻栏猪，全有桀骜不驯之意，像是野猪的种，天生地向往无拘无束的天地。它们吃食，抢着吃，但嘴刁得厉害，吃上几口便不吃了，在圈里到处跑，困兽状，叫声尖厉，不分昼夜，像是为猪们争着某种权利。

每年，都有人用箩筐担着猪秧子进村叫卖，想养猪的就会按下箩筐，小猪一头头地相看，区分公母，看谁更活泼更健壮。也有经验不足的、看走眼的、被卖猪佬糊弄的，小猪捧回家养上十天半月，发现是僵猪，自然懊恼不已，可为时已晚，又舍不得扔，毕竟是花钱买来的，养着吧，或许它会幡然醒悟回归正统呢。然而，一年下来，它没有上担，一百斤还差着一大截，着实令主人不爽。

那年，爷爷养了一头“火猪”（种猪），与公猪配种后，怀孕生崽，一窝六七头小黑猪，村人来捉，有两头猪崽被挑剩下，便自家养着。其中就有一头僵猪，快一年了也才五六十斤重，而与它同胞胎的小猪已长成一百多斤重的大猪了，它却比大猪凶狠，每次吃食时它都上演着以小欺大的壮举。去野外戳野菜，下水塘捞水藻，剁碎了拌糠给它俩吃，那小僵猪尖着耳朵在饲料里拱着翻着，把嫩野菜吃了，把糠里的细碎米粒舔了，便歇了嘴。可若是发馊的剩饭剩菜，它会把小肚子吃得滚圆。但这样的“美食”

毕竟不多见。娘说，它就吃尖食，还不长肉，谁家养得起呀？它有无尽的精力，好几次翻出猪圈或把栅栏拱开，如鱼得水般满村跑，又去田地拱庄稼，惹得庄稼主人上门怪罪，发脾气索赔。它是猪的变种吗？

缺粮少粮而野菜又跟不上趟的时节，人都饥饿着，禽畜自然也得跟着节食减量，哪里还敢挑食，僵猪的秉性却不改分毫。有人打趣说，僵猪肉好哩，肥少瘦多，全是精华。然而那时物质贫乏，经济极不宽裕，村人难得买一次肉，自然多要些肥肉。肥肉除了做菜，还可炼油，油渣子放其他素菜中可替代猪油，香着呢。

养猪，要付出很多精力，也有风险。猪生病了，得请兽医，若快要出槽卖钱的猪遇上猪瘟，则是投资失败，不免让人伤心叹息，恼自家背运。猪放在猪圈里，夜里还需留心，除了养狗看护，风吹草动的，人也要起身去察看。就有猪被偷走了的，害得主妇指天画地地骂。

但“养猪不赚钱，回头望望田”，猪屎是最好的农家肥，也是对农民最好的回报与安慰。

3

春节近了，腊月下旬，养猪人去村中吆喝，定个日子杀猪，需要猪肉的人家就会口头预订。哪家猪养得肥，长得漂亮，大伙儿心中有数，哪家猪肉就会被抢着预订。届时，杀猪佬应约上门，别着刀具在猪圈外立定，吸着主人递上来的香烟。猪嗅到铁器味，嗅到杀猪佬身上的杀气，浑身不由自主地打着哆嗦——它看到的一定是索命阎罗、黑白无常。此时，猪的目光凶狠而哀伤，却从不见流泪。

小木盆里灌满沸水，猪被几个人抬着轻轻搁入盆里，浸入水中，这是猪平生第一次也是最后一次高规格的享受，然而它已经没有了知觉。

事先预订猪肉的人提着篮子把杀猪佬围中间，你要这块肉，他要那块肉，说说笑笑，欢喜一团，四季的辛劳此时烟消云散。孩子们追逐打逗，盯着案板上的肉，神情欢愉，他们提前闻到了炖肉的香气。他们知道，一年中，最活跃最开心最幸福的时刻即将到来。

平时也有宰杀猪的，但多半是在年关。那时家家穷，平常日子里猪肉人多吃不起，过年嘛，节省了三百多天，怎么说也要喜洋洋一回吧？不为自己，孩子总该要顾念，没有鸡鸭鱼肉，那能叫过年？俗话说：大人望做田，小孩望过年。一个是物质保障，一个是精神愿望。

猪养得不肥，主人的头就昂得不够高，自惭形秽，甚至不好意思上门找人预订猪肉。我家那头猪终年营养不良，有人来称肉，母亲就一直赔着笑，感恩戴德似的，谦卑地向人们致谢。杀猪佬拍拍放在长案板上光皮肤的猪，看看我们兄弟，摇摇头，叹一声："瘦！太瘦！"

刮净毛的猪，此时眼睛眯成缝，嘴巴合拢，安安静静地对一切观者发着笑。它的耳朵却撑着，像是在谛听人间关于它的评说。我抬头，隐约看到猪正浮在空中俯瞰繁忙的人间、沧桑的人世，须臾，它腾空而去，赶往下一个轮回。

除夕前两天，猪肉与老母鸡一锅炖，肉香满村跑，年也就披红挂彩像模像样了。大人们都没有学过厨艺，全靠平时做菜得来的经验，也没有五花八门的作料，但只要不忘了放盐，只要不齁咸得进不了嘴，菜肴我们孩童吃着全是美味。添进肉的菜，恨不能把菜盘子搂怀里独享。

现今，餐桌上常听人说，那时候的猪肉呀才是猪肉，那味儿……啧啧……那时候的鸡鸭鱼烧出来……哎呀……啧啧……其实，并非禽畜肉变了味，而是生活好了，一年到头餐桌上荤菜不断，人的口味也就变了。一样食物天天吃，味蕾自然失去新鲜感。

4

家，屋里有猪，意义非凡与深远。猪大概没有想到，凭一身奉献，得了一个天下第一字"家"，至真至纯至情的家。

狗　狗

那年，村里有两条狗让我印象清晰。一条是卷毛狮子狗，毛白体壮骨架高，四乡八邻都难得一见的狗。另一条是家常土狗，色黑，骨架大而瘦长。

狮子狗是老木匠宏爷家的，享受着宠物狗的待遇。宏爷务农兼木匠，生活较为宽裕，于村中头一家造了一层预制板楼面的平顶楼，鹤立鸡群。

黑狗是志叔家的，志叔只会务农，不会任何其他手艺，一家六七口人挤住在三间土墙草房里。

宏爷家在前，志叔家在后，两家紧挨着，中间隔着一块属于志叔家的空地。两家大人相互间不怎么言语，也不来往，孩子们却不管不顾，夹一处玩。但两家孩子到了一定的年龄，也有了大人的影子，你不温我，我不暖你。

狮子狗与黑狗仿佛通人性似的，一直不大友好，你不和我玩，我不与你逗，不过彼此也相安无事。可那天，天刚擦黑，受几个小伙子的挑唆，它俩终于掐架了，掐得还很凶猛。

狮子狗年龄较大但精力充沛，打斗中虽然受了伤，却不严重。日常里处于饥饿半饥饿状态的黑狗，身形显得单薄，打斗久了，伤痕累累，看去精气神儿不足，可它依然竭尽全力地搏斗，毫不退缩，像是要在众人面前给主人争口气。

黑狗毛上沾着血，狮子狗毛上也沾着血，只是后者是白毛，血色便格外刺眼，一副惨兮兮的样子。宏爷颠过来，发现狮子狗身上显目的血和脸上的抓痕，心疼得架不住，便骂一旁观战取乐的挑唆者，又抽棍子狠狠地打向黑狗。黑狗露出疼痛与恼怒的目光，一进一退地向宏爷狂吠，发出强烈抗议。

志叔老婆闻声跑过来，一边伤心地指着黑狗责骂，一边与宏爷吵。俩狗子打架，你凭什么拉偏架，专打我家的狗？你家有钱就了不起啦？你家造楼房，宅基地我家都让了两尺，没要你家一分钱。你现在却来劲儿了，以为我家怕你家，讨好你家，连狗都欺负？你护狗也不能这样护吧，你家的狗高贵？我家的狗没受伤？

宏爷的嗓音盖不过志叔女人的叫声，宏爷的老婆闻之就蹦出来参战。越吵话越多，气恼便越大，两家女娃也挤进对骂，男孩都操起了棍棒，剑拔弩张之状。村人纷纷颠来两边劝架。

身板硬朗精瘦的志叔突然闪了进来，他不问缘由，对着自家婆娘黑着脸吼：“吵什么吵，啊？隔壁邻居，前门对后门的，抬头不见低头见，也不嫌丢人？还不给老子滚回去！”伸手逮着老婆的胳膊往家拽，回头冲孩子们嚷：“你们都滚回家去！”

宏爷见了，脸唰地绯红，冲着志叔的女人掷出一句：“你这个女人啊，就晓得吵吵吵！”转身呵斥自家子女：“你们都家去，看看狮子狗伤得怎样了。”

宏爷老婆一跺脚，朝着边走边骂骂咧咧的志叔老婆嚷：“你家黑狗就是野，经常饿得来抢我家的狗食。养不起，就别养！还有你家那个小摊炮子的，两个月前亏我塞一粒小糖给他吃。我对他那么好，现在他也对我家这么凶，我也是瞎了眼……”

黑狗不行了，伤势严重，走路歪歪倒倒，最终瘫倒在志叔家门前，连吃饭的力气都没有了，只是一个劲儿地发出轻微的哼声，第二天依旧。一个村民过来说，黑狗没救了，这样下去等到断气，肉也没了。自家狗自己下不了手，我来给你们帮忙吧，让孩子们尝尝荤。志叔本不想这么做，可看着孩子们枯黄的头发，消瘦的身板儿，闷哼了两声，手把脸一抹转身走开，一个人去了村外。

狮子狗后来也死了，是半个月后死的。有人看着还算肥壮的狮子狗说，狗肉香啊，煮起来一大锅呢，分量比老志家的黑狗应该要多得多。宏爷眼一瞪，奶奶吃鱼想海里了吧？嘴馋，抽把稻草擦擦嘴！

狮子狗，被宏爷降重地埋在自家菜地角落，菜地就在村西抗旱渠堤埂一侧。有一回，我还梦到了那两条狗，梦见狮子狗与黑狗称兄道弟，在原野上互逐、打逗、撒欢儿。

牛 牛

生产队分成几个小组。每小组共用一头耕牛。喂养耕牛和打扫清理牛笼由小组成员轮换。牛笼是木柱子支撑的约六十平方米的土墙草房，几头牛共宿。

冬天，尤其连日雨雪冰冻，牛儿可怜，身上的毛冻得似稀疏的枯草，让皮肤失去温度。牛笼里搁着一些稻草，供牛取暖。各人家草堆中间抽出来的未经风吹雨打的稻草可供牛咀嚼吞食。冬天要烧热水给牛饮用。把菜籽饼捣碎，泡水分解后，让牛喝水。偶尔将一块棉籽饼撕碎与其他饲料混合，喂牛。

新鲜的牛屎，抟成牛屎粑粑，贴土墙上风吹日晒，远远望去，墙上犹如布满了大号铜钱，也似烧饼。干燥后的牛屎粑粑也没什么气味，是冬天烤火的好材料，耐烤，也可放小土灶里烧开水，热菜热饭煮粥，煮的粥特别黏稠。

那头水牛有些老了，它给我的童年带来一些关于牛的体验和乐趣。

晴天，我把牛牵到野外的草滩上，它不会像鸡鸭那样四处乱窜，它就像被孙猴子画了圈，不会走出指定的区域。有时，它抬起蹄子朝肚子上挠两下，用尾巴忽左忽右地甩打着屁股，那是牛虻在向它攻击。绿头牛虻凶悍得很，嗡嗡地叫，甚至连人也敢袭击。牛身上长牛虱子，个头比人头发窠里的虱子大三四倍，牛被它们叮咬，痒得耐不住，就找一处烂泥滩，侧着身子两边翻滚，滚得全身都是污泥。牛这样做，自有它的道理，当身上的污泥干结后，硬邦邦的，虱子会被闷死，蚊蝇也无法叮咬，干结的污泥往下掉，虱子也会跟着掉。

苍蝇歇上牛耳，牛耳便招风一样前后扇动驱赶。有一回，哥教我怎么做事，我没在意，就问。哥责备我："耳朵打苍蝇去啦?"我不明其意。多日后，听人聊天，听到同样的话，才忽然明白，不禁哑然自笑。

牛脊犹如分水岭，脊骨突出，肋肚鼓胀，不大好骑。孩童朝牛背上爬，要踩着牛头抱着牛脖子往上蹭，牛不撒泼，也不恼，也不觉得受了辱，粗壮的脖子处你分明能感觉出一股令人踏实的韧劲。牛若犟起来，那犟劲也在脖颈处。拉它走，它把脖子前伸，四肢发力撑地，鼻孔被绳子拽大了一倍多，它依然如钉子般楔在原地，一动不动。你得采取其他方法，去它屁股上轻甩一鞭，或挠挠痒，轻拍几下，同时吆喝两声。"牛不喝水，强按头”，意思是那牛头和牛脖子凭人的力气是无论如何也按不下去的，强按也无济于事，它不听话，你只有干瞪眼。

有一次，在家门前的机耕路上放牛，不小心，右脚背被牛蹄踩着了，抽不出来，我大惊，惶急中去推牛身，这一推才感受到牛的沉重，哪里推得动，它立在那里，抬头望向水塘对岸的田野，山一般纹丝不动。我又不敢用力拍打它，怕它受惊，往前奔，蹄子就会用力蹬，那我的脚岂不是要骨头碎裂。我叫：“牛啊，你踩着我的脚了!”用手轻拍它的腿并挠痒，努力让被踩着的脚动了动。它大约感觉到蹄下有异物在动，便本能地不慌不忙地移开了蹄子。谢天谢地，脚背无大碍。

夏天，牛热得不行，就会全身泡进水里，牛头水中浸一下，然后抬起来左右甩一甩，打个响鼻，鼻孔处喷出水珠，尾巴撩着水，惬意地望着岸上，嘴里嚼出白沫，慢慢地白沫溢出唇，也不掉落，像一抹白胡子。若没有遇着水塘，浅水洼里牛也会滚上一滚，裹一身泥浆，降温，也防蚊虫。

春日用牛犁水田，泥水噗嚓、噗嚓在它周围四溅，它那干劲似乎只想与主人一道尽快忙完那丘田，好去田头或树荫里歇息，咀嚼草料。若挨近田埂，它会一边向前，一边歪着脖子抢食一口埂边的春草。

秋耕，把田犁翻过来，翻过来的土块靠近犁头的一面虽有裂纹，也是光滑得像是打了蜡。犁头雪亮，闪着寒光，我在田埂上望，总是担心那锋尖的犁头会戳上牛的蹄子。就想，为了不让犁头尖戳上，牛才一步不停地往前快走的吧。

扶犁人举着牛鞭子做着势，样子凌厉，一般不落下，喊着“驰驰、驰——”，牛便向前直走；喊着“撇，撇”，牛就会转弯。牛也有倔强之时，不听吆喝，屁股上便会挨上重重一鞭，骂一声：“皮啦?”它既惊又疼地往前一跳，劳作的速度猛然加快。

牛，是耕牛也是肉牛，它价值比较高，就有外人打主意。听说某地一头牛被偷走了，偷贼残暴，把牛绑在树林里，硬生生地割了牛鞭，剐了大腿和屁股上的肉，待牛主人寻来，牛已奄奄一息。多年后，我在异乡打工，遇着养肉牛的人，提及偷牛的事，他说，有的有的，你说的事可不止一个地方有呢。我们这儿就有过，偷牛贼把牛牵到山坳里，生生砍去了它的四条腿。

后来，组里的那头牛彻底老了，老得难以耕田犁地了，就被大人们宰杀了。我嘟囔一声，把它埋了吧。持刀的大人立马向我凶恶地瞪眼。临时拉线吊起的25瓦白炽灯下，人们围成圈，如举行祭奠仪式。一个庞然大物轰然倒下，腾出一片巨大的空间。

宰杀老牛的那个晚上，村委会民兵营营长也在场，他既是监督也是见证。

牛，奉献了自己的光阴、自己的劳力，也奉献了皮肉，无丝毫浪费。

杀鸡鸭，鸡鸭会翅膀扑腾腿脚乱蹬，会甩脖子尖叫。打狗，狗会跳会跑会龇牙咧嘴露凶相。而宰牛，把它四肢捆绑，榔头尚未举起击杀，它扑通跪地，面临生死存亡依然选择不喊不叫不怒。温顺、与世无争已深入牛的血液与骨髓，成了基因。

后来，村小组解散，完完全全单干到户，共用的农具，抓阄领取。经济条件好些的人家单独养头年轻力壮的牛，给村人耕田犁地收取劳务费。再后来，田间出现了“铁牛”（拖拉机头改造而成），铁牛厉害，干活多快好省，不知疲倦，几千年的耕牛遂逐渐退出历史舞台，成了纯粹的商品肉牛。

牛，底层的劳动人民，彼此有无相似？

唯有村小组的那头水牛，使我的童年里有了牛的记忆。之后，我也一直见过牛，但多少隔着距离，没有亲昵，没有爬上牛背，没有牵着它去野外。

放牛娃和耕牛，从此成了历史，成了故事，存在小说、诗歌与图画里。

鸡　鸡

老鸡做梦了。

老鸡其实不老——不是当年的鸡，都叫老鸡。老鸡的梦做得有些迟了，此时已是八九月份，按它所处的民间惯例，已经错过了做梦时节。但老鸡控制不了这个梦，这个梦让它成天病病恹恹，心事重重。

实现梦的土壤，或说条件，首先要有一个平台，还得有主人相助。平台就是主人给老鸡单独安个窝。在有这个窝之前，老鸡选择了鸡笼上面的公共窝。老鸡跳进公共窝里趴着不动，欲以此引起主人也是贵人的注意——那个有了孩子的同伴几个月前就是这么做的。老鸡长时间不动，吃喝也无精打采。

同伴们看见老鸡久窝不起，知道老鸡犯了“病”，便一齐哧哧笑。笑什么呢？笑老鸡不识时务，笑老鸡老妖怪，装小充嫩，笑老鸡吃饱了撑的，放着安闲的日子不过，偏要去挑战有难度的日子。老鸡垂着眼，无动于衷。

老鸡无动于衷，同伴们却着了急，它们制造的“产品”不能再积压了，必须出库，而那产品也必须放在指定的地点——老鸡霸住的窝里，等主人验收后才算大功告成。于是，同伴们对着老鸡喊：你别占着位子不出成绩，下来吧。

主人回家，发现窝里的老鸡整日里霸着窝，遂明白了老鸡的意图，愤然作色道：“发什么骚啊，你个老焐鸡（孵鸡），需要你的时候你不来。”大手提起老鸡，用力一扔，老鸡惶惶地叫着飞出门外，跌进门前的泥田里。

对于主人的做法，老鸡没有引以为戒，继续霸窝，它想主人最终会明白它的心愿。为了霸窝，老鸡态度蛮横，惹得其他母鸡没窝下蛋，蛋下在窝外，或门外头的地面上，有的碰碎了，有的被他人捡去。主人察觉此情形，火气腾腾地大步奔至老鸡跟前骂，真犟啊你，打不死李逵呀！抓起老鸡向身后跟来的少年说，去，把它浸水里闷闷。

少年拎着老鸡，走向塘边。瞥见白光光的一汪水，老鸡慌忙拼力挣扎，凄叫着告饶一般。老鸡连同少年的手淹入水中。老鸡在水中被闷得一个劲地眨眼，甩着头，想叫叫不出声。老鸡被提出水面，刚透口气，又被摁进水里。少年一提一摁连做了几个来回，连声道，叫你焐（孵的意思）！叫你焐！叫你霸窝不下蛋！猛然，老鸡被带离水面，还未缓过神，即被抛向水面上空。

去死吧！哈哈……老鸡带着少年恶作剧式的笑声，飞向塘心，啊啊啊地叫着落向水面。脚爪子刚触及水，生存的本能让老鸡大叫着奋力摇动双翅，擦着水面，凌波微步飞向近岸。少年是想用这种方式让老鸡快速地从梦境里醒归现实，不是你的舞台，你就安心做个看客，做个产蛋的机器吧。

然而，老鸡没有清醒，它已着魔了，仍然上窝霸窝，意欲凭不屈不挠的精神撼动主人。可主人一如既往、坚定不移地恼着老鸡，见水淹无效，便把老鸡反剪双翅扔在檐下，让雨淋，给太阳晒，被蚊子叮，好促使老鸡从无望中尽快醒转过来，回归正途，每日或隔日一蛋。

老鸡以绝食相抗。老鸡瘦了。

主人瞄见瘦了的老鸡，思量着它若饿死不划算，焐鸡又不能做菜，不如放了它，随它去，过了这段痴心魔怔期，自然就好了。同时吩咐少年盯紧，老鸡一上窝就赶得它四处乱窜。

不久，老鸡开始收敛，似乎挣脱那梦的魔障，认清了现实。主人喂食，它就跑来吃，只是不见蛋，食后即不见踪影，同伴多，没有谁在意它。主人忙，也不会在它身上多花心思。

突然的一天，主人好像想起了老鸡，才发现多日不见老鸡的身影，晚上也不见归笼。老鸡不见了？四处叫唤，也无应答，主人便想，定是被黄鼠狼拖走了。唉，这个老鸡。自作孽不可活，老鸡也是哩。

一日午后，晴天丽日，老鸡突然活灵活现地出现了。主人惊异地发觉，老鸡身后多了一群小小鸡，毛茸茸的，刚出壳不久的新雏儿，叽叽地叫，害着羞，直往老鸡肚下钻、腿间绕。

老鸡像个将军，虽瘦骨伶仃，左顾右盼里却意气风发、神采奕奕，见着往日的同伴，它踌躇满志，把小鸡唤在左右围着。

其实，老鸡一直在下蛋，蛋大部分变成了它的孩子。主人细细寻找，终于在屋外某处发现了老鸡极其隐蔽的窝，窝旁还有几个毛蛋和两三只死去的雏鸡。

原来，老鸡一直都没有放弃它的梦想啊！只不过，它采用了祖先最原始的方式。

蛇、老鼠、黄鼠狼，有风还有雨，老鸡是怎么挺过来的？还真小看了老鸡，小看了老鸡的意志呢。老鸡没有丢，蛋也没有丢，主人乐得合不拢嘴，唤少年赶紧去米缸里舀一碗细白的米送来。

老鸡，咯咯咯……叫声响亮，趾高气扬。

老鸡是我家的，我是那个少年。嫁进山里的姑妈来走亲戚，说，她家也遇过这样的一只老鸡。

猫　猫

年少，青黄不接之际，家中两三次断炊，可老鼠不管你肥瘦贫富，照样猖獗不息——数量猖獗，祸害猖獗——任你堵截打杀，也难阻其入侵。

粮仓是砖混结构，但木头仓门是软肋是命门，它们找准了，钢牙把木门挖出大洞小眼。如果仓门换成铁皮子的呢？屋内的地坪那时都是泥土地面，它们即从墙脚打地洞直通仓室，如入无人之境。它们甚至极有耐心地把砖墙凿出一个小洞，会缩骨术般钻入粮仓。总之，堵住一洞，又冒出一洞。

鼠们以仓为家，拉屎撒尿，腥臊满仓，制造出一堆堆空稻壳，兴起，还会在仓内互相撕咬打闹。夜间，房梁上鼠们一只跟着一只，上蹿下跳，借用椽子大摇大摆地在东西厢房间溜达，公然吱吱乱叫，扰人睡眠。似乎在吼，那些吃的喝的都被藏哪儿去了？蚊帐顶上、床头横杆上，它们肆无忌惮地爬，饿急了，也会咬人。这个时候，惊醒的人就呵斥，或把床沿捶得空空响，或喵呜喵呜地学猫叫，它们便息了声影。可片刻工夫，察觉出那只是人的伎俩，便不再忌惮，哧哧地发着笑，继续它们的把戏。哪怕你把电灯大亮着。

这个时候，就需要一只猫，一只真猫，一只威武的猫，一只能逮住老鼠的猫。

白猫黑猫黄猫，或黑白相杂的花猫，都有人养。我家养的是一只狸花猫，或是乡下人字音咬不准吧，说成“篱笆猫”。叫篱笆猫，其实也形象，篱笆下，一只小猫抬头望着蝴蝶飞来飞去，纵身跳脚地去扑，却总也扑不着，那样子，憨态十足。

篱笆猫，身形矫健，但它与其他猫一样，是冷骨头，极其怕冷，受不住冷天，就跑去钻灶洞——晚间做饭，烧了柴火，余温尚在——可美美地睡。早上，去烧锅，一把草点着火塞进锅膛，噌！火光中一团黑物猛然蹿出灶洞口，吓人一跳。原来是猫哇，浑身沾满灰烬，毛被火燎了一层，发出焦煳味。它睡得死，还在美梦中，火近了身方被燎醒，估计它也吓得三魂丢了二魂。

篱笆猫在我家是要受苦的。人都温饱不足，它也讲究不得。如此倒产生出积极的意义来，为了填饱肚子，它需拿出百倍精神去捕捉老鼠。这也是猫的本职工作嘛，也是主人养它的终极目的嘛。乡村没有小资情调，主人远未具备把猫变成宠物的资本和雅兴。

天冷得太深了，灶膛也成了冰窖，篱笆猫就开始想别的法子。人正酣梦，迷迷糊糊中耳边有咕噜声，有软毛擦着脸，乍然惊醒，发现猫正卧在枕边打呼，嘴里念经似的咕噜不停，心中不免生恼，又想到它会把身上的跳蚤带上床，便抓着它往床下扔。它喵呜着落地，缩进床底。然而当你睡着了，它又故技重施。

屋子是穿枋结构，没有吊天花板，房门与地面有半指宽的缝隙，窗户没有安装玻璃，用塑料布遮挡，猫与老鼠即可厅堂、房间自由进出。

篱笆猫喜欢与人亲近，不仅仅是上你的床。你写字时，它也会跳上桌，察言观色似的瞅着你，踩上你的练习本，试探性地一步步靠近你。有时也会在你的裤腿间、你的怀里撒娇。

猫尿猫屎难闻，猫有自知之明，拉下屎，它会用草灰盖住。猫是爱干净的。只是，用手掏灰，会掏出猫的便便，不由得一阵恶心。

篱笆猫在屋里，老鼠就在屋外徘徊，或从地洞墙洞里探出头，趁猫去了别处，或猫睡着了，迅速进屋侦察找食，一有风吹草动，即闪电般进洞。

后来，家里的饥饿改善了些，猫便也有了充足的食物。可是，自从有了温饱，身子发胖之后，篱笆猫变得行动迟缓，慵懒不思进取了。仓廪实，而知礼，它像个绅士，似乎有了慈悲，见着老鼠也爱理不理了。老鼠起始还怕着猫的影子，或疑心猫的阴谋，后来见猫对它们真的失了兴趣，就胆大起来。而猫，要不在门前晒太阳，要不躺大桌底下呼噜呼噜念着经，功德圆满的情态。

大人说，七世和尚一世猫，可见做一回猫多么的不易，需七个轮回。照这么说，猫是高深的，灵性已超佛性，自然也可以开荤。老鼠吃的多是尖食，鼠肉全是精华，猫可享受。可是，世风变了，时代不同了，猫居然也进化成不逮老鼠了？捕鼠可是猫的天职呀，“老鼠见猫，吓得滴尿”，自古以来的认知，可是时下，角色反转，大老鼠追咬猫了。家家如此说，可见已成事实。

老鼠在屋内耀武扬威，家猫好似退化了一般，不知躲哪里做着自己的春秋大梦，你唤它唤得嗓子发干，它杳无踪迹。饿了，它却晓得跑来讨食，主人哪有能不发火？它就去邻家偷食，不想遭了打。可此时，它已养尊处优成惯习，昔日威风荡尽，已一蹶不振。它一边向主人喵呜着要食，一边口中念念有词，慈悲为怀式的阿弥陀佛吗？于鼠，它已放下屠刀，宁肯营养不良、面黄肌瘦？还是厌倦了猫捉老鼠的游戏，于长久的搏杀面前失了斗智失了勇，一心吃斋念佛？

若是人类能懂禽畜鸟兽之语，定会少些戕害，多些理解。也不一定吧，人类互戮从来就不是语言的不通。主人们纷纷嫌弃起自家不捕鼠的猫，给不给食物全凭心情。猫哇，你怎样的“念经”，也不能光念空经吧。本就是功用的哲学，你已无捉鼠的本领，就得过克斤扣两的生活，岂容你做个白食客？白猫黄猫，逮住老鼠就是好猫，不逮鼠，还养着你，已是恩典啦。

篱笆猫宁肯饿得发昏，也不愿去捕捉从眼前哪怕是慢慢爬过去的小老鼠——屋顶鼠窝里挤掉下来的幼鼠。它显得很忧伤，看破红尘，却又不与野猫为伍。

篱笆猫不逮活鼠，鼠们在屋里在眼前沸反盈天，它也熟视无睹，主人对它就不够上心在意了，忘了给食，在所难免。但躺平了的猫，却不能“辟谷”，终于，它饿得架不住而啃了一只死鼠。死鼠是食了毒食而死的，成了毒鼠。它呕吐痉挛，号声渐弱。

村里，家家不再养猫。

如今，又有人养猫了，但那是宠物。

一路歌唱

施明荣

一

话要从头说起。2005 年冬的一个夜晚，我在繁昌大戏院观看三峡歌舞团表演的文艺节目，当主持人宣布晚会到此结束时，我多少有一种上当的感觉，虽说舞蹈节目尚可，但男女声独唱及男女二重唱，均无亮色，哪有剧院门前广告上说的那般精彩。此时观众纷纷离座向外走去，一片座椅复归原位的哗哗声响。我却逆向而行走上舞台，向那个自称姓白的团长说了我观看后的感受，并且告诉他我会唱歌，如果接纳我的话，想加入他们歌舞团。团长不说话，只是笑了笑，让人递过话筒让我试唱一下。一曲《骏马保边疆》让刚出未出剧院的部分观众纷纷返场，唱完一曲，团长让再唱一首，当我唱完《向往神鹰》时，台下观众一片欢呼，观众里有熟悉的人叫喊我的名字。团长说，音质不错，高音能上去，但节奏没跟上，需要练习。他说得没错，我听不清音箱里的音乐，加上多少有些紧张，完全凭着自己的感觉在唱，水平没有发挥出来。续谈的结果，明晚转场，团长答应我跟他们走。

团里有一辆小轿车，一辆大篷车。共有十八个人，男的六个，女的十二个，小车坐五个，其余的上大篷车。大篷车内气氛活跃，女孩子们一路说说笑笑。我一路无语，既兴奋又伤感，虽说是来谋求出路，但又放不下家里的一切，心里还是有点纠结。

第一场演出是繁昌荻港，这个长江边的古镇相对繁华，一下卖出两百多张票。进场时，有些人想逃票，故意扎堆儿挤撞，制造混乱。几个男演员包括我拼命阻挡，维持秩序，大冬天累得浑身冒汗。第一天就给我上了一课，我才知这行的不易，远不如我想象的那般轻松。当天晚上就想打退堂鼓，但又想到我不能刚出来就轻易放弃，再说回去又能干什么呢？无论如何得咬牙坚持一段时间再说。随着歌舞团越跑越远，一段时间后，我逐渐适应下来。

二

在皖南的泾县、青阳及石台演出半个多月，沿东至进入安庆境内，再往六安方向出演。我每天练习那么几首歌，反复听旋律背歌词。那时候流行草原三星（腾格尔、亚东、容中尔甲），我的音域相对较宽，三人都能对付。这种大歌如能唱好，是受欢迎的，尤其是腾格尔的《天堂》，但一般人很难驾驭，《向往神鹰》的结尾咏叹，也的确很难。我除了每天听随身听，白天有时会去公园练歌。公园里有爱唱歌的人，水平参差不齐。我在公园放声歌唱，时常会引来人围观，多半是中老年朋友。我仗着一副好嗓子，自我感觉良好，殊不知瑕疵多多，甚至盲目，灯盏不知脚下黑。一次一老者接过话筒，也不多说，一首《父亲的草原母亲的河》唱得荡气回肠，音色也宛如原唱，听着就是一种享受，让人不得不佩服。有人告诉我，此人毕业于音乐学院，是县一中的音乐老师，常作为当地音乐赛事的评委，现已退休。这就是专业水平，我方知遇到了高人，仿佛昏睡中被人猛击一掌，这才清醒过来。

除了唱功，还有台风，台上一招一式，看似随意，实有讲究。我知道这个道理，也知道这是自己的薄弱环节，但苦于无人指导。那时并无抖音、短视频可以观看学习，所以，争取上台表演，边唱边学，积累经验，最为关键。正是因为认识到这点，我才勇敢走出。

民间歌舞团是流动演出，每次在一个地方演出时间不等，有时两三天，有时七八天，主要取决于当地演出的票房收益。结束当晚转场，所有演出设备全部拆除装箱上大车。舞台两边的两个大音箱较重，我刚来不久，经验不足。在青阳转场时，由于舞台较高，站在台下背音箱时用力过猛，音箱差点从我头顶翻过去，我硬是用头部抵住，避免了事故发生，但不承想，颈椎受伤。我未作声张，也不大在意，以为过段时间就好，胡乱买些膏药贴在后颈处，时间久了，伤处贴至溃烂，仍不见好，心里蒙上了一层阴影。

三

演员一般都住在剧院的舞台上，夫妻及女孩设有帐篷。我没帐篷，自认为无必要，更嫌麻烦。男女演员晚饭后去街上散步或坐在装具箱上打牌，我半躺在被窝里看书，大家相安无事，一夜好睡。殊不知有天夜半醒来，忽听得三姑娘帐篷内传来男人沉重的喘息声，夹杂着女人压抑的呻吟。那帐篷不停地鼓动，有点吓人。第二天，三姑娘见人低头不语，猜不透昨晚是谁摸进了她的帐篷。那晚过后，我睡觉尽量远离帐篷，能离多远就离多远，这样既不会妨碍别人，也不受别人影响，自己也睡得安稳、踏实。

后来发生的一件事，猜想得到了证实。晚场演出结束，从宜宾转场别处，大篷车内，一干人随着车辆的颠簸昏昏入睡。众人突然被一声急促的喊叫声惊醒，原来是胖墩将手伸进三姑娘的衣内。胖墩没想到三姑娘会叫喊，难堪之下顺手给了她一巴掌，三姑娘抚脸大哭。老板娘冲过去给她这个猪脑兄弟就是两巴掌，嘴里骂着你个不争气的东西，你个不争气的东西。我第一次见老板娘发火。她这个姐姐是有资格发火的，据说姐姐姐夫在老家小镇给这个年近三十的弟弟买了房，还帮着给弟弟介绍了几次对象，但都未成功。姐姐为这个弟弟操了不少心，她希望弟弟早日成家，了结父母的心愿。知道现在胖弟正在追求三姑娘，姐姐也有心促成，未承想这个不成气的东西当着团里人的面如此下作，竟然还动手打了人家，这样谁还敢嫁你。听说三姑娘是逃婚出来的，对象是个杀猪佬，大她十多岁。她心有不甘，更嫌对方粗鲁，身上有股猪臊味，在婚期前几天的一个晚上，看完演出，找到白团长，说自己会跳舞，当场跳了一段，也算是过关。这一点与我有几分相似。只不过我是主动谋生，她是被迫；我是主动加入，她是被逼投靠。还有一河南女子，唱歌成瘾，跟歌舞团跑了两个多月，在我来之前，被她丈夫找回去了，据说歌唱得不错，人也漂亮，回家务农，可惜了天生的好嗓子。

除了三姑娘，另一个寡言少语的就是“莫丫头”。莫丫头大名乔林，其实是个小伙子，他为家中幺儿，上头有三个哥哥，父母想要个女儿，于是自小把乔林当丫头养，穿花衣，扎小辫，时间长了，小乔林把自己当成了小姑娘。随着年龄的增长，他的言谈举止也像个小姑娘，因此受到众人的嘲笑，尤其受到同学的欺负。初中未毕业就离开家乡，先是在酒店做服务员，后来在舞厅跳舞，再后来落脚到这家歌舞团。我刚来时以为他是女的。被子叠得特别齐整，衣服也特别干净，说话轻言细语，脚步轻巧无声。肤白，身材更是纤细苗条，给人的第一印象就是女人，而且比女人还女人。正因为如此，他每每去洗浴中心洗澡，往往引起误会，所以常常需团里的男演员陪同，加以证实。尽管如此，仍有几次进男浴室时遭到拒绝，我们好说歹说才让进。进去之后便引来怪异的目光，许多人盯着他看，他并不生气，似乎习惯了。他在演出时被主持人介绍说成“变性人”，唱的也是女声。我不知他是什么感觉，五光十色的灯光打在他身上，有一种奇怪的幻觉，隐隐听到他的灵魂在哭泣在挣扎。记得在宜宾演出的那个下午，四五点钟的光景，冬阳斜射过来，地上投下一片斑驳的树影。乔林在剧院后院的大树下，支着小方桌，就一碟花生米，准备浅酌慢饮，一眼瞥见正在看书的我，叫一声老施，招手让我过来。几十分钟后，一瓶北京红星二锅头所剩无几。他有些微醺，谈到人的追求与理想，问我最想干的是什么？我告诉他，想当歌手。他点头微笑，不置可否。我反问他想干什么，乔林张口一句：我想死！这话吓我一跳，看他决绝的神情，并不像开玩笑。那一刻，这个小伙一改平日温文尔雅之形象，像是变了一个人。我心里一阵难过，为他难过，也为自己难过。

乔林外柔内刚，很少见他与人搭话，更谈不上与谁争吵。他和丁胜睡在帐篷内，形似夫妻又不是夫妻，难免引人非议。三十好几的丁胜身材瘦小其貌不扬，又是高度近视，虽说是第一个上台表演，但表现平平，一般只唱了一首歌就即刻下台；反观乔林外表虽缺少阳刚，但皮肤白净，身材好，是半个美男子，这一高一矮一白一黑的两人走到一起，实不般配。但人既能走到一起，皆是缘分使然。谁也说不清楚。

就在喝酒之后不久，演出进入江西境内，据说这里离乔林家距离较近，乔林便向团长请假回去探亲。丁胜说，乔林父母让他回去相亲，乔林不好违背，毕竟已是二十八岁的人，早就到了结婚成家的年龄了。临走丁胜给了乔林一千元。几天后乔林回来了，面无表情，也不知道他相亲相中了没有。

四

迷迷糊糊间，被司机阿旺的惊叫声惊醒。刹车失灵，车身快速向后滑去。一车人魂飞胆丧，惊叫出声。滑至半坡，车轮猛撞在路边一堆乱石之上终于止住。车上人乱作一团，慌忙跳下。有人用电筒往下一照，不禁倒吸一口凉气。那下面是深深的山涧，隐隐听得流水声，若车掉下去，后果不堪设想。好在车轮被石堆阻住，救了众人一命。我站在那里，按着胸口，庆幸逃过一劫。那是一条正在修建的公路，当晚下着小雨，坡陡路滑，阿旺不知怎么开上了这条正在修建的公路，他说是根据导航指示才开上去的，真是见鬼了。车倒下去，上正路往前开了一截，往右拐上了柏油路，驶入正常路段。一车人惊魂未定，全无睡意，快天亮时终于到达湖北黄梅县城。

事后几天，每想到那晚惊魂一幕，仍感到后怕。表面看来，我们的生活歌舞升平，实际上，这样动荡的生活暗藏风险，也难怪胖墩厌倦这个行当，想回家喂鸡养鱼。当他知道我承包着百亩水面的水库，竟还跑出来唱歌，他摇头又叹气，表示难以理解。养鱼是为了生存，唱歌是我的追求，是我的梦，这个梦就像个魔鬼，时不时从心里冒出来，不试一把，不走出这一步，我神魂难安。现在的这种局面，对我来说，既在意料之外，又在情理之中。胖墩喜欢安逸，不喜欢奔波，不喜欢唱歌，但偏又走上唱歌这条路，这真是阴差阳错。他和我的想法恰恰相反，而相反之人偏又走到一起，这就是缘分。在我看来，说是歌舞团，但真正喜欢唱歌的人好像没有，平日闲聊，不聊唱歌，不谈跳舞。只有章眉学新歌时，饭前饭后哼哼几天，然后就开始表演。团里的人把唱歌不当回事，只是完成任务，如学生完成作业。真要说学习唱歌，数我年岁大，也数我最认真。我对这些人不大了解，他们对我更不了解，以为我犯了什么事出来避风头，或者说是一个没脑子不负责任的人，还有人以为我对团里的姑娘有什么企图。后来见我要么听歌要么看书，对女性没有不妥言行，始放下心来。

我表面轻松，实际上思想负担很重，想家人，担心水库里的鱼被偷。后来证明我的担心不无道理，由于我不在家，夜晚水库无人看管，过年回家网鱼时产量大跌，好在我往水库里面投了树杈下了桩，好在库深水冷鱼没偷完。几个村民组的鱼分完之后尚有剩余，卖了点钱用来过年。

五

民间歌舞团虽说档次不高，但能在各地巡演，见识各地的风俗人文，也是挺好的，这也正是我选择这种行业的一方面原因，况且工作相对轻松自由，每晚唱几首歌完事。伙食由团里免费提供，白天可以逛街可以看书可以去公园，只是每每想起家中老父亲、一双儿女与沉默的妻子时，心里不免愧疚。由于自己的无知与任性，放弃了人生中几次好的机会，老天不再眷顾，落魄如此，让一家老小跟着受苦。年轻时率性而为，人到中年始感到无路可走。我对学唱歌的前景既向往又迷惘，有时觉得要坚持下去，会有出路；有时又想放弃，加上颈子上的伤痛，情绪波动，时有焦虑。偏偏祸不单行，那年全国多个省份大旱无雨，河塘干涸见底，市场上最不缺的就是鱼，鱼便宜，于是就天天吃鱼，一天晚饭吃鱼时被鱼刺划伤了喉咙，引起炎症，由于未及时处理，后来整个喉咙溃烂化脓，疼痛难忍。不得已去了医院，医生让我张开嘴发出啊啊声，她只看了一眼就说：这种情况是很疼的。一句话，说得我眼泪差点掉下来。医生开了抗生素与粉剂的消炎药，让每天往咽喉处喷射数次。那段时间我吃饭无法下咽，只喝点牛奶、蛋汤之类。好在那药有一定疗效，过了几天，慢慢好了。好了之后的每晚演出之前，又开始在剧院门前唱歌。在我来团里之前，这差事是胖墩干的，他向团长推荐了我，说我唱得比他好。实际上他唱久了有点厌烦，也确实唱得不咋地。团长跟我说，老施你要想登台，在剧院门前练习练习也好，这样对你有帮助。我答应得很痛快，唱得挺卖力，有时唱一两首，有时唱三五首，主要是吸引过往之人过来买票。只是难为了团里的姑娘们，大冬天的，她们身插羽毛，光胳膊露腿地伴舞，冷得不行，但为了招徕顾客，也是拼了。

有次，跳舞间歇，过来几个年轻人，一看就不是什么正经人。一个长相不赖的年轻人凑到章眉面前左看右看，又嬉皮笑脸地把章眉往怀里拉，说天气太冷了，哥帮你暖和暖和。章眉涨红着脸不出声，身体拼命地往外挣。我实在看不下去了，说了几句，几个人凑上来要动手。胖墩儿听到动静，赶紧过来挡在我面前，抱臂往那儿一站，面带凶恶。那几个人一时被这个大块头震住了。胖墩上台演出时每每自报家门重有二百五十斤，可能夸张了点，二百二十斤是有的。他永远光着膀子上台，手托自己双乳说，娘儿们都没有他这么大，不服的话哪个娘儿们上台来比比，引得台下观众哄笑。几个痞子先是发愣，欲发作之间，团长过来了，他挥挥手让女演员撤回去，又拿烟递过去说了一番好话，那些人才悻悻而去。胖墩儿事后告诉我，以后遇到此类事时，不要计较，以免动手受到伤害，这种事，他们见多了。另有一次，逛街购物回来吃午饭的红红，在剧院门口被一个男人在脸蛋上摸了一把，红红很生气，见面就告诉了男朋友阿旺。阿旺一声大叫，冲进厨房摸了一把菜刀冲了出去。我们几个人赶紧跟着追了过去，但没寻到目标，阿旺嘴里骂骂咧咧地回来了。

那年的冬天奇冷，大清早谁也不愿起床。大傻就是大傻，他早早就过来叫我：老施老施，架广告架广告。他又跑到小丁床前这样叫，又跑到沙爷床前这样叫。于是去剧院门前架广告搭气球，这些都是白天摆好晚上收回，第二天一大早又要重新搭好。大傻前段时间跟过来，仅供他吃喝，不发工钱，实际上是发了一点的，他伸出五个指头，意思是团长答应每月给五十元。他一大早叫我们起床，肯定是团长交代他的。早上起床特别冷，我在剧院门前的裁缝铺做了一套加厚内衣，身上始觉暖和些。

即便再冷，乔林与女演员晚上演出时，只象征性地穿那么一点衣服，以博取观众眼球。基于此，女演员常常感冒，尽管她们都习惯了。我们是晚上演，白天有草台班子在剧院楼上演，演脱衣舞。那些观众才不管你冷不冷，大声嚷嚷着脱脱脱，脱到后来，只剩下三点式，我们看是不花钱的，白天楼上看她们，晚上她们不表演，下来看我们，两相免费。我看了两次没了兴趣，那几个女孩谈不上多少美感。观众都是农民工，他们太无聊，追求的是直观刺激。

我们团里确有美女，二十岁的章眉，身高一米六五，体重一百一十斤，肤白貌美，化点淡妆，貌若天仙。她不仅长得美，声音也很甜，人见人爱，是团里的台柱子。她除了伴舞，另有一个节目独舞，这种情况除了她，其他姑娘是没有这种待遇的。灯光下的章眉舞姿优美明媚动人。她那做炊事员的母亲虽说有四十多岁，依然风韵犹存。这母女俩上街，回头率很高的。

另一位演员叫林丹，甘肃人，是沙爷带过来的，是个冷美人，偏瘦，自视甚高，喜独处，不合群，众人叫她“林妹妹”。她喜欢看书，还写日记。她向我借过几次书，还跟我交流读书心得，这是个有个性有思想的女孩。我想，她应该上大学读中文系，只在团里跳跳舞，未免可惜了。她倒想得开，说出来一是有时间看书，二是看看世界，权当旅游，这与我的想法相似。她的旅行箱装了不少书，有三毛的，有路遥的，还有张爱玲的。除了演出，她一般不化妆。她说她也喜欢唱歌，由于唱得不好，团长一直未答应她上台，只能光跳舞。说到这里，她叹了口气说，老施你唱的都是大歌，唱得好，你要争取早日登台。

六

转眼过了一个月，这一个月来，我除了打杂、演出时打集光灯，还有就是演出前在剧院门口唱歌。我心里期盼着上台表演，因为加入歌舞团时说好一个月以后上台的。过了两天，没啥动静，我有点儿生气，觉得上当受骗了。于是我跟老板娘说我要回去了，她急忙追问是怎么回事，我把原因跟她说了。她说这事老白可能忘记了，我再跟他商量一下。不过，老施啊，我得告诉你，按规矩，新手必须在团里干上半年后，才能登台表演。团里这些跳舞的女孩子，哪个都想唱歌，但光想不行啊，还得有实力。你以前登过台吗？我点头，实际上，我在县、乡多次参加过歌咏比赛，还获过奖。老板娘说，那好，我们给你安排。

第二天晚上，演出结束后，团里安排我排演。还好，我既没忘词，也能正常发挥，连唱了三首歌曲：《神奇的九寨》《天堂》《向往神鹰》。大家给我鼓掌，算是得到了认可。团长说，下一场是在一个县城剧院，安排你上台。这里是市级的，市里人要求高，我有点担心，怕你演砸了观众要求退票，以前这样的事情发生过。团长说话还是算数，我终于开始了登台表演，团长拿来主持人阿松的演出服让我穿上。第一场安排的是第十一个节目，只唱了一首《向往神鹰》，第二场安排第七个出场，第三场是第四个节目，唱了两首歌。第四天是第一个上场，唱了容中尔甲的《神奇的九寨》和腾格尔的

《天堂》，赢来阵阵掌声。团长很高兴，我更加高兴，然而丁胜却不高兴了，他不满把他的节目排后，于是开始罢演。他用仇恨的眼睛看着我说：干什么不好，偏要唱什么歌，唱歌能发财吗？我没想发财，但唱歌若能成为我的一份职业，又能挣钱，那么对我来说就很满足了。我突然发现我一向有好感的乔林对我明显冷淡了些，这让我心里多少有些不安。

胖墩儿告诉我，之所以让我第一个出场，是因为我是男高音，亮堂。丁胜的《懂你》应该说唱得也不错，但他冷场，团里早就想换别的节目开场，你来了，就让你开场。好好干啊，老施！胖墩儿拍了拍我的肩膀。胖墩儿是团长的小舅子，应该是知情的。自我登台演出之后，章眉及众姑娘不再叫我老施，改口喊施老师，我心里热乎乎的。暗下决心，一定要把歌唱好，对得起团里的培养，对得起自己多年的爱好，对得起我亏欠的家人。

七

演出了一段时间后，台风稍微老练些。丁胜一直说嗓子发炎，不再出演，有一天没见他和乔林在一起，这才听说丁胜“请假”回去了。那几天，乔林冷着脸不愿搭理我，他有时望着一个地方出神，人变得更加沉默。

那天上午，突然接到邻居云松打来的电话，说我老父亲不知我去了哪里，到处向人打听，让打工刚回来的他给我打电话。手机里传来父亲的声音：明荣啊，你在哪里啊？听到此言，我差点泪奔。父亲肚里藏不住话，我出门时没敢告诉他去干什么，怕他说出去，我若没成功被人笑话。一个多月没见到我的身影，父亲坐卧不安，天天担心我的安危。我告诉他一切都好，过年前一定回来，让他保重身体。父亲说，你在外面要好好的。听到这里，泪水已溢出眼眶。

那年的腊月，记得是在江西赣州演出，全体人员照例睡在舞台幕后。天亮，我一觉醒来，因为脖子还是疼得厉害，加上台下乱哄哄的，索性穿好衣服跑下台，寻个座位听讲。一个六十多岁的胖老头正说着他的产品——一款专治跌打损伤及风湿病的苗药，用塑料瓶装的样品立在讲桌上。老头口语表达能力不行，台下声音嘈杂，秩序不好。临散场时，每人免费领两支眼药水瓶大小的药水回去试用，两天后正式开卖，每大瓶九十八元。待人散后，我跟老头说，你人手太少，台下乱，宣传效果不好。那老头说我说得对，他也正想找个助手。他认真打量了我几眼，问我是干什么的，我告诉他我是唱歌的。老头问我月工资多少？我有点不好意思，告诉他一千元。实际上，只有五百元，那点钱，只是生活费，因为还没正式上台表演，没工资。老头说，你要来我这里，工资加倍，入股也行，只要五万元。我笑着婉拒了他，我说这次出来是学习唱歌的，不能半途而废。老头也不勉强，说也好，那就好好唱歌吧。说完还和我握了手。我告诉他我颈部受伤，你这药不知是否管用？他说你试过就知道了，还教我使用方法：晚临睡前用热毛巾敷伤处几分钟，把手洗净搓热，将药水倒至掌心往伤处再搓抹两分钟。他说，包你明早就好，我听了半信半疑。当晚睡至第二天凌晨，坐起时我突然觉得颈部不疼了，扭扭脖子，也无痛感，巨大的惊喜让我从床上蹦了起来，高兴得差点喊出声来。继续使用两晚后，伤完全好了。花数百元没治好的伤痛，被没花一分钱的苗药治好，简直难以置信，我从心底感谢他的。

几年后，我因捕鱼扛竹排时不小心又让颈部受伤，一直难以治愈，我想到了曾经用过的苗药，几度想去贵州，看看那里的苗家和大山，顺便带些苗药回来。但想归想，终究没去成。我后来想，要是当初跟着老头卖苗药，或许是条路，或许还能挣到钱，可人生没有或许，只有选择与放弃。

八

从赣州转到南昌，连演了一个星期，此时已接近年关，春运也即将开始，歌舞团下一站去广东，而我，是必须在春运之前回去的，我承包的水库，年前要打鱼交给几个村民组分年鱼的。把这事跟团长说了，他点头同意，第三天的上午用小车将我送至车站，他拿出六百元钱塞进我的口袋，说算是给我家孩子过年的红包。他握着我的手说，施老师，我们团里的大门永远向你敞开着，欢迎你早日归来。然后挥手再见，但从此未曾再见。

分完鱼，过了年，考虑还去歌舞团。老父看着我欲言又止，女儿特别乖巧，睁着一双大眼偷偷打量着我的神色。四五岁的小儿跟我说，爸爸别走了，我会乖乖听话的。这真是上有老下有小啊，叫我如何抽身？几个长辈也劝我在家门口找个事做，照顾好家庭，把鱼养好也是可以的。这之前，因我不在家，水库里的鱼多次被偷，损失也不小。妻子对我的事不表态，实际上并不支持，我陷入两难。我已登台，已初步适应了那里的生活，虽工资不高，但只要努力，有望加薪，若此时放弃，未免可惜。思来想去，难以决断。初八接到团长电话，问什么时候来团，并告知他们已进入广西，现正在百合。我是多么想立即出发，可现实情况又让我狠不下心，我的心在疼！我突然觉得我不该结婚，如若孑然一身，拔腿就走，该有多好。

我最终又拿起相机，白天以拍照、摄像为业，晚上看管水库，这是无奈的结局。整整三年我不看电视，避免看到歌舞表演，偶尔在某种场合看到，会触动曾经的往事，想到自己中断的演艺生涯，一时泪流满面。

出行二题

丁兴虎

越之行

再次相见，已是时隔二十多年了。如今的绍兴俨然是一个国际化都市了。

第一次知道绍兴这个地方是读初中的时候，缘于课本中鲁迅先生的几篇文章。《从百草园到三味书屋》顿时拉近了我与童年鲁迅的距离，因为少年时期的欢乐是相似的。百草园里有菜地也有桑葚，蝉在树枝上长吟，蜂在菜花上飞舞。墙根下油蛉在低唱、蟋蟀们在弹琴。相比之下百草园太小了，我的乐园则是广袤的田野，下河捉鱼、骑牛放牧，估计童年的鲁迅是没有经历过的。

鲁迅先生读书的地方叫三味书屋，初中的我十分困惑：书还有三味？于我而言书只有一味，就是味同嚼蜡。鲁迅竟然还知道东方朔认识一种叫“怪哉”的昆虫，连私塾老先生都不知道，让我佩服得不得了。

二十多年前第一次到绍兴，首先去了咸亨酒店，和身穿长衫的孔乙己一样点了一碟茴香豆和一碗黄酒。茴香豆的味道不记得了，但如今的我对孔乙己倒生出几分亲近感，早已没有当年嘲讽之意。“君子固穷，小人穷斯滥矣”，我也有了与孔乙己同样的感慨，叹时光匆匆，蹉跎半生，庸碌于尘世之中，只能发出“冯唐易老，李广难封”之叹，任你孔乙己知道茴香豆的“茴”字有四种写法又能如何，不也是穷困潦倒食不果腹。

重游绍兴，首先拜访鲁迅故居，无奈游人如织，只得改道距鲁迅故居二百余米的沈园。从人声鼎沸的鲁迅故居进入静寂无声的沈园，仿佛误入了时光的深处。沈园如同其他江南园林一样，有亭台楼阁、小桥流水和茂林修竹。其所以有名则源于陆游与唐婉悲歌千古的爱情故事。

南宋时期著名的爱国诗人陆游与表妹唐婉结为伴侣，两人情投意合。几年后陆母以唐婉不能生育为由棒打鸳鸯，一对恩爱之人只得劳燕分飞。十年之后陆游独游沈园竟意外见到唐婉，诗人触景生悲，于粉墙之上奋笔而题《钗头凤》。是啊，一怀愁绪，几年离索，怎一“错”字了得。山盟虽在，锦书难托，怎一“莫”字释怀。唐婉从沈园回家之后郁郁寡欢，不久病卧在床。临终前和了一首《钗头凤》，一句“难，难，难”，是唐婉难忘旧情的呜咽，一声“瞒，瞒，瞒”，是唐婉难诉衷肠的呐喊。唐婉去世之后，陆游每年都要去沈园流连。“记得当年携手处，游遍花丛”，花丛里，亭台旁，陆游在寻觅当年依偎的身影。“伤心桥下春波绿，疑是惊鸿照影来”，桥下春水如镜，只可惜形单影孤，不见当年惊鸿。

沈园的门前有一条小河，小河上有几只乌篷船在荡荡悠悠。往事越千年，我仿佛看到了两千多年前小河边上，越王勾践正在送别西施，一个美貌女子肩负着兴国重任必定是一个悲惨的结局。我依稀看见了少年鲁迅站在乌篷船上依依不舍地离开了故乡，小小的乌篷船怎么能载动鲁迅那浓浓的乡愁呢。

小河缓缓流淌，千百年以来它见证了人世间的悲欢离合，也默默地向人述说着这块土地上曾经发生过的那些动人的往事。

蜀之行

桃之夭夭、灼灼其华的仲春季节，我与同侪朝辞铜都暮达蓉城，开启了为期一周的巴山蜀水之旅。

由于地理原因，蜀地的太阳升得迟一点，但春天却来得早一些，铜都的油菜还是绿油油的时候，蜀地的油菜花已金灿灿地盛开了。一片片油菜田宛若一幅幅金色的织锦镶嵌在巴山蜀水之间。

徜徉在春熙路、太古里的街头，樱花和梅花盛开在道路两旁，空气中弥漫着浓浓的春天味道，鳞次栉比的风味小吃撩拨着饕餮的味蕾。蓉城盛产美女，满街流动着窈窕的身影，让人目不暇接。

在这怀春的季节，嗅着空气中浓浓的暧昧气息，怎能不让人想起这块古老的土地上曾经发生过的那些缠绵的故事呢?

西汉时期，成都近郊临邛，富商卓王孙的府内高朋满座。面如冠玉的司马相如正在抚琴，指法行云流水，琴声如怨如慕。阁楼上卓王孙新寡的女儿卓文君听得是如痴如醉。“有一美人兮，见之不忘，一日不见兮，思之如狂……”一句句思慕之语化作琴弦上一串串跳动的音符，深深地拨动着卓文君的心弦。是夜，卓文君私会司马相如，才子佳人一见倾心，两人连夜不辞而别私奔而去。司马相如和卓文君开创了男女私奔之先河。

美好的故事都期冀着有美好的结局，其实谬也。功成名就的司马相如岂能只赏一花而不及其余，在花丛中流连才是风流才子的本性。“愿得一心人，白首不相离……”，卓文君的一首《白头吟》最终挽回了浪子的浮心。

人们常常称自己的儿子为“犬子”，都认为这是自谦，殊不知却恰恰相反。因为司马相如的小名叫犬子，后人都寄希望自己的儿子有出息而称之为犬子。

知否？司马相如原名司马长卿，因慕战国时期蔺相如，更名司马相如。

有史料记载以来，第一个糖尿病患者就是司马相如，古人称之为“消渴症”。

“子虚先生”“乌有先生”以及好色的“登徒子”都是司马相如的原创。

自古男子外貌出众者少也，外貌与才华俱佳者寡也。不知司马相如为何能得到命运的如此垂青。

唐代晚期，成都才貌绝佳的女诗人薛涛名动当时，白居易、杜牧等文人想一近芳泽而不得。著名诗人元稹出使西南，因倾慕薛涛盛名，央一友人设宴与薛涛相会，顿时天雷勾动地火，四十二岁的薛涛与三十一岁的元稹爱得死去活来（想必姐弟之恋，始肇于此）。三个月后，元稹离开成都回到长安，不久之后元稹妻子因病去世，元稹写下了著名的诗作：“曾经沧海难为水，除却巫山不是云。取次花丛懒回顾，半缘修道半缘君。”分别之后元稹书信渐稀，薛涛以诗寓情“花开不同赏，花落不同悲，欲问相思处，花开花落时”，无奈落花有意流水无情，心灰意冷的薛涛披上道衣，三间草庐，青灯相伴，玉殒于浣花溪旁。

古往今来，才子必风流乎？《西厢记》取材于元稹的《莺莺传》，书生张君瑞骗取了小姐崔莺莺感情以后赴京赶考，高中后又遗弃了她，并另攀高枝。这是元稹第一次当“渣男”的真实故事。在妻子病重期间，元稹出使成都与薛涛爱得轰轰烈烈，离开成都后又续写了一段又一段的风流故事。正如元稹所言“风流才子多春思，肠断萧娘一纸书”。

徜徉在蓉城琴台路上，往事越千年，司马相如抚琴，文君当垆卖酒。依稀能听到琴声悠悠。慢步在望江园里，竹林深处的薛涛墓孤独无依，一如她的生前。

附记：旅蜀期间，某夜亥时将尽，吾卧床看《聊斋志异》，正当书生与狐仙情到浓时，我的床不知何故摇动起来，骇然起身茫然四顾：难道狐仙来也？朋友，你知道为什么床会摇动吗？

鲁港："蟋蟀宰相"的滑铁卢

张家康

贾似道（1213—1275），南宋台州人。历理、度、恭宗三朝，累官左丞相，兼枢密使。度宗时尤为烜赫，同平章军国事，封魏国公。他喜玩蟋蟀、研究蟋蟀，故亦有"蟋蟀宰相"之称。在他权倾一时，朝野侧目之际，他怎么也不会想到，远在皖南的江南小镇——芜湖鲁港，会成为他人生命运奇诡转捩的滑铁卢，他就是在这儿跌入命运的最低谷，以致后来凄惨地完结了自己的生命。

年少混混儿

贾似道是南宋抗金名将贾涉之子，自小聪明过人，无书不读，过目成诵，下笔成文。父亲去世时，他只有十一岁，"以父荫补嘉兴司仓"。托父亲的恩德，他得了个不入流的官阶，说白了，就是只拿钱不干事。他恣意旷荡，呼卢六博，斗鸡走马，饮酒宿娼。不几年，家产挥霍一空，那点"司仓"的收入，也只能解决温饱而已。

贾似道有个姐姐贾玉华，当年选入宫中为沂王（太子赵昀）的宠妃。1224 年 8 月，宁宗赵扩病逝。太子赵昀即位为帝，是为理宗。他一不留神就成了皇亲国戚，这个机会怎能放过。他变卖了家中的细软，筹足了去临安（今杭州）的路费。

父亲去世后，他们姐弟之间疏于联系，现在突兀地去见贾贵妃，自然是不大妥当。到了临安，他只能耐心地等待时机。闲了无事，不是去赌博场玩耍，就是去平康坊厮混。他很快就行囊一空，分文无有，只得在西湖的茶坊酒肆插科打诨，蹭吃蹭喝。

一天，一位混混儿告诉贾似道，贾贵妃已派刘八太尉往台州寻访亲戚。听到"刘八太尉"，他的眼睛亮了，因为刘八太尉与他父亲有旧。第二天，他就直接去刘府求见。刘八太尉经过一番核实，确认他是贾涉之子后，便将他带入宫中。

姐弟相见，抱头而哭。贾贵妃带他去见皇帝，皇帝当即授籍田令，并命刘八太尉在临安城中为之置办住宅，赐宫女为其妻妾，赐金银以为家资。贾似道在西湖置办了一所大宅院，与先前流离沦落相比，恍如换了人间。贾贵妃有意拔擢弟弟，常常召他进宫，寻机让他觐见皇帝。皇帝游玩西湖，贾似道伴随身旁，同饮酒、同赌博、同游戏，如一家人一般。

贾似道由此“恃宠而不检，日纵游诸妓家，至夜即燕游湖上不反”。鲜衣怒马，灯红酒绿。看到中意的妓女，他就把她们带到西湖的游船上，与他的狐朋狗友们狎玩。如果宾客多，他们就分乘几艘游船，并头而进，品竹弹丝，歌舞喧哗。另有小艇不时往来，传送菜肴不绝。

贾似道起自寒微，哪来这么多的宾客朋友？有句俗话说得好，“贫贱亲戚离，富贵他人合”。贾似道做了皇亲国戚，且又喜招摇显摆，哪一个势利的人不去巴结逢迎？只要一人得以认识，便转相荐引，这朋友圈自是越圈越大了。这之中就有他日后倍加重用，最后因统兵败阵促使他由宦场巅峰坠落的夏贵、孙虎臣，此乃后话。

一天夜晚，理宗皇帝见西湖湖面上几艘游船灯火辉煌，甚为华美壮观，便对左右说：“此必贾似道也。”次日，经询问，果不其然。理宗皇帝让大学士史岩之前去劝诫，史岩之后来告诉理宗：“似道虽有少年习气，然其才可大用也。”贾贵妃也劝说弟弟好好读书，走科举取士的道路。贾似道自此捡起读过的书，用心温习。1238 年，贾似道考中进士，这一年，他只有二十五岁。

伴随三朝君

贾似道效力于南宋理、度、恭三朝皇帝，恰是南宋王朝日薄西山的最后岁月。自淳祐元年（1241）被任命为湖广总领后，他宦途一路攀升。总领任上不过二年，他又加任户部侍郎。淳祐五年（1245），他又以宝章阁直学士为沿江制置副使、知江州兼江西路安抚使。淳祐九年（1249），他又加任宝文阁学士、京湖安抚制置大使。次年，他以端明殿学士移镇两淮。宝祐二年（1254），他加任同知枢密院事、临海郡开国公，威权日甚一日，可知理宗对他的倚重。

1259 年，蒙古大军在忽必烈的率领下，所向披靡，大举渡淮，鄂州被围，京城临安震惊。理宗令贾似道率领十万禁军救援鄂州。他临危受命，理宗对他寄予厚望，这并非因为贾贵妃，而是因为贾似道在扬州抗击蒙古军战绩斐然，从而深得朝中将官的信任，南宋后期最杰出的名将孟珙还曾举荐过贾似道。

贾似道受命后自汉阳进入危城鄂州，亲自指挥鄂州保卫战。为防止蒙古军穴城而入，贾似道命宋军沿城建造木栅，形成夹城。仅一夜的时间，环城的木栅全部竣工。忽必烈听说后，认为这是一项克敌制胜的良策，佩服地感慨道：“吾安得如似道者用之。”

一百余天的鄂州保卫战，终以蒙古军的退去而告胜利。这期间，贾似道的作用和贡献自不待言。著名诗人刘克庄尤为称赞贾似道，说他“以衮衣黄钺之贵，俯同士卒甘苦卧起者数月。汔能全累卵之孤城，扫如山之铁骑，不世之功也”。理宗更是褒扬贾似道说：“自卿建此不世之殊勋，民赖之而保其居，朕赖之而保其国。”

1260 年 4 月，贾似道以“不世之功”而入朝为相，从此独揽大权十五年之久。为了挽救南宋日衰的国运，他曾经做过一些大胆的改革尝试，其中最有争议的是公田法——将豪强的土地，以购买的方式收归朝廷。这自然激起许多既得利益者的不满，然而却实实在在的增加了朝廷的收入。

理宗对此深有体会，他说“公田法”使“公私兼裕，一岁军饷，皆仰于此。使因人言而罢之，虽足以快一时之议，如国计何”？何忠礼在《南宋政治史》中说：公田法“最大成果”是满足了军饷需求。“贾似道所以受到后人唾骂，固然由于他的腐朽统治，促使了南宋的灭亡，但也与他推行公田法，得罪了江南地主、士大夫有一定的关系。”

1264 年 10 月，理宗赵昀病逝。赵禥即位为度宗，其昏庸甚于理宗，朝政大权几乎全部委托于贾似道。“每朝必答辩，称之曰‘师臣’，朝臣皆称之为‘周公’。”如果说他“弄权要挟”，是有失公允的，事实是度宗皇帝耽于淫乐，荒废朝政。贾似道早已看出赵禥是烂泥巴扶不上墙，多次请辞相位。赵禥却离不了他，传旨：“除太师、平章军国重事，一月三赴经筵，三日一朝，赴中书堂治事。赐第葛岭，使迎养其中。”

鲁港滑铁卢

鲁港现属芜湖市弋江区，位处长江与漳河交汇处。相传古代名士鲁明仲隐居于此，故得名鲁明江，又名鲁港河，鲁港因河而得名。陆游在《入蜀记》中说它“扼关市之吭”“楚蜀之材，蔽江而下，必泊于此”。鲁港是军事、经济的水上重要通道。七百多年前的鲁港兵败，彻底改变了贾似道的命运。鲁港是他由巅峰跌入低谷，由烜赫变成卑微的滑铁卢。

1274 年 12 月，元军从汉水渡江，夺取鄂州，直逼京都，南宋朝廷岌岌可危。京都太学生纷纷上书，要求贾似道亲自领兵抗敌。次年，六十三岁的贾似道受命于危难之际。临行前，向年仅四岁的恭帝呈《出师表》，表明忠君爱国，决一死战的决心："孤忠自誓，终始以之。臣有三子三孙，留之京师，日依帝所，以示臣无复以家为意。"上表后，他亲率精兵十三万人，战船相衔百余里，旌旗蔽天，水陆并进，抵御自江州（今九江）东犯之元兵。

贾似道手下两员得力大将孙虎臣和夏贵，一为步军招讨使，一为水军招讨使。"时一军七万余人，尽孙虎臣，军丁家洲。似道与夏贵以少军军鲁港。"他们都曾是贾似道的门客，平时过从亲密，如同师徒，贾似道对他们言听计从。他让孙虎臣屯兵于丁家洲，就是要让他冲锋陷阵，充当抗击元军、收复失地的急先锋。

可孙虎臣却是个窝囊废，与元军仅交手几个回合，便大败而逃。元军见步军已溃，便使兵卒绕着水军的舟船呼喊："步军已溃，水军不降，更待何时？"一时风声鹤唳，军心动摇。无一将士肯为效命，不少人弃舟投水逃命。

贾似道急招夏贵议事，此时的夏贵已被元军的气势吓破了胆，根本不敢迎战元军。他对贾似道说："诸军已溃，战难，守也难。为师相考虑，只有退兵扬州，重招溃兵，迎元军战于海上。"随后，他便独自逃得无影无踪了。

孙虎臣乘船逃往扬州，向贾似道哭诉说："吾非不欲死战，然手下无一人用命者，奈何？"这时，又有哨船来报："元军四围杀将来！"溃兵如潮，大势已去，茫然失策的贾似道长叹一声，只得命令鸣锣退兵。贾似道惶惶如惊弓之鸟，直向扬州奔命。

次日，溃兵蔽江而下。贾似道让孙虎臣上岸召集溃兵，竟无一人响应。贾似道见状，只得催船急行，走入扬州城中。他自知鲁港兵败是走了麦城，故而托病不出，以避言论的谴责。可躲是躲不了的，朝中大臣纷纷给皇帝上疏，要求治贾似道丧师误国的罪。

贾似道闻听众口一词，欲加罪与他，心中不平，可又不敢上朝辩说，以怕触犯众怒，只得在生日这天自撰青词（也就是给上天的奏章祝文）。他辩白说："老臣无罪，何众议之不容……窃念臣似道际遇三朝，始终一节，为国任怨，遭事多艰。属丑虏之不恭，驱孱兵而往御。士不用命，功竟不成。众口皆诋其非，百喙难明其谤。"这也算是纾解了心中的怨气。

昔日颐指气使，不可一世的贾似道，一夜之间成了国人皆曰可杀的千夫所指。当年与贾贵妃争夺皇后之位的太皇太后谢氏倒是站出来说了句公道话："似道勤劳三朝，安忍一朝之罪，失待大臣之礼。"谢太后本打算罢了他的相位了事，可朝中群情汹汹，一片讨伐之声。无奈之下，虽不忍加斧钺之诛，不得不谪为高州团练副使，尽数籍没其田产园宅，到循州安置。

非命谪任途

宋代朝廷律法规定：凡大臣受贬远适他州，定要有监押官押送。这漫漫路途，谁来担任监押官？朝中无一人承应。朝廷正在为难时，会稽尉郑虎臣慨然请命，担任监押官。其父郑埙在任越州同知时，就是在贾似道手中流放而死。郑虎臣也受株连，被充军边疆，后遇赦放归。

临行时，贾似道备下酒席，专门笼络郑虎臣。郑虎臣巍然上座，贾似道匍匐于地，含着两行老泪乞求："愿天使大发慈悲之心，保全蝼蚁之命，生生世世，不敢忘报。"他虽不知郑虎臣是郑埙之后，可流放之路的凶险，自然十分清楚。他可怜兮兮，以求郑虎臣的恻隐之心。可越是这样，郑虎臣越是端着架子，不哼不哈，越发让他胆战心惊。

第二天，贾似道在郑虎臣的监押下，带着十余车的金银财宝、婢妾童仆近百人上路了。他们拖家带口，坛坛罐罐，行走的速度越来越慢，行期也越拖越久。郑虎臣不断地催逼速度。在行程中凡遇到寺庙，他便逼贾似道布施，贾似道不敢不依。半个月的时间，十余车也就只剩三车，婢妾童仆也一一被遣散。贾似道所坐的车子，插了一根竹竿，扯帛为旗，上书"奉旨监押安置循州误国奸臣贾似道"。贾似道受此凌辱，终日掩面而行。

行至泉州洛阳桥时，竟与二十年前被他黥面而流放漳州的叶李相遇。贾似道事败后，凡是被他贬窜的官员，都一一平冤得赦。叶李正是因此还乡而与之相遇，叶李从郑虎臣处讨来纸与笔，当即作了一首词付与贾似道，词中有云："君来路，吾归路，来来去去何曾住？公田关子竟何如，国事当时谁与误？……"看罢，贾似道无地自容。

一路行来，郑虎臣没有一点好脸色，动辄呵斥，意在让贾似道受辱不过而自我了断。此时，贾似道口无甘味，身无鲜衣，贱如奴隶，穷如乞儿。漳州太守，也曾是贾似道门客的赵分如知郑虎臣与贾似道的旧怨，有意问询郑虎臣："如此，何不示意他自我了断呢？"郑虎臣笑道："他宁受苦恼，好死不如赖活着呀！"

时当八月，他们来到漳州城南木棉庵时，郑虎臣对贾似道极尽讽刺挖苦，并暗示他自杀。《宋史·贾似道传》说："虎臣屡讽子自杀，不听，曰：'太皇许我不死，有诏即死。'虎臣曰：'吾为天下杀似道，虽死何憾？'拉杀之。"贾似道死后留下了一本《促织经》，这是世界上第一部研究蟋蟀的专著。他喜玩蟋蟀、研究蟋蟀，故亦有"蟋蟀宰相"之称。

公元1279年，南宋灭亡，爱国将领文天祥被元兵解往燕京，途经鲁港，亲临贾似道兵败之地，触景生情，怅惘久之，口占《鲁港》一诗：

方夸金坞筑，岂料玉床摇。
国体真三代，江流旧六朝。
鞭投能几日，丽解不崇朝。
千古燕山恨，西风卷怒朝。

与妻书

蒋　华

我曾写过一篇《从养生励志到诗意远方》的小文，引起一些文友的关注。那就趁热打铁写下这篇《从美肤瘦身到家庭幸福》的小文。虽然前文重在个人养生，此文重在家庭和睦，但诗意和幸福是人类永恒的追求。那就先从妻子的美肤说起吧。

仙　肌

去年炎夏，在外工作的妻子就在视频中露出憔悴的脸，说想调回办公室，不想在户外奔波了，怕风吹日晒后皮肤老化成黄脸婆。也是，对户外女工来说，有几个会敷着面膜、涂抹防晒霜地劳作，《陌上桑》中的秦罗敷该很美吧，美得让使君垂涎欲滴。我想她的肤色也不会洁白到哪儿去，整天风吹日晒中采桑的她，可不是整天泡华清池的杨贵妃——一边吃着“瓤肉莹白如冰雪”的荔枝，一边在氤氲的水汽中，让矿物质等离子的温泉水按摩她的玉体。能让唐明皇从此不爱江山爱美人，三千宠爱在一身。如此也就难怪“采桑城南隅”的秦罗敷有如此择偶标准：要有“四十专城居”的地位，才能让她享有贵妃待遇的经济条件。但我不解她为啥要求未来老公要“为人洁白皙”？后来我似乎从《水浒传》中找到答案，京城花魁李师师手摸着好汉燕青的雪肌花绣，竟春心荡漾、心驰神往。如此看来，光有金钱，没有一身赏心悦目的亮洁肌肤，似也不是她们心中的王子。问题是没有“专城居”的我，只能划拉妻子薪水的算盘，没有户外补助，室内办公的薪水自然缩水。这对“蓬门未识绮罗香”苦吃苦做的妻子来说，决心下得真不容易。难怪一些富婆，甘愿一掷千金地接受整容医生的舞刀弄剪。在通往女神的路上，多少女人劳身伤财，也要勇往直前。女人有时只顾美丽，哪顾金钱。蛮拼的！

春节回家，妻子小坤包还未扔，就直扑梳妆台，像十年后归乡的花木兰一样，当窗理云鬓，对镜贴——面膜。望着镜中的容颜，仙肤胜雪、吹弹即破。我不禁有了贾宝玉想摸薛宝钗雪臂的渴念。男人有时的弱点就是对“莹骨冰肌”有种意乱情迷或欲罢不能。难怪走火入魔的唐明皇差点亡了江山。但我也由衷点赞，说她皮肤美得像杨贵妃！惹得妻子小鸟依人道：等攒足了钱，我再到国外整个容，你老婆就从女汉子蜕变成女神！可现实是，妻子不仅皮肤像杨贵妃，就连体型也近似杨贵妃了。逼得妻子不得不——

瘦 身

妻子为了恢复原有身材，把喜欢唐诗的老公当成喜欢“杨柳小蛮腰”的白居易了。她毅然与杨贵妃的丰体决裂，铁心做小蛮，要将杨柳细腰婀娜在我的眼前。一是强化锻炼，不是疯扭呼啦圈，就是狂跳广场舞……动作虽然笨拙，但汗雨已淋湿我心。二是节食，不讲原不离口的零食下岗朱唇，就连我烹饪的佳肴也大幅裁员。我倒是可以一边独享这富余的美食，一边幸灾乐祸道：难怪“楚王爱细腰，宫中多饿死”。但若碰到饿死人的年代，你这猫量，准定能活。

几周下来，量体秤告诉她，体重无比顽强。在厨房忙活的我，赶忙安慰汗流浃背的她：既然是杨贵妃，干吗非做柴骨的难民。我还以身说法：就像我长了一身非洲黑人的皮肤，难道敷几张面膜，就成韩国的小鲜肉抑或梁山的燕青。这就是命，何况你还是一个好命。继而发誓道：我可不是爱细腰的楚王，我就是爱丰体的唐明皇……妻子莞尔一笑，继续身受苦役。

今天，老婆激动地告诉我：老公，我减了，刚才称了，减了一公斤。看着她乐开花的脸，就像当年第一时间告诉我怀孕的喜讯，让我共享这甜蜜的结晶。想想这段日子，她在我的退堂鼓中，以洪荒之力，坚持魔鬼训练。我不禁惭愧地柔声道，贵妃小蛮你最美，我终生为你做——

煮 男

大环境下，随着男女同工同酬制度的不断完善，自古男人就是家庭经济顶梁柱的地位，受到根本性动摇。若男人是挣钱能手，或有“四十专城居”的地位，尚能静享饭来张口的优质服务。若一事无成，那就自觉地到厨房上班。不能向家庭提供资金保障，你还想成为孟子说的“远庖厨”的君子，指望老婆一天三顿烧菜煮饭、举着案给你吃？当然也有小环境因素。美貌如仙的娇妻，天天不惜金钱、时间，做面膜、美容、文眉，将皮肤打理得一尘不染，像白玉一般；你能忍心让她天天泡在狭小的厨房里，忍受油烟的熏陶……为了让娇妻永葆赏心悦目的容颜，你就得做出牺牲，经营厨房里的活计——可餐的秀色也是要付出代价的。唉，男人嘛，出得厅堂、进得厨房，哪能像妇人样娇贵。

当初我进厨房，却是在妻子甜言蜜语的动员下，才上岗的。当时谈好是见习期，三日入厨下，洗手做羹汤。谁知一天没下来，妻子就赞不绝口，认为我出色无比地胜任。就这样“误入白虎堂”，自此再无下岗的机会……柴米油盐酱醋茶，除茶坐在客厅，剩下六件都下放到厨房，成为我手下的小兵。我用锅铲协调它们之间的感情，用煎、炒、烹、炸的方式训练锅碗瓢盆……择菜、洗菜、煮饭、煲汤……我就像编好程序的电脑，依照步骤一丝不苟地运转着。

天天置身厨房的烟熏火燎，妻子看了也心疼。有时她就主动下基层慰问，将剥好的蜜橘一瓣瓣地塞到我嘴里。能得到首长如此犒劳，我干得更欢，像菜里放了味精，吃起来更鲜。

当然厨房里也有人生经验。古人说：治大国，如烹小鲜。即告诉人们对待经国大事，要像烧小鱼样，举重若轻；把握事情讲究个轻重缓急，像做菜要讲究文火、武火之别。总之，男人进厨房，是生活的一道风景，目的是给家庭烧出色香味俱全的人生。这让我想起与妻无言的——

初　见

曾被索隐为《红楼梦》中贾宝玉的清人纳兰容若，他的名句：人生若只如初见。在他眼里，初见像春天一般美好。而我与妻初见却是寒冬似的场面。读过《红楼梦》的妻子，后来经常打击我：相亲时，脸涨得像块大红布，嘴里像含着块木头一样低着头，说话不晓得好难。并拿贾宝玉作比：你看人家宝哥哥，头一次见到林黛玉，就借着个“黛”字，忽悠得山都动弹。说什么《古今人物通考》上说，西方有石名黛，一下子从中国侃到外国，换成你行吗？尴尬的我只好诡辩道：人家贾宝玉是“口”里含着“玉”出世，当然可以吹到外“国”；我是“口”里塞着“木”头，说话当然“困”难了。听出我话中有“文字游戏”的妻，扑哧一声笑了起来……如今，蹚过商海的我，以内敛的谈吐，更以苦干的作风，博得一笔又一笔双赢的生意。我曾悄声问妻：你还嫌我寡言少语吗？妻微笑着嗔道：你是孔圣人所说的，敏于行而讷于言！

等闲识得东风面，今天面对妻子背起返岗的行囊，我竟有了依依不舍的感觉。多想在自家的后院，一边做着可口的饭肴，一边看你画眉、瘦身的倩影。对我这个恋家的男人来说，这该是最惬意的风景。而现在，望着谋生远行的背影，我想起《西游记》中，唐太宗对远去西天取经的唐三藏赠言：宁恋本乡一捻土，莫爱他乡万两金。家乡的水土当然是刻骨之恋、没齿难忘；但莫爱他乡万两金，那妻子常年在外，苦为何来？

妻子，我想你！——想闻散唤声，虚应空中诺。

小镇幽梦

李德广

车到小镇已是傍晚时分，一阵风过，天空洋洋洒洒飘起了雨丝。街面上的店铺大都打烊了，唯有一两家饭铺亮着灯。街上少人走动，雨水浸润着的青石板街，街面上仿佛抹了一层香油，让人一踋一滑。暮色雨雾中的小镇越发显得古朴凝重。

推开家门，母亲一愣，嘴里嘟囔道："天都擦黑了，鸡都晓得早早地上笼，你竟不晓得早一些回家来。"说着，她撩起系在腰间的围裙揩了揩手，去灶间为我热饭菜去了。

母亲是在埋怨我平日里回家的次数少了。县城距离小镇也就十五公里左右的路程，说我整日里也不知忙些什么，一年中除了"三节"很少回趟小镇。

吃罢晚饭，看望了几个儿时的伙伴。他们都很忙，为生计操持着，在他们一张张略显憔悴的脸上再也读不到童年欢乐的诗章。

雨，仍在下。

我撑起母亲那把补丁缀着补丁的油布伞，独自徘徊在雨雾迷蒙的街巷里，幻想逢着一个"丁香一样地结着愁怨的姑娘"……全然不是，我乃俗人，弱水之隔，断然抵达不了戴翁笔下那梦一般的幻境。

大门虚掩着，母亲为我留了门。转身关上木门，插上门闩，木楼上传来母亲的声音："鸡都叫头遍了，早点歇着吧，熬夜伤身子。"我不回家，母亲是不会入眠的。

踩着"吱吱"作响的木楼梯，我上了阁楼。

阁楼里有一个很别致的木窗，推开两扇镂着花格的窗棂，可以看到层层叠叠盖着灰瓦的屋脊和一排排翘起的马头墙，偶尔也能看见几只长着艳丽羽毛却叫不出名字的鸟雀在屋脊上、瓦沟里轻盈地跳来跳去，似乎是要引领层层叠叠隆起的屋脊和那一排排高高翘起的马头墙向着空中升腾。

阁楼顶上的瓦沟里嵌了两块硕大的“明瓦”——一种用玻璃烧制的透明瓦，阁楼里因之而变得灵动起来。白天自不消说，阳光穿过“明瓦”，照得阁楼里亮堂堂的；夜晚，如水的月光透过“明瓦”布下束束清辉，阁楼里明如白昼。

今夜无月却有雨，这便又有了雨的妙处：雨点击打着瓦垄泠泠作响，瓦沟里雨水汩汩地流淌，这样的时刻是容易勾引人的思绪的。我熄了灯，点燃一支烟靠在藤椅里，烟头在暗中明灭……

小镇沿河而建，因水系发达，航运给小镇带来了繁荣。每当杏白桃红时节，河床里春水如潮，河面上白帆点点，成群的水鸟追逐桅杆而渐去渐远。

外河码头上，泊着一排排货船，脚力挑夫抬着小山似的货包行走在颤颤巍巍的长跳板上如履平地，嘴里哼着“嗨唷嗨唷”的号子声。码头的场地上货物堆积如山，偶有一只黄狗，嘴里叼着一块破布没由来地绕着堆场狂奔，招来一群野狗发疯似的追撵。“妈妈的，这畜生莫非发情了……”货船上的驼背老水手嘴里嘀咕着。

我家老屋为“竹筒楼”，前门临街后门枕河，推开前门，一街两行的店铺既卖烟酒日杂也卖竹木器具和各式农具，加之中药店、裁缝店、剃头店、铜匠店、铁匠店、豆腐坊、榨油坊、澡堂子、棺材铺、早点铺，把一条小街经营得熙熙攘攘，一派繁华的景象。

小镇地处两河交汇处。

在里河的河口，打鱼人布下一张硕大的拦河罾，罾之大竟需两个壮汉用绞缆方能将罾网扳起。罾网是用麻丝搓成细麻绳穿梭织成的，织好的罾网并不是马上就能起用，必定要用猪血蒸煮。蒸煮过的网呈褐红色，散发出一股怪怪的味道，其妙处在网轻、起水快、不易烂。罾网的网眼很大，专为捕大鱼用的，斤把两斤重的小鱼，打鱼人是看不上眼的。扳罾既是体力活又是一门技术活，下网、起网讲究一个快字。每逢网到三五十斤重的大青鱼，罾网是不能一次起出水面的，要在网底留下浅浅的一湾水，打鱼人划着小船与鱼周旋，网里的大青鱼岂肯就范，在水里左冲右突，鱼尾掀起的水花高约丈余……待其精疲力竭，打鱼人这才将鱼儿捉进船舱，引得岸上围观的人一片喝彩。扳罾的人就怕网到鳡鱼，俗称“鳡丝子”。此鱼头长且尖，牙齿锋利，异常凶猛，游在水里就像一柄出鞘的利剑。偶尔网到“鳡丝子”，也只好自认倒霉，眼睁睁地看着破网而逃，留下一个大大的窟洞，打鱼人只得将罾网扳起水面，划着小船钻到网底穿梭补网。

外河流经到小镇猛一甩头向西北折去，在小镇这里形成一个偌大的河湾，长年累月的泥沙淤积，堆积成一片土丘似的河滩，河滩上生长着茂盛的野水柳，每到黄昏，

柳梢头青烟袅袅，那是打鱼船上的炊烟，入夜，渔火明灭于柳林间

听老辈人讲，早年间河滩上有一座古庙，每到汛期，河水陡涨，水涨庙升，洪水不进庙门，灵验得很。镇上的俞老风水先生说古庙的庙基枕在了龙脉上。

有一年的隆冬，乡民们在河滩上挑土夯筑河堤，傍晚收工时，有一后生急着要去邻村的表哥家吃喜酒，匆忙中，竟忘了拿插在河滩上的铧锹。

第二天一早出工，河滩上，乡民们聚拢在一起，个个神色慌张，人堆儿里，只见昨晚那个后生插在滩上的铧锹周遭汪了一摊血水……自此，每逢发水时，洪水便漫过庙门，淹了正殿。此时，镇上的俞老风水先生早已作古，他的后人——俞小风水先生说是那把插在河滩上的铧锹斩断了龙脉。

庙里香火旺盛，远近香客络绎不绝。庙里住着一个老和尚带着一个小和尚，老和尚每日早晚打坐念佛，也替人家做道场超度亡灵。小和尚年幼贪玩，无心诵经念佛，抽空便去街上和镇上的孩子们戏耍，要么就到浅滩上的水凼里摸鱼捉虾。碍于荐头的面子，又念其年纪尚幼，老和尚不便发作，也只得睁一只眼闭一只眼了。后来，老和尚死了，小和尚耐不住青灯古佛寂寥，关上庙门，走了。再后来，庙也就圮废了……有一年的早春，我和小伙伴们去滩上挖野莒蒿，确实看到许多残砖瓦砾。

翻过河堤便进了街巷，街心的青石板历经岁月侵蚀及行人踩踏润泽如玉。在中街，有一条叫小渡口的巷道，巷道的尽头通着河埠头，埠头旁有一棵水桶粗的老榆树，枝繁叶茂，老榆树下拴着一条方头渡船，摆渡人撑着木船往返于两岸之间，迎来送往。平日里，埠头上人头攒动挤挤挨挨，妇人们在清澈的河水里淘米洗菜浆洗衣裳，张家长李家短，打情骂俏，嬉笑声在盈盈的水面上弥散。

炎炎夏日，繁茂的老榆树荫下一片阴凉，便有人在树荫下支起了小茶摊，过渡人花一分钱买一杯山楂凉茶消暑解乏，附近的村妇从自家的菜园里摘下时鲜瓜果在树荫下叫卖，镇上的闲汉们摇着蒲扇打着赤膊来此喝茶消夏，毒日下，半大的小子们光着屁股在河里击水戏耍。

小渡口进街的巷道口，凌空架着一座小木楼，镇上的人称它“更楼”。更楼靠东墙的楼板上开了一个三尺见方的口子，有一简易楼梯可供上下，楼上住着打更人鲁花子。鲁花子是个孤老，大约姓鲁，或者姓卢，至于何以叫“花子”，不甚了然，因为镇上的人习惯将乞丐称之为“叫花子”，而鲁花子自有一份谋生的职业。

鲁花子夜晚打更，白天在更楼下支起一个剃头摊子，因占着交通便利，来往的人络绎不绝，不过，前来剃头的客人很少，大都在此逗留少憩，闲谈聊天。剃头生意如此清淡缘于鲁花子剃头从来不磨剃头刀，临到用时，这才将刀在荡刀布上来回荡那么

两下，刀刃不锋，客人苦不堪言，头上脸上被刀子拉出道道血痕也就见多不怪。隔壁豆腐店的俞七，给鲁花子编了四句话：

鲁花子剃头
赛如宰牛
三刀两剐
头破血流

鲁花子剃头手艺稀松，夜晚打更却尽心尽责，忠于职守。每当夜幕降临，鲁花子敲着铜锣走街串巷，嘴里念念有词："各家各户要小心，灶门前面扫扫清，当心火烛。"有时竟还登门入室，揭开人家的水缸盖，如见一缸清水便面露喜色，若是水存缸底，立马拉下老脸，唠唠叨叨叨咕没完，俨然小镇平安的守护神——"咣咣、咣咣"，锣声在街巷里回荡，庇佑着小镇的安宁。

远处传来报晓的鸡啼声，"明瓦"上现出灰白色，我竟不知是醒着还是在梦中……

乡村旧事

陈道泽

一地鸡毛

秧田已经过反复的耕翻耙耖，和稀泥似的被揉捏成“泥浆”，做秧田之前就犁翻，经长期的日晒夜露和三九严寒的“冰冻”，那土酥松得像欢团，一灌上“春水”，像雪糕放进嘴里就化了，秧田成了“浆糊糊”。

接下来是捞沟成畦，秧畦之间就有了“分界线”，庄稼人可站在线条里进行田间管理操作，站在畦沟里可播撒稻子。稻芽躺在平整的畦背上，吮吸着泥土里的营养，就像孩子吮吸着妈妈的奶水，沐浴着阳光的温暖。山芋的畦窄，秧田的畦却很宽，畦的边角线“垒”成微型的泥“埂”，埂高一两厘米，埂宽半厘米。干吗要捞成小小的坝埂？防止泼在畦背上的“水肥”径流到外畦而成了“肥水流入外人田”，秧苗没受益，造成追肥的浪费。

老爸先卷起裤脚到膝盖上，接着手里抓起一把大扫把，急急忙忙地走入畦沟，然后握着扫把，把扫把上密密麻麻的竹丝须用力在畦背上“戳”，将坚硬的土块压入深处，从而挤出糊状泥浆，同时，秧畦也越来越平整，越来越像模像样了。这时，老爸又将装来的鼓鼓的一包包的袋子封口拆开，里面是色彩斑斓的鸡毛。老爸将袋子夹在左胳膊腋下，右手抓着一把把的鸡毛像仙女散花那样撒向畦背，不一会儿，鸡毛被湿漉漉的泥糊“咬着”，秧畦成了“鸡毛毯”，五颜六色，秧田的一地鸡毛，呈现出一幅幅立体的画，诗情画意，分外壮观。鸡毛撒完啦，老爸抓起扫把，用力去“戳”鸡毛，刚才还艳丽美妙，顷刻间，鸡毛灰飞烟灭，无影无踪，秧田的畦背又恢复了原先的“水汪汪”的原生态……

我十二个不理解，秧畦做好了，直接将发芽的稻子撒在秧畦上，不就万事大吉了吗？为什么还节外生枝地撒了一地鸡毛？耽误时间不说，鸡毛还可做“鸡毛掸子”，甚至还可做被褥里的“保暖物”，撒在泥土里，岂不浪费？再说做秧田之前就反复地犁耙，入冬前就“起坂”，一个寒冬的日晒、夜露、风吹、雨雪、冰冻，秧田土变得蓬松，透气，增温，秧田的土已非常细腻，又施了厚厚的塘泥，那肥富含“腐殖质”，还泼了沤得透熟的人粪尿，可以说秧田已肥得“冒了油”啊！老爸说鸡毛是秧田的特殊肥料，鸡毛在烂泥里很容易腐烂成为秧苗的营养素，还能松软秧土，秧苗的根系扎在鸡毛里，非常容易拔秧，省工省时，是秧田不可或缺的肥料之一。

鸡毛被戳到泥里，畦背被打理得平平整整，表面还水汪汪的，接下来又是老爸的事——撒稻籽。见老爸左胳膊腋下夹着竹篾粪箕，里面盛着已吐出嫩嫩白芽的稻籽。老爸右手抓起一把，朝着畦背上抛撒，那稻籽像仙女散花似的飞溅，欢天喜地地落在泥浆里。仔细一看，那稻籽像用手一粒粒排列上去的，特别的整齐、均匀，畦沟里没掉落一颗，撒得这样匀称，非一日之功，是久经“沙场”的结果。生产队里几百号人，像老爸这样手艺的凤毛麟角，权叔能撒，常遇撒不开，畦背上一堆堆的，队长说太挤啦，弱小的得不到营养，成不了壮秧；秀叔也能撒，但手头的力度掌控不好，有的稻籽被撒落在畦沟里成了“弃儿”。

石磙声声

在田地里干活，我一旦看见村子里人家的老屋上头冒起了袅袅炊烟，就情不自禁往肚里咽口水，肚子“咕噜噜”地响，那是拉响了饥饿的警报！

老妈说我“半桩子饭餐子”，能吃，还饿得比别人快，没到中午就想吃，像“鹅漏子”（老鹅这种家禽，长得快，吃了一饱，过了一会儿，又开始啄嫩草了，俗称之），那时总感到肚子里空荡荡的，在田里才干了一会儿的活，如只栽了一趟的秧，赶上田埂头就感觉饥肠辘辘，幻想着老妈送来充饥的点心：竹篮里的碗盖着湿漉漉的手巾，碗里装着还冒热气的烙饼，那陶土茶壶里是山楂泡的开水。老榆树下，一边吃着烙饼，一边喝着山楂水，甜滋滋的，那才叫快活！

这边见田里的早稻出壳啦，可还是碧绿的，还没“灌浆”，那边就盼望着快点听到稻床上传来“嘎啦——嘎啦”声，那是石磙的声音。那声音，就意味着即将割早稻了，就有籼米粥了，就可尝到老妈做的“水粑粑”了。石磨磨的米粉，和开水调和，做成圆圆的，直接和米粥一起煮，锅里“咕嘟嘟”地响彻。不久，就可吃早饭了。尽管粑粑是给干重活的老爸吃的，老妈还总是分给我一两个。我总是吃不过瘾，恨不得满碗都是粑粑，那才叫吃饱啦……

终于传来悠扬的石磙声："嘎啦——嘎啦——"，响彻云霄……

做稻床了，我十分惊喜，立刻想到马上有新米粥吃了，欣喜若狂！

我赶到稻床，那里早已人声鼎沸，那拉石磙的老牛在老爸面前百依百顺。老爸只是牵着牛绳，并未吆喝。老牛拉着石磙，跑得比兔子还快。石磙是大青石雕凿的，两头各凿了一个深深的"酒窝"，那船形的四方木架中间两只凸出的"公隼"牢牢地夹住凹陷的窝，那悠扬的嘎啦声就是这"公隼"与"母隼"相互摩擦而发出的响声。

干碾完毕，开始泼水。

傍晚时分，几十名社员纷纷举着几十瓢的池塘清水洒向稻床上空。水滴凌空而降，仿佛倾盆大雨，"久旱逢甘霖"，干焦的泥土接受水的滋润，泥土如有了生命似的，格外地亮泽，空气里散发着泥土的芳香。

第二天便开始"湿碾"，老牛干湿碾的活不怎么利索，为什么？原来那土有一定的"黏稠"性，石磙没那么滑溜，老牛拉着滚不动的石磙，英雄无用武之地，牛气冲天的力气用不上。它在偌大的晒谷场却"飞奔"不起来，有点老牛拉破车的味道，慢腾腾的，有气无力的样子……随着时间的推移，火球似的阳光洒在场地上，泥土里的水汽一溜烟似的蒸发了。这时的稻床越来越干爽，越来越光洁，崭新的晒谷场就展现在我们面前，大大方方，像模像样，充满自信，可以接受暴风雨的洗礼，烈日的炙烤，雨水的冲刷，甚至严寒的考验，堪比用水泥做成的。

夜里，我进入梦乡，一轮红日从东方冉冉升起，社员们弯腰直背地在金灿灿的早稻田里割稻，田野响彻着"轰隆隆"的掼稻声。当火热的阳光正当顶的时候，壮劳力们挑着一担担水淋淋的金黄稻谷摊晒在光溜溜的稻床上，床地上金光闪闪……

老妈熬着猪油似的新米粥，家里人开始享受着新米的美味。

"噼里啪啦"

春雨贵如油。开春过后，那小雨淅沥，滴在麦苗上，那苗一个劲儿地往上冲，菜苗也渐渐地"孕"薹了。阳光是生命的原动力，阳光普照，不久，抽薹的菜已经露出微黄的花苞，再遇上温暖的阳光，菜花就露出了灿烂的笑容，碧绿与金黄相互辉映，大地如画，金碧辉煌……

在阳光雨露下，黄花凋零，油菜田变色了，由碧绿而金黄，再由黄而灰，结荚果啦，菜叶也纷纷枯黄。

田野色彩斑斓，原先的一片金黄不见了，菜籽茎秆上长着沉甸甸的灰色角果。雨露滋润角果黄，砍下的油菜摊晒在山坡上，将泛黄的菜籽秆摞起，放入晒箕，用绳子一系，再抬到稻床上摊开，连枷派上了用场。

立夏三天连枷响。夏日之时，一堆堆菜籽杆码得像小山似的。这里是生产队妇女们的大舞台，她们叽叽喳喳，像老水桦树上的喜鹊，张家长李家短地唠叨一番。晒谷场上两边分别站着手执连枷的社员，如唱对台戏，面对面相距两米左右，各自挥动着连枷，场地上立刻“噼里啪啦”声起，一边起，另一边落，连枷在空中画着圆圈，两边的枷子都砸在同一堆菜籽秸秆的角果上。角果本就被晒得要炸裂了，经连枷的猛砸，原先躲在果壳里的菜籽就蹦出来了。

连枷飞舞，“噼里——啪啦——噼里——啪啦——”，就像一首优美的乐曲：强——弱，强——弱，和谐又悦耳……

抬菜籽的劳动力往返于晒山和稻床之间，那一晒箕的菜籽杆足足有两三百斤，有时摊晒的山坡离晒谷场还有一段距离，像晒在对面保山上，抬着一晒箕的菜籽杆，要经过大岗冲，走窄窄的田埂路，弯弯扭扭的，尤其在过田缺（田埂的豁口——灌溉流水的缺口）的时候，瞬间跨步，容易失去平衡，那是容易出危险的。当然，抬菜籽的都派的壮劳力，即使一晒箕的重量在一刹那间全部落在自己肩膀上也岿然不动，像座山，压不垮的！

打菜籽像在演戏，抬菜籽的在玩命，无论用双手，还是用双肩，都得经受住折磨和考验。不流汗水，哪有收获？所有果实都是劳动汗水的结晶。

山芋地窖

有一天，我从外面回家，还没进门就听见堂屋后面“空空”响。三步并作两步，赶到薄壁后，见老爸左手掐着一把铮亮铮亮的挖锄，右手捏着竹刀，用刀背敲击锄背，这在干吗？

老爸说把长锄把换成短锄把的。

锄头把只一两尺长，那怎么锄地？

老爸说用短锄把的好挖地窖。

老爸说家里人口多，粮食不够吃，只能山芋当饭（煮山芋粥、蒸山芋、烤山芋、煮山芋干子饭等）。分来的一大堆山芋，经过一个寒冬，一个不剩地腐烂了，倒进猪槽里连猪都不吃，要是在过冬前放进地窖，再多的山芋都安然无恙。

我问：山芋为什么会烂？地窖跟地面不是一样的吗？

老爸说：待地窖挖好了，你在里面待一会儿就知道啦。

短把锄做好啦，开始挖地窖啦。

刚开始，把短把锄挖出的土装到筐子里，哥哥将筐子递给我，我端着筐子，直接到外面倒掉。可越挖越深，从窖底端到窖口都困难了，哥哥让我把薄壁后木马架子拿来。

原来，那是由三根短木头构成的三脚架，中间添了一轴轱辘，绳子系住筐子两耳朵，摇动轴轱辘的摇把，土筐就被拉上来了。木马轴轱辘构造并不复杂，可抵大用处。

反复端着满筐土往返于窖口和大门外，累得我精疲力竭。这时窖底的哥哥却是单衣单裤，外面秋风瑟瑟，在窖里挖土，像过夏天似的。

一连干了三四天，哥哥还在东西南北四个不同方向挖了“猫耳洞”（即侧洞，增加容积，可存放更多的山芋）。窖终于挖好了，哥哥让我从草垛上拽几棵稻草来再绕成草框，我一惊——要在窖内烧火？

哥哥说刚挖的窖仍然有些潮气，特别是一旁的侧洞，顶上是拱形（穹窿形）要是不用火烘干，容易塌方，还有不熏去湿气，也不能马上放山芋，生产队的山芋即将分到户了，窖里烧过火后，就可往里面放了。

那草框放到里面，怎么点火？人不能在窖里呀！

哥哥说，窖里只放几个草框，主窖放两个，猫耳洞各放一个，还不能同时燃着。点着火是件很容易的事，先找来长长苘麻秸秆，再将燃着的秆伸进窖底的草框上就行啦。

很快，窖底燃起了草火，一只只草框像燃烧的火炬，将地窖映照得通红。

待火全灭了之后，我拽着木马轴轱辘下的绳子，下到还散发着烟火气的地窖。哥哥喊话问窖里暖和吗？

暖洋洋的，像太阳晒的，还是草框烘的？

哥哥说地窖里一年四季恒温，常年都维持在 8℃—9℃。山芋是喜热怕寒的家伙，在 0℃以下温度时才容易腐烂。严寒的冬天，地窖是山芋的安乐窝，又像医院的恒温箱，里面暖乎乎的，不怕寒流的侵袭。

那时的生产队山地里栽的全部是山芋。这种作物产量高，生产队分山芋不像分口粮要精打细算。分山芋，每次按四六分成，人口多，自然分得多。这山芋抵饱，可当作特殊的“救济粮”，一旦口粮不够吃，山芋就成了“主粮”。早晨是“山芋粥”，中午是“焖山芋”，每人装满一碗焖山芋就打发了中饭，还不用烧菜的，简单省事。

像我们家人口多，分了上千斤的山芋，不挖地窖，山芋烂掉了，岂不饿肚子？

生产队的“保安”

队屋是生产队的仓库，存放各种各样的农具和多种生产资料（如种子，肥料等）。单就稻种就有好多个品种，如中稻里还分籼稻和糯稻，每一个品种要留几百斤稻种，乱七八糟的东西塞满一队屋。

守卫好队屋的财物是一件大事，每个晚上都要安排两个人在队屋里看管。

说是看管，实际上是分派两个男劳力在队屋里睡一觉，一滴汗水也不流淌，工分簿上还记上半个工分，相当于干了半天的农活。

我是社员，看队屋的机会并不多，有一次，轮到我和云哥干这样的差事。

云哥比我大两岁，小学只读过一年级。他父亲却是村里的“文化人”，装了一肚子墨水，满脑子的孔孟之道。受家庭的熏陶，云哥一张嘴伶牙俐齿，尤其父亲讲述的《三国演义》《水浒传》《小五义》等故事深深地影响了他。我爱听云哥唠叨故事，比如《三国演义》中的“桃园三结义”等。

云哥一到，就铺被窝，然后在一旁不紧不慢地抽烟，一言不发，平时滔滔不绝，今天为何抽闷烟？

我得想想办法让他打开话匣子。

我说昨天晚上铁山工区放《南征北战》，你去看了吗？

云哥说：收工后给韭菜浇肥粪，回家迟了，老妈又叫他去黄垅代销店打了煤油。灯火下翻了翻《三国演义》，那句“话说天下大势，分久必合，合久必分”实在有味道，反复地看，百看不厌！三国归晋，本就是天意，是历史的必然……

终于打开了云哥的话匣子，我顺势乘胜追击：司马家族施用什么阴谋诡计实现“归晋”的？

云哥说那司马昭之心路人皆知，经过一番密谋之后，杀掉了曹丕的孙子曹髦，立曹奂为皇帝，这样，魏国的大权已完全掌控在司马昭手里……

听着听着，我头脑里已经迷迷糊糊的，有东边耳朵进西边耳朵出的感觉，边听边睡，忽然，耳旁传来隐隐约约的声音。

我躲进被窝里，那响声还是能听得见。我推了推云哥，此时的他正在雷打不动地“拉风箱”。我开始担心起来，要是有人在凿队屋的蛮墙，凿通了，贼进来了，那可怎么办？不行，赶紧叫醒云哥，我边推边大声说：“那曹奂还是魏国人，当了个傀儡皇帝，司马昭死后，司马炎怎样改国号的？”

云哥醒了，我小声地跟云哥说：你听听，这是什么声音？

云哥一听，然后跟我说这是有人在挖墙脚，我颤抖地说：那怎么办？

云哥说：有我在，你怕什么？接着他就大声呵斥：谁啊？

我小声地对云哥说：干脆继续讲司马炎怎么改国号的。说着，我点着了蜡烛……

天亮了，跑到队屋外面，发现有人在队屋蛮墙的东北角挖了一个大窟窿。叫来队长处理，队长说小偷是来偷糯稻种子回家加工糯米，准备做糰子粉的，你们俩没有用“空城计”却吓退了司马懿，是点着蜡烛，用的是“火攻”。

稻床“抢暴”

因前一天晚上，我参与了“无名英雄”的劳动（为加快双抢进度，队长发动小青年利用月光的亮度去早稻田里割稻，还不计工分），不慎割破了左手指头。爷爷在伤口上贴了膏药，还裹了白纱布，我像从前线下来的“伤病员”。

吃过早饭派工时，队长发现我左手受伤，特意安排派我去稻床晒稻。

干这活算是轻松的，不要下水田插秧或掼稻，也不可扶犁梢去耕田，只是将场地中间的稻堆拉平，摊开，或将摊晒的稻谷“翻个身”，直至稻粒真正晒干脆。

晒稻的搭档是才叔，他是长辈，又有经验。我俩配合默契，摊稻，翻稻，防牲口偷嘴（附近人家的鸡、猪常常来场地啄食稻子）。

两个稻床连在一起，一高一矮，一东一西。生产队人口多，水稻种植面积大，晒谷场需与水稻栽插面积相匹配，否则，收上来的稻子得不到及时晾晒，若遇多日阴雨，那很容易霉烂。

稻子翻了一遍又一遍，以树荫作瞭望台，一边察看鸡鸭的动静，一边还可翻翻那本《艳阳天》。

非常幸运，从早晨到中午这段时间，我竟没发现一只老鸡前来偷食稻谷！

烈日炎炎如烤炉，从圩田挑到稻床上的稻子像是从水里捞起来的，水淋淋的，一倒在场地上，一两个小时的暴晒就基本干焦崩脆了。

下午两点左右，我和才叔去翻最后一遍稻，翻着翻着，头顶上飘来一堆堆黑云，原本亮堂堂的天一下子就暗了下来。才叔说老天要来幺蛾子了，要提防着点，干脆开始收拢，先下手为强，老天要下老娘要嫁，谁也阻止不了。

抬头望天，天色灰蒙蒙的，先前那毒辣辣的光芒，一下子竟消失得无影无踪。突然，西南方向的地平线上不断出现闪电，雷声响彻，暴雨就要来了。

我背起那扇形大木锨，像纤夫背纤绳，才叔像驾驶员握着方向盘似的双手扶着木锨的把，我向脊垄中心飞奔，锨板前拦着金黄的稻谷也一道冲向稻床中心。

天越来越暗，闪电越来越近，雷声也越来越响，好像就在头顶上炸响。

眼看马上就要大雨滂沱了，这几千斤的稻子只两个人操作，“抢暴”的人手不够啊!

就在这时，银叔领着二十多名掼稻的劳动力赶来了。顿时，稻床上全是收稻人，拉木锨的，拖稻草的，用扫把扫地上剩余的稻子的。这边场地有十多人，那边也分派了十多个人参加“抢暴”战斗。原先满床稻谷的场地上的稻子像听话的孩子，一粒粒地朝向场地中心子聚集。与此同时，稻床边上已经拉来一堆堆的稻草，一旦成堆，立即盖上稻草。

人多力量大，顷刻之间，稻子都聚拢到场地的中央，像一座金色的小山，稻草立刻被盖在稻堆上，从外面看成了草垛……

散文三题

汪福绥

婆媳情

母亲在世时，妻子总想为远在老家的婆婆尽点孝心，问我老人家喜欢什么？我沉思良久，告诉她："别的倒好办，就是她缠过脚，那么小的尖鞋市场上难买到，你给她做双布鞋吧。"我给妻子出了一道难题。她没有做过鞋，硬是从头学起。一天，她从街上回来，高兴地告诉我："有办法了。"原来她去兴隆街，找到了一家鞋摊。说起鞋摊，其实只是一张旧竹床，上面摆着大大小小的用旧报纸剪成的鞋样。摆摊的是个中年女人，妻子走上前，与她攀谈起来，问她有小脚女人的鞋样吗？中年女人点点头，说："有。也可以现配。"妻子讲了尺寸的大小，中年女人手脚麻利，一会儿工夫，就配好了鞋样。妻子喜滋滋地从挎包里掏出鞋样儿，说："有它，鞋子就成功一半了。"妻子打了两个夜作，一双式样别致的尖鞋摆上了桌。这是妻子为婆婆做的第一双布底尖鞋。我邮给母亲，老人家回信说，挺合脚。于是，每年一双，年年不断。一双鞋，一片情，双双鞋儿把婆媳的心连在了一起。

妻子生孩子时，母亲千里迢迢赶来照料。因妻难产，母亲两天两夜没合过眼，操持一切，帮助妻子渡过了难关，生下个白白胖胖的女孩儿。妻子"坐月子"正赶上夏天，可母亲怕媳妇着凉，就一直不开电风扇，自己常常汗流满面照顾着媳妇，直到媳妇满月，母亲才回老家。临走，妻子把早做好的一双布鞋送给婆婆，她老人家高兴得眉开眼笑。

母亲走后，妻子一直考虑着要把母亲接来。我说："她老人家的脾气你不知道，她离不开故土，前几年，我就要接她来，她死活不肯。"妻子说："可她已经老了，走路脚都打晃呢！让她一个人留在老家，想起来，心里总不安。"在我们一再要求下，母亲离开了老家，和我们生活在一起。

然而母亲身体渐渐不行了，不但走路脚打晃，连说话也感到吃力。她自知来日无多，便提出要回老家，任妻子怎么挽留，她只是头直摇。我知道，她是担心一旦两眼一闭，死在异乡。妻子含泪为婆婆整理好行装，我告假送母亲回她魂牵梦萦的家乡。回来后，我把雇人服侍母亲的安排告诉妻子，她才稍稍放了心。

忽然有一天，母亲病倒了。妻子得到消息，我正在外面出差，妻子把孩子托付给邻居，拎了个挎包，便火急火燎地往老家赶。她是傍晚到家的，母亲躺在床上，气息奄奄。妻子赶忙请人把母亲送到县城医院，安顿下来，才松了口气。第二天，我赶到时，母亲睁开眼，轻声道："儿呀，你娶了个好媳妇。娘走，也放心了。"经医生全力抢救，母亲还是闭上了双眼。妻子哭得像个泪人，连说："来晚了。"

母亲去世，料理完丧事，打开床头柜，见里面摆满了布底尖鞋，全是妻子给母亲做的，有两双还未上过脚呢。妻子把鞋捧在手里，眼泪直往下掉。

窗前的歪脖子树

我们小区有个不成文的规定，绿化带的花草树木，在谁家窗前，便由谁家管理，比如修剪、浇水等。在我家窗前栽有一株小树，才栽下时，只有拇指粗，细枝嫩叶，招人喜爱。其间，我和老伴为带孙女儿，来到儿子小军的谋生地——上海。这一走，便是十年。去年夏天回老家，推开窗户，呀，好大一棵树，树干碗口粗，枝繁叶茂，可惜枝干歪向一边，成了歪脖子树。其实，这也在情理之中。这些年，无人修整，任其生长，终成今天的形状。

"十年树木，百年树人。"由窗前的歪脖子树，我想到我的外甥，他是我堂妹的独生子，一个聪明的孩子，健康活泼，人见人爱。八年前，我到山城绩溪，住在堂妹家，外甥已念初中，脖子上系条红领巾，见了我，喊声"舅舅"，便进房去做作业。堂妹指着满墙的奖状，乐呵呵地说："这些都是学校奖给小俊的。"我粗略数了一下，奖状有十来张，有小学发的，有初中发的，最多的是数学奖状。几年后，小俊参加高考，以600多分的成绩被南京邮电大学录取。外甥出息了，做舅舅的高兴，我寄上千元以资奖励。谁知不到三年，大学尚未毕业，小俊出事了。他在南京这个繁华的大都市，眼花缭乱，迷失了方向，不思学习，交上几个吃喝玩乐的朋友，把父母省吃俭用给他的钱花得精光。因为没钱，他竟铤而走险，干起诈骗、抢劫的勾当。事发后，他被捕入狱。外甥落得如此下场，令人扼腕。我问妹夫："孩子在你们身边长大，之前你们没有感觉吗?”妹夫紧锁眉头，沉思片刻说：“这孩子聪明是聪明，就是有点懒，还爱说谎话，有时叫他上街买东西，他把钱拿去买小玩意，回来却说把钱弄丢了。我们只看到他学习成绩好，以为这些毛病长大会改掉，谁知……”品质要从小抓起，因为习惯成自然。可现在不少独生子女的家长并不重视这些，一味追求孩子的学习成绩，成绩上去了，素养下来了，到头来，毁了孩子。

无独有偶。记得初到上海，在我们住的那幢楼，我见到一个十四五岁的孩子常在走廊上抽烟，感到奇怪，问小军。小军说：“那是邻居老李家的儿子。老李是个生意人，长年在外。两年前，老李爱人患癌去世了。为照顾孩子，老李雇了个保姆。孩子没人管，染上了抽烟等恶习。”我想想，也是。

忽然有一天，隔壁传来惊呼声，声音还挺大。说来也巧，我正好出门，便遇上了老李家保姆，我随口问道：“阿姨，家里出啥事了?”阿姨气呼呼地道：“家里失窃了!喏，放在抽屉里买菜的钱不见了。家贼!”我说：“李老板也是，孩子大了，该给他点零用钱。”阿姨是个心直口快的人，立马告诉我：“李老板疼儿子呢，每个月给他一万元生活费。还有他娘去世，留给他十二万元。”我听了，目瞪口呆：“这么多钱，咋花?”阿姨鄙夷地道：“咋花?抽烟喝酒，还赌博，不到半年，他就挥霍了二十万元。钱花光了连家里买菜的钱都被他拿走了。还吃饭不?这活没法干了。”

大约过了半个月，老李儿子终于出事了，因参与抢劫，孩子被民警抓走了。他贪图享乐，警方抓他时，他还在一家娱乐城消费。小李的父亲一直在外做生意，平时除了给他钱，对他教育很少。作为生意人，父亲也许觉得给钱就是爱。从这个角度来看，这出悲剧也是父母的悲剧。“子不教，父之过”，乃至理名言。

面对窗前的歪脖子树，我陷入了深思。

从茅草屋到电梯房

20世纪70年代，我爱人调进了城关一家鞋帽厂。我在乡下初中教书，只有向她单位申请住房。厂领导说：“房子倒是有一间，不过是茅草屋。”我们去看了，就在县邮电局背后，一排茅草屋，一共五间，是鞋帽厂的职工宿舍，都住了人。说来也巧，其中一家刚搬走，空出一间。那年月，城关住房紧张，能有个地方住就不错了。于是，请人粉刷一下，房中间用芦席隔开，前面摆了张床，后面安了口灶。另外，买了张条桌，两只小凳，算是安顿了下来。

住茅草屋，最怕下雨天，外面下大雨，里面滴滴答答，滴下来的都是像酱油似的污水。邻居说，这房顶的稻草多年未翻盖了，得换新的。还说，这事得找乡下人。我回校，跟附近生产队老队长一说，他满口应承。第二天，生产队开了辆手扶拖拉机，带上稻草，老队长亲自出马，外加两个年轻人，一路进城。不到半天，我们住的那间房顶换上了稻草，翻盖一新。

屋顶问题解决了，房子地面是泥土，潮湿，阴雨天还渗水。邻居说，得撒点石灰。我又去找老队长，他二话不说，送我一袋生石灰，掂了掂，有十几斤。我要给钱，他摆摆手，拍着我的肩膀，说："等添娃，我去喝杯喜酒。"

真应了老队长的吉言，第二年的仲夏，我们的头胎女娃降生了。孩子满月，亲朋好友凑份子，摆了桌酒，请来老队长，还了心愿。岳母从老家赶来带孩子，这本是天大的好事，可我们却犯愁：小小一间茅屋，岳母咋容身？我进城便四处打游击，在熟人那里借宿。

随着高考恢复，中小学的改革也已启动，城关一小办了个"戴帽"初中班，正缺老师。我由农村初中名正言顺地调进城，一小俞校长问我有什么要求？我说："有住房吗？"俞校长点点头，道："学校有间储藏室，腾出来，先给你住。"这真是雪中送炭，我们有了自家的住房，虽然面积不大（四十平方米），但一家人可以容身了。于是，我们高高兴兴地从茅草屋搬进了城关一小的砖瓦房，这是住房的第一次变迁。一年后，我们的第二个孩子在这里降生了。一家四口生活在这里，两个孩子也在这里快乐地成长。

进入20世纪90年代，盛世修志。我由"校门"转入"志门"，任《繁昌县志》编辑。时来运转，正赶上机关单位分配住房，我也分了一套：龙亭新村9幢401室。拿到钥匙，我和老伴去看了，三室一厅，厨房、卫生间齐全。乔迁之日，在省城读书的两个孩子也赶来了，他们在自己的房间挂上字画、照片，装饰一新，给新居增添了不少喜气。这是住房的第二次变迁。

去年，事业有成的儿子从上海回家探亲，见我和老伴上下楼气喘吁吁，便在大润发高档小区买了套电梯房。而今，我们已搬进新居，住在八层，上下楼挺方便。而且每个房间都安装空调，大热天，遥控器轻轻一按，冷气阵阵，透心凉呢。

从茅草屋到电梯房，我从自家住房的变迁中，直观地感受到生活越来越好；没有改革开放，哪有今天住得这样舒适？

儿时的“捡”活儿

查君书

记忆里，儿时除了念书、玩耍，就是帮父母干些农活。那时的我，身单力薄，只能干一些手头上的活，“捡”活儿自然成了我的强项。记得有时候因为疲劳，累得腰酸腿痛的，告诉父母，往往还招致父母的责怪：“小孩子没腰，哪来的腰疼?”直到现在我也没弄明白，为什么我们小孩无腰?

捡知了壳

夏天是孩子的乐园，有做不完的乐事。我小时候的乐事是摸鱼抓虾、粘知了、捡知了壳……那时，摸来的小鱼虾只能一饱口福，是不能卖的。粘的知了，玩一会儿，就喂了鸡鸭。唯一能够换钱的是知了壳。

知了，学名为蝉，是一种会蜕皮的虫类。知了壳中含有甲壳素及蛋白质，常和其他中药材配合使用，有很高的药用价值。土产品收购站就专门做收购知了壳的生意。20 世纪 70 年代初，我在村小学念书。那时，能挣钱的门道很少，听说知了壳能换钱，我就和小伙伴们利用中午休息时间或者放学后去捡知了壳，换钱以满足自己的用项。知了很聪明，出土之后为了安全有时爬得很高，甚至爬到树枝尖上。为了不放空，我们提前准备好一根两三米长的竹竿，绑上一个铁钩子，一旦遇到高处的知了壳，就把它钩下来。早晨是捡知了壳的最佳时间。在轻拂的凉风里，先是围着院子里的梧桐树、老榆树瞅几圈，十几、二十个就进了编织袋；再围着门外两排槐树瞅上几圈，又是十几、二十个；邻居家的院墙上、墙角的豆角架下，甚至村头那两根光滑的电线杆，也零零星星地趴着两三个。等一路走到池塘边，就有三五十个了。每每这时，内心就欢喜不已。

池塘边的杨柳树上是捡知了壳的最佳去处。抬头望去，从树根到树腰，知了壳像赶趟儿似的。低处的，就随手装进袋子；高处的，就用那根长长的竹竿打下来；还有更高的，就爬上树，用竹竿一个个敲打下来。一棵大杨树上，不多时就有小半编织袋的收获。不擅长爬树的我，短衣短裤常常被树干上的青苔弄得黑一块、青一块、黄一块，回家免不了挨奶奶的数落。但为了多捡些，第二天我又会忘乎所以地爬树。

捡知了壳是件很辛苦的事。炎热的盛夏，每天中午冒着三十八九度的高温和火辣辣的太阳，在树林子里来回奔波，又闷又热。我的一个伙伴在捡知了壳时，由于缺水，虚脱中暑，在医院住了好几天。捡知了壳也是一件很危险的事。有一次，一个知了壳在马蜂窝的旁边，我不小心捅到了马蜂窝，嗡的一声，马蜂像炸了营一样飞起来。我撂下竹竿抱头就跑，脚下被藤蔓绊倒，划破了手和肚皮。跑出百十米，看到马蜂不再追赶，我才小心翼翼地回去捡竹竿。

攒一段时间，我们小伙伴就约好去镇上的一个土产品收购站卖知了壳，一个有时卖一分钱，有时卖到二分钱。我们在家里已经数了无数遍，早已算出自己能赚到的钱数。卖了之后，我们就到商店，买回自己需要的铅笔、本子或者橡皮，有时还多花点钱买回心仪已久的《岳飞传》系列连环画。倾囊后，再趴在柜台上数一数，还有多少东西需要买，还有多少本连环画需要买。依依不舍地离开时，我在心里暗暗发誓，明年一定想办法捡更多知了壳，把需要买的都买齐。

捡稻穗

多年前的乡下老家，青壮年人去地里干活，老年人和小孩子就要去地里拾稻穗，当时我们都说“捡”稻。

我们每人挎一个竹篮子，弯腰把稻穗捡起来放到篮子里。一上午下来，也就是捡半篮子稻穗。之后，就回家吃午饭。

那是很有诗意的事情，虽然，太阳晒得头上流油。

学校里的教学也并不紧张。村小学的老师们每天下午都带着孩子们到地里“学农”，其实就是带着群大孩子到地里干杂活。

我和一群差不多大的孩子在一起捡稻穗，捡着捡着就累了。有大孩子会想办法做些游戏。比如说，把红色的皮筋拿来，在田间地头上玩儿“翻花”的游戏。一根皮筋，翻来覆去，能够玩儿出很多的新花样。还有的人，用狗尾巴草编出绿色的草戒指。这些游戏，都很有趣味。

我们还会跑到地头大沟里玩儿，有时也躺在地上看太阳。那个太阳，如果细细端详，就能发现它是边缘金色、中间银色的圆盘子。还有的时候，我们会抓一些蚂蚱或者蛐蛐儿。这两种小东西，不仅可以拿来玩儿，用热油炸了，更是难得的美味。

有一天，我们正在捡稻穗，远远地，我看见村小学的老师带着他的学生们走过来了。

其中一个男生，手里捏着两条用长长的草梗串起来的绿色的“绳子”，上面穿满了蚂蚱和蛐蛐儿。那些被从项上串起来的昆虫，口里吐着绿色的汁液。后来，它们就成了午饭时的美味。

蚂蚱和蛐蛐儿被带回家里，逐一掐去头，顺着脖子，从里面抽出一条黑绿色的东西来。这，就是昆虫的消化道。然后，把它们掐去翅膀，用温水冲洗了，再用盐码上。这样，准备工作就做好了。

做饭的时候，奶奶刷了小铁锅，把小锅架到黄泥捏的锅框子上。之后点燃柴火，等油熬热了，把清理完的蚂蚱和蛐蛐儿一股脑儿放进锅里。盛到碗里的小东西多数通体发黄，泛着香气。也有个别因为火太旺而被炸得黢黑，但那是极少数。

面对满碗的美味，我的口水一下子就出来了。

捡山芋

入秋之后，生产队很忙，既要派人割稻子，又要派人起山芋，起花生。家乡方言“起”就是从地里挖的意思，起了的山芋、花生都属于生产队的。大人们一担一担地挑向队屋里，我们这些孩子只有待在一边看的份儿。

山芋起完的地里，才是孩子们的天下。于是我们纷纷从家里拿来小铲刀、竹篮子，一年一度的捡山芋便开始了。“捡”在我们这里又称“倒”。在这里，“倒”读四声，是在土中倒腾的意思。

在我的家乡，倒山芋大都是孩子们或年迈的老人做的活。所谓的倒山芋，就是在收获过的地里再翻腾一遍，寻找遗留下来的一星半点的山芋，用现在的话讲就是在山芋地里捡漏。在那个贫穷的时代，每一粒粮食，每一个果实都是珍贵的。

地里的土已经被翻腾过一遍，土壤很松软，所以倒山芋并不费多大力气，眼好就行。放学、礼拜天是我们这些孩子倒山芋的时间，队里的山芋地多，大家各找一块地去倒，不争也不吵。那时节，收获后的山芋地几乎都有孩子倒山芋的身影。

我和弟弟拿着小锄头下了山芋地，小锄头一个劲儿地在地里翻着，有时一锄头下去，便能看到一个完整的小山芋；运气不好的话，一条垄翻个遍，也未必能找到半截山芋。在倒山芋的过程中要是看到一个三节头的完整山芋，可高兴了，这样的机会总是很少，更多的是被铁锹铲碎后留下的半截山芋或是残存的纤小山芋，即使小半截也要被我们小心翼翼地捡到篮子里。

若是下过秋雨，山芋地里遗留下来的山芋会发芽，这样去地里倒山芋省了不少事。看到山芋芽，用铲刀轻轻斜铲下去，抖去泥土，一棵完整的带有根须的山芋芽便成了我们的战利品。秋雨后山芋芽很多，也好找。从放学到天黑，连山芋加山芋芽，至少能收获一小筐。

路上遇着同样倒山芋的小伙伴，总要比一比谁倒的山芋多，多者眉飞色舞，少者不服言明日再比。

倒回家的山芋，我和弟弟蹲在厨房门前，剥山芋皮上的泥土，再去除发霉的山芋，放在水里清洗一遍，然后不断地催促着母亲烀山芋。母亲将洗净的山芋放在锅里，加少许水开始烀山芋，一会儿就能闻到香味。清晨，母亲都会煮我们爱喝的山芋粥。

偶尔，还有外来的老农用板车拉来一些甘蔗，用甘蔗换山芋，这是我们农家孩子最盼望的好事。

捡　粪

俗话说："庄稼一枝花，全靠肥当家。"人畜粪便都被庄稼人视作种田的宝贝。过去，背着粪篮到处捡粪，是江南农村各家各户必不可少的农活。我读小学的时候就经常捡粪，而寒暑假、星期天更是捡粪的好时机。

同样是粪，肥力却不同。猪、狗等家养动物吃粮和肉，粪便肥力大，更受农民青睐；而牛、马、驴等食草动物的粪便里都是草屑，肥力有限，人们捡拾的劲头就不大了。受生产条件限制，农民种地都精打细算，正所谓"肥水不流外人田"。人的粪尿很金贵，村里人都尽可能地把它留在自家里，而鸡、猪也都圈起来养，所以这些粪便在村上、野地里不易拾到，捡粪还是以狗、牛等牲畜的粪便为主。

那时，不仅各家各户要捡粪，学校也号召学生拾粪。如此，一些比较娇气的女生也要背起粪篮，拿起"狗叉子"（粪叉），加入捡粪的行列。少年时的我，捡粪主要有三个途径：

一是到野地里漫无边际地寻找，见到什么就捡什么。如果运气好，能捡到人粪、狗粪。不过，每天都要起得很早，否则就会被别的小伙伴抢了先。冬天的早晨，田野上下了一层白白的霜，粪上也是，很难用眼辨别。再加上狗拉屁屁时总是那么矜持，总喜欢找特定的位置，似乎在和捡粪的人捉迷藏。路人内急，在空旷的田野上，也会找到恰当的地方才方便的，不好寻觅。不管是狗粪还是人粪，那“味儿”老远就有，所以捡粪不光要有眼力，还得有狗一样的嗅觉。不过这样捡粪，收获往往难以保证，有时走了很远还捡不满粪篮。

第二种是跟着牛群捡粪。生产队里养了几十头牛，有黄牛，也有水牛。只有逢年过节时会杀一两头分给各家各户，其余的牛年复一年地养着，目的是耕地、积肥。牛圈里的牛粪是集体农田的主要肥源，谁也不能动，但野外放牧时的牛粪，谁都可以捡。几个半大小子跟着牛群，不错眼珠地盯着牛屁股，看到哪头牛撅起了尾巴，就立刻飞奔而去，谁先到就算谁的，晚到几秒钟就只能眼巴巴地干看着了。一泡黄牛粪，像一个硕大的花卷，捡到六七个就能装满一筐，然后心满意足地回家了。严冬季节，捡的都是水牛粪，一般平铺草地上晒干，后用于烤火，还可以烧火做饭，做熟的饭菜香味飘到了老远老远。

第三种则是跟在猪屁股后面捡粪。农家养猪都是圈养，但喂饱了的猪也需要“放风”，据说这样喂的猪瘦肉多。星期天，捡粪的小伙伴儿们就在村子里转悠，只要看到“放风”的猪，就跟着捡粪，猪拉了，就捡。也有的人干脆把粪篮放在猪屁股下面接着，每当看到一粒粒圆圆的猪粪像一个个黄黄的马铃薯一样掉进粪篮里，那种收获的心情是无法形容的。有时好几个小朋友跟随着一头猪，为了争取到一泡猪粪，经常发生捡粪的“战争”，偶尔也会用类似“剪刀、石头、布”的活动来取决。

儿时捡粪虽脏、臭、累，但那份捡粪的热情一直不减。想来，那是源于祖辈们对土地这一珍贵生产资源格外珍惜吧，所以才会精心侍弄，卖力积攒、使用农家肥，以此寄托对生产与丰收的美好憧憬。

阳台上的“乡村生活”

邢宪龙

我理想中的完美住宅，得有几个重要元素：有一个偌大的阳台、一个宽敞的书房以及一张小小的书桌。虽然历经千辛万苦，劳累了大半生，却无法实现这个愿望。我现在居住的这套房子，虽然满足不了我的理想需求，但是打开窗户就能看见楼下有一个“特大号”的平台。

平台东西通透，阳光充足。对面四楼的李爱保夫妇，便琢磨着如何充分利用这个平台，让它的价值最大化。思来想去，他们最终决定，用它来构建一个绿色的“小菜园”。

随后，他们从老的小区运回一些拆迁后废弃的砖头，在菜市场买来几个泡沫盒，并从县城附近的庄稼地里，挖来大量的泥土。这些泥土，一袋一袋从一楼搬到二楼的平台，放在用砖块码成的“花台”和泡沫盒里。虽然很累，但他们似乎累得不亦乐乎。这个时候，他们的亲戚从老家过来，带来一些蔬菜种子和菜秧。他们把“花台”和泡沫盒种上这些菜籽菜秧。栽种完毕，当他们再一次直起腰来，看到这些排列整齐的蔬菜时，心里美得就像将军阅兵时的心情。

接下来，他们每天以一种初恋般的热情，殷勤地呵护着这些菜苗，生怕它们受到一点点伤害。忙起来时，他们有时候甚至耽误了吃饭的时间，但一定不会忘记给这些菜苗施肥浇水。对蔬菜的爱，似母亲对自己亲生孩子的爱。也许受到他们的感染，每次出差在外，我总会情不自禁地牵挂着它们，就像出门在外的母亲牵挂家中的孩子。每当出差回来，打开窗户，看见平台上的蔬菜们长高了一截，我心里总是美滋滋的。那种感觉，不亚于一位母亲，看见自己渐渐长高的孩子。

在他们辛勤的劳作下，那些蔬菜一天天长大。豆角和黄瓜的藤蔓，不知不觉间，爬满了平台上的竹架，并且开满了一朵朵各种颜色的小花，看上去真的很美。这些花果，不仅美在我的眼里，更美在我的心头。我知道，它们正在用自己的芬芳，来回报主人对他们的呵护和关爱。我也美美地享受着这种“种瓜得瓜，种豆得豆”的喜悦和回报。

从客厅推开玻璃窗门，一眼便看到平台上的“菜园”。每当我伏案写作累了时，总会情不自禁地站起来，缓缓地推开玻璃窗门。这时迎面而来的，不仅有明媚的阳光，还有各种蔬菜吐露的芬芳。看到这个平台上构建的菜园，我仔细端详着那些翠绿的蔬菜和瓜果，欣赏着它们欣欣向荣的生命，就像一位母亲温情地看着茁壮成长的孩子们在嬉笑打闹，心里不免乐呵呵地笑开了花。不知不觉间，身上的疲倦也早已烟消云散。

李爱保的妻子黄冬梅说，耕种这个菜园，不仅仅是为了能吃上自己亲手栽种的绿色蔬菜，其实更是为了寄托自己心中的一种情怀，一种关于土地和乡村的情怀。每当走进这个种有蔬菜的阳台，对他们夫妇来说，是从一种生活步入另外一种生活。确切地说，是从城市生活步入一种人工模拟似的“乡村生活”。是的，土生土长在农村的我们，一直都有挥之不去的乡村情怀以及解不开的土地情结。

1990 年，我第一次离开故乡，到县城谋生。这是我第一次离开生我养我的乡村，也是第一次离开供养了我家祖祖辈辈的土地。改革开放以前，对于农村的孩子来说，离开乡村便是他们梦寐以求的理想。如果某家的孩子能够考上理想的大学，毕业后能分配一个很好的工作，落户于他乡并娶妻生子，这在乡亲们的眼里，那可是十足的成功。

转眼间，我已离开家乡几十年了。但我的离开，却是背井离乡，只是在别人的故乡里漂泊、谋生。我虽然不用再像我的祖辈那样在土里刨食，但也得在城市的楼宇间辛勤奔波，才能得以养家糊口。和我的祖辈相比，我虽然不用在田地里劳累，但并不比他们活得更轻松，只是换了一种方式生活而已。他们过的是自给自足的乡村生活，他们亲近自然，绿色环保，每天享受着的是由自己亲手栽种而来的绿色食品。而我们这些生活在城市里的人们，则远离土地，远离自然。

人原本应当与自然辩证统一，这是朴素的唯物主义哲学观，更是我国古代劳动人民从生活实践中总结出来的生命规律。可我遗憾地发现：我们这些生活在城市高楼里的城里人，似乎难以与自然和谐统一，因为我们每个人都在主动或被动地与自然背道而驰。说白了，就是“对着干”。比如，虽然我们每个人都知道日出而作，日落而息是最“自然”的健康生活，可是仍有无数人每天明知故犯地在通宵达旦熬夜加班。为什么我们要故意自杀式地燃烧生命，故意与自己的生命健康作对？因为，在高物价的城市里，我们为了糊口，别无选择；在分工明确的当今社会，我们无法自给自足地生产自己所需的所有生活资料。我们只能无奈地被各种有害的现代化工业商品，围困在外表华丽的城市中。因此，我们这些从乡村里出来的人们，每当吃着那些充斥着各种添加剂、化学物质的有害食品时，都会不由自主地想念土地，怀念曾伴随我们生命成长的乡村生活。怀念那种自给自足，绿色环保，悠然自得的健康生活。

每当我们穿行在街头巷尾，不免可见许多和我一样的人，在自己的房前屋后或者阳台上，搞几个花盆，装点泥土，栽种着各种各样的蔬菜。其实，小旮旯里栽种的那点蔬菜，并不能满足任何家庭的生活所需。但可以抚慰主人浓郁的土地情怀，以及回归自然的强烈愿望。

此时，我突然想起著名诗人海子的一首诗《面朝大海，春暖花开》："从明天起，做一个幸福的人／喂马，劈柴，周游世界／从明天起，关心粮食和蔬菜／我有一所房子，面朝大海，春暖花开"。

是的，无论是栽花、种菜、喂马、劈柴，还是周游世界，都不过是一种生活方式而已。确切地说，是各自感知幸福的方式。生活的理想，就是为了理想的生活。我想每个渴望幸福和追求幸福的人，都应当如海子所言："从明天起，做一个幸福的人""从明天起，关心粮食和蔬菜"。除此之外，我想我们还得关心自己和他人的生活与生命，关心我们的社会，我们的时代；关心我们共同拥有的地球，和世界；关心我们未来漫长的路，和未知的未来。让我们在蓝天白云下，同呼吸，共命运，共同呵护这个我们赖以生存的"地球村"。

城厢小学纪事

陈运松

一

小时候在城厢小学读书的往事，让我魂牵梦萦，一直想把它写下来。此时提起笔来，竟然有种莫名的激动。这种激动和着快速的心跳，让我的笔下的字，也在快速地流淌……

1957年，随着父亲工作调动，我们全家从江北的含山县，来到江南的繁昌县。我从含山县环峰小学，转学到繁昌县城厢小学。那时，城厢小学是县城里唯一的一所小学。

头一天到学校，首先映入眼帘的是古色古香的夫子庙。夫子庙飞檐翘壁，檐口挂着铜铃铛，有风时，铃儿晃动，叮当作响，很是好听。庙顶正端，是一个锡做出来的大葫芦。葫芦顶尖尖，直指蓝天。葫芦两边站立着许多形态各异的瑞兽。左右最边上各有一个大龙头，龙头的嘴里都冒出一根长长的弯弯的细丝，丝头是一朵颤颤巍巍的花儿。殿外红墙黄瓦，徽式小格花窗。殿内雕龙画凤，朱漆涂金。殿前两侧，各立石狮一尊，昂首蹲居，很是威武。这是我长到十一岁时，见到过的最高大、最雄伟、最气派的古建筑了。我为这座夫子庙骄傲了一阵子。在写给含山县同学的信中，我用我学到的所有形容词，狠狠地形容了一番。

后来长大了才知道，夫子庙始建于明英宗天顺元年（1457年）。原是一组规模宏大的古建筑群，历经兵燹战火，又被日军飞机炸过，因此现仅存一座大成殿。大殿坐东朝西，右侧是一排教室，左侧的一排是教师宿舍。记得靠庙的两间住着校长魏中岩一家七口，有时候我上学来得早了，时而看到他的夫人或他的儿女蹲在走廊下，面对着屋檐下的水沟刷牙。

大殿后面的一大块空地，都是石板铺的。空地的东面，也是一排长长的教室。学校西面有一块很大的草地。背靠南门河方向，竖着两座高大的石牌坊，已记不清是什么牌坊了，牌坊正上方好像有“圣旨”两个字，大约是哪一朝为繁昌县考上状元的学子竖的。我们班的方希涛、汤传贞和潘巨正三位同学，曾徒手爬到牌坊顶上，做“金鸡独立”。当时，不知是因为此举有辱斯文，还是考虑到安全问题，学校专门开大会，公开严厉批评，他们三个还差点被开除。但这三位同学，却成了我们全校学生心中的英雄。

牌坊边上有个水塘，叫月牙池。那时冬天很冷，经常结冰，甚至一冻到底。下课铃响，各个班级的学生一起拥向月牙塘，在冰上滑溜。由于冰层太厚，不用担心掉进冰窟窿，很安全。学校从不管我们，大家在冰上尽情发挥，各显神通，变着样儿滑：一个人跳的，两个人转的，三个人拉着手跑的。特别有意思的是，一长队人蹲着，后面有几个人推着滑的，最前面那个人掌握方向，长队左左右右地转，或之字形，或S形，或转着圆圈，像一列小火车，在人群中穿行。有时候，“小火车”一撞，撞倒一大片人，大家滚在一起，叫声、笑声把小小的月牙池闹翻了天……有一年，学校在月牙池那儿建了个大食堂，把月亮池填了，也把全校几百个学生冬天里最大的快乐，一起埋在了那片黄土下。

学校的西面院墙外，是碧波粼粼的外泮河。当年外泮河和南面的南门河相通，两河之间有座拱形石桥，叫状元桥。桥的两头，各有一对石狮子把守着。夏天，我们午睡时偷着到南门河洗澡，状元桥是必经之路。桥头的狮子很面善，我很喜欢它们，洗澡回来，路过时总要摸摸它们的头。

二

城厢小学的老师都很棒，至今让我不能忘怀。

我们的班主任兼语文老师王仕祯老师就非常棒。王老师胖胖的身子，胖胖的脸。两眉间长了一颗比绿豆大一点点的黑肉痣。他双眼皮的眼睛有神，更有威，我们做了什么错事，那眼睛不是瞪得大，而是变小，并且里面会闪光。说实在的，我除了怕我父亲，就怕王老师，怕那双眼睛里有时闪出的光。

王老师很会讲课，他讲课时绘声绘色，深入浅出。说到生动处，他会放下课本，离开讲台，手舞之，足蹈之。用现在话说，他很会用肢体语言配合讲课，我们常常会被他讲得入神，随着他讲的内容，听得摇头晃脑，如醉如痴。学习汉语拼音时，他在读“风”的声母时，上嘴唇噘得老高，露出两个中间有缝的门牙，不断地读着“f”，而且拖得很长。我们就跟着念，念了好多遍“f”，才把“f”和“eng”连起来读成“fēng”。我当年一直想不通，他门牙中间有缝，可读风时却十分的标准，没有漏气的感觉。后来长大了，才能想象他当年备课时，一定狠下了些功夫。由于王老师教得好，我在后来上电大时，在《现代汉语》的考试卷中，汉语拼音所占的5分，我1分都没丢。

由于认真听课，加上课外杂书看了不少，又常常去校门口听大鼓书，我的作文进步很快。记得有篇作文叫《我的故乡》。我把大鼓书上形容漂亮小姐时说的“真是人见不走，鸟见不飞”这句话，用到了形容家乡的美丽上，王老师在这句话下面都打了红点。那篇作文得了97分。此后我的作文成绩直线上升，从五年级下学期开始，都是95分左右。王老师上作文课时，常在班上把我的作文作范文读。有一天，王老师把我叫到大办公室。看到一屋子的老师，我有些紧张。他问我，你这些年作文进步快，学写作有什么体会？我站在他办公桌前想了一下，说恐怕与听大鼓书有关系……话还未说完，王老师就站起来，指看大门说，走，走！走，走！走！其实那天我还想说老师教得好，还有看许多书什么的，可是一紧张，开口就说到听大鼓书上面了。为此，我后悔了好一阵子。

还有一件事，我一辈子都要感谢王老师。1960年下半年小学即将毕业时，省艺术学校升格为安徽艺术学院，面向全省招生。有一天，招生组三人来到繁昌县招生。王老师将我和另外三个同学推荐去考试。我先唱了首《社会主义好》，又唱了几句从电影里学的《天仙配》唱段，又把腿跷到桌子上，还踢了踢腿。招生老师用手指在桌子上敲一串一串不同的节拍，我接着用两手击掌，重复打出来。最后又听一遍老师唱的音符，我背唱出来，考试就结束了。不久，我接到了录取通知书，通知书上写着黄梅戏班和舞蹈班两个专业里任选一项。那年，繁昌县还录取了邵光禄和陈淮北，但到学校老师来接时，却等不来陈淮北。后来才知道，他父亲不同意他学美术，把他送到戴店藏起来了。邵光禄进了音乐系，学了一年钢琴，又改学小提琴。苦学五年后，“宁当鸡头不当凤尾”的他，放弃分到省文工团的机会，坚决要求分到淮南市文工团，不久便成为团里的首席小提琴手。在文艺团体不景气的时期，他办班教学，培训了好多优秀学生，有的坐上了欧美著名交响乐团首席小提琴手的位子。他编的小提琴教材，科学实用，好评如潮，畅销全国。

我到学校后，报了戏剧专业，编入戏剧系黄梅班。一个月后，因我合肥话音重，调到了庐剧班。自此我走上了文艺之路，决定了我一生的命运，与文化艺术结下了不解之缘。不久，安徽艺术学院降格为省艺校，我们庐剧班七十多名学生提前毕业，分到省庐剧团。后来当兵了，我还是离不开文艺岗位，从连队演唱组到团、师文艺宣传队，到铁道兵文工团，提干，转业后又辗转到家乡的文化局。回头想想，一生中之能混得人模狗样，还真应感谢王老师所指的人生之路。

三

魏中岩校长是个好校长，很有水平。先生讲话慢条斯理的，那字是一个一个从嘴里蹦出来的，没有一个多余的字，像和人谈心。每次学校开大会，他讲话时，从不拉长棉线，言简意赅。不像以后我在工作中见过的一些领导，往台上一坐，讲了两三个小时。回过头来想想，再问问两旁人，皆不知他说的是什么。魏校长命运多舛，1957年底被打成右派，后被带走，二十多年后才平反归来，恢复了校长职务。十几年前，我在县老年大学教摄影课，一次在走廊上偶遇担任美术班教员的魏校长。那时先生的背虽然有点驼，但依然精神矍铄。我激动地喊了一声：“魏校长，您好!”随后又给他鞠了个躬。我们聊得很热烈，直到上课的铃声将我们分开。

后来，听美术班学生说，八十多岁的魏老师还带领学员们到马仁奇峰风景区写生，自己背着画板走完了全程。以后又听老同学说，当年老校长蒙冤后，他夫人曹老师一个人带着一个儿子四个女儿，艰难地将他们培养成人，一直守到先生归来，一家团聚。先生的儿女们个个成才，工作称心，小提琴师邵光禄就是他的乘龙快婿。先生子孙满堂，其中两个孙子先后考取北京大学，令同辈人羡慕。退休之后，先生闲来泼墨作画，优哉游哉，一直活到九十六岁，也是高寿了。如果说魏先生年轻时的那段遭遇让人唏嘘和心酸，那么他的后半生还是让我感到欣慰的。

四

桑良国老师是宣城人，毕业于宣城师范，教我们图画课。桑老师的画画得真好。记得教师办公室外的一面墙上，有一幅宣传学生下乡帮助农民种田的画。画中一个学生模样的人，蹲在地上系草鞋带子，脚旁有把镰刀。远看，真像个真人蹲在那儿。教水粉静物画时，他示范画的茶壶、水瓶等，比例准确，立体感强。他画的花，鲜艳欲滴，像开的真花。我们的作业本，他都精心批改，用红笔纠正作业中画的比例不准确的部分。还常写上诸如“嗯，不错，有进步”“比上次画得好，继续努力”之类的话，以此激励大家。

桑老师上课时，常常借题发挥，教我们一些做人的道理。一次画一排电线杆子，远处的每一根短一半，就能产生远近的透视效果。他说，电线杆之间的距离是一样的，为什么越远越小？这就是视觉差。我们以后看什么事都要看准，不要被距离的远近影响，才不会有误差。桑老师还鼓励我们自己创作图画。记得曾出过一个题目，叫《课外活动》。我画了许多学生在学校打扫卫生，一个男同学指着一个女同学在说话，男同学嘴上画个圈，圈里面写着“你这儿扫得不干净”，结果得了 92 分。其实我的图画水平很一般，这确是桑老师对我们动脑筋去创作的一种鼓励。在 20 世纪 50 年代，小学有这样水平的美术老师，应该是不多的。后来我从汽车队调到文化局，桑老师调到县党史办，在一个院子里上班，经常见面。有时我串到党史办，找老师请教一些问题或聊天，继续得到他的教诲。我们还合作，写了一篇报告文学《嘤嘤欢歌的精灵——记青年诗人王晓辉》，发表在《芜湖日报》副刊上。

桑老师育子有方，一双儿女先后到美国留学，安家落户。桑老师夫人胡老师退休后一直在美国儿女处居住，他自己却故土难离，不愿定居美国，在中国和美国两头跑。时间久了，终究拗不过夫人和子女，只得定居美国。天有不测风云，那天桑老师和夫人去医院看牙，一个酗酒的黑人开车冲上人行道，将桑老师夫妇撞倒，经抢救无效，客死异国他乡，实在令人悲痛。那年他儿子将桑老师一半骨灰带回，葬在繁昌。那天上午，我随桑老师的亲朋好友一起参加了葬礼，所遇熟人皆十分悲痛。回来的路上，说到桑老师的为人，说到桑老师一直不愿去美国定居，后来离国去美，也非所愿，说起桑老师退休后正是安享晚年之际，客死他乡，皆唏嘘不已。

五

那天，我特地来到已是城关幼儿园的城厢小学旧址。一切都变了样，唯有夫子庙的大成殿依旧。它依然雄伟，依然高大，依然古朴，依然如昨日一样令我陶醉。站在大殿前，我闭上眼睛，当年教室、操场、牌坊、草地的场景，像电影中摇动的镜头，历历在目。当年上课时老师们的讲话声，同学们在月牙池、在操场疯玩时的喧嚣声，还有上课下课的铃声，特别是大殿翘角上铃儿的叮当声，依然在耳边回荡……

那天，我站在母校的旧址上，心中忽然闪出一个想法：假如有一天能让幼儿园迁到更合适的地方，然后拆掉围墙，让大成殿背依古木，面临泮河，让所有路人一览它美丽而庄重的全貌，多好！

许埠村逸事

程自桥

上　学

由于家境困窘，我小学尚未毕业就辍学，混迹于社会几年，后被有关部门以逃避上山下乡之嫌，送到穷乡僻壤的漳河北岸许埠村。

一个只上一年小学的铁匠，举着长满老茧的手高呼：这就是上大学的资格。这是电影《决裂》上的一个场景。上大学不用入学考试，全凭手上老茧。这对自幼渴盼读书、上学、上大学的我，像是打了鸡血一样，欢欣鼓舞。

有了这上学的信念，队里早工全天工都上，脏活累活抢着干，哪怕是感冒高烧也硬撑着。城里的家离此也不过三十公里，当对父母思念达到极致时，才趁着雨雪天不上工的空隙，匆匆而去，匆匆而返。那年，我在公社知青出工率中遥遥领先，当上了上山下乡先进个人。我天真地以为，被推荐上大学，已不再是一个遥远的梦。

“文革”结束，大学恢复高考，真正的公平公正到来，迎来了尊重知识尊重人才的春天。我想被推荐上大学的梦也随之破灭。

不甘心的我，决定破釜沉舟背水一战，从在公社中学读高一的菊子那里，抱回所有初中课本。不再为增添手上的老茧去上工，关门闭户日夜苦读，从 ABC、一元一次方程、古汉语主动式到被动式学起。

菊子和犟妹经常躲在窗子一角，偷窥着绞尽脑汁冥思苦想的我，趴在桌子上废寝忘食地读着写着，她俩送来的菜、汤、夜宵、零食，总是蹑手蹑脚地放在厨房灶台上，也严厉地警告队里年轻人不许过来惊扰。

一个北风呼呼雪花飞舞的傍晚，一道数学题我解了一个下午，还没解出来。这道题前一天晚上，菊子反复教了好几次。我捶胸顿足大骂自己是个榆木脑袋，接着歇斯底里地将桌上课本、笔墨全摔到地上。就在这时，菊子和犟妹一前一后冲进来。菊子咬着嘴唇，双手垂立呆望，犟妹却大吼："下放的，慢慢来，饭是一口一口地吃，地是一锄一锄地挖。急，有什么用。"她一边说着一边将地上的书、本子、笔捡起来，一一放在桌上。又对菊子吼了一句："光瞪着有屁用，你得说两句，你说话，下放的肯听！"

"说、说什么！滚、都给我滚！"失去理智的我大发雷霆。菊子和犟妹强忍眼窝里的泪水悄然离去。

次日一早，菊子和犟妹一同进屋，菊子低着头不敢看我，犟妹上来拍着我的肩头："老娘才不怕你下放的，菊子不敢说，老娘说。这离考试，不到两个月，给你一个月，把这桌上书都啃完。然后……"犟妹对菊子说，"还是你说，我后面说不周全。"

菊子仍然低着头嗫嚅着："到时我在学校里要一套初中毕业卷子，如果能考及格，我就搞高中课本。不及格，今年就放弃，明年再参加。"说完，菊子赶紧拉着犟妹逃也似的走了。

我呆呆地站在那里，望着两个心地善良的姑娘那渐渐远去的倩影，不免有点自惭形秽。

转眼过了一个月，菊子从学校要来一套试卷。我做了两天两夜，经学校老师改卷，7门总分仅得54分，离及格相去甚远。

面对走出这脸朝黄土背朝天的地方，去上学读书的无望，就着滚滚的泪水，一碗接着一碗喝着山芋干酒。束手无策的菊子，站在一旁小声劝着。没想到风风火火的犟妹直奔进来，不由分说一股脑儿地抓起酒瓶、酒碗，重重地摔到屋外圩埂下的漳河里。她气势汹汹地站在我面前，泪流满面叉着腰大吼大叫："下放的，老娘告你，你是在作死，想不开，成了傻子，你娘老子怎么办！养你一生啊？这学不上了，是死不掉人的。哪块地不养人，哪道河水不能喝，非要在一棵树上吊着?!"

我被犟妹一场暴风骤雨般骂骂咧咧，惊得酒已半醒，冷冷地挥挥手："回吧！回吧！"

那晚，我在漳河大埂上来回走着，听着脚下汩汩流淌的漳河水，宛如菊子、犟妹唠唠叨叨的话儿；凛冽的寒风不时地掀起衣襟，也掀开了我的心胸。透过墨色苍茫的天地，也似乎瞥见了远方的路。是的，一如菊子说的那样：撞上墙，流了血，就该回头，世上路千万，总能择条适合自己的路。

回头瞥见远处两团黑影，不紧不慢鬼鬼祟祟地跟着。我大笑："两个死丫头，怕我找死鬼根本呀！要去，也得拖上你们俩。"

"别做美梦，去死，还拉两个大姑娘作陪。"犟妹戏谑着，冲上来就是一拳。

菊子抿着嘴笑吟吟地将棉衣披在我身上："回吧！别冻着！"

犟妹一听，佯装气恼地一跺脚，甩下一句话，转身就走了："菊子真不是个东西，让老娘陪到现在，也不问问老娘冷不冷……"

"不是老娘，是大姑娘！"我与菊子异口同声大叫，然后相视一笑，也尾随着犟妹往回走。

犟 妹

队里建造的知青大屋落成后，我就从寄宿的骆家搬到新屋。队里小青年在外玩到深更半夜，怕回家挨大人骂，就拼命地砸门喊叫，非要挤进来过夜。脸脚不洗就往被窝里钻，屋里、床上自然是臭烘烘的。这些小青年，平日里待我不薄，家里有好吃好喝的就送来，干活时总是左右顾着，也就不好拉长脸下逐客令，只能忍着。

一次，从城里回队，一脚踏进屋，一股淡淡的米汤香弥漫开来。伸手一摸被子床单，硬硬僵僵的。床上垫的盖的全洗了，还是用煮饭米汤浆洗的。这浆洗过的被子保暖、耐脏，睡得也舒服。

突然，从身后飘来似有若无的异性体香，回头一看，犟妹正笑嘻嘻地瞪着一双水灵灵的大眼睛。我晓得这是犟妹浆洗的，便说了一声"谢了"。她却拉下脸："下放的！往后不让他们来挤床。他们一来，你第二天眼泡就肿了，就没睡踏实。他们邋遢惯了，你肯定受不了。"我无可奈何地摇摇头。

晚上，根木、大宝一大帮人在堂前打牌。犟妹进来对着他们劈头盖脸地一顿大骂："下放的白天做工，晚上看书，他人刚困着，你们就打门进来挤床，搞得像没家似的。往后哪个也不许来！"

这下炸锅了，根木这帮人哪里能受得了这一顿骂，便七嘴八舌地叫嚷："这下放的搞得像是你的！你是下放的什么人！你要管就管你的小黑子……"

犟妹走上前，一个胳膊横扫过来，桌子上扑克牌全掉到地上："放你们娘的狗屁，老子就要管，大下放的两个月，就是他姐。昨晚床上搞得像猪窝，整了吗？洗了吗？下放的睡不踏实，病了找哪个？告你们娘老子去，说你们合伙欺负下放的。"

还是最后一句管用，这帮人连连告饶："不来！不来！"他们晓得：家家大人是绝不允许任何人欺负我的。从此，半夜再也没人敢来挤床。

住在邻村的犟妹的未婚夫小黑，趁一个雨天歇工来找我。他坐在那愁眉苦脸："下放的，犟妹老是找碴，说你好，说我孬。"他一再声称，不是怪我抢犟妹，晓得我喜欢菊子，是怕她悔婚。我也不知说什么，只说了一类无关痛痒的话，答应帮他与犟妹说说。走时，塞给他一本《十万个为什么》，说是往后有空看看书，不要去赌钱，要时常关心犟妹。女人就是要男人在乎她。

目送黑子远去的背影，想起那天送公粮，路上，不小心脚崴了。队长将我和犟妹的稻子，分解到其他人箩筐里，让犟妹搀扶着我回队。

路上，犟妹环顾四下无人，扭过头含情脉脉地说："下放的，我要和菊子一样念书到高中，你喜欢哪个？"我没吱声，也回答不了。犟妹气恼地提高嗓门："我晓得，你不喜欢我直肠子，你就喜欢菊子那弯弯绕。"犟妹说完就不再言语，我回头瞥了她一眼，她咬着嘴唇泪水在眼窝里直打转。走回队里，迎面而来的菊子妈，瞅着犟妹阴着脸，戏谑着："怎么？下放的欺负你了？"犟妹火冒三丈地吼道："他敢！"

我明白，必须截断犟妹以我为标准的错误择偶念头。我拉着菊子一同对犟妹晓之以理，动之以情地不断劝说。她和黑子虽一直磕磕碰碰，可她还是择定在初冬的一天嫁给黑子。

谁也没想到，就在犟妹与黑子成亲的那天早上，犟妹不见了人影儿。犟妹的大大慌里慌张地跑到我屋里，说犟妹不见了。

我打了个激灵，心急如焚地冲出屋，跑向圩心月牙塘。果然，犟妹坐在塘埂一棵柳树下，眼神迷惘地凝视着晨光中波光粼粼的水面。

那年，我刚来队不久，漫无边际地四处闲逛，走到这里脚一滑掉落水塘，秤砣似的下沉。突然，有人用肘夹住我的肩膀拖回塘埂，接着将我的腹部放在这人腿上，头部下垂，用手按压后背，肚里灌的水一下子倒吐出来。睁眼一看，原来是犟妹。犟妹让我不要声张，说这儿就一男一女，单衣薄褂待一起，传出去，那些爱嚼舌根的老妇婆娘，还不知怎么编造。唾沫能淹死人。所以，我与犟妹就一直隐瞒着这个秘密。后来，犟妹说也就是从那天起，就喜欢上了我。

犟妹站直身向我走来，悲愤地说："我不会死，死了那彩礼就没啦，大弟拿什么讨人。"接着恶狠狠地瞪着铜铃般的大眼，哭喊着："你、你为什么下放到这儿！那年，你又怎么没淹死！我、我一生一世恨你、恨你！"说完她发疯似的跑开了。

那天圆房，听说从不沾酒的犟妹，自己灌下三杯酒。回门时，菊子偷偷地去问过。犟妹直言不讳地说："醉了，就能把黑子当下放的。"这话，几十年过去了，至今一提起，心就疼！

清　白

大年一过，我就从城里返回队里，进屋屁股还没落凳，犟妹就风风火火一头撞进来。那嗓门大得直炸耳膜："不得了啰，秀珍说根木偷了她的十块钱，根木死活不认。这几天秀珍天天上门讨要，话不知怎么传到兰子耳根里，也过来吵着要退亲。根木从腊月二十九就偎在家里没出过大门，听他小大大说，有好几天没吃没喝了……"

我晓得，那兰子是根木还没过门的邻村姑娘，嫌根木家穷，一直找碴不肯嫁过来。这会儿出了这档事，能不趁机闹吗？这憨厚的根木，脑筋转不过弯时，像个榆树疙瘩。这回遇上逼钱逼退婚，两头一夹，会出大事的。我忙不迭地放下东西，拽着犟妹的胳膊就往外走："快，去看看。"

还没走到根木家，三十来岁的秀珍，正在屋外叉腰跺脚唾沫横飞破口大骂。我走进屋里，躺在床上的根木就哭丧脸痛苦地喊着："下放的，我真的没拿啊！"望着消瘦一圈流着泪水的根木，我不知说什么好，只是默默地握着他的手。这时，秀珍冲进门就大嚷大叫："人走后，就我两个，我就那一张十块钱，好端端地在手里，你狗日的抬脚一走就不见了，不是你偷了还是老娘吞了。"

"嫂子，真的不是我拿的，你不能冤枉我啊。"根木痛苦地乞求着，"如果嫂子真这样认为，我只能死给你看了，也只有死才能还我清白。"

"好啊！你以为老娘怕啊！你敢死，那就是说不是你偷的，哼，你死了，老娘就给你披麻戴孝。"说完一阵风似的走了。

说了一大堆安慰的话，望着根木神情恍惚样儿，我明白：他心的死结越拽越紧，渐渐走向万劫不复的深渊。突然，根木拉着我的手："下放的，你信我吗？"我点点头："对呀！也不是所有的人不信你。也许过几天，秀珍在家里找着了。"根木刚刚放亮的眼神又暗淡下去，摇摇头："都好几天了，还没找着。"

犟妹拽着我冲着根木说："没拿就没拿，别死呀活的吓着下放的。别理那泼妇，队里人大多信你。下放的到现在蹲在你这儿，连口水都没喝上。走！你歇着吧，下放的明儿来。"说着不由分说拽着我就走。

谁也没想到，当晚，根木身上绑着石块，抱着必死的信念，跳进圩心一口水塘。他是以一死来洗净被玷污的清白之身。

根木遗体打捞上来，我没走开，就坐在塘埂上，呆呆望着复归平静的水面。根木的父亲，在"四清"那年，据说在大队会计的位置上，多贪多占，也跳入这口水塘，以死来证明自己的清白。不久，常来此水塘祭祈冤死的丈夫，也就是根木的母亲，悲恸过度，失足落水也溺死这里。

出殡那天，秀珍没食言，主动地去为根木披麻戴孝。我想她一定后悔莫及，区区十元钱，就断送了一个年轻的生命。

没过几天，秀珍溜进我屋里，内疚地嗫嚅着："下放的，我在找东西时，在床脚下找到一个老鼠洞，从里面掏出许多杂七杂八的东西，里面就有十块钱的碎片。"秀珍号啕大哭："我不是人啊，冤枉了根木……"

我真的好后悔，也恨自己无能，为什么没能劝得住根木迟些踏上这条不归的路，如果晚几天，等到真相大白的这一天，可这世上没有如果啊。

秀珍说她想去根木坟前赔罪，又不敢去，想让我陪着。我应允了，不过我说你得在队里社员大会上，公开向姚家老幺赔礼道歉，她泪流满面地点点头。

秀珍当着队里全体社员面，向老泪纵横的姚家老幺，下跪谢罪，并承诺将来给根木小大大养老送终。

那场面，我不忍目睹，只身站在漳河大堤上，面对着滚滚东逝的河水，叩问着：古往今来，有多少人蒙受不白之冤的弱势者，为证清白，不惜放弃生命。难道就没有其他途径？

菊　子

进入枯水期，漳河河槽水浅，队里机动船行驶不了，只得停泊在河边。队长拍拍我的肩："下放的，船在你屋前埂下。你晚上就到船上睡，记你看船一分工。"睡觉还得工分，自然满口应允。

一天早上，天下着毛毛细雨。队长上工哨子也没响，我头也昏昏沉沉，就躺在船舱多睡会儿。

晌午时分，有人用棒槌敲着船板，我四肢无力地从舱口探出头，隔壁的菊子妈撑着伞扶着船头，焦急地喊："下放的，怎么睡一上午没上埂？这脸烧得通红，菊子说我还不信。"说着从洗衣篮子里，拿出一碗鸡蛋泡锅巴。

菊子妈回头看埂上没人，唉声叹气地抹着泪："菊子老惦记着你，也不知日后有什么收尾。一早，她就瞅着你没上埂，说不懒的人还没起来，怕是病了。想下来瞅瞅，怕哥嫂说怪话，就催我来，我也怕啊。这下一个回娘家，一个去赌钱，没人，才敢下来。一看还蒙头睡着，赶紧回头搞点吃的。"

菊子哥嫂记恨我，是菊子上高中的事。那年，菊子初中毕业没考上中专，却达到高中线。菊子哥嫂说回队里做工，垂垂老矣的菊子父母，蹲在一旁大气儿也不敢出，菊子想上高中想上大学，缩在墙角绝望地哭泣。她哥吼着："队里哪家女的念书念到初中，还要供上高中？"她嫂子在一旁帮腔："女的念书念得再多，到头也是人家的人，这学有什么上头，不挣工分还倒贴钱用，倒贴粮吃。"

我在屋外听着，忍不住推门而入，呱唧呱唧地说了一通。菊子大大咧咧地说："下放的说得对，成绩好不念亏。"也许是给我面子，菊子哥勉强同意，但也从此心存芥蒂不大搭理我，也不太愿菊子与我接触。

半夜，菊子趁她哥嫂熟睡了，从后门摸下埂上了船。我嗔怪她不该来，河面上风大，感冒了咋上学。她嘟着嘴："姆妈说你烧得狠嘛，咋能睡实，心不定才来。晚上没吃吧？"说着她从衣兜里掏出几个热乎乎的煮鸡蛋。她一说，我这肚子还真咕叽咕叽叫起来，抓过来就狼吞虎咽地吞下两个。她用手帕擦拭着我嘴边的蛋黄，捏着我的鼻子戏谑着："活脱脱馋鬼哦！"我也捏着菊子粉扑扑的小脸蛋儿，吓唬她说："再不走，连你也吞了。"菊子笑呵呵地倒在我怀里："吞啊！吞啊！谅你也不敢吞。"

我佯装害怕："生吞了你，你哥嫂会把我扒皮抽筋。"菊子用手捂着我的嘴："不许说他们坏话。他们也难，上面有两个老的不能动，下面有三个小人儿。我呢，又不能挣工分，还要花钱。"接着一声长叹，"也不知能不能考出去。"

见时候不早，怕耽误菊子明早上学，就催着她回家，可她依偎在我怀里不肯起身。便推搡着她出船舱上大埂。她身子歪在我的胳膊弯，一路轻声地吟诵着："唯有你这般纯洁清高/万花俱谢时才姗姗来到/不是把独溢的馨香炫耀/为的是呵/给萧条的秋日添俏！"话一落音，她猛地跑开回头狡黠地一笑，闪进她家后门。我这才恍然大悟，前几天写出的《秋菊》诗稿，在屋里找了个遍也没找着，原来在菊子那儿。

那年，知青大返城，举棋不定的我，一筹莫展，真的舍不得离开这块与生命融为一体的土地，不忍与心爱的菊子离别，也不忍让望眼欲穿的父母失落。

一个月上柳梢的夜晚，菊子约我去漳河边一块滩涂地。我们俩依偎在一起，似乎从此永不分离。菊子用手将我眼角的泪珠拭去，柔柔地说："回吧，回吧。我会努力的，考上了，不就永远在一起吗！"接着吟诵着舒婷的《致橡树》，"我如果爱你——/绝不像攀缘的凌霄花……我必须是你近旁的一株木棉/作为树的形象和你站在一起……"

这年高考分数一下来，我急急地去信询问。菊子立即回复：离录取线差 5 分，父母兄嫂同意复读。让我不要回队，也不要去信，她要安心学习。让我再等一年。

度日如年，在煎熬中过了大半年，菊子终于来信。当我激动地拆开，里面只有一张纸，是从一本诗集里撕下的舒婷那首《致橡树》的诗。

正当我起身要去队里探个究竟，来城里探亲的菊子表姐说：“学校班主任到菊子家一再劝说，虽公社无人考取，可菊子是最接近录取线的人，复读一年是大有希望的。她兄嫂死活不肯，说他们尽了力，不能再往水里扔钱。哭成泪人的菊子无路可走，半月后，匆匆选择嫁人离家。”

我捧着《致橡树》彻夜难眠，痛不欲生长歌当哭。菊子啊！你为何如此匆匆抉择，做不了木棉，难道就不能来一个权宜之计暂做凌霄。路还长，走过坎坷，你就能追求到独立、平等和独自生存的价值，从依附的凌霄花变成独立成树的木棉。

每当夜深人静，遥望着深邃的苍穹，我就想：我们这代人生不逢时时不与我。特定年代的陈规陋习，残酷地掐灭了多少爱的火焰？

往事不堪回首，我只能将许埠村的人和事藏在了久远的记忆深处。

母亲的唠叨

叶永松

初夏江南的一个小村子，正值农忙时节，东方还没有露出鱼肚白，勤劳的庄稼人早已人影绰绰，话语不断了。四周雾气缭绕的水田里，晃动着一个个挑担插秧的身影。“不是秧线歪了吧，是你眼线歪了哦!”一个爽朗的女声响起，随即引来一场哄笑，于这劳累而刻板的氛围中，有了几分生气、鲜活。

这个声音就是我的母亲，她个头不高，却是个大嗓门儿，人没到声音就到了。而且一旦进入她的专用频道，不管前十年后五年，张家长李家短，口若悬河，滔滔不绝，连续几个小时都不带歇息的，让人不得不惊羡记忆力非常。村里人送她一个外号：“叭叭子”（话痨）。

一

说起母亲的唠叨，其实是和含辛茹苦、久经磨难相伴而生的。她从小没进过学堂门读过一天书，搞脱盲时在生产队识字班里认得几个门面字。十五岁到父亲家做童养媳，受尽了后继婆婆的虐。连着养了四个儿子，好不容易生了一个女儿还夭折了。农村人迷信，找盲人算命说是八字硬，养不了女儿，天生的苦命。在奶奶去世之后，她作为家里唯一的女丁，将近二十年的时间里，一直默默承担着一大家子的洗衣做饭搞卫生，外面田间地头一样不落，还要照应每个孩子的生活起居、上学读书，其辛劳程度不言而喻。就拿洗衣来说吧，没水井，没自来水，没洗衣机，得在澡盆中先一件一件用洗衣粉浸泡揉搓，然后到几十上百米远的水塘里清洗，还有做饭、抹竹席、浇菜园……真是忙完了外面忙家里，忙完了地上忙床上，忙完了牲口忙家人，忙得母亲连上街的时间也抽不出来。上小学时，我头顶上害了个小疖子，硬是拖了二十天终于

“修成正果”——大脓包，她才得空带我到村卫生室开了刀，以至于留下一个大疤，像瘌痢头。或许就在这样特殊家庭、日复一日的奔波劳累中，母亲才养成了唠叨的习惯，并一直用唠叨来释放着压力。

老家距离集镇四五里路，人均计税耕地八分田，其他就只有一点各家开垦的自留地。但由于农业生产工具特别落后，劳动力非常重要。在生产队时，男丁十三岁可以做七分工，十七岁才算整劳力。村子里因为田地少，没副业，实行单干前，即便大家拼死拼活干，生活条件也没多大改善。在兄弟们能做集体工分之前，母亲总是把事情安排得满满当当：割草喂猪，放牛养鸭养鹅，拾稻捡粪挖蚯蚓……规定内容一样没的少，另外她还千叮咛万嘱咐，生怕我们做不好，把我们搞得团团转，似乎比别人家孩子都忙都累。刚上初中那会儿，广播上连播刘兰芳的评书《岳飞传》《杨家将》，偏偏赶上农忙。在田里拔秧、除草时，心里似有千百条虫子在挠挠，那个难受劲就别说了，有时自己还要摸鱼捉虾、洗澡偷瓜的，就只能见缝插针，否则逮着了就是一通“摊炮子的，枪炮铳的”一顿数落，至于玩各种游戏，只能到学校了。自从上学读书之后，一日三餐就是我们兄弟几个按照岁数排列、更迭完成的，养成了个个七八岁就会做饭的光荣传统。前面的能挣工分了，意味着后面的就要接上烧饭的班了。

父亲也和母亲同样个子小，块头小，在农村是那种容易忽略的存在，所以发生纠纷一般都是忍气吞声的多，可为了母亲的唠叨，如小孩打架、宅基地界、菜园果树、鸡鸭鹅、猪狗牛之类的，也没少和村里人起纷争。一次和邻居为家门口地界，对方仗着一家人高马大，弟兄几个又蛮不讲理，坚持步步为营，堆着的界石似乎往前一点点推进。尚不满十八周岁的三弟在被母亲的一通唠叨、情绪点燃之后，哪管什么冲动是魔鬼，霍霍就冲到人家动了手，结果被对方打破了头。找当村主任的堂叔理论，都乡邻乡亲的也没掰出个子丑寅卯来，结果母亲把三弟臭骂了一顿，还向人家赔了不是，对方才象征性地把界线往回退了一点点。

但是时间长了，村上人都知道她是“有话就说，说过就忘”，内容就是些鸡猫猪狗、家长里短，照理是很得罪人。可问题是她乐于关心、实诚帮人。谁找她扯点钱急用啥的，放在现在不算什么，可那时村子里人小气，大多不愿意。只有她能爽快答应，有一些小钱自然是打了水漂的。还有其他像农机具种子肥料农药等生产资料就更多了。好处是她也有收获：人气指数噌一下就飙升了。所以大家并不嫌烦她的唠叨，相反还愿意与她交心。

二

正因为父母自己没有读过书，所以受够了没文化的苦。而父亲不善言辞只顾埋头做事，母亲则正好唠唠叨叨着大大小小的事务，尤为让孩子们能正常接受教育，更是倾注了很多心血。

别看她人唠叨，对认定的理却特别执着。20 世纪 60 年代末的一个寒冬腊月，凛冽的北风裹挟着鹅毛般的大雪，直扫得天昏地暗，湮没了所有的路途。我右手腕长的一个肿瘤发展迅猛，小地方医院吓得不敢收治。为了节省车费，母亲背着襁褓中的我，独自深一脚浅一脚地挤上了往上海的绿皮火车。经儿童医院确诊是恶性，为确保除根必须高位截去右臂。当她看到手术后的孩子，彻底破防了，整日以泪洗面。她掏心掏肺的健谈很快收获了同病区家属的亲近感，讲话都不见外，有人说：“就在上海扔了吧，兴许在大城市有人收养呢，在农村是个累赘啊!”可也有的说：“将来社会发展了，读书也有出路的。”她执拗说：“是我自己的孩子，到哪里我都要带着。”她坚定地背起孩子深一脚浅一脚地不知步行了多少路，再次挤上火车，硬是在腊月二十九赶回了家。她生平就出过这一次远门，却无心看风景，还二十多天没睡过一个囫囵觉，度过了人生中最寒冷的那个冬天。可能也是打那以后，一定要孩子们好好读书的念头，让她心目中的天平一下子倾斜起来。

在 20 世纪七八十年代，农村大多数人家条件有限，要么让男孩上学认两个门面字就回家务农或挣钱，女孩基本上就甭想了；要么撑死了也只是紧着老幺读读书。所以能放开来让孩子一直读下去，这在方圆几十公里除了我家是没有第二家的。所以，她就以这些实例做比方，早早晚晚的都苦口婆心地教诲我们，千万要珍惜当下读书的机会。虽然她不会辅导什么功课，但那时能让我们懂到这些道理，是不容易的。而最终我们弟兄四个在陆陆续续进入学校之后，也一个不少地上完中学及以上：两个高中毕业，一个大学毕业。唯独是那个不争气的小弟，初中读完死活都不再去上学了，要和父亲学做屠宰经营。

当然，她和更多的中国农民一样，唠叨最多的主题永远是节俭。就像严顺开春晚讲“粮票的故事”一样，她总是不厌其烦，讲得有鼻子有眼。那时兄弟们大的上小学了，日子普遍开始好过一些了，对家里常吃山芋，甚至有时一天三餐，实在太腻味了，有时丢给猪狗吃，甚至背着大人随手扔了。母亲知道后，弄来个山寨版的《粮票的故事》反复捯饬给我们听。大致内容是：过去一穷苦人家，赶上连续两年饥荒，一家人饿得不行，准备把仅有的一块良田当给财主。无意中喝了好心人家接济来的用碎米熬出的米汤，深受启发，决定不卖地了，后面就靠谋啊赊啊，勒紧裤腰带以喝米汤终于度过灾荒，也留住了自己命根子——田地。她一遍遍用心讲述外加动作演示，直到把我们耳朵灌起了茧子。

1985年我到市里上大专，看到别的同学穿着皮鞋，这对以前最高档的鞋子是回力牌球鞋，大多穿的是母亲做的布鞋的我来说，不啻是很深的刺激。一次下定决心，咬牙花了十七块五毛买了一双猪皮尖头皮鞋。那时，干部工资不过几十块，农村人挣钱更难，一担稻谷只有二十几块。回家被母亲看到，她心疼，只说了一句：“毛毛哎，你真舍得！”当时印象特深，心里是特别的意难平。所以几十年过去了，节俭仍然是刻在骨子里的信条。

母亲的唠叨也是全方位的，竟知道民谚和俗语是治愈系的。还记得那时家里燃料主要靠秸秆，而且像棉花秸秆硬质燃料少，平时基本上就是稻草和油菜（麦）秸，都是拖拖挂挂的，经常是从大门口一直拖到厨房的柴草间，很容易着火，因此总是叮嘱“火烛小心”，并要我用毛笔写到灶台墙上；教我们科学使用燃料不浪费，“锅要空心，人要忠心”；叮嘱我们好好学习，多长点本事时，总讲“学个猪头疯，好过扬子江”“荒年饿不死手艺人”；叮嘱我们参加劳动很重要，就讲“只有大病害死人，没有活计累死人”“冻死的是懒汉，饿死的是闲人”。还有，那么早她就懂得“用身边事教育身边人”，经常拿隔壁芜湖县石硊镇一个小儿麻痹症患者潜心研习无线电技术，开店自食其力的励志故事来激励孩子们，尤其是我。

三

有一年放暑假，母亲到城里接我。我从食品店里买了一块面包递给她，那是一块很普通的面包，但在农村老家还是很稀罕的。在路边的公交站台，母亲搁下肩上的担子，轻轻地把被褥等行李放在人行道的灰砖地面，一屁股坐在路沿石上吃起了面包。我注意到她悄悄用衣袖拭了拭眼角。而此刻这块面包成了她非常美味的享受，一大口一大口地啃了下去，和善的面庞现出荷花般灿烂的笑容。多年以后，我才明白是因为儿子第一次在城里买东西给她吃，那种幸福很特别。

在我的记忆中，父亲从1983年开始从事个人屠宰经营，我们家比周边邻居略微好过一些，但是他非常辛苦，半夜两点起床，步行到很远的地方宰杀，再赶往集贸市场，卖完猪肉，回家已是中午了。饭后想睡会儿，总被母亲吵醒，唠叨着村东口的田里要灌水，西头的地里要抽沟，赶着他下地干活。我知道邻村的一个屠户，夫妻俩形影相随，一道杀猪卖肉，买菜烧饭喝酒睡觉，那日子过得叫一个滋润。父亲和他们相比，钱挣得不少，但累得多，里外都不能少了他。那时我们兄弟几个都在上学，爷爷早已老了，农活一件接一件，只是苦了父亲本身并不强壮的身子。可是到了晚上，一大家子围满了桌子，欢声笑语、大快朵颐享用孩子们烹饪的农家饭菜，倒也尽享天伦，其乐融融，一切辛劳仿佛又烟消云散了。

正是父母亲的勤劳、节俭和操持，1986 年，家里盖起了两层八间的大楼房，惊煞了邻居和亲戚，其中不乏羡慕嫉妒恨，甚至不相往来。后来弟兄们先后在那楼里成家，条件成熟才一个一个搬到镇上和城里。但父母亲一直住在原来的三间旧瓦房里，一天也没住过楼房。

四

我毕业回到老家的镇里上班，只要有空就回家看看。在父母住的大瓦房前，有时一抬眼看到大门上头的雨搭那盆长势健硕、枝枝蔓蔓的仙人掌，开出不少粉红的、黄的绚烂花朵，还有的叶和花从雨搭一侧往下露了出来。弟兄几个都是在父母建的楼房里结婚，等养大了孩子，才一个个离开大家庭，开始独立生活。虽说和睦，但实属啃老。这盆光鲜的仙人掌，就是抱团取暖、热辣滚烫的一家人的真实写照。在有几分尴尬的同时，从心底又流淌出几分欢快。

后来，由于工作调动到更远的县城，回家少了，也很少听到母亲唠叨了。有时回家探亲，她总是没忘记叮嘱我：不能贪图别人便宜，要做个根本人、厚道人。看着母亲慈祥的面容和唠叨的话语，心灵有时产生一种莫名的悸动，抑或是感应？她的种种也潜移默化地影响到我，可能就是强大的基因力量吧。虽在机关上班多年，仍然控制不了我自己，对看不惯的人和事偏偏要说，以至于常常不招人待见，但想来也无怨无悔。这才算是活出自己本真的样子，如此甚好。虽说她的唠叨里没有豪言壮语，更没有金句妙语，可也有我们受用的地方。

父亲在老家拆迁，搬到集镇小区一年后就去世了，母亲一个人生活，孩子谁家也不去。如今，母亲已经八十三岁了，身子骨依然健朗。除了媳妇们按时过来洗洗大件，其他全部由她自理，每天还喝上两盅我给她泡的药酒。平时我们兄弟几个轮流给她送些吃的喝的，屋里堆满了各色食品，有客来她都很高兴地指着介绍，这个那个是哪个儿子买的。我给她买了件桑蚕丝老年套装，人家说这衣服好看。“二儿子买的呢！”她骄傲地说，脸上写满了引以为荣的满足。空闲了，在老年公寓里三五成群地端坐在一起，日复一日地盘点着脑海里的故事，安享着幸福晚年……

挑圩散记

章良明

小寒一到，正是兴修水利的好时机。

想起1975年底，我在长江堤岸，担土挑圩的往事。那个时候，每个大队，每个生产队，都必须挑选身强体壮的社员，去长江堤岸挑土筑坝，名曰冬季水利兴修大会战。那个年代，广大社员与天斗，与地斗，敢教日月换新天，场面轰轰烈烈，宏伟壮观。

那一年，我十五岁，刚上初中二年级。十五岁的孩子，本是半大的孩子，可我们那时，已经可以利用节假日到生产队干农活、挣工分，成了农业生产劳动者的一分子。

记得那年天气特别冷，寒假也放得特别早。假日里，我无处可去，无事可做，只能待在家中，无聊得很。一天下午，生产队召开社员大会，我也跑去凑热闹。队长见社员到得差不多了，便招呼大家坐下。随后，他用极其洪亮，极富鼓动性的话说："今年，大队两委响应县革委会和公社革委会号召，要求每个生产队至少选派三十名劳动力，到螃蟹矶参加全县冬季兴修水利大会战，希望大家踊跃报名。至于报酬嘛，除正常记工分，还额外补助每人每天五分钱伙食费，一日三餐，每人每天只需上交一斤大米，香喷喷的大米饭可以任意吃。"

一听说每人每天只交一斤大米，香喷喷的大米饭就可以随意吃，我似乎闻到了香喷喷的大米饭的味道和任意吃个饱的满足，顿时心潮澎湃，热血沸腾，便跃跃欲试，也要报名参加大会战。

队长知道我还是一个半大不小的孩子，但见我个头高，态度坚决，也就勉强同意了。尽管站在一旁的父亲横加干涉，却也奈何不了。因为父亲知道，在那个饥馑的年代，到了寒冬闲暇时节，即使家中尚有米稻，也舍不得全部拿来食用，每家每户大多只能以红薯充饥，勉强度日。米稻是要匀到来年春耕大忙，青黄不接的时候使用的。而队长那句"香喷喷的大米饭可以任意吃"，对于一个半饥不饱，正处于长身体的孩子来说，诱惑力真的是太大了！

散会后，我和父亲回到家中，父亲把挑圩的事和母亲说了。母亲自然也很担心我体力不支，吃不了那份苦，心疼难舍。但在倔强任性的我面前，也无济于事。

紧接着，父亲便为我们准备挑圩的工具：扁担、竹筐、麻绳、铁锹、支撑扁担竹筐的木杈，还扎了两捆稻草。当天晚上，母亲也特意为我们烧了几大盆腌辣菜、黄豆酱、萝卜干，同时准备了其他必需的生活用品。

第二天早晨天刚麻麻亮，母亲已准备好早餐。我和父亲吃过早饭，我挑着稻草和棉被，和父亲一前一后，跟着全队挑圩的社员，沿着村边刚刚铺好的柏油马路，徒步去二十五公里开外的螃蟹矶。

尽管天气晴好，但依然特别冷。沿途沟河湖塘，都结着厚厚的冰，田野里到处是白皑皑的一片，看不见一点绿色。公路旁的树木光秃秃的，布满白霜，好像瘦骨嶙峋、衣着单薄的老翁，在呼啸的寒风中瑟瑟颤抖、哀号，没有一点生机。只有看到远近村庄袅袅升起的炊烟，听到打鸣的鸡声和汪汪的狗吠声，才能感受到一点人间的烟火气息和生命的活力。

我们一行，虽然只有三十多人，但大家背锣挎鼓，整个队伍稀稀疏疏地拖拉得好长。

忽然想起奶奶曾经说过的逃荒的往事。奶奶说，每当遇到旱涝灾害，庄稼歉收，村里人为了活命，不得不成群结队，离乡背井，到处流浪乞讨。而今，我们这支队伍，虽然名义上是去参加兴修水利大会战，是不是也像逃荒的灾民呢？我不停地在心中暗自嘀咕。

我们走过了横山河，跨过了月子桥，穿过三山街，途经老中沟，终于来到了螃蟹矶。此时，已近晌午。虽然我们徒步走过了漫长的五十多华里路程，但大家似乎并不感到劳累，因为那时，大家都还年轻，我的父辈们也大多刚刚四十出头。我那时虽然年幼，但已上过两年中学，每天往返二十多华里路的奔波，已然练就了一副好脚板，更何况，还有那“香喷喷”的大米饭诱惑着呢！

在队长的带领下，我们来到公路东边不远处的一座村庄。到了村口，队长说，我们就住在前面两户人家。我放下肩上的担子，揉了揉肩膀，甩了甩胳膊，找了一块石头坐下。此时，大家忽然感到饥肠辘辘，雷声爆响，肚中在唱空城计了。

负责烧饭的是老五叔。老五叔五十开外的样子，个头不高，蓬头垢面，胡子拉碴，打了一辈子光棍。他待人和善，在生产队里，不管男女老幼，都亲切地称他“老五叔”。老五叔火急火燎地找来秤，把大家带来的米过秤、淘洗、烧煮。等到饭煮好了，大家拿出各自带来的碗筷，一哄而上，迫不及待地去盛饭，狼吞虎咽地扒拉起来。那白胖胖的米饭，冒着热气，果然香喷喷的，特别抢口，味道比家里吃的好得多！我一连吃下两大海碗，好像还不饱，又去盛了半勺，反正队长说“米饭随便吃”，不吃白不吃。我暗自思忖，就算撑破了肚皮也值得！

下午不出工，各自整理床铺。父亲拿起我挑来的稻草和棉被，去房间打地铺。他首先将稻草铺在地上，再在稻草上铺上铺盖，没有枕头，就去外面找了几块砖头充当。大家铺好了床铺，有的人钻进了被窝，有的人搬了板凳，到外面晒太阳。没有板凳的，就搬块石头，靠墙根坐下。因为彼此熟悉，大家东一句西一句地闲聊着。有的说起生活的艰难；有的说起来年春耕的安排；有的说起 1954 年夏季，暴雨不断，江水暴涨，江堤溃破，农田被淹，房屋倒塌的惨状；有的说起 1962 年初，三万社员齐聚螃蟹矶，建造“拦江打坝”的壮观场面，说起螃蟹矶大闸的竣工，对排除内涝的重要贡献……

吃过晚饭，没有地方可去，大家只能躺进被窝。也有的坐在“床头”，靠着墙根，荤的素的闲扯，说着一些我听不大懂的话。就这样，不知不觉，我进入了梦乡。

第二天，天还没亮，就听到一阵急促的叫机子声，接着是队长高声叫唤声：“起床了！起床了！吃过饭，抓紧时间上圩啰！”

香喷喷的早饭吃过，大家拿着铁锹和木杈，扛着扁担，背着竹筐，冒着凛冽的寒风，匆匆忙忙地往圩埂上赶。

来到长江岸边，只见江堤上人声鼎沸，彩旗飘扬。彩旗上，印有“某某生产队”“某某青年突击队”“某某铁娘子队”，甚至还有“某某老虎队”。更引人注目的是，江堤上还竖着硕大的标语牌，上有“水利是农业的命脉”，有“愚公移山，改造中国”，有“阶级斗争一抓就灵”“下定决心，不怕牺牲，排除万难，争取胜利”等。圩埂上的高音喇叭也不时地播放着激越响亮，鼓动人心的革命歌曲或现代京剧片段。其声势之浩大，场面之壮观，热情之高涨，干劲之充足，真是闻所未闻，见所未见。这一切，无不激发起广大群众冲天的革命干劲，也使得我血脉偾张！

我转过身，向北望去，尽管是冬季枯水时节，但江面宽广，江水浩渺，对面的江岸影影绰绰，不甚明了；只有江心里来往穿梭的船只和江岸边金色的芦苇依然清晰。那芦苇虽已枯黄，却傲然挺立，摇曳多姿。我那时还不知道“蒹葭苍苍，白露为霜”，更不知道“在水一方”还有“所谓伊人”，只知道，那远远的芦苇滩，就是我们取土的地方。

我们走下江堤，来到芦苇滩边。父亲手把手地教我如何插下木杈，如何在扁担的两头系好竹筐绳索，如何把扁担放在木杈上才能得到平衡稳定，如何用铁锹取土等。

我按照父亲所说的方法，取好土，挑起担子，跟着社员沿着江边踩踏成的土路，阔步向前。来到岸底，再顺着斜坡路，挑到江坡江岸上。大家行动敏捷，来往穿梭，鱼贯而行，看不见任何偷奸耍滑之人。可我那时必定还太稚嫩，仅跑了两趟，便感到力不从心，气喘吁吁，汗流浃背。我索性扒下棉袄，穿着单薄的内衣作战！

中午，回到住处吃饭时，我明显感到腰酸腿痛，肩膀也被压得红肿，吃的饭味如嚼蜡，再也没有香喷喷的感觉了。到了下午上工时，我感觉压在身上的担子似有千斤，双腿也颤巍巍地不听使唤。有时，我用双手托举扁担，以减轻肩膀的压力，行进的速度也明显降了下来。爬坡的时候，我有时一手扶着扁担，一手拄着膝盖，一步一步地往上挪动，可就是这样，还是摔了几跤，所担的土，全部骨碌碌地滚到了岸底。直到此时，我才明白自己的渺小，还是个正在成长的孩子。看着我的父辈们挑着百多斤的担子，双手牵着前后框的绳索，来往穿梭，你追我赶，如履平地，我既羡慕他们强大，也痛恨自己懦弱无能，泪水难以遏制地流了下来，打湿了衣襟……

到晚上收工，那香喷喷的米饭，对我已经失去了吸引力。我粒米未进，钻进被窝，躺下就睡。那晚，我之所以粒米未进，是为了少交三两米。要知道，那时候的三两米，够我在家喝一天的稀饭啦！

更想不到的是，那天晚上睡到半夜，肚中发出咕隆咕隆的响声，还伴随着刀绞般的疼痛，我赶快爬了起来。可能白天受了凉，我拉肚子了。之后，又跑了两三趟厕所。所幸的是，第二天起床后，浑身轻松多了。我吃过早饭，就尾随大家，赶到圩堤，来到芦苇滩，艰难地挑起土筐。

这以后的日子里，队长的叫机子依然吹得嘟嘟响，老五叔的破脸盆也依然时不时地敲得当当当，我呢，也依然咬着牙，拼着命，和社员们一道出工、挑土，一道回住处，吃香喷喷的大米饭。直到大寒时节，我们才完成大会战的任务。我们每个人的脸上都洋溢着欢乐的笑容，像得胜的勇士打道回府，等待新年的来临。

这件事过去将近五十年了。我每次乘车从螃蟹矶经过，都会不自觉地向车窗外看去。每每看到宽广浩渺的长江，坚如磐石的江堤，江心洲随风摇曳的芦苇，心中总会涌起一股别样的感觉！随着时序更迭，世事变迁，人们再也不需要到长江堤岸担土挑圩了，但对于我们这些曾经参加过劳动、流下过汗水和泪水的人来说，谁又能忘记那一段刻骨铭心的岁月呢？

“笑”一个吧

孟　婷

“大家靠近一点，抬头挺胸，看我这边。很好，最后，笑一笑！”随着快门按下，闪光灯闪烁，一张属于这个家的全家福照片就此诞生。

一

奶奶坐在爷爷的身旁，目光慈和，褶皱的皮肤也掩盖不住她的温柔。谁见了她都会夸一句：你人真好啊！

小时候我最喜欢的就是马鞍山的那家亲戚了，因为每次过节他们家买来的东西都是最多的。我一直以为我们两家是铁亲的关系。后来，爸爸告诉我，奶奶年轻的时候上街卖菜，跟这家叔叔的母亲一见如故，结拜了金兰姐妹，所以这才结了亲。

这么多年来两家一直都是密切来往，叔叔们住在街上，来的时候都会带来牛奶、水果、大礼包。我们在农村，奶奶每次都是准备好鸡蛋和鸡，嘱咐爸爸送过去。

我一直以为奶奶的性子是柔软的，可是再柔软的人触碰到底线也是刚烈的。

那年爸爸为了“搬家”的事与人争执，被打了。奶奶看得眼泪汪汪，心疼儿子。声嘶力竭的制止被淹没，她焦急得不知所措。一片混乱中，没有人注意到她，匆匆往家里赶，再出现时，手里拿着一瓶农药，竟当着所有人的面喝了下去。

后来，奶奶在医院住了很久才回来。我问她苦不苦。她说，衣服脱光了检查，怪“丑”的。

我们搬了新家，从农村来到城市。奶奶和小叔叔一家住在我们的楼上。妹妹上初一的时候，妈妈去上班了。家里没人做饭，妹妹只能去小叔叔家吃。处于青春期的妹妹非常叛逆，即使只要上一层楼，她都不愿意自己动。所以每次吃饭，都是奶奶一手汤一手饭从楼上端到楼下，送到妹妹的手边。等她吃完了，奶奶再把空碗带回去。家里人都劝奶奶，别这么宠妹妹。她总说，不吃饭怎么行，想想都舍不得。

大三的清明前夕，我和闺蜜计划着要趁着小长假去旅行。那晚接到了爸爸的电话，问我什么时候回家，我跟他说了我的想法。他沉默了一会儿说，这次先回家吧，下次再出去。我有点生气不能理解，他又补了一句，奶奶生病了，你回来看看她。他语气平静，听不出任何情绪。

骨癌是什么？能不能治？回家路上的我心焦如焚。当我见到爸爸的那一瞬间，他的神色一如既往，我的心安定了下来，一切好像没有变化，真是太好了。

二

妈妈站在爸爸的身边，眉眼弯弯，嘴角上扬。在我记忆里面，妈妈一直都是一个胖子，可他们说是生我生的，在这之前她身材娇小，怀孕了以后奶奶杀鸡炖汤给她补，后来我是生下来了，脂肪却怎么也不愿离开了。

大润发开业要招很多人，妈妈应聘上了保洁员。那时候公司组织新员工去芜湖培训，这是她第一次参与这样的活动。住在酒店里，还有自助餐，她给我分享着这一切新鲜事，开心得像个孩子，喜悦似乎都要从话筒里溢出来。

大三暑假我去了天津实习，开启了我酒店服务员的繁忙生活。那是再平常不过的一晚，忙碌中看了两眼手机，有两条来自妈妈的未读消息，一条是语音通话已取消，另外一条是问我在忙吗。我匆匆回了一句“在上班，明天休息给你打电话”，便又继续工作了。

早上我给妈妈打电话，是妹妹接的，她说妈妈出去了。

中午午休醒来，手机显示爸爸十几个未接电话。回拨过去，传入耳膜的便是压抑的哽咽声，他说“你快回来吧”。我的心在瞬间坠入深渊，脑子嗡嗡的，一个声音告诉我，不好了。

其实清明那时候，奶奶已经是骨癌晚期。小叔叔是医生，他是第一个知道这个消息的。舅爷爷说小叔叔在他面前哭着说治不好自己的妈妈，就剩六个月了。

9 月实习中间我回家过一次，时隔三个月再看到奶奶，已然面目全非。凹陷的脸颊，外凸的牙齿，皮包骨的身躯，就像一副骨头架。她嘴里不停地喃喃着，骨头里疼，真疼啊……

爷爷不喜欢住在小叔叔家，觉得不自在。爸爸就又买了一个地下室，和原来自家的紧挨着，打通了墙壁，搞了个一居室给他和奶奶住。

后来奶奶就下不了床了，需要人看护。妈妈只要不上班就要去照顾奶奶的吃喝拉撒，还要给她按摩，不然她就会疼得一直呻吟；爸爸白天上班，晚上在地下室睡躺椅陪护。

坐在高铁上，窗外的景飞快地闪过，关于奶奶的记忆也在脑海里走马观花。

奶奶每年夏天都会去卖西瓜，回来就给我买最爱的炒面；刚学会骑自行车的我摔倒进了村里的河中，奶奶给我“叫魂”；过年的压岁钱为了避免妈妈没收，让奶奶做我的存钱罐；受委屈哭了回家奶奶会给我做溏心蛋哄我……奶奶……

三

“你的妈妈没了……”是我连夜赶回家听到的第一句话。爸爸佝偻着身子坐在沙发上，眼眶通红。犹如一道闪电将我从头劈到尾，我呆在原地头脑空白，许久才颤颤巍巍地吐出那几个字，说的不应该是“奶奶”吗。

我们都不知道妈妈抑郁了。单位要求的员工工作准则，她总记不住；她说爸爸对她变得很冷淡，下班回家总是板着脸；过节她想回去看看外公外婆可是她抽不出身；她不喜欢给奶奶通便，通完便就吃不下饭；她想休息休息……

妈妈在 10 月阴雨连绵的那一个夜晚，睡在了小区后面的那片湖里。

明明是 10 月，却是那么寒冷。雨水和着泪水，我捧着妈妈的遗像，无声地哭泣。要送妈妈去的那片山，是小叔叔带着我找当地的人，求来的。

那个爷爷是我小学零食铺的老板，我记得他，他不记得我了。小叔叔说婷婷快跪下。我就立刻扑通跪下，眼泪扑簌，声音嘶哑地叫他，爷爷。

妈妈入土以后，我才从缥缈中回到了现实。因为一直忙着妈妈的事都没有去看过奶奶。终于我停下来了，坐在奶奶的床边。她连撑起眼皮的力气都没有，我唤她，她哼哼了两声给出了回应。奶奶不知道哪里来的力气竟然拉住了我的手，嘴唇颤抖，我感觉到她似乎有话要对我说，把耳朵凑过去，只听到她孱弱的低语：“毛毛哎，我要死了。”我心如刀绞，像小时候她哄我那样，轻声细语，摸着她的手安抚她，说：“不会的，不会的。”

爆竹升上天爆炸的尖锐响声，打破了寂静的深夜。妈妈长眠茶山后的第一个凌晨，奶奶也走了。他们都说，奶奶这辈子都是这么善解人意，怕添麻烦，紧熬着等妈妈的事情结束了，才敢咽气。

小叔叔和爸爸说，他们不孝，没有让他们的母亲享过福。那我孝吗？我给了我的母亲什么？

四

一幕幕历历在目，却已是七年之前。一切都是真的，但唯独那张全家福是我的幻想。

如今妹妹在上大学，我在上班，爸爸休息的时候最爱的就是钓鱼，爷爷喜欢在我们这栋楼下和他的老伙伴儿们聊天，生活平淡而祥和。

奶奶和妈妈活在了我们的记忆里。恍惚间我又想起了当年那个困扰我的问题，我们孝吗？如今我有了答案，爱便是我们的孝，我们没有为她们付出过什么，但是我们深爱着她们，并且永远爱着。

笑一个吧，是奶奶和妈妈对我们的希望。

“笑”亦是孝。“笑”一个吧，也是我对家人坚守的初心。

展展的小泡泡

强兰兰

一

当她追问我那个古老的问题：如何出生的？

故事是这样的：

展爸和展妈结婚没多久，就觉得两个人太无聊了。有一天晚上，两个人出去散步，一下子走远了，回程走到菜市场时，听到一个微弱无助的声音——“喵”，循声找去，发现一群猫倒在地上，中间是只老猫，已经死了，围在边上的一群小猫是刚出生没多久的，也都奄奄一息了。只有一只黑白相间的小猫，抻着脖子叫着。展爸和展妈觉得它又可爱又可怜，就把它带回了家。

眼看小猫太瘦了，老爸急中生智：干脆从我的肚子上抓一点肉下来！刚好展爸的肚子又大又圆。

嗯，展妈也同意，也从自己肚子上抓了一些，虽然没有老爸的多。

然后，两个人就像玩橡皮泥一样，把肉和小猫捏在了一起。

展妈捏的头发——所以头发又黑又亮又粗又硬；展爸捏的耳朵——嗨！所以从小就是个破耳朵。

展妈又捏了白皮肤，长骨节；展爸却只捏了臭脚丫、爱流血的鼻子和坏牙齿。展爸对自己的手艺也深感惭愧，于是在最后两项收官之作上，开始犯了嘀咕：到底是捏小屁眼儿呢，还是肚脐眼儿呢？肚脐眼儿捏不好，以后可是常常要漏气啊！还是让老妈去捏好了。当然，展妈顺利地完成肚脐眼儿后，展爸也捏好了屁眼儿。

肚脐眼儿捏得完美极了，一点也不漏气，倒是小屁眼儿的问题不小：老是放臭屁！随后，我们就给这个宝宝起了个名字：展展——就是你啦！

不信？你看看自己的肚脐眼儿漏不漏气？再看看自己的破耳朵、坏牙齿。还不信？天天放臭屁，吃饭也放屁的是你吧？再不信你就学一声猫叫，她立刻鬼使神差地“喵”了一声。瞧，多像！就是因为你有只小猫在骨子里的缘故嘛！

从三岁到六岁，展展一直深信不疑，并多次和小伙伴儿们神气地提起：我是小猫捏出来的！不然你们听听，我学猫叫可像了！后来可能遭遇了过多的质疑，对我很是生了气。

啪——这是第一个童真泡泡的破灭。

二

从上幼儿园开始的第一年圣诞节起，老师们给家长们的建议就是：给宝宝们准备一份圣诞礼物。那一年是2008年。

于是乎每一年，一到12月份，我脑细胞就开始一批接一批地奔死，每次的礼物都要立意新颖且不能相同。第一年，她四岁，用棒棒糖和“果然多”就打发了，她美得呀，嘚瑟嘚瑟地把所有糖带到幼儿园和小朋友分享了。五岁，两三个小玩具就可以应付了事；六岁，上小学了，“圣诞老人”想了几天，最后送了一个学具盒，那是一个小象形状的盒子，里面有尺子、钟面、珠子。2011年，展展上二年级了，怀疑是不是真的有这个穿着红衣裳到处给人送礼物的老头，就陆续地问一些尖锐的问题：

“圣诞老人从哪里来啊？”

“书上说是烟囱。”

“可是我们家没有烟囱啊？”

“嗯，那个……我们家……那个排气扇，上面不是有个三角形的小洞吗？就是从那里挤进来的！”

看来礼物得费点心思，否则，圣诞老人就扮演不下去了。圣诞前夕的晚上，展展呼啦呼啦地进入梦乡了，“圣诞老人”蹑手蹑脚，把一个扎起来的圣诞帽悄悄地摆在床头柜上。到了夜里一点多，一声惊天高呼“妈妈”把我从梦里拎出来。我惊着连忙把棉衣一披，啪嗒啪嗒跑到她房间问怎么了。“圣诞老人送我礼物了！”小丫头一直心里惦记着呢，也不管天冷气温低，咕噜一下爬起来，开着台灯就拆礼物。我赶快把棉袄给她披上，又睡眼惺忪地倒床上去了。

“妈妈！圣诞老人送我一个圣诞帽！”

“妈妈！里面有一盒铅笔和一个带锁的笔记本！”

“还有一封信！奶奶，圣诞老人给我回信啦！妈妈，你不想看看啊！”

唉，我当然不想看。为了怕暴露笔迹，特意让老爸把信打印回来的：“亲爱的小展展：我想了你一年，你一定也想我了吧！这一年来，我可听说你不只长高长大，还取得了不小的进步哦！学习棒，会画画，还交到了很多好朋友。呵呵，所以，我从遥远的斯堪的纳维亚半岛赶来，一定要来看看你。可惜我来时，你已经睡熟了，那红透的小脸蛋，我忍不住亲了一口——哎呀，胡子没把你戳疼吧！今年送给你的是，只有好孩子才能得到的铅笔，还有一本带锁的笔记本，给你记录小秘密的哦。加油！明年再会啦！”

那盒好孩子才能得到的铅笔和带锁的笔记本是临时从如海超市买来的，圣诞帽也是从小花店讨价还价花五块钱买的。几十块的东西零零碎碎，给她带来的除了兴奋，还有后半夜的无眠。天蒙蒙亮，她眼睛睁得贼大，跑到床边叫我起床。屁颠屁颠地到了学校，她逢人就炫耀一下：“圣诞老人送我礼物了！”结果全班同学都不相信，也难怪，展展提前一年入学，同学都比她大一到两岁。大家嘲笑她幼稚，七嘴八舌说根本没有圣诞老人，都是你妈妈假扮的，还说铅笔就是在超市买的，圣诞老人会去超市买东西吗！她不干了，扯着破嗓子喊：“就是有！就是有！我有证据，圣诞老人还亲了我一口，喏，我脸上这个包就是他胡子戳的！”

回来后，她觉得深深地受到了伤害，一个劲儿地追问我：“为什么我们班同学都不相信有圣诞老人呢？为什么他们都没收到礼物？”

“那是因为他们表现得根本不如你，圣诞老人也不是每个小朋友都送礼物的。”我想了想又接了一句，“他们没收到礼物，当然以为没有圣诞老人了。”

就这样，又糊弄了一年。转眼 2012 年 11 月了，展展就张罗着要给圣诞老人写信，还告诉我：“哼！我们班所有同学都不相信，我相信。今年我一定要给他写封信，让同学们都看看。”

然后她就写了一封信，用胶布密密层层地粘了三圈又三圈，最外面写着几个大大的字：任何人不许看！我实在按捺不住好奇心，还没等她睡着，我就迫不及待地拿到手，一边偷笑，一边轻手轻脚地拆开，上面工工整整地写着：圣诞老人，如果你真要送我东西，就给我一张你的照片吧！还要三张印着你头像的贺卡。然后还有……后面全是玩具的名字，最起码有七八个，我一个也没听说过。我心里偷偷地被扯动了一下，知道她无法维持这个美妙的泡泡了。这就好比一个漂流在大海中的冰块，眼看着其他冰块全都融解了，多希望来一艘船，有人把自己捞起来继续放在冰箱里。现在照片就是冰箱，我就是那个捞冰的船员。

打开淘宝，我搜了“圣诞老人照片”，又搜“圣诞礼物”，确定了以后，开始帮她搜“圣诞老人地址”。不搜不知道，原来世界上有许多孩子会给圣诞老人写信，各国都抢着说自己就是圣诞老人的故乡，说法最多的就是在芬兰拉普兰地区的罗瓦涅米的山上，说那山有耳朵，可以听到世界上所有孩子的心声，所以叫“耳朵山”。我把搜集的地址告诉展展，她把地址端正地写好，双眼闪耀幸福的光彩，亲手塞进了绿邮筒。当然，没有贴邮票。

这件事的后续是，一周后，圣诞老人不光寄来了圣诞卡片给展展，班上所有孩子都有，包括质疑过和嘲笑过她的同学。那是“淘宝”上买的圣诞卡片和手写英文祝福，然后悄悄丢在了学校门卫。收到卡片的质疑者们也糊涂了，摇晃着脑袋思考了半天的人生。2013 年的圣诞欢乐在最后的孤军捍卫中悄然落幕。2014 年，四年级的展展开始叉着腰，一字一顿地教育二年级的小屁孩儿：“没有圣诞老人，是—假—嗒!”

这是第二个大泡泡的消逝。

现在是 2024 年，家还是这个家，圣诞老人不来光顾已经整十年了，那个小猫捏成的展展已经比我大出好几码，在大学里骑着自行车如风般自由。不知道每年 12 月 24 日的晚上，她还能想起写给圣诞老人的信和向她索要的玩具吗？还能想到半夜的惊喜与童真幻灭的沮丧吗？还能想起家里的这位独自品味美好时光的“圣诞老人”吗？

守望幸福

孙爱俊

今年小暑，一个平平常常的日子，早起随母亲回了一趟老家，准备收拾她那挤着空隙时间侍弄出来的菜蔬。这段时间雨下了好久才停住，老家冲里的那条正在维修的路着实不好走，只有沿着路牙子踩着少许零散的石块进入菜园中。园子被母亲打理得是那么细腻而诱人，青的果、绿的叶、红的花，争相挤进了我的眼里，这片土地还是常来常新的。我甩了甩鞋子上的泥，菜地间小埂上的泥土很湿润，老往鞋上粘。空气中弥漫着滚滚热浪，我被藏匿在青绿草叶间的蚊虫偷袭，让我抓挠，越发的烦躁不安。

“小暑大暑，上蒸下煮，伏天来了，静子哎，心静自然凉。”我循声望去，表婶扛着锄头正往园子里来。

表婶比母亲年龄要小很多，或许是投缘，她们那种邻里老伙计的姊妹情热乎得让我也不太懂。我无暇听她们的家长里短，瞅了瞅手机，快速掐那挂成米线样的豇豆。表婶放倒锄头席地坐在地沟边，她的声音时大时小，干瘦的脸颊在几缕黑白相间的发丝下犹如皱着的核桃皮。在我最初的印象中，表婶是不大喜欢与人搭话的，也鲜少串门，常年的齐耳短发看上去有股清秀的灵气。我一直疑惑这样标致的人怎么会嫁给我那不入流的表叔。

早前听七大姑八大姨们闲聊时说过，表叔的父亲与表婶的父亲是世交，且早年生产队上集体时在一起共过事，可谓是知根知底的老伙计。表婶是我们村中娶进来较标致的媳妇之一，不但是一把理家好手，好像还是初中文化。可表叔因上面有好几个姐姐，从小养成好吃懒做、鲁莽暴躁的性格。他不说话时给人印象是一种病体怏怏、眼神畏畏缩缩的样子，而张嘴就是那厚重的土语伴着骂骂咧咧的脏话。常年喜欢穿一双四季不分的拖鞋，人瘦毛长、眼屎巴拉的样子，好像只有在赌桌上眼里透出的那点光才有点灵性。

从小到大我是不喜欢表叔的，每次他晃悠到我家，对着我父亲尽吹些大话的时候，我总是厌烦得把铅笔盒整得咣咣响。在我不太懂事的年纪，我一直无法理解表婶怎能“死皮赖脸”地生活在这样的一个男人身边。

今年的豆角结得是实在多，我掐得有点不耐烦了，看向母亲，顺嘴问了句表婶，CX近期可回来了。表婶咧嘴笑着说，CX毛毛今年高考，填完志愿应该会回来玩几天的。

哦，她的孩子今年都高考了。

表婶有一双儿女，女儿老大，二子是男娃，但姐弟俩的性格相反，男娃文静不爱说话，女娃却风风火火像个男孩子。女儿脸盘子像极了表婶，小时候感觉毛黄干瘦鼻涕拉呼的，不知不觉就长大了。表叔身体还算可以的时候，重男轻女的思想还是蛮重的。我上初三的那年，小CX升初一了，那年夏天他们家几乎是地震样地闹了一季，表叔吵着让小CX去学裁缝学手艺挣钱，表婶死活不肯，日夜编织竹帽子砍细竹子挣钱。那些年应该受了不少罪，也就是那些年让表婶苍老得如同霜打后的老树皮。

哎！表姐，我回家一下，家里还有几十个鸭蛋，我去拿来给你们带回去。表婶从地沟里直起身来，听都没听母亲的婉拒，扛着锄头就走了。

俩孩子还是争气的，母亲说CX混得不错，是个小老板了，有自己的小厂。二子也在家开了个代加工的小作坊，小夫妻俩不但勤劳能干，对你表婶也是十分的孝顺。可你表婶是歇不住的，长年在香草园打点小工。现在日子过得是相当不错。

我热得越发不耐烦了，嘴唇被我舔得如干燥的糖果纸皮。漏斗一样的记忆，硬是把早起拾掇的一袋水果给忘记了。好不容易从车里翻出一个快压扁的桃递给母亲，母亲撑着膝盖抓了一把杂草甩向篱笆墙外，然后侧身扶着腰向我走来，说，我不喜欢吃桃，喝口水就行了。母亲看着一口气喝完的水杯，又娓娓地说道，你表婶生来性子好，她这也是苦尽甘来，只叹你那命薄的表叔没福享受哦。其实表婶娘家兄弟姐妹日子都过得相当好。表叔去世后，表叔的妈妈中风躺在床上好多年，记忆中表奶奶头发又长又花白，戴个黑拉子，眼睛眨巴不开时就像练九阴真经的梅超风一样怕人。在没有农村低保之前，表婶的娘家人贴她的多，劝她改嫁的也多，但是她还是给我那短命的表叔苦守这个家。母亲说表婶父母为人本分，她的家风好，厚道贤良的一个人，把自己也熬成了苦菊，好在俩孩子孝顺，也是晚年福报。

我想表婶也是想过逃离的，只不过内心那份对孩子的爱，对亲情的守望，让她不惜用一生作为代价。

村子里都是留守的老人，整个上午都是闲静的。进入伏天以后，村庄和它周围的山野，看起来已不再荒凉，沟道里和田埂坡地上，到处都有了深深浅浅的绿色。入伏前的这场雨，让喝足了的土地暂时可以抵挡一下阳光烈火般的炙烤，但那远远比不上表婶那几十个鸭蛋带给我内心的凉爽。

临走，我将那个扁桃递给表婶，聊表心意，总感觉拿不出手，可是车上又没其他东西用来还礼，心里不免忐忑。没承想，表婶竟然接过扁桃，笑呵呵地说她喜欢吃桃。我一脸赧颜。唯愿淳朴善良的表婶晚年幸福安康！

风姿绰约峨溪河

汤明余

峨溪河虽小，在地图上，你可能一时找不到她，但她是一条古老的河，历经世事沧桑，穿越数千年的时空隧道，仍然生生不息流淌，传承华夏文明之光。

在风和日丽的四月，我沿着峨溪河行走。峨溪河上游南门桥，车辆穿梭，人行匆匆。这里曾经是繁忙的水码头，县城最繁华路段。距离南门桥一点八公里，正在建设繁昌窑遗址文化公园。当你走进遗址保护展示大棚，看到发掘的当年烧制青白瓷的龙窑遗址，一定会被繁昌先民的智慧深深震撼。2002 年 9 月，安徽省文物考古研究所主持，对繁昌古窑址群进行发掘，揭示出一座十分罕见的保存完整的宋代龙窑，在许多方面填补了陶瓷考古研究的空白。龙窑依山势而建，形状像龙，故得其名。繁昌窑创建于五代，兴盛于宋代，曾经为南唐宫廷烧制过贡瓷，创新“二元配方”制瓷工艺，是我国古代最早烧制青白瓷的窑场，比景德镇早三百多年。青白瓷胎质洁白细腻，白中闪青，青中泛白，青白淡雅，色泽如玉，釉面莹润。南唐时期著名画作《韩熙载夜宴图》中使用的瓷器，就有繁昌窑烧制出来的。

站在南门桥，峨溪河水清澈，水波荡漾，就像娇羞可爱的姑娘，温婉柔顺。我仿佛看到窑工三五成群，把辛苦烧制的青白瓷从繁昌窑运出，经过龙亭街，送到南门桥码头停靠的木船“峨船子”上，目送“峨船子”沿着峨溪河而下，再经过芜湖，进入南京，甚至走向海外，历经风霜洗礼的脸上露出欣慰笑容。从这里，古往今来，繁昌许多青年才俊，乘船外出，有的求功名，中进士，福泽一方，如明朝进士户部侍郎徐贡元；有的求学问，谋发展，家国情怀，如到日本留学归来，一心办学，教书育人的李应文等。

随着陆路交通不断完善，人们对水路交通的依赖逐步下降。为了防汛抗旱，防范长江洪峰时，河水倒灌，内外河水“龙虎斗”，给人民生命财产造成重大损失，1971

年，在峨溪河出口建成峨桥闸，峨溪河向外的航运彻底中断。水运码头功能丧失，南门桥归于平静。

我沿着河岸的木质休闲步道前行，两岸垂柳依依，荫翳清凉，“峨溪烟柳”就是繁昌古十景之一。许多老人在这里甩手伸腿，听着黄梅戏，怡然自乐。

不知不觉来到东门桥，一棵大榆树立于桥边，感受东门桥的时代变迁。繁昌在明朝天顺元年将县治从延载乡迁到金峨上乡即现在繁阳镇，明崇祯年间建筑城墙，建有四门。繁昌籍太医院院判王道纯，叹家乡“路属通衢，城濠隔绝”难通行，个人捐款在东面朝阳门外，建造一座跨河桥，名为“百子桥”，俗称东门桥。东门桥历经多次破坏，又多次重修。新中国成立初期，为恢复芜青公路运输，当时修建一座钢架木面桥，仅能一车通过，又称“洋桥”，后来改建为两孔拱形公路桥。20 世纪 80 年代前，205 国道经过这里，是芜湖通向皖南的交通要道，后来国道改线，这里仍然是省道 216 必经之地。新世纪初，为满足经济社会发展需要，县人大代表提出拓宽改造东门桥议案。2005 年 7 月新桥竣工，桥面双向四车道，两边护栏设置人行道。随后，峨溪河上又陆续建造步行桥、龙亭桥、峨溪河大桥等，架起了一道道“彩虹”，方便两岸人们生产生活，见证社会经济不断发展变化。

出东门桥向东，就是峨溪春早公园，依偎在峨山脚下。公园里树木葱茏，有人慢步，有人打太极，还有人拉起二胡，悠扬的黄梅戏爬上柳梢，荡入水波，迷醉了峨溪河里的鱼虾。这里曾经是城乡接合部，养猪的、打铁的、卖菜的，房屋低矮破旧，环境脏乱不堪。听说征地拆迁要建公园，许多人不相信，这么好的黄金地段，会这样“浪费”？忽悠人呢。现在这里建有峨溪春早公园、竹丝塔公园、彩虹路、峨山樱花大道，已经成为繁昌网红打卡点，人们在这里休闲娱乐，放飞思绪，欢度美好时光。

峨溪河头枕峨山，回望峥嵘岁月。抗日战争期间，日本侵略军一直妄想占领繁昌县城，作为进攻皖南的战略要地。1938 年 12 月，新四军第三支队来到繁昌，与日军浴血奋战，五战五捷，取得繁昌保卫战的胜利，特别是 1939 年 11 月 8 日，日军分三路进攻繁昌，上午九时攻入县城，开始向守卫峨山头的新四军三支队六团三营阵地发起猛烈攻击，企图占领制高点，控制全城。六团三营战士与日军短兵相接，英勇作战，击退日军数次进攻，牢牢控制着峨山头高地。下午三时，新四军开始从四个方向展开反攻，六团三营从峨山头直扑城内，与日军展开了肉搏战，歼灭大量日军，粉碎日军占领繁昌的企图，这就是著名的“峨山头搏斗”。战斗中，繁昌人民送饭、送弹药、搬运伤员，有力支援新四军。现在，峨山脚下，建成的繁昌烈士陵园，将永远铭记革命先烈。

跨过龙亭大桥，峨溪河不紧不慢地流，清风徐来，阵阵清凉。峨溪河给两岸人民提供丰富的生产、生活资源，人们世世代代在这里繁衍生息。峨溪河时而温柔，时而狂躁。梅雨季节，有时就像一个孕妇，腆着不断膨胀的肚子，遇到狂风暴雨，电闪雷鸣，桀骜不驯，仿佛脱缰的野马，横冲直撞，甚至冲破河堤束缚，践踏庄稼，毁坏民房，给人们的生命财产造成巨大损失。1999 年，由于连续暴雨山洪，峨溪河水暴涨，漫过河堤，县城大部分区域进水，许多一楼人家卫生间污水倒灌，直到下游溃堤，才解决了城区的窘迫。到了冬天，峨溪河又像羸弱老人，步履蹒跚，甚至断流。过去，人们无可奈何，只能祈求风调雨顺。近几十年来，峨溪河经过多次整治，特别是前两年峨桥排涝站的建成使用，大大提高了防汛抗旱能力，人们不再担心洪水的威胁了。

沿着峨溪河向北，走进鲍圩，河面变宽。三角滩里，一排排桦树，就像守卫疆土的战士，昂首挺胸，注视着岸边的污水处理厂。每次走到这里，我都会放慢脚步，静静聆听里面处理污水的哗哗声。以前，县城的污水处理比较粗放，基本上靠化粪池。随着城镇化发展，人口增多，化粪池不堪重负，污水流入下水道，下水道又窄又破，经常阻塞，一到下大雨，污水横流，峨溪河更是重污染区，人们发出“救救母亲河”的呼声。污水处理工程是减少污染物排放、保护自然生态的环保工程，但投资多、牵涉面广、系统性强、实施难度大，当时，许多大中城市都没有处理好污水，小县城能行吗？繁昌通过加快经济发展，提高财政收入，有了治污的底气。2008 年，繁昌治污工作拉开帷幕，次年 12 月，污水处理厂的建成和使用，有效改善峨溪河水质，提升人居环境质量，为繁昌获得全国文明县城打下良好基础。

近些年来，峨溪河经过综合治理，拓宽改造、清淤护砌，设置拦水坝，建造防洪墙、滚水坝，沿河进行美化、亮化、绿化，建起亲水长廊，休闲步道。峨溪河沿线建有中滩公园、峨山公园、峨溪公园、峨溪春早公园、竹丝塔公园、安定公园等，打造峨溪河景观带。2020 年，繁昌又实施水环境综合整治 PPP 项目，污水处理厂三期扩容建设，城区道路、老旧小区雨污分流改造等项目的实施，大大提高污水处理能力。如今，峨溪河就像一条温驯的小鹿，夏天不再横冲直撞，冬天河水潺潺，不再断流。峨溪河水清了、岸绿了，两岸新建许多生活小区，人们在这里安居乐业，峨溪河焕发勃勃生机。

峨溪河东岸的峨山联圩堤，经过加高培厚，坡面护砌，堤面硬化，大大提高防汛抗旱能力。建有休闲步道，不时看到骑行的人们像鲫鱼一样欢畅，三五成群的“驴友”，不时拿着手机，对着峨溪河上闲庭信步的白鹭拍照。20 世纪八九十年代，我在峨山镇工作，每到冬季，这里就是冬修水利主战场。那时，居住在这里的村民，每家每户分一段圩堤，用铁锹挖泥，用肩膀挑，对峨溪河埂进行加固。年年加固年年修，到了夏天，如果连降暴雨，峨溪河埂仍然险象环生。人们在这里严防死守，密切关注雨情变化。我们在这里巡堤，河埂泥泞不堪，有时干脆脱了胶鞋，赤脚走路。有几次，峨溪河水位暴涨，眼看要漫堤了，赶紧组织人员除险加固，筑起子埂，确保峨山联圩没有溃破。随着经济社会快速发展，大型机械使用，挖掘机、推土机、农用车齐上阵，峨溪河堤就像小伙子一样壮硕起来。人工挑圩的历史成了过去式，留在我们的记忆里。

峨山联圩沈弄村，有新石器时代的缪墩遗址，能够深刻感受到繁昌厚重的历史文化。1988 年冬修水利，在这里发现大量陶器残片，采集到腰沿釜、牛鼻形耳罐、刻画纹陶罐等具有明显时代特征的陶片标本及大量猪、鹿、熊、牛等兽骨。经过文物专家鉴定，这是皖南沿江平原地区当时发现的年代最早的新石器时代遗址。对遗址出土的二十件陶器残片表面残留物进行淀粉粒分析方法分析，陶器内壁表面提取到的古代植物淀粉粒，主要来源于稻属、小麦族等七种植物。稻属植物的利用已在缪墩遗址先民的食物结构中占据重要地位，其农业发展水平与同时期的马家浜文化相当，距离现在七千至六千年。缪墩出土的一件白陶，表面纹饰精细，主体饰纹为连续的房屋建筑，以短直线平行纹，组成两座人字形坡屋顶建筑造型，边墙一侧上方装饰一方格形窗，为典型的江南水乡房屋造型，反映新石器时代早中期先民原始农耕和渔猎经济的生活场景。缪墩白陶器型与装饰风格和湖南高庙遗址、浙江跨湖桥遗址出土的白陶有高度相似性，说明当时我国各区域文化相互传播和影响，缪墩遗址处于传播路线上一个重要文化节点。

站在缪墩遗址，我仿佛看到六千多年前的繁昌先民，在这里穿着蓑衣，播种水稻，辛勤劳作。人们划着小船，踏着峨溪河的波浪，把竹笋、稻谷运出芜湖，再运回盐等生活用品，与外面世界交融，不同生活方式碰撞交流，孕育博大精深的华夏文明。

“横江孤鹤下沧洲，雨艇烟蓑向晚收。月白千村砧杵动，谁家练影入溪流。”这是清朝梁延年描绘峨溪河沿岸风光的诗句。如今，哺育繁昌人民的峨溪河，沐浴时代春风，风姿绰约，水清、河畅、堤净、岸绿，正绘就人水和谐、生态宜居、环境优美的新画卷。

最是书香能醉人

杨才星

在繁昌这座精致繁华的小城中，最能获得心灵宁静与美好的地方，我想就应数点缀在小城中的几处城市书房了。她们就像温暖的灯光，点亮了小城，温暖了读者。

2022年1月1日，是新的一年的开始。这一天，位于繁昌城西的“龙亭书苑”悄然对外开放，低调中透着平淡，平淡中透出高雅。作为这个书苑重要的见证人之一，我感触良多，感叹良多。真没想到政府一下子能拿出七百二十多平方米的房子，花了近四百万元，为读书人打造了一个精神家园。龙亭书苑因与我负责的文化站合二为一，对于我来说，就好像自己家的书房一样显得那么亲切。

龙亭书苑从设计到装修，我都积极参与过。因为这也是我们的文化站，是我的一亩三分地，我当然要上心尽力。书苑结合共享、环保节能的设计理念，巧妙地运用自然元素，从视觉、触觉、听觉等，多方位展示城市书房的高雅、沉稳、时尚、温馨的风格，突出了读书人的生活质感。书苑集高颜值的阅读环境和高品质的阅读服务于一体；嵌入市民生活空间，编实织密了公共文化服务体系；采用超长时间不间断开放的服务模式，延长了公共图书服务时间。最重要的是，她还纳入了繁昌区图书馆总分馆、繁阳镇文化站的服务体系，图书资源有保障，服务效能更显著，读者朋友最喜爱。

当你走进龙亭书苑时，第一印象必定是精致而高雅、简洁而大方。无论是上午、还是午后，抑或是晚间，书苑都会敞开大门笑脸迎宾，从上午九点到晚间九点，每天开放时间达十二小时，在时间开放上尽可能地照顾到每一个读者。书苑包括党建学习专区、场景化沉浸式阅读区、儿童区、社科阅读区、文化沙龙区、文创文具展销区、凡·高艺术咖啡区等八个区域。无论男女老少，总有一个区域适合你，总有一本书能将你匆忙的脚步留下。

难能可贵的是，在琳琅满目的图书丛中，龙亭书苑还辟有一块空间，可同时容纳二十人左右。在这里，可举办小型的读书沙龙、辅导讲座、文学交流、故事演讲，也可以进行信息的共享或知识的普及。书苑各个主题阅读区域的设置，都是用书架进行巧妙地隔挡，既大大节省了有限的空间，又最大限度地利用了每一寸地方。哪怕你的工作再繁忙，哪怕你的脚步再匆忙，只要当你徜徉其中置身书海时，唐人刘禹锡的名句“无丝竹之乱耳，无案牍之劳形”便会脱口而出。错落有致的立体空间，搭配舒适的坐椅，简约高雅的阳光书房，一定会让你情不自禁地停下脚步，希望与书籍来一次完美拥抱，与知识来一次亲密互动，踏上一段超越时空的创意与心灵之旅。

我们这座小城有一座图书馆，原先在城中心，因面积狭小而跟不上时代前进的步伐，后迁入城东新区。新的图书馆面积大、颜值高、服务好，是小城的一个标志性建筑。不过，住在城西的读者要想去图书馆，就得穿城而过，即使驱车也得十来分钟才能到达，如果坐公交、骑车就得更长时间了。如今，随着城市规模的不断扩大，“全民阅读”逐步深入人心，人们对学习和学习场所的需求也日益增长。“一座城市一座图书馆”的配置已明显跟不上时代了。打造“十五分钟阅读圈”，一时间便成为小城的最热门话题，爱读书的人们无不拍手欢迎翘首以盼。2020 年，位于新光社区辖区内的峨山书舍闪亮登场，成为小城的首个城市书房。但由于面积不大，致使接待量稍显不足。不过，小城并未停止城市书房的建设步伐。2021 年，面积更大、环境更好的龙亭书苑和繁昌书院加快了建设步伐，并于 2022 年元旦同时“开门迎客”。

政府推进公共文化服务，引导社会资源向“全面阅读”倾斜，最受益的还是老百姓。而作为最受益的我，不但满足了我读书需求，更让我所负责的文化站实现了华丽转变，由过去功能室不达标的老大难，到如今成为全区最好的文化站，而更接地气、服务更优的“龙亭书苑”便成为最大的亮点。龙亭书苑设置在城西峨溪花园小区，周边有繁昌最好的省级示范高中——繁昌一中和城关实验小学，拥有繁阳小区、金桥小区等大型居民住宅小区，集阅读、学习、交流、饮品等于一体的服务功能，深受市民欢迎和喜爱，也成为广大市民的阅读打卡地。在氤氲的书香中，市民们不仅可以读书，还可以参加各类读书会、分享会、艺术作品展、主题论坛、亲子活动，让商品社会中的人们在为生活奔忙之余，也有了沉潜内心、进行精神交流的好去处。龙亭书苑从开放至今，几乎月月有活动。那年首秀，就组织了一次由我担任领读人的读书分享活动，周边读者踊跃参与。

在现代城市中，满足人们物质需求的商场、餐馆比比皆是，但是为人们提供精神服务的场所除了电影院、歌厅、网吧外，却很难有可供阅读的空间和场所。我和大多数人的认识是一样的，都认为“城市书房”不仅是打造全民阅读的重要平台，也是提高城市品质、建设精致城市、提升城市文明程度的重要文化保障，更是打通公共图书服务“最后一公里”，提升人们文化需求满足感幸福感的有效载体。

阅读本是寻常事，繁华静处遇知音。一个家庭如果没有一个像样的书房，哪怕装修得再富丽堂皇再高端大气，总感觉因缺少书香气而少了些许灵气。一个城市也是一样，如果没有几间展示城市独特气质的书房，总感到缺少了一股独特的文化韵味。一座好的书房，能让忙碌的都市人有一处心灵的栖息地。融入龙亭书苑，我常常沉浸在阅读的快乐中，忘记了疲倦，忘记了时间。每当夜幕降临，前来书苑的读者更是络绎不绝。温馨的灯光下，充满时代感的精致书架，散落于各个位置的读者，都在无声地阅读，生怕一点声响影响到他人。在简约、新潮、回归、朴实和宁静中，一缕书香，一抹灯光，温暖着读者，也浸润着城市。

龙亭书苑除了环境舒适外，还利用书架将大空间隔成一个个小空间，给每个空间的阅读者安静的氛围。考虑到孩子们的阅读需要，进门处还设置了榻榻米样式的儿童阅读区。书苑给市民提供了一个温暖的港湾、精神的粮仓。安逸、悠闲、自在、幸福等词，都用在此刻也不为过。这里的环境很好，周围都是爱书人，能够让人静下心来，投入阅读中，摘抄笔记、思考人生，感觉每天都有新收获。

一座城市能给予市民怎样的服务，折射着城市的温度，服务越周到，越能显示城市的温暖和温情。有温度的城市，更能提升市民的幸福感、获得感，也更能让他们爱上这座城市。几座城市书房的打造，迅速成为繁昌的名片，还成为市民增长才华的知识高地和温暖港湾。

陪伴的距离

彭　彦

自打孩子读小学，便在客厅餐桌上写字、读书。偌大的餐桌，饭一吃完便被收拾妥当，我和孩子各伏一边，面对面而坐，各行各事。通常孩子是写作业、朗读，我是看书、刷手机。那时孩子年龄虽小，专注力却还不错，母子二人互不干扰，气氛倒也是一派祥和。有时很长时间没听到孩子的动静，我会装作不经意地看他，若是恰巧他也抬头看到我，会很开心地回应我一个甜甜的微笑，然后迫不及待地找我搭话，“妈妈，我们玩一会儿扑克吧”或是“妈妈，我们开始聊天吧”。有时，我点头默许，他会欢快地起身来到我身边，挨着我关切地问：“妈妈，你在看什么啊?”

有一次特别逗。我用手机在看电视剧，他听到剧中人物对话：“CK，你来我办公室一下。”便立马问我 CK 是啥意思啊，我回答他是一个人英文名 Calvin Klein 的缩写，他思索了片刻，很认真地说：“妈妈，我改名字叫 AB 了，从现在开始你就叫我 AB。”他那笃定的小眼神放着光，写满了坚定。

有时候，我看书入迷了，很长时间没有关注孩子，孩子也会悄摸摸地走到我身边，然后在我耳边轻轻诵读我看的内容。他那纯净通透的声音，听着绝对是一种治愈。有一次我在看顾城的诗，他看到那篇《我是一个任性的孩子》，很感兴趣，随后声情并茂地朗诵起来：“……我只有我，我的手指和创痛，只有撕碎那一张张心爱的白纸，让它们去寻找蝴蝶，让它们从今天消失。我是一个孩子，一个被幻想妈妈宠坏的孩子，我任性……”清亮的童音，自然贴切，仿佛诗中那任性的孩子就来到了我的身边，让人越发想疼爱、呵护。

现在回想起那些场面，心头还是溢满了温暖。而时间流淌，他渐渐长大，不知从何时开始，当我看书间歇暗中观察他被发现时，他会极不耐烦地喊一声：“你干吗嘛——”这一声“嘛”的拖音夹杂着嫌弃的质感，立马硬生生地拉远了我们母子的距离，回回都让我这个陪读的老母亲跌入忧伤。还有的时候，看孩子很长时间写作业没有停，我会建议他休息放松一下，可他往往就用一个“不”或“哎”便简单地打发我，我也只能自认无趣地继续手中的活。

是孩子现在作业压力大，还是他进入了青春叛逆期不愿被人关注，抑或是我们融洽的母子关系热度已减退……不管什么原因，我心头总是布满淡淡的失落，不能释怀。

记得高中时期的我是个腼腆、敏感、细腻的女孩，学习任务的繁重压得我几乎没有时间和同学玩耍，那时便特别依恋母亲。每天最惦念的就是晚上伏案学习时，母亲能夹着毛线和竹针坐到我的小床上，缓缓地编织着毛衣，悠闲地陪着我学习。母亲坐在那里，朦胧浅黄的白炽灯光洒在她清秀慈和的脸上，时空似乎顿时安静了，我的内心立刻舒缓下来，一片安宁，无比澄澈。可是母亲很少那样陪伴，大多时候她都说自己很累需要早些休息，交代一声“你自己认真学习”便闭门而去。往往在她将我的房门关上那刻，松懈和慵懒随之也就扑向了我。于是，我便急速完成作业，早早上床入睡。现在想来，若是当时能自律一些，坚持挑灯夜读，估计也能上个 211、985 类的大学吧。

也许就是背负着这种遗憾，我将自己那时的想法转嫁到孩子身上。我一直想着用“母慈子孝”的陪伴来守护孩子。可时至今日，孩子的表现让我开始质疑自己的做法，也许他未必需要我渴望的那个场景。而我想营造和争取的也许只是弥补自己年少时候的缺失，或者说我的内心依然那样细腻敏感，需要用另一种陪伴来替代、来温暖。

孩子刚上初一时，他的班主任来家访。在得知孩子读书、学习的地方主要是在客厅餐桌时，不能认同。他建议让孩子回归自己的房间，有一个独立的空间学习。他说青春期的孩子拥有独立的空间是对他独立性的尊重和保护，而独立的空间也更有助于培养孩子自立和自主，为更加良好的亲子关系打下基础。

一语惊醒梦中人。我终于意识到，我不是在陪伴孩子、与孩子相处，而是我在有了孩子以后，重新与自己的童年、少年、青年、中年陪伴相处。同时，我又恍然想起龙应台在《目送》中的那段：我慢慢地了解到所谓父女母子一场，只不过意味着，你和他的缘分就是今生今世不断地目送他的背影渐行渐远。你站在小路的这端，看着他逐渐消失在小路转弯的地方，而且，他用背影默默告诉你，不必追。

我和孩子的距离也许真的要从分离书桌开始了。我曾以为的近身陪伴是母子同心的守护，却忽略了那个年幼的孩子不断在成长，他会有自己的喜好，会有自己的个性，会有自己的生活。而作为母亲的我，只需要修复好自己，远远地看着他就好。

母亲和她的代步车

倪和平

母亲出生于1929年，自幼家贫，外公以捕鱼为生，外婆做零工补贴家用。在那兵荒马乱的年代，他们居无定所，从高安老圩沿途逃荒到繁昌戴店村，寄居在亲戚家的后院茅屋内。母亲三岁那年，冬天特别寒冷，外婆出去干活，把她放在火桶里，托邻居看管，可未曾料到，她脚上的鞋掉在火桶里引起了火灾，邻居及时赶到后，虽扑灭了火，保住了性命，可右脚三个脚趾都失去了一节指关节，从此留下了足疾，行走不便。

1953年，母亲和父亲结婚，从农村来到县城。那时家庭生活负担重，但只有父亲一人工作。受生活所迫，母亲到处开荒种菜、栽树，从事繁重的体力劳动，无疑给脚增加了负担。我依然记得，母亲在家帮工厂加工肠衣，每天要走很远的路，上门到农村去收猪小肠，有时一天跑下来一副小肠都收不到，有时收得太多又提不动，真是吃尽了苦头。记得最清楚的一次是，她步行到平铺镇，那天收得太多，有十几挂，母亲用扁担挑着，在没有任何代步工具的情况下，走了有四五十公里的路，一双脚都磨出了血泡，疼得苦不堪言，但为了生活，她只能忍着。20世纪70年代，县城里有不少人骑自行车上下班，但在计划经济时代，买自行车要凭票供应，普通老百姓即使有钱也很难买到，再说全家五口人，就父亲一个人工作，每月工资只够糊口，想买自行车只能是空想，就连想订制一辆板车都没那个条件。

到了1987年，我家经济状况开始好转，我们姐弟仨相继成家，自行车市场已全面放开，父亲知道母亲想了多年的自行车，就和我们商量，给母亲买一辆，但母亲舍不得买新的，就花了八十块钱买了一辆八成新的二手自行车。那是一辆女式的红色箭牌自行车，是蚌埠自行车厂与繁昌链条厂联营生产的车。那一年，母亲五十八岁了，腿脚已不怎么利索，学骑车也不是那么容易。刚开始弟弟扶着车教她骑，为了不耽误儿子上班，也为了早点学会骑车，母亲偷偷地一个人起早贪黑地练习，也不知摔了多少跤，反正经常能看到她的手和腿青一块紫一块的。虽然我们都支持她买车、骑车，但看她摔了那么多跤，也都于心不忍，可看她那么认真，不怕吃苦，也就由她去了。记得有一次，她穿着一双大而松的鞋，到集贸市场买菜，上车时自行车脚撑忘了提，鞋套在脚撑上，身体侧翻，站起来时，脚踩西瓜皮，摔了个嘴啃泥，那一跤摔得她一周没有骑车。自那以后，父亲派我们轮流陪她在夜晚没人的地方继续练习。半个月后，母亲又开始一个人骑车外出了。

自从家里有了一辆自行车，生活方便了不少，也为我们家解决了很多困难，如上街买菜、接送小孩等。记得1999年洪水肆虐城区，房前屋后全被水淹，是母亲用自行车一趟又一趟地把家里零散物品搬到安全地带。自行车对我们家来说用处真是太大了，它不仅是母亲的代步工具，更是她的“双拐”。虽然那辆无铃、无刹、无脚撑的自行车应该到了退役年龄，可她仍然舍不得放下。尽管已经不止一次有人提醒我，母亲年高，不能再骑车了，但我明白母亲很执拗，谁的话都不会听，她只相信她自己。

母亲八十岁那年，还骑那辆陪伴她二十多年的自行车，这在小县城已不多见。一日，我去看望她，临走时把包落在她家，等到集贸市场买菜付钱时才想起，正当我准备回去拿，只见她满头大汗地骑车赶到菜场，及时把包送给了我。那一刻，我心中涌起了莫名的感动与欣慰。后来，当我买了一辆捷安特山地自行车，也经常参加县城自行车俱乐部活动时，她非常支持，笑着说：“有近距离的活动也带上我。”我感到很惊讶，都八十岁了还想跟我们一道骑车？看着不服输、不服老的母亲，我嘴上答应了，没有打击她的积极性，但行动上我一直都没有陪她骑。现在想想，我真的很后悔，没能满足她的愿望。

八十二岁那年，母亲的腿疼得厉害，实在无法再骑自行车了。但她是个闲不住的人，于是我在网上为她购买了一辆老人电动代步车。尽管她从未骑过电动车，姐姐和弟弟都非常担心她的安全，但我坚信她能够学会。在我的鼓励和陪伴下，她果然掌握了电瓶车的骑行技巧。母亲平时独居，生活自理，住所离我家大约一公里，她经常骑着电动车去购物或散步，有时还会骑车去河边钓鱼，钓到的鱼还会送到我家。她常说，有了这部车，生活变得更加便利了。这辆车整整陪伴了她五年。

母亲多年的愿望是前往北京，到天安门广场走一走。2015年，心怀对首都无限热爱之情，这个八十六岁的老人终于实现了她的愿望。她在电话里告诉我，她在天安门广场走了很多路，有点累，如果当时电动车在身边就好了。遗憾的是，那次旅行后不久，母亲因脑出血抢救无效，永远离开了我们。

如今，母亲已经离开我们几年了。但母亲骑车的事情，至今仍经常被人提及。遇到熟人时，他们也常会提起母亲骑车的故事，尤其是那些关于八十岁老太骑自行车和垂钓的趣事。

母亲的车，不仅仅是用来骑行代步的工具，更是母亲对生活的执着和对家庭的无私奉献的象征。她的智慧和勤劳永远是我学习的榜样，她那深沉的母爱永远是我心中最温暖的港湾，是我生命中最宝贵的财富。母亲还用她的坚强和勇敢教会了我在困难面前挺直腰杆，在逆境中保持希望。在生活中遇到挑战时，我总能感受到母亲的力量，仿佛她就在身边陪伴我，支持我，激励我前行，就像母亲骑着她的代步车一样，一直向前。

“乌龟背”忆旧

程诗明

横山有两座小有名气的山，一座是春秋战国时冶铜基地——铜山；一座是千年香火圣地——神圣山。两山之间有一个小小的山丘，远看像一只乌龟伏在农田之中，当地村民称它为“乌龟背”。四十三年前，我在“乌龟背”上的村小学教书育人，书写着人生一段难忘的故事。

当年的乌龟背是村里的坟山，山上荆棘丛生、狐兔出没、乱坟遍地、荒无人烟；东面隔着几口池塘，与腰冲村相望；南北一条羊肠小道，直达横山镇上；西隔上边村和群山相伴；北面阡陌相连，通往两个最大的自然村——铜山查、马厂。

后来，村民们纷纷上乌龟背开荒。不久，生产大队又把山头削平，在上面建立了大队部和村小学。

每天清晨，太阳从东方升起，穿过广袤的田野直射广场，温暖而清静。操场前面是一排身披绿装的泡桐树，高高地挺立在斜坡上，活像一队守土的士兵，给小山坡增添了美丽和安全感。

开学第一天，党支书查秀荣主持召开了开学典礼，国歌声中，五星红旗在操场前沿徐徐升起，在绿树的映衬下，迎着朝阳在半空中高高飘扬。

典礼结束，我带着大家高唱《没有共产党就没有新中国》《五星红旗迎风飘扬》等革命歌曲，接着就是两个村的学生赛歌。顿时，歌声、掌声、欢笑声此起彼伏，热闹声惊动了四周小鸟，一阵阵掠空而过，真的一片生机盎然。

学校有五个年级，共四个班，二、五年级为复试班。校长是黄远金老师。除了他们夫妻之外，还有一个下放知青“小田”和我，每人带一个班。我带四年级。

当时，条件十分简陋，教室是青砖毛坯墙，黄土地，扫地扫得坑坑洼洼；课桌是土基砌的墩子上担起的石板条；黑板是在墙上粉一块水泥，然后刷上黑漆做的；窗户上没有玻璃，用钉子把塑料布钉在墙边上；凳子是学生自带的，长的长，短的短，高的高，矮的矮。上、下课只能听值班老师吹口哨。

早上，孩子们从四面八方向着红旗的方向汇集而来，一条条鲜艳的红领巾在田埂上移动，犹如跳动的音符，又似红旗射出的光芒，播撒着希望。

接着，教室里渐渐地响起了一片读书声，读书声越来越响，震耳欲聋，惊动了四邻，引起阵阵鸡鸣犬吠，婴儿啼哭，连小鸟和青蛙也凑起了热闹。小小乌龟背，顿时成了沸腾的“海洋”。

1976年，黄老师调任学区当主任，小田上调芜湖市。学校新增了四位民办教师，我是唯一的公办教师，又是学校创始人，不得不担任“负责人”。

我认为，办好一个学校，必须调动社会、家长、教师和学生的积极性，而教师又是学校的骨干和中坚力量，只要教师团结一心，共同努力，学校不愁不能成功。

怎样团结教师呢？我只是个群众，没有凝聚力，既不能命令，又不能说教，只有一个办法——带头干。我不声不响地搞好本职工作，不断提高教学水平。老师们看在眼里，便无声无息地跟着上了。

开学前，我挨家打个招呼。第二天，男教师每人一条扁担，上街买课本、作业、办公用具，女教师在家打扫卫生。回来后，分别送书上门，顺便收取每人两元学杂书费，既算“发动”，也算“报名”，然后将钱交给我统一记账。

开学第一天，学生就到齐了。第二天早上就能听见琅琅的读书声。

由于包班教学，老师是没有空堂的，每周还有两天唱歌。别的老师都不会唱，只有我略识一点音符。每到音乐课，全校师生搬着自己的板凳，一起来到操场上，树荫下，一起听我教唱。大家沉浸在嘹亮的歌声中，我陶醉在指挥员的激情中——这才是师生们难忘的放松时刻。

除此之外，我们是从早到晚，整天跟着学生转。晚上除了备课、改作业之外，还要分批“家访”，节假日还要为后进生补缺补差，很少有休息时间。

我本初中学历，一天不学习就跟不上社会的发展。于是，每当学生做课堂练习时，我就开始自学。除了学习理论知识、教材教法，还系统地学习了汉语语法、修辞，以及一些古文。这些知识都为教学成功奠定了基础，也为整个人生增加了价值量。

那些年，我的青春在燃烧，我的人生在燃烧中变得更加坚强、成熟。

我们五个教师朝夕相处。从未见过争长较短、说三道四的现象，就像一家人，互相信任，互相尊重，有什么意见或建议，随时都能提出来，略加讨论便统一行动。

我们在工作上各干各的，没有太多的会议，只有一个共同的目标：不断提高教学质量。为了实现这一目标，我们必须互帮互学。

一天，在讲话时，我用到了“沐浴”一词，错把“沐”字念成“xiù”，俊文老师比我多读半年高中，学问略深一筹，他当即指出：“程老师，这个‘沐’不读‘xiù’，读‘mù’，是向头上淋水的意思。”

我非常感谢。古人说“三人行必有我师”，一字之师也是师。自此之后，凡是认不准的字，我就问他，他也是知无不言，言无不尽。

我们也有聚会的时候。开学、放假、六一、国庆等，基本都要开庆祝会，与学生共同联欢，学生唱歌、跳舞，发糖果，领奖状，老师们散会后就坐在我家方桌边谈心、聊天。这时，贤惠的爱妻总会端来一大碗热气腾腾的茶叶蛋，大家有说有笑，开心极了。

教研会总是带着问题开的。一天，我们专门讨论如何调动学生的学习积极性，我之前写了一篇论文，题目就是《浅谈学生的学习积极性》，读了以后，引起一致好评。

在乌龟背上，孩子们最开心的时候是上体育课。我们的体育课，除了队列训练，“一、二、一”地走几圈外，就是做游戏，“丢手帕”“传鼓”“不抢龙头不抢梢”……总是在欢声笑语中进行。

最好玩的是“抓龙尾”，所有学生分列成两队，都牵着前一个人的后衣边，领头的一个人拖着一队人马去抓对方最后一个人。你去抓他最后一个人，他也在抓你最后一个人，都无法抓到，得到的却总是快乐的欢笑声。

最快乐的时光是课外活动。下课铃一响，操场、树林、走廊、坟堆上，到处都是活蹦乱跳的小孩，跳绳、斗鸡、摔跤、捉迷藏，能看得人眼花缭乱。学校南坡是一个很大的坟堆，至少有五十个坟，这里是我晚上最怕经过的地方，可是白天谁都不怕，有人绕着坟头追逐，有人利用高差攻伐，也有人靠在上面看书、唱歌，把坟头磨得寸草不存。

当时，教育界掀起了一股按分数排名次之风。

我没有太多的教学经验，但又不甘落后，怎么办呢？一是“笨鸟先飞”，比别人多下一些功夫；二是把知识化整为零，例如一道三四步计算的应用题，我把它分别编成三四个小题目，每个小题目只用一步计称，然后再压缩成一道多步计算题。这样，学生就能较容易地弄清各个数字之间的关系，学起来就轻松了许多。

兄弟学校少有人做得出来，而我班每个同学都得了满分，就是因为平时教学中抓住了“先主干，后支叶”的方法，让学生在深刻理解语句基本含义的基础上进行按层次分析。

这年，我带四年级。期中考试前，我找来一块小黑板，在上面画了一座山，山顶上写着“凤凰山”，两边打着向上的箭头，下面写着：“同学们，冲啊！”

同学们一个个摩拳擦掌，纷纷表示：“一定要攻下凤凰山！”

果然，那次考得很好，各班都夺得了全公社第一名。

但是，在班上报分数时，突然传来哭声，一看，是查君书、查日风、程玉荣等，一个个都在掩面哭泣。原来，这次总分第一名被班长查小华夺走了。可是，第一名只有一个，每次报分时，凡是没得到第一名的，总是一些抽噎声。

可见，这些小小的心灵里，自尊心和竞争意识多么强烈。这，便是身为人师的骄傲！

俗话说：种瓜得瓜，种豆得豆，一分辛苦，一分收获。由于我们五个教师团结一致，努力工作，从不计较个人得失，教学成绩不断提高。1981 年，我带的五年级毕业了。

毕业考试之后，紧接着准备升学考试。

6 月初的一天，晴空万里，我让同学们带着板凳，分散着坐在树荫下，开了最后一次班会。

农家的孩子，衣着朴素，好多都打着补丁，有的还是接着哥哥、姐姐的衣穿的，既宽又长，好不合体；脚上没有袜子，鞋子也是破的，但脸色红润健康，很是可爱。看着一个个朝夕相处，即将离我而去的孩子们，就像父亲要嫁女儿一样，又高兴，又难过，差点让眼泪冲出了眼眶。

为缓和气氛，我先和同学们共同唱几首歌，然后进入正题，我对他们说：

“同学们，你们已完成了小学阶段学习任务，但只是走完了人生的第一步，今后的路更长、更难走。如果能考上初中，今后就有上大学、成为国家栋梁的可能，如果考不上初中，今后就没有书念了。

“我们学得很好，不比任何人差，一定要以胜利者的姿态走进考场。别看街上人穿着新衣，戴着眼镜，走起路来气势汹汹，其实肚子里装的东西根本没有我们多，你不会做的，他们更不会做，所以我们不要怕。重要的是，无论语文还是数学，都要认真审题，看清楚题目内容，要我们回答什么，如果题意弄反了，天大的本事也没有用！万一哪题不会做，就放在最后，做好了不要急着交卷，仔细、认真地检查一遍。”

那年，我们班上二十个同学全部考上了初中，获得了全乡语、数单科第一，总成绩第一，个人单科第一，总成绩第一。

不仅如此，当年统考，我校二年级以上的语、数两科成绩都排在第一名。

功夫不负有心人，我们驾着千年神龟力争上游，终于有了这一天，独占鳌头！

1981 年秋，因工作需要，我被调离了乌龟背。

这里留下了我深深的足印，这里留下了我宝贵的青春，还有十年的奋斗、幸福和艰辛！

再见吧，铜山！

再见吧，乌龟背！

我走之后，乌龟背上依然是红旗飘飘、书声琅琅，查日云老师拿起了接力棒，又把初中毕业后的查君书同学提拔为代课教师，组成了一支新的教师队伍，创造着新一轮的辉煌。

而我，总是在梦中一次又一次地回到了乌龟背，或抚摩着一张张稚嫩的小脸，或与老师们围坐在方桌旁，又或是满载着山芋，收获着蜂蜜……

四十多年过去，每每想起魂牵梦绕的乌龟背，我总是情不自禁，眼泪汪汪。

购　车

章　健

我是摆地摊起家的，一直想拥有一辆摩托车。1990 年 8 月的一天，我到芜湖工贸中心中江商场，不惜重金购买一辆嘉陵 125 型摩托车，当付完八千多元现金，商场的营业员个个羡慕不已。

80 年代末 90 年代初，还是自行车盛行的年代，摩托车在当时是一件奢侈品，是身份的象征，没有一点经济实力是买不起的，在县城里算得上是一件很威风的事情。每当我骑上摩托车，左邻右舍的人朝我张望，公路两旁的行人投来羡慕的眼光，我的摩托车一时成了县城里一道亮丽的风景线。

我喜欢这辆枣红色的摩托车，外形设计流畅，优美，霸气，有阳刚之气。摩托车的外观和性能都是无可挑剔的。随着轰轰响的马达声，我那愉悦的心情是无法言喻的。

我时常用摩托车带着妻子和孩子陶醉于微风拂面的马路上，享受那份急速奔驰的快感。当然我也体验过暴雨湿身的无奈。

我用摩托车做过许多好事，送过街坊的叔叔阿姨去医院看病；送亲朋好友赶火车以及办急事；甚至还用摩托车接过新娘子，新娘子兴奋地说，我喜欢坐在摩托车上肆意又贪婪地享受着那份惬意和美好……

有了摩托车，我就在芜湖的花园街服装批发市场进货，货源不足时，即时补货，免去了长途跋涉的辛苦和疲惫。

我经常将两只装满服装的大布包拴在摩托车后轮的两边，在南陵、铜陵、泾县等地的菜市场卖裤子，薄利多销。常言道：三分利息吃饱饭，七分利息饿死人。我卖得便宜，在价格上形成优势，生意做得有声有色，红红火火。

经过几年的拼搏，我在县城买了一套住宅房，又在闹市区买了一间门面房，我和妻子开了一间内衣品牌专卖店。

随着停薪留职合同期满，我回到了原单位上班，妻子继续做生意。

短短的八九年过去了，街上陆陆续续地出现了小轿车，我的摩托车也不像九年前那样威风凛凛！

2009 年 4 月的一天，细雨绵绵。早晨上班后，二弟接二连三地打来电话，他邀请我陪他一道去芜湖亚夏汽车城购买小轿车。

二弟是机关的工作人员，他头脑灵活，爱学习，通过自学考试，获得“安徽师范大学”文凭。最让人羡慕的是：他的儿子博士毕业后，留在了香港大学任教。

改革开放初期，他喜欢炒股，这几年赚了点钱。他当兵时是一名驾驶员，对汽车情有独钟。

午饭后，我们赶到了芜湖市亚夏汽车城。

走进车展大厅，宽敞明亮，灯火辉煌，悠扬的音乐环绕整个大厅，工作人员着装统一整洁，除了热情地接待我们，还耐心地向我们介绍每一辆车的款式和性能，品牌与品牌之间的售后服务等等。

其实，汽车的售后服务很重要，消费者购车虽是一次性的短暂行为，但是维修服务要伴随着整个用车的过程。我们全面比较了一下国产车和进口车，进口车通常分为三大车系，即：美国车系、欧洲车系和日本车系。美国车系技术发达，资金雄厚，无论是福特、通用还是克莱斯勒，其动力强劲，极尽豪华，用材奢侈，乘坐舒适，驾驶安全等突出的优点。这些都是不争的事实，美国人把生命和安全放在第一位，所以造出来的汽车，车身重，相对稳当。美国系的车缺点是耗油厉害。国产车的质量和进口车还是有差距的，主要的是零部件质量和装配质量的差距。

二弟看车很仔细，他讲究汽车的适用性和外形，他说汽车不仅仅是代步工具，对大多数人来说，汽车是一种身份象征，一种享受。轿车进入家庭给生活出行带来了便利，应当以经济实惠为主，欧洲车质量好，操控性较好，汽车造型非常漂亮，尤其是上海大众系列车。

我们看了一款上海大众的帕萨特，一直以来，二弟对帕萨特感觉不错。这款车整体看上去非常的豪华气派，具有沉稳典雅的美学线条。在设计方面充满人性化思想，选材非常科学，坐在车上给人感觉舒适、温馨、便利和宽敞。

销售人员一直跟在我们身后，他介绍说：“这款车的设计师，相继引入空气动力学、流体力学、人体工程学以及工业造型设计（工业美学）等概念，力求从造型上满足各种年龄、各种阶层、各种文化背景者精神审美的需求。汽车已成为科学技术与艺术相结合的产物，体现出产品的功能性、文化性、艺术性和创新性，彰显汽车独特的魅力和风格，你们看的帕萨特 2. 0T，动力好，钛金色是目前的畅销款，非常适合中年人的个性。”

二弟通过综合分析、深入了解，最后选定了这款帕萨特钛金色 2. 0T 自动挡的车。他饶有兴趣地说：“你的那辆摩托车在 80 年代末花了八千多元，相当于现在的一辆宝马车。”

回家的路上，二弟驾驶着帕萨特，自然是兴奋无比。我们聊得最多的话题还是汽车，他把车停在自家门口，高兴得合不拢嘴。汽车是高消费品种，开回家后还要贴膜，要交车辆购置费和保险费。上路一起花了二弟三十多万元。

在我的记忆里，20 世纪 80 年代的日子，汽车是一件高不可攀的奢侈品。那时流传一句民谣：车轮滚滚一把刀，白衣战士红旗飘。车轮滚滚就是指开汽车的人，它是身份的象征，驾驶汽车是一门技术，也是一种让人羡慕的职业。那时人们除了能在街上偶尔见到汽车外，更别提能坐在轿车里，连想都不敢想。“一把刀”是指食品公司卖肉的，人们买猪肉凭肉票供应，一个月每人只能买到四两猪肉，排队还不见得能买到中意的猪肉，那个年头，卖猪肉的多吃香啊！“白衣战士”是指医务人员，医务人员是“白衣天使”的形象，是崇高的职业；“红旗飘”是指解放军，解放军地位高，亲人解放军在人民心目中一直都有光辉的形象，从 20 世纪 60 年代到 80 年代，绿军装都是全国人民最时尚的服装。

那时，这四种职业是未婚女子对其理想配偶的职业要求，是千万女子中谈婚论嫁的首选，尤其货车驾驶员一直都是姑娘们崇拜追捧的对象。

改革开放，经过了四十多年，人民生活日新月异，社会发展突飞猛进，那种贫穷、落后、闭门造车、搞窝里斗的年代一去不复返了。在庆幸之余，让我们分享的是信息产业化的发展，手机、计算机开始普及，人们除了物质生活满足外，精神生活更是丰富多彩。

在改革开放的环境下受益的人们，逐渐显露出他们的财富，住楼房，买轿车，喝美酒，吃佳肴，随处可见，轿车已开始走进千家万户。

我儿子是芜湖一家医药公司的区域经理，他有一辆美系车——雪佛兰。最近，他又换购了一辆奥迪车，陪他试车的路上，看到的都是高楼林立，一座座花园式的新城，纵横交错的高速公路和轻轨，四通八达的铁路构成完备的交通网络。

城市建设一年一个台阶，一年一个面貌，三年大变样。就连芜湖市的本地人也会有这样的感觉，一段时间不出门，城市的变化就会给人陌生的感觉。

过去的公路是石子路，狭窄又坑坑洼洼，弯弯曲曲，汽车驶过灰尘四起，真是晴天一身灰，雨天 身泥。现在是宽敞的柏油公路，路面干净、整洁、平坦，全路段畅通，道路两旁绿树成荫。

2015 年 10 月 6 日，儿子结婚，他们在芜湖住进了自己的三室两厅住宅房，儿媳妇是一名教师，她家陪嫁了一辆大众途观轿车。

妻子说，我们是改革开放的受益者，是党的好政策让我们过上了幸福生活，现在买轿车像买自行车一样普及，轿车简直多得像“蚂蚁”似的满街跑。

最近，三弟的女儿研究生毕业后分配在深圳一家国企上班。高兴之余，他买了一辆乳白色的大众高尔夫车，普通老百姓买车成了一件再寻常不过的事了。

怀念那对燕子

查日云

我们小区的楼道口上方，在十几年前的一个春天，来了一对燕子，它们先停在楼梯边的壁灯上跳来跳去观察了两天，好像商量着在此地安家的相关事宜。第三天一大早，夫妇俩来来往往衔来泥巴，就在吸顶的灯边垒起了窝。

我每天早上去上班，傍晚下班都要经过这里，对它们的一举一动观察得十分细致。其实，我对燕子也是十分喜爱。春天江南气温回暖，燕子就飞回到它们曾经温暖的家繁衍后代，世世代代生生不息，并和人类建立了深厚的感情！有经验的老年人说，燕子来到谁家垒窝，这家就紫气东来，人丁兴旺，也是吉祥与幸福的象征。

小时候，我是多么盼望燕子来我家房子里或屋檐下垒窝，可它们就是不来。它们虽然是小动物，但是有天生的灵性。它们不是嫌贫爱富，是它们有选择安家居住的条件和环境要求。房子矮了，它们垒窝就不安全，需要防范调皮的小孩去掏燕子窝，还要防止蛇去吃刚刚生出的蛋，或偷吃出壳不久的小雏鸟。因为我家草房低矮，堂屋里光线又不好，所以引不来“富贵”的燕子。我多次观察到，燕子都是选择房屋较高、光线明亮、环境开阔的人家堂屋或屋檐下垒窝。看着那新出生的四五个小燕子，在窝里探出头来，叽叽喳喳，张开嘴巴等待父母来喂食。这家主人也感到其乐融融，此情此景犹如家里人丁兴旺，充满了喜庆与欢乐！

燕子是人类的朋友，它属于“三有”保护动物，即有重要生态、科学、社会价值的陆生野生动物。这表明燕子在生态和社会价值方面具有重要性。燕子其形小，翅膀尖窄，凹尾短喙，足短小，羽毛不多。羽毛单色，或有带金属光泽的蓝或绿色，是最灵活的雀类之一。它主要以蚊、苍蝇、飞蛾等昆虫为主食。在城乡楼道、房顶、屋檐或在野外的树洞、石壁缝中筑巢。

燕子夫妇刚开始垒窝建巢也是很辛苦的，它们俩一点一点从小河边或潮湿的地方衔来泥巴，一口一口地把泥黏上去，不管用多长时间，直至把窝垒好为止。

大概用了一个多星期，一个标准的燕子窝就在楼道上方垒好了，然后它们就在窝里生蛋孵化后代。基于燕子的孵化习性，在孵化小燕子的过程中，雌雄燕子会共同参与。用了十四天左右的时间，四只小燕子孵化出来后，过了几天，四只小燕子便在窝里露出脑袋向外张望。那对燕子夫妇就起早贪黑不停地外出捕捉昆虫喂给小燕子吃。日复一日的辛勤劳作，雏鸟二十天就能飞出窝了，然后再喂五至六天，这些小燕子就可以自己独立飞行，外出觅食了。

通过多年对燕子的反复观察，我自然就联想到作为高级动物的人，也有同样的生活现象。20 世纪 70 年代末，那时农村生活还十分的清贫。我们的村子就有这样一个家庭，父母过世得早，丢下三个儿子、一个女儿。老大二十六岁外出招亲，做了上门女婿。老二和老三就待在两间土坯草房里苦度时日。那个女儿耐不住寂寞、守不了清贫，就和邻村的一个青年私奔了。

时间如流水，老二也要结婚了，两间草房就给了老二娶妻生子，老三暂时没地方住了。老三便东拼拼西凑凑，今天在本村四子家住一晚，明天又到小牛家凑合一晚。又过了三年，老三已经二十八岁了，偶遇一个姑娘要和他成家。我清清楚楚记得，那也是春暖花开的季节，老三和未婚妻子忙忙碌碌，在亲戚家砍来几棵杂树，就在我们家六十米以外的村边垒了两间土坯草房，起早贪黑大概忙活了十几天，一座十分简陋的小草房垒了起来，然后他们就简简单单地结了婚，这年春节前，他们的小孩出生了。老三就像老燕子一样，起早贪黑地去挣钱，养家糊口。

人和燕子生活的道理基本是一样的，一生辛勤劳作，繁衍后代，生生不息，薪火相传。

今年春天，我还是像往年一样，盼望那对熟悉的燕子来“家”里产蛋孵化可爱的小燕子。我上下班从楼道经过都要看看那燕子窝。可是，我从初春盼到夏天，始终没见到那对燕子来这个“家”里。我心里总有疑惑，它们今年是遇到什么不测了吗？还是生病了？还是其他什么缘故？

双休日的一天，我站在楼道边，看着空荡荡的燕子窝，我心里也是空荡荡的，总觉得缺少了一种生活的味道。

我深深地怀念那对燕子！

谷雨

春谷诗群

红花山路遇见（组诗）

孙　勇

进入慢谷

从桥头下去
时间便要慢下来
我像时针，指着果园村舍麦地
在弯弯的堤道上，知了吟唱
鸭子推着波光游走
一座亭子，一直等在那里
往来的人，大多是抒情的人
小河的表现总是出众的
在你的心情上不断涂抹颜料
那个范围，你与麦子同熟
与稻子金黄，与瓜果慢慢落地
居然是不同程度的
悄然与安然

小树林

路过小树林
小树林，寡欢
守着一阵风过日子
我走近了，才知道更多欢愉

是贴着枝丫跑的
特别精明、敏感，抱着小松果
眼睛观望四周
我说的四周，只要风吹草动
所有的枝丫为它准备好了弹跳力
如果跟着它的脚步跑
肯定跑丢
现在树上的叶子掉落
或青黄，变了天的模样
小松鼠感知到了，天生的无忧
天生的蹿来蹿去

堤下垂柳

离得远一些
整棵树栽在眼眶里
这是一棵妩媚的树种
飘舞着入夏
美是美的，梳理风或背离风
发挥自己的小技巧
我觉得我们志趣上投缘
笔锋随意、恣肆
提微澜提晃漾，完全沉静自己的
小情绪，我若走近了
反而不美！我有畅扬的习惯
她则揉着一团云絮
不依不饶

心仪园子

路过园子

我驻足许久
豆架上，纠缠的无数藤蔓
盘着许多好奇地问
它们有的缀一朵黄花
有的拎一只垂长的豆角
有的正点赞雨水
暖暖的，我竟生同感
眼里的丝丝缕缕，摇曳不止
忽东风忽南风
六月，一个人一座园子
真好！从暗处挪至亮处
一步步举高自己

野菊（外一首）

兴　文

只想停下来，驻足，闪亮

一大片绿地，蛇草爬行
红果点燃了火焰
野菊盛开，它们自在，散漫自由

四月的午后
阳光斜落下来
风，又轻又柔
野菊轻轻摇晃
这谷雨后的惊艳
仿佛突然遇见的故人

小蝴蝶来来回回
而小蜜蜂贪婪地目不斜视

我蹲下身去，与野菊相拥
这一刻
尘世很遥远

我必须像一朵游走的云

对着镜子和镜子里的你
剪刀，梳子，电吹风，音符跳荡
我手指按压的每个琴键
轻重缓急
你静坐的时光里，期待一场行云流水

在一群男女顾客中间
我必须轻盈，飘来飘去

三十年了，我的一亩三分地
我的岛屿
还算不算老练的舵手

染发剂，色彩的魔法师
头顶的乌云化作了彩虹
我的指甲沾染上不易褪色的指甲油

我站在你的身后，在一个平面里
我们注视着
相互微笑

读谈正衡《故乡失落的鸟》（外一首）

崔后明

流水的乡音
被喧闹的车流淹没
自由的天空
被钢筋的丛林占领
巨大的烟囱
像一把黑色的猎枪
瞄准我
疲惫的身影
从异乡飞回来
我只能，在童年的记忆里
盘旋，把渐渐退化的翅膀
小心翼翼折叠，收好
把飞翔的欲望
隐藏在
内心的最深处

读柳拂桥《在时间里漂浮》

汇聚青青弋水的绵延
怀揣寨脚遗风的不羁
熔铸大工山青铜特质与禀性

一个人，时常踱步于
理性与感性的堤岸

烟草与酒精，不仅仅是
家长里短的佐料
更是一批批粉丝雅集的信号
蛰居于一座小城，总是
不甘于寂寞
没有谁可以束缚
天马行空的脚步

唯有仓颉妙创的文字
将一个人与一座城，牢牢
焊接一本厚厚的书里
淡淡的蓝色封面下
涌动着不平静的思绪
把一切，交付时间解读

在异乡发微信（外一首）

王晓辉

房间一半明一半暗
中秋过去了很长时间
窗外桂花仍在开放
如我数过的日子
一粒粒凝着寒霜

归巢的鸟儿
唱着闹着，闪动的身影
撞疼我的心坎

哪里去寻？老屋散发苦艾的炊烟
和菱角开花的池塘
还有挂在树梢被风一吹
就晃荡的月亮
以及夜夜在窗下唱歌的蛐蛐
尽管，夕阳早早地
跨入远山的门栏
沾着露珠的星星
闪烁的仍是童年的梦幻

夜悄悄走近

一片又一片落叶
把暮色飞黯
我抬头的一瞬
异地的明月锐利如钩
却怎么也挂不住我沉甸甸的思念

望　乡

在这座陌生的城市
跟着儿女来漂泊
我就像枝头的树叶
望不见长长的归宿

长夜辗转、寂寞
梦里呼唤故土
老家有句老话
出门望不到峨山头
心里就想家
一天不下南门河
心里总有事牵挂

这里也有山
名叫青城山
这里也有河
名字叫府河
没有改名的
只有野菊花

我日夜往返的小路
左边是野菊
右边也是野菊

风雨擦不去的乡音
一齐绽成金黄色

当我走过时
它们亲亲热热地
蹭着我的裤脚
三千里路的云和月
三千里路的雨和雾
是远方的风领着它们
寻到我蜗居的角落
像亲人般张着嘴
叽叽喳喳地说
似乎有很多久别重逢的话

家乡的月亮

许光宝

家乡的月亮
有时候
像漂流在家乡小河上的
一条弯弯的小船
不管漂了多久多远
只要站在家乡的小桥上
就能在清亮亮的河面上
看见它弯弯的身影

家乡的月亮
有时候
像母亲手中捏着的
一枚细细的银针
鞋底上的针针线线
棉被上的丝丝缕缕
宛如老家窗前柔和的月光

家乡的月亮
有时候
像中秋夜老家桌子上摆放的
一块圆圆的月饼

一家人围坐在一起
诉说着悲欢离合阴晴圆缺
圆圆的月饼里
包裹着血浓于水的亲情

家乡的月亮
有时候
像闪烁在家乡小巷里的
一盏闪闪的路灯
小巷两侧的青砖白墙黑瓦
和脚下光滑平坦的石板路
在沉沉的暗夜里
仍然依稀可见

沁园春·颂国庆咏中秋

张来声

一

明月当空，华灯初上，九州共欢。看玉盘高挂，银辉洒满，江山如画，万里斑斓。丹桂飘香，嫦娥拂袖，玉兔虔心捣药娴。人间事，似和风送爽，喜庆团圆。

中秋国庆相连，看时事，正改革向前。赞创新时代，红旗漫卷，科学开放，捷报频传。全国军民，聚心同概，齐唱欢歌乐未央。齐努力，美好中国赞，盛世天堂。

二

岩桂飘香，菊绽金黄，夜色阑珊。看一轮皓月，悬挂天际，银辉落地，照亮人间。赞五星红旗，迎风招展，月饼甜蜜节日欢。夜未央，看人潮流动，热闹非凡。

节欢同庆今朝，邀明月，举杯畅饮欢。忆烽火岁月，冲锋上阵，看今革新，弃旧引长。绿水青山，文明生态，华夏人民谱乐章。同筑梦，携手抓创办，到达辉煌。

三

月满乾坤，桂香飘远，九州共兴。想万年星月，银辉洒全，千家灯火，笑语温馨。玉兔东升，金风西送，共赏田园奇景明。思悠颖，忆峥嵘岁月，国泰民宁。

华诞恰逢秋深，喜同庆，欢歌民赞声。看龙腾虎跃，江山如画，田园金灿，丰盛传名。科技辉煌，文化自信，显巨鲸腾飞跃升。要发展，向前方奋进，再创锦程。

谷雨

春谷评坛

寻找人类的精神栖所

徐世宝

在某种意义上，梭罗的《瓦尔登湖》，最容易让人与陶渊明的《桃花源记》相提并论。事实上，它们之间的确有着某些相似的地方，这一点是毋庸赘言的。而真正值得我们思考的，是它们之间的不同之处，或者换个角度说，梭罗的《瓦尔登湖》所表达的独特之处究竟是什么。

我们知道，陶渊明是在偶遇桃花源后，想再次进入却不可复得。这说明他心中的理想世界的幻灭，或者说，这样的理想世界在现实中是无法存在的。而梭罗呢，用他的话来说，是为了自由的生活才来到这个自由的森林。因为，我们这样的生活不能称为真正的生活。那么，在梭罗的眼里，什么才是真正的生活。他为什么在瓦尔登湖生活了两年零两个月又选择了离开，对此，他说：我离开森林，和我到那里去一样，有着同样充分的理由。他所谓的充分的理由，应该是这本书的关键词，及带给我们的魅力和价值所在的地方。

我们阅读和理解这本书，首先要还原到它的时代背景。19 世纪上半叶的美国，正处于由农业时代向工业时代转型的阶段。这与我们经历的四十年改革开放的历程有着惊人的相似之处。我们了解了这一点，就容易理解梭罗为什么要去森林里的理由。而要真正理解这理由的充分性的构成，我们还必须知道，这本书不仅是一本崇尚自然的、充满人文主义理想的作品，它更是一部充满哲学思考的杰作。有了这样的定位，我们才能真正进入梭罗的瓦尔登湖。

我们先来看看梭罗一个人在森林里独自体验到的真正的生活，究竟是什么样的生活。我们不妨先通过文本来直接分享他的体验。梭罗的这本书实际上是由十八篇散文组成的，它的素材完全取自梭罗在森林中的每一天的日记。

首先是梭罗在森林中体验到大自然的那份独特和纯粹的诗意。其次是他在这份诗意中的哲学思考。我们先分享第一部分。这是各章节中最富诗性、最具自然真意的部分。

第一是“声音”章节里的

我听到一根鲜嫩的树枝突然折断，像把扇子一样飘落到地上，而此时连一丝风都没有，是它自己的重量使它折断的。

这是被空气过滤后的旋律，和森林中的每一片树叶每一根松针交流过的旋律，被大自然的力量接纳了这部分声音，在经过调整后回荡在山谷之间。

第二是“湖泊”章节里的

这是一面石头打不碎的镜子。

布满光和倒影的水面，本身就是一个下层的天空。

湖泊是地球的眼睛，凝视湖中，人能够衡量出自己本性的深度。

湖边的水生树木是周围纤细的睫毛，四周树木苍郁的群山和山崖是突出于其上的眉毛。

如果不是这些水涡，湖面是很难辨认出来的。

第三是“与野兽为邻”章节里的

雌山鹑带着它的一群雏鸟去湖边的泥地里找蚯蚓吃，雌山鹑在雏鸟上空不到一英尺飞，雏鸟则在下面跟着跑。当雌山鹑发现我接近着雏鸟，它离开了雏鸟，绕着我盘旋，越飞越近，直到只有四五英尺的距离，它假装翅膀和腿断了，来吸引我的注意力，好让它的小鸟逃走。这时，雏鸟已经按照母亲的指示排成一列，发出微弱尖细的啾啾声，快步穿过了沼泽。

我看到雏鸟张开着的宁静的眼睛里，那惊人的成熟而又天真的表情，实在令人难忘。它们的眼睛里似乎反映出一种智慧，这不仅显示了幼年的纯洁，而且还显示了一种被纯化了的智慧，这样的眼睛不是与生俱来的，而是和它所反映的天空一样久远。

第四是“冬季的动物”章节里的

至于冬夜的声音，往往在冬季的白天也是一样。我听到遥远的某处一只鸟儿凄凉而又悦耳的叫声；是冰冻的土地被合适的琴拨子弹拨时发出的声音，正是瓦尔登森林特有的方言。

山鹑呼的一声突然飞去，震落了枯树和高处树枝上的积雪，在阳光下，雪像金色的粉末飘落。

当一只野兔或者一只山鹑突然逃走的时候，你很少会觉得是看见了野兽，而只觉得是很自然的事情，和沙沙作响的树叶一样在意料之中。

第五是“冬季的湖泊”章节里的

看着湖面的冰层下鱼儿安静的起居室，弥漫着柔和的光线，好像是透过一层磨砂玻璃照进去的，明亮的沙质湖底和夏天的时候一样，主宰那里的是终年没有波浪的宁静，犹如黄昏时琥珀色的天空，和那里的居民的冷静平和的性格完全一致。天堂在我们头顶上，也在我们的脚下。

鲈鱼吞下了小饵虫，狗鱼吞下了鲈鱼，渔夫吞下了狗鱼，这样，生存等级中所有的缺口就都填上了，瓦尔登湖就是一个浓缩的世界。

和湖水一样，瓦尔登湖的冰从近处看也是微绿的，但是从远处看却是美丽的蓝色。你能够很容易把它和白色的河冰，或四分之一英里外的别的湖里的只是发绿的冰区别开来。

第六是“春天”章节里的

春天，太阳不仅通过空气和地面升高了的温度发挥作用，它的热力还穿过一英尺或更厚的冰在水浅的地方被湖底反射回来，也使水的温度升高，融化了冰的下层，与此同时，太阳还更直接地从上面使冰融化，这样冰的厚度就不均匀了，引起里面的气泡向上下膨胀，直到冰变得完全像蜂窝一样，最后只要一场春雨，就会突然消失得无影无踪。

一年四季的现象浓缩在湖泊的每一天里，夜里是冬季，早晚是春秋，中午是夏季。

5 月初，栎树、山核桃树、枫树和其他树木在沿湖的松树林中刚刚抽枝生长，像阳光一样给景色增添了一种明亮，尤其是在阴天的时候，仿佛太阳穿过云雾，淡淡地零星地照在山坡的各处。

现在我们暂时从文本的分享中走出来。梭罗通过如此细致的观察，用如此细腻的描写，向我们呈现了如此鲜活、宁静、美丽的大自然画面。一方面，这当然是在为他回归自然、过上真正的生活，提供了令人震颤、无可置疑的理由。但这显然不是他本意的全部。我们不要忘了，当时的瓦尔登森林以外的美国大地上，正处于大开发、大发展的喧嚣、狂热之中。我们不用去想象美国 19 世纪上半叶的情景，我们只要稍稍回望四十年来我们自己走过的触目惊心的历程，我们就能从瓦尔登森林提供的镜像中，深切体察到梭罗面对瓦尔登森林以外的世界，是怎样的痛心疾首，在这个意义上，他绝对不仅仅是为了自由的生活才来到这个自由的森林的。这大概也是梭罗来到瓦尔登森林的另一个重要的理由。遗憾的是，梭罗走进瓦尔登森林，并未唤醒当时美国人的良知，也无法阻止、甚至哪怕减弱当时美国开发发展的热度。不过，毕竟有一个人发出了微弱却截然不同的声音。而我们的可悲在于，一百多年后，我们依然重复了这场关乎自然、关乎人类自身命运的悲剧，并且是毫无争议、悄无声息的。

何怀宏先生在以《梭罗和他的湖》的文章代序中说，梭罗在瓦尔登湖的日子不是避世，而是一种入世。因为在他身上，有着某种隐士和斗士的奇妙结合。何怀宏先生在解析这一现象的文化背景时指出，梭罗和爱默森等是当时风行美国的“超验主义”思潮的代表，这一思潮的一个重要特征，除了热爱自然，尊崇个性，还有号召行动和创造，反对权威和教条等。有了这样的背书，我们就不难理解，所谓的斗士，其实是指梭罗在以一己的行为方式，在与当时美国社会的整个主流所进行的无声的抗争。在当时而言，他显然是个失败者，但放在人类环境意识普遍觉醒的今天，包括我们绿水青山概念的形成与实践，放在这个时代宏大的叙事背景下，梭罗无疑是先知、先觉者。

当然，同时作为某种意义上的隐士，这并不妨碍梭罗为了自由的生活来到这个自由的森林。他想用自己的体验来证实：世界上有多少个窗口，就有多少种生活。我们看到，在属于他的这一种生活中，他需要种豆子来维持生存，他也需要建筑木屋来获得栖身之所，从而实现独立而自由的生活。但在实质上，他真正搭建的是他的精神木屋，种植的是他的哲学思考的种子，收获的是他的形而上的果实。

下面我不妨再次进入文本中，来看看他收获了怎样的果实。

从壁炉到野外有着巨大的距离。鸟儿不在岩洞里唱歌，鸽子也不在鸽舍里保护自己的纯真；

我耕耘这片土地，相信在某种程度上也耕耘了我自己；

我发现自己突然成了鸟儿的邻居；不是抓住一只鸟关起来，而是把自己关在了鸟儿附近的笼子里；

一个人能放下的东西越多，他就是越富有；

天国就是地球的外部，处处皆在；

世界上只有能够自由自在地享受广阔地平线的人才是幸福的；

不相信每一天都有着一个尚未被玷污、更神圣的破晓时刻的人，是对生活已经绝望的人；

我对我自己说，我不会在又一个夏天花这么多的力气种豆子和玉米了，而要播下真挚、诚恳、纯朴、信念、天真这样的种子，如果这些种子还没有丢失的话；

由于贪婪和自私，我们把土地视为财产或作为获得财产的主要手段，这样的卑下使风景被破坏了，农耕和我们一起堕落了；

如果世界上所有草地都保持其原生状态，如果这是人类开始赎罪的结果，我会感到十分高兴；

这种块根食物似乎是大自然隐隐的承诺，将来的什么时候，会在这里用简朴的食物喂养、哺育自己的儿女，在现今尊崇育肥的牛群、谷浪翻滚的田地的时代，这种卑微的、曾一度是印第安部落图腾的块根被遗忘了；

好像我本人就是护林官一样，如果任何树木被烧，我伤心的时间比林子的主人更长久，也更加难以安慰。不仅如此，林主自己砍伐树木我也感到伤心。我希望我们的农夫在砍掉一片森林的时候，能感受到一点古罗马人在一片神圣的小树林间梳理林木，好让更多的阳光射进去的时候所具有的那种敬畏之心；

我经常在最深的积雪中跋涉十几公里，只为了守约看一棵山毛榉树，或黄桦树，或森林中的一个老相识；

每一个人都是一个王国的君主，和这个王国相比，沙皇的尘世帝国只不过是区区小邦，像冰原上留下的小圆丘；

越使自己的生活简单化，宇宙的规律就会相应地显得简单；

我们能够给予事物以外貌，但最终能使我们受益的只有真相；

夕阳反射在救济院的窗子上，和反射在富人的宅窗上同样明亮，门前的雪在春天也同时融化；

摒弃我们的偏见，从来不算为时过晚。任何一种行为方式或思考方式，不管它有多么古老，如无确证都是不可信的；

多余的财富只能购买多余的东西，灵魂所需的必需品，一件也不需要用钱去买；

这就是明天，那个仅靠时间流逝永远不会破晓的明天。对于我们，使我们的眼睛看不见的光就是黑暗。只有我们醒着的时候，黎明才会到来。会有更多的黎明，太阳只不过是一颗晨星；

人们赞扬并认为是成功的生活，只不过生活里的一种，我们为什么要在损害别的生活情况下夸大某一种生活呢。

从以上两个层次的赏析中，我们可以约略做一个简单的勾勒。梭罗的这本书，无疑贯穿了两条平行而相互交叠的线条。前面讲到的，应该是他以斗士的目光，投射在对人类与大自然之间的那份情怀和焦虑。可惜梭罗没有等到人类今天的觉醒，不过尽管姗姗来迟，但多少能让他在天国安然释怀一些了。另一条线是关于对人类自身的丰富而深刻的哲学思考。他以所谓隐士的身份，通过自己在瓦尔登森林中的亲历，直接向人们昭示了什么才是真正的生活，或者怎样才算真正的人生。这多半是属于心灵意义上的。其中既有普适性的，更是个体的独特性的。面对这一点，感到无法释怀和不安的，开始轮到今天的我们了。因为直到今天，我们依然深陷于梭罗所不屑的贪婪、自私、卑琐的泥淖里，尤其是在日益同质化的路上不断丧失独立的自我，或浑然不觉，或装睡不醒。

让我们再一次聆听梭罗的忠告吧：我们为什么要如此不顾一切地急于取得成功，如果一个人跟不上他的同伴，那也许是因为他听到的是另一个鼓手的鼓声。让他按他所听到的音乐节拍前进，不论那节拍是多么从容不迫，或有多么遥远。至于他究竟应该以苹果树还是以栎树的速度成熟，这并不重要，难道应该把自己的春天变成夏天吗。

梭罗的忠告，让我们衡量出我们离瓦尔登湖距离之遥远，这当然不只是空间意义上的，甚至也不只是他身处的那个时代。事实上，他与他自己身处的时代也拉开了足够的距离，因为他显然不属于 19 世纪中叶的。足见今天的我们，离他倾心构筑的瓦尔登湖，有多么遥远！但遥远并不可怕，正如梭罗在书中所说的，我们不一定能够在计算好的时间抵达港口，重要的是保持正确的航线。所以说，我们只要在心中有一处属于自己的瓦尔登湖，也不一定是梭罗式的瓦尔登湖，更无须隐身森林、拥抱湖泊，但必须是自由的、独立的，真正属于自己的那扇窗口内的、独一无二的生活和精神，当有一天我们靠近或抵达这样的瓦尔登湖，我们才算真正过上了真正的生活。

苏东坡，中国文坛的一座精神灯塔

——读《苏轼十讲》随想

安艳莹

《苏轼十讲》主要分享了三个方面的内容，第一是苏轼的诗词才情，第二是苏轼的人生境遇，第三是苏轼的精神密码。我认为这三点内容是分不开的，是融合在一起的。如果苏轼没有这样的人生境遇，他就没有那么多的诗词才情；如果没有这样的诗词才情，就没有这些至今诵读的优秀作品。所以我觉得苏东坡之成为我们到今天还念念不忘的人，他是值得我膜拜的。

苏东坡作为风一样的男子，一生都是少年模样，永远葆有一颗少年初心。无论顺境逆境，苏轼皆活得有滋有味！凡人很难做到。

有人统计，他一生做了三十个官吏，被贬十七次之多。他敏锐、洒脱，随遇而安。苏东坡不是书呆子，他拥有非凡的动手能力和执行力，他是时间管理大师，每到一处，他带领民众抓经济，修道路，兴水利，还自创了六十多种美食菜谱。美食治愈了他那颗受伤的心，所以被贬谪的苏东坡根本不需要心理辅导。他创造二百多个成语，使人发笑的有：令人喷饭、雪泥鸿爪、胸有成竹、河东狮吼、不合时宜、人生如梦、俗不可医、燕瘦环肥等，他的幽默雅趣最难得。

苏东坡是个性情中人，无论走到哪里，吃到美食，见到好友，就要吟诗作赋；建个工程，看到美景，开始填词唱曲，完全不懂低调做人。这样的高调，难免遭人妒忌，被人诋毁，才华成就了他，才华也化为被人攻击的软肋。所以政敌们太惧怕苏东坡的崛起，因为一旦放松，苏东坡无疑就是当朝宰相的最佳人选。

“乌台诗案”成为他人生的转折点。他的性格激烈又固执，随意又洒脱，难免得罪人。而且他的性格又属于慢热型，王安石实行新法，苏东坡看不惯，完全不能接受。等到司马光为首的反对派得势以后，苏东坡又开始反对废除新法，于是司马光一派又把他贬职了，他像蝙蝠一样，两面讨打。

苏东坡才学满腹，也满腹得不合时宜，这固然有他的性格因素，但也与时代的悲剧相关。北宋政坛群星璀璨，一派改革派以王安石为首，皇帝力挺王安石；一派是司马光为首的反对派，其中包括三苏、王安石的两个兄弟。这样强大的两派阵容，内耗非常严重，最后导致北宋灭亡。

苏东坡是北宋政坛文坛上最亮的那颗星，他不仅是学霸，赫赫有名的苏大学士，还融合儒、释、道于一体，诗、文、词、书、画等艺术成就登峰造极。别人是多面手，他样样是高手。关键是他具有高尚的人格，悲悯的情怀，上及达官贵人，下到黎民百姓，卑微的小人物，都可以做朋友。看一个人的人品，看他在低谷时候的姿态，看他对弱者的态度，苏东坡一生都在修行。

党号召文艺家们，从群众中来到群众去，扎根基层沃土，写出老百姓喜闻乐见的优秀作品。我想：如果苏东坡生在当下的这个伟大时代，他必然是个出名的可爱大网红，人人追随。他就像我们身边的一个挚友，极其地接地气，充满了烟火气。无论是为官还是为人，他都值得我等见贤思齐。他的诗词更是风格多变，文采斐然。尤其对于写作者，更是值得好好研读。

他可以写出“大江东去，浪淘尽，千古风流人物”这种大开大合的浪漫与豪放，也可以写出小桥流水的雅趣“欲把西湖比西子，浓妆淡抹总相宜”。

他贬官黄州，还有闲心取笑老友，他写的是：“龙丘居士亦可怜，谈空说有夜不眠。忽闻河东狮子吼，拄杖落手心茫然。”幽默诙谐可见一斑，读来使人会心一笑。他当时的境遇惨不忍睹，但是他还是那么乐观地享受跟老友相聚那一刻的乐事，而且写出一首流传千古的诗词。虽然我们不喜欢“河东狮吼”，但是苏东坡的这首诗还是蛮有趣的。

他可以写出：“十年生死两茫茫，不思量，自难忘。千里孤坟，无处话凄凉。纵使相逢应不识，尘满面，鬓如霜。夜来幽梦忽还乡，小轩窗，正梳妆。相顾无言，唯有泪千行。料得年年肠断处，明月夜，短松冈。”这种婉约的深情，情真意切，意境凄清，而且令读者泪目。苏轼对每个妻子都很深情，很专情并不滥情，这也是他受到很多女粉丝喜欢的原因。

他可以写出“人有悲欢离合，月有阴晴圆缺，此事古难全。但愿人长久，千里共婵娟”的哲学思考和对逆境的释然与旷达。

他是美食家，写出的田园诗与众不同。“竹外桃花三两枝，春江水暖鸭先知。蒌蒿满地芦芽短，正是河豚欲上时。”这是正宗吃货喜欢的时令美食。

《定风波》那首词我也特别喜欢，“一蓑烟雨任平生”写出了毫不畏惧的倔强性格。另一首词中，“此心安处是吾乡”写出了超然忘我、随缘豁达的人生态度。这让我联想起，一千年后的金庸先生，在小说《倚天屠龙记》中的句子：“他强由他强，清风拂山岗；他横任他横，明月照大江。”这种境地，大概与词人心有灵犀吧。

苏东坡的诗词之所以能成为千古绝唱，与他的人生际遇分不开的，更与天赋异禀分不开。他的诗词至今读来处处充满现实感，而且特别契合当下，无人能超越，这就不难解释他位列“唐宋八大家”，当之无愧是宋代文坛最亮的一颗星。

我最欣赏苏轼的地方就是他的豁达大气，无处不在的幽默感，对于人生淡然超脱的态度，这不是一般人能做到的。这是他的精神密码，更是他留给我们的无法估量的精神财富。

作为一名心理辅导老师，我的职业习惯驱使我关注孩子。阳光明媚的周末，我正在窗边读《东坡十讲》，窗外传来一阵吵骂声，原来是一个母亲正在训斥她的孩子。她的孩子不断哭求：“妈妈，不要骂了……”但是很遗憾，妈妈的情绪已经失控了……大约骂了半个小时。我很担心：这个孩子以后走到这个马路边会不会回想起在这里被妈妈训斥了？他会不会留下心理阴影？苏东坡遭到那么多次的贬谪，为什么没有心理阴影？这跟他强大的心理有关。他每走一处，都能静下心来，立刻融入当时的环境。他用一餐美食慰藉自己，他发明了“东坡肉”。吃了肉，打了卡，他写了一首诗：“白头萧散满霜风，小阁藤床寄病容。报道先生春睡美，道人轻打五更钟。”心情立马就好了。

掩卷之余，我一直在思索：苏东坡的魅力在哪里？文学的力量在哪里？保洁阿姨给了我答案。有一天她跟我说，浑身无力，没劲做事。我把喜马拉雅《东坡十讲》的音频通过微信发给了她，让她做事的时候听，免得无聊。一天上午，我正在心理咨询室看书，静得一根针都能听见，走廊里由远及近响起一个浑厚的男声在说话，忽然在我的办公室门口停了下来，谁这么不合时宜？我推门一看，原来阿姨在拖地，我就问她刚才在与谁说话，她说我在听《东坡十讲》，哎呀，你还别说，听了做事有劲，我不觉得累了！

的确如此！苏轼用调焦的方式为中国人找到了人生意义的坐标。苏轼对当今时代的芸芸众生仍然起着模范标杆的作用，他的人生态度是我们永远学习的榜样。我们当下的时代比宋代的物质条件好上千倍万倍，为什么出现心理问题的人会这么多，跟我们内心不会调整有关。没事的时候，我喜欢观察一下大街上的人们，很多人穿得光鲜靓丽，区别在哪里？不在身份地位，在于我们的心态不同。所以我们要不停地学习苏轼，不断地去追随他，他是我们的一束光，能够实时地给我们温暖，给我们爱。他给了我们救赎，他是我们前进方向上的精神灯塔。让我们学会了人生要不断地和解，跟每一次不幸的人生际遇去和解。

时间哲学·生活美学·童真童趣

——读三耳秀才新著《我们的节气》

刘 敬

“清明前后，种瓜点豆。”“夏至无雨，囤里无米。”“白露看花，秋分看谷。”“小雪腌菜，大雪腌肉。”……季节无声流转，农谚世代相传。然而，对于这些质朴又生动、通俗亦实用的农谚，对于农谚背后已列入联合国教科文组织《人类非物质文化遗产代表作名录》的“二十四节气”，或有不少读友与笔者一样，一方面是耳濡目染，张口可诵，另一方面，却又是略识之无，难言其详。好在“术业有专攻”——作为“中国节气+”概念倡导者的三耳秀才，在继《中国年轮》《跟着太阳走一年》等著作后，新近又推出了这部精美的《我们的节气》，尽管其定位是“给中国孩子的沉浸式节气故事书”，但依笔者拙见，每一个“关心粮食和蔬菜”，渴望“面朝大海，春暖花开”的成年人，每一位关注孩子（学生）成长与发展的父母（老师），若能忙里偷闲翻之阅之，必会获益良多。

据说，“二十四节气”在国际气象界被誉为“中国的第五大发明”。然而，现代生活节奏可谓繁管急弦，多数人似早已忘记去感知、去品味那些源于天地自然、源于古老文明的诗意与美好。三耳秀才的这本《我们的节气》，将小燕子赵小燕、小胖墩儿钱壮壮、小吃货孙湉湉及熊孩子李大力，分别化身为春、夏、秋、冬的“节气小使者”，而作者于故事中亦分身有术，既是小燕子和熊孩子的“秀才爸爸”，又是小胖墩儿和小吃货的“秀才老师”，还是博学幽默的社区达人、节气专家……在这些“专业导游”的引领下，你我可以逍遥地踩着季节的节拍，从“立春”开始，奔赴一场场别开生面、增智长慧的节气漫游之旅，充分领略中国传统节气文化背后的时间哲学与生活美学……

宫崎骏曾言，每个人心中都住着一个孩子。作者自然深谙此理，故而对于二十四节气相关知识点的介绍，从不拘泥于教科书式的解释和下定义式的说明，而是融入大量生动有趣的故事和随处可见的实例，并赋予每个节气以不同的个性和独特的情感，深入浅出，娓娓道来。如“立春”一节，作者从“万事开头难”说起，不仅讲述了古人驯牛而祭、汉字“牢”的演变等，还别具匠心地通过科普“一亩三分地”与“三推三返”，翔实介绍了古时立春的大仪式——耕耤礼，而最令人忍俊不禁的，莫过于嘉庆皇帝大发牛脾气的故事，让我们在心服口服地认可“立春的牛，果然最牛”之际，亦不忘告诫自己，做人须有牛精神，却不可犯牛脾气。再如，“玩具总动员”“机器人总动员”，作者却别出心裁地将“惊蛰”形象地拟作“小虫子总动员”，至于“蛰虫闹春排行榜”，蚂蚁、马陆、蜘蛛等蠢蠢欲动、你方唱罢我登场的形象，更是充满童真童趣，令人久久难忘……

春耕，夏耘，秋收，冬藏。走过四季，未来可期。全书二十四趟节气漫游，既是感受之旅、体验之旅与探究之旅，亦是质疑之旅、验证之旅与反思之旅。作者以细腻的描绘与丰富的想象，在尊重科学与历史的前提下，析概念，讲传承，寓文化于故事，谈笑中富哲理。如“谷雨”篇，“造字圣人”仓颉成功的秘诀是什么？没错，是“虚壹而静”，心无旁骛、持之以恒是唯一的“捷径”；“处暑”篇中，孔子面对绿衣人的质问，为何会毫不犹豫地给出“一年只有三季”的“正确”答案，甚而还把子贡教训了一通？原是“夏虫不可语冰”，正若庄子所言的，“小知不及大知，小年不及大年”也；而“清明”一篇，作者用介子推的故事，教育儿女要“见贤思齐”，并语重心长地指出，清明节的核心意象是“思时之敬”，通过给亲人上坟、给烈士献花，借喻说理，寓教于“祭”，即“小家是小根，家族是大根，国家是主根，根根连心，这就是我们中国人的家国情怀”……作者鼓励你我去关注自然、尊重生命、珍爱传统，并努力学会在现代生活中找到一种平衡与和谐。这种价值观导向不仅有助于培养读者的文化自信心和民族自豪感，也有助于推动传统文化的传承和发展，可谓正能量满满。

颇值一提的是，全书语言简练优美，可圈可点，诸如俗语民谚，诗词歌联，随手拈来，流畅恰切，既接地气，又富诗意。另外，每一个节气均配以孩子手绘的“思维导图”：节日习俗、节气三候、小百科，以及节气小目标等，图文并茂，相得益彰。而每当漫游至节气终点，又会撞见各色“趣味小拓展”，或是猜谜小游戏，或是脑筋急转弯，或是节气连环问，每每让人“脑洞大开”，“笑”有所获……

谷雨

春谷芳草

童　年

繁昌一中高三（16）班　刘子昊

少年不知道这个小人儿是什么时候出现在自己身边。小人儿只有少年腰高，全身被一层薄雾笼罩着，只能勉强看出个人形，尽管如此，少年似乎可以感受到小人儿的一切——动作、神态、心理……就好像小人儿是另一个自己那样。

“你是谁?”关于这个问题，少年曾问过小人儿无数遍。

“不知道。”小人儿每次都是这么回答，久而久之，少年也懒得再问了。

“你在干什么?”小人儿问道。

“写作业。”少年并没有看坐在自己书桌上的小人儿，仍低着头思考着眼前这道数学题。

“为什么要写作业?”小人儿继续问着少年。

“为了考大学。”少年依旧没有抬头。

“大学吗?”小人儿托着腮，闭着眼，似在努力思考着什么。“啊，想起来了，”小人儿开心地说道，“我听妈妈说过，好的大学好像分什么985、211的，对了，还有两个最好的叫清华和北大，妈妈还问我想上哪所，我说清华，因为这个名字好听……”小人儿又开始像往常一样叽叽喳喳说个不停。“你呢，你想上清华还是北大?”小人儿突然问少年。

“清华，北大？我做梦都梦不到它们，能考个一本都算烧高香了。”少年的头更低了。

似是察觉到少年语气中的不快，小人儿又尝试换了个话题。“我们来画画吧，你以前不是最喜欢画画吗?”少年看了看依旧只有个“解”的数学题，“唉，好吧。”少年从旁边拿了一张草稿纸，接着又是一阵沉默，他的大脑一片空白，不知该从何下笔。边上，小人儿的纸已经快被画满了——一个四四方方的小院、一口能产生蘑菇云的大水缸、一只秃了毛的身后跟着一群小鸡的母鸡……看着小人儿还在继续着他天马行空的想象，少年心中突然有一种说不出来的感受，少年将空白的稿纸揪成一团，扔进了垃圾桶。他不知道自己为什么要生气。小人儿也停了下来，有些委屈和不解地看着少年。少年突然发现小人儿好像变了，好像没有从前那么有活力了，但少年能感受到小人儿身上那层薄雾也在逐渐消散，小人儿变得越来越清晰，越来越陌生了。少年看着还在因自己刚刚的行为而生闷气的小人儿。

“要不，我们出门散散步吧。”这是少年第一次主动邀请小人儿出去玩。

“好耶！”小人儿刚刚的委屈顿时一扫而空，高兴地跳了起来。

打开房门，映入眼帘的是一个四四方方的小院子，“是外婆家吗？”少年有些出神。

“快！”小人儿兴奋地叫了起来，“我刚刚看到了一只蚂蚱，就在那里，咱们一起把它捉起来装进瓶子里。”

“蚂蚱……”少年记得小时候自己最爱捉各种小虫子，蟋蟀、蛐蛐、蚂蚱……找个空的矿泉水瓶，扎几个孔用来透气，再装些草，然后一股脑地将它们全部塞进去，一个小小的“养殖基地”便完成了。有一次自己将装虫子的瓶子带去学校，想在几个同学面前炫耀一番，结果瓶盖掉了，一时间整个教室乱成了一团，少年也被老师请去“喝茶”了。

“快啊，再不抓，虫子就跑了。”一阵催促将少年从思绪中拉回。

“算了，你自己去吧，虫子脏死了。”

“可是……”小人儿有些着急地看着少年远去的背影，又转头瞅了瞅小蚂蚱，最终还是追上了少年。一大一小两人并排走着，小人儿不再说话，低着头与少年赌气，少年轻叹，弯下腰，摸了摸小人儿的头。当他起身时发现小人儿右手上的雾消散了，小人儿食指上有一个小疤，真巧，自己也有一个，是小时候捉虫子时弄伤的。少年带着小人儿从外婆家出来，漫无目的地在村子的小路上散步，小人儿的心情很快恢复了，又叽叽喳喳说起来。

“看李爷爷家的桃子熟了，咱俩去摘两个尝尝。”

“不去，那是别人家的。”

“看这根竹竿像不像一把宝刀？快，咱俩找根狗尾巴草试试。”

“不去，太幼稚了。”少年犹豫着，还是拒绝了。一路上，少年拒绝了小人儿所有的提议，小人儿的情绪越来越低落。与此同时，他的身体也越来越清晰，直到最后就只有小人儿的脸还覆盖着一层薄雾了。来到河边。“我们，我们来打水漂儿吧。”小人儿声音小小的，试探着问少年。少年记得舅舅以前常带他来这打水漂儿，舅舅可会打水漂儿了，一打就是十几个，只可惜自己怎么也学不会。站在河岸上，少年心里泛起了阵阵波澜，他看了看身旁小心翼翼地期待着自己回复的小人儿。

“好吧。”

“好！就用这个吧。”小人儿拿出一块扁平的圆圆的石头。石头被小人儿焐在手里很久，有些温热。

“别急，稳住呼吸。”少年告诉自己。

小人儿爬上了一块大石头，找到了一个最佳的视野。尽管小人儿的五官上还有一层薄雾，但少年能感受到小人儿的眼里有光，亮晶晶的，一闪一闪的。“咻”的一声，水花包裹着石头，然后炸开在水面上泛起阵阵水雾，迷茫了少年的视野。

三个小孩儿站在一口大水缸前，看着咕咕冒泡的水。

“会炸吗？”妹妹问少年。

少年摇了摇头，“不知道。”

“应该不会吧，毕竟水缸里都是水，鞭炮刚扔进去就熄灭了。”哥哥肯定地说道，话音未落，只听“砰”的一声，缸炸了，水溅了三个小孩儿一身。

“完了，外婆家好像就这一口大缸。”

水雾散去，石头击起第二个水花的同时，少年眼前的画面也变了。一只母鸡在院子里打盹儿，一群小鸡在它身边嬉戏，少年蹑手蹑脚地靠近小鸡，对准其中的唯一一只全身黑色的小鸡伸出手。“嘿，抓到了。”少年高兴地捧着小鸡向坐在楼梯上的哥哥和妹妹炫耀着自己的战利品，全然没有注意到身后那只奓了毛、张开了翅膀，已经冲上来的母鸡。

石头又击起了第三个水花……少年缓过神来，转头看向小人儿，那个薄雾散去，露出一张稚嫩的，同少年的脸一模一样的小人儿。

“我好像知道你是谁了。”啪嗒一声，石头落在了河对岸，并未落入河中。

之后，少年再没有看到过小人儿了，但少年知道，他仍在自己身边，不曾离开。

点评：随着成长的脚步，童年仿佛与我们渐行渐远，作者从理想的大学、画画、抓小虫等极具幼童视角的故事一步一步缩小与童年之间的距离。文章采用虚拟对话的方式，角度新颖，立意深刻，语言平实柔和，看似随意，但直至文末，少年终于明白童年从未离开，韵味悠长，情感丰富而真实，颇具匠心。（指导教师：马丽）

恰逢山水入梦

皖江中学 109 班　汪　捷

几许挥墨，山水入画。我行走在一场名为山水的画展中，第一次“见到”了山水。山水，流转于世间，在历史的洗礼下熠熠生辉，而在这千年之间，人们游历此山水，悄然如入梦境。

何为山水，有山有水便叫山水吗？黑白相间，流转绽放的如水墨画中，有的在山顶看日出，眺望着群山座座，或是坐在轰鸣如雷瀑布下，去体验“飞流直下三千尺，疑是银河落九天”的豪情壮志，这是山水。即使只是静静地望着远方，即使前方一片虚无，仍能让我们感受到安逸悠闲，仿佛身处世外桃源，怡然自乐，那也是山水。

山水是人也是物，是一种情也是一种境界，山水藏在雾中，埋入心里，既在现在，也在未来。但我的心中，似乎也需要一片山水。山水入梦，点点滴滴尽显诗意，总伴着清风随着烟雨，将心灵的灰尘抹去，留我一片清净。

哦，这，就是山水丹青。

千卷江山，灯火弥漫点亮心间，我借着灯火映射的微光，翻开那卷山水；山峰就这么跃在纸上，河流在上面刻着漫长的痕迹，稚气的我拿着画笔，画下了山水，可惜当时太过年幼，在竹筏上想去抓住那明明暗暗山的一角，朦胧的梦，像是要送我去天边，轻轻地从我指尖拂过，摇荡着这小小的竹筏，我就这么暂歇在竹筏上，耳边回荡着流水哗哗的声响，就这样送我去了远方。

而当时的浮光掠影，在时间的消磨下暗淡下来，我还以为，我从未见过山水，像是被附上山水的灵魂，那魂魄离我越来越远，但在偶然间，依稀又到了它的跟前。

我记得那天昏暗的天空下着淅淅沥沥的小雨，一切都静悄悄的，只剩下雨声在耳边沙沙作响，雾就这样遮住了山峰。我抬头，才发现灰色的画布上，正被笔墨挥洒，用白色的雾气笼住了群山，汇成了一幅独一无二的山水画。那一刻，好像时光倒流回到了当年，小憩在竹筏上的我恍惚间就在画中，原来我们早就见过。

那个站在画展上看山水的人，如今也爱上了山水，但我和山水的距离像是近在咫尺，又远在天边，也许是因为我藏在雾里了，模糊了距离，但同时，我也清晰地认识到，以前那个执着的我像是终于长大了。长大的我，心中也有了别样的山水。

这就是山水，在眼底，在心中。我们看一路山水，我们也成了山水。

点评：小作者以“观画入境”的故事，带我们领略了她心中的山水之象，每个人心中都有不同墨色的山水，那是心灵深处的思想境界。文章想象奇特丰富，语言流畅生动，构思角度别致。（指导老师：郭萍萍）

风　筝

繁昌一中高二（14）班　滕　旭

患有孤独症的小男孩儿唯一的朋友是一位年迈的老人，而收破烂的老人也只有小男孩儿这一个朋友。于是，在小镇的海边，总是可以看见小男孩儿和老人一起放一只破破烂烂的风筝，并流露出平时鲜有的笑颜。

最近，小男孩儿觉得老人的脊背越来越弯了，像图书中笨拙的虾米，于是小男孩儿想给老人买一根拐杖。尽管小男孩儿不知道要花多少钱，但他每天都往存钱罐里认认真真地放几枚硬币。可是，当存钱罐里的硬币还哗啦作响时，老人却再也没在海边出现过了。小男孩儿依旧每天坐在海边，执着地等着老人用迟缓的步子踏碎他的沉默。

直到有一天，小男孩儿的父母告诉他，老人去世了。小男孩儿对死亡的概念并不清晰，虽然他见过翻白肚子的鱼，被苍蝇围绕着的老鼠，甚至他也经常踩死蚂蚁，可这次死去的是一个人，是他唯一的朋友。他没见过老人的棺材和花圈，也没有人带他参加老人的葬礼，而老人甚至没来得及和小男孩儿说永别，就这样从世界上消失了。小男孩儿依旧每天坐在岸边，凝视涌动的海潮，聆听沙哑的海风。小男孩儿的父母很伤心，能带给小男孩儿的也只有那只辗转寻得的破旧的风筝。

那天海风很大，小男孩儿奔跑着，尝试一个人放风筝。他记得在这样的天气里，老人总是和他欢快地把风筝放得老高，可现在风筝赖在沙滩上，像是在沙地里埋了根。小男孩儿终于跑不动了，气喘吁吁地仰躺在沙滩上。海风变大了，冷冷地灌进了他的领口，他打了个寒战却不想走，因为他感觉到身边的风筝在微微抖动。他慢慢地爬起来，腥咸的海风却不等他准备好便鼓起了风筝。他连忙牵住线，可滑轮却飞快地转动着，眼看着线越发稀薄，他一把拉住线，风筝却已经摇摇晃晃地升到了空中。海风更甚于前，风筝被风肆意地拨弄着，男孩儿的手心被割得生疼，他咬着牙坚决不放手，和天上的风筝一起挣扎着。但风筝终究还是太破旧了，经不起海风猛烈的折腾，被线牵住的部位破了，被风卷走了。小男孩儿大喊着追逐着，直到冰冷刺骨的海水提醒着他，已经结束了。小男孩儿回到沙滩上，用双腿埋住自己的脸。他没哭，但他难受极了，他抬起头痴痴地望着风筝消失的地方，收不回目光。

过了许久，小男孩儿觉得手心微微泛疼，他终于低下头，看见了手上被风筝线勒出的血痕，像极了老人脸上的皱纹。老人不会出现了，老人留下的风筝也不会出现了，可老人与小男孩儿的回忆却频频出现在小男孩儿的心中。小男孩儿终于明白了，原来悲伤是每个人都要去承受的，人们竭尽全力也无法挽留的前尘终将逝去，但他们却真真实实地存在过，任谁也无法消除。那些美好的事物也永远不会消逝，会永远活在人们的心中。

小男孩儿想到这里，终于再次扬起头，向风筝消失的地方握紧了双手。

点评：语言纯净质朴，语境哀伤孤独，失望与希望、消失与永恒、悲伤与快乐等这些既对立又统一的哲学命题充斥在我们每个人成长的过程中，风筝与大海是两种多维度的暗喻，故事触及我们对生命更为深刻的理解与思考。（指导教师：艾金保）

“告别”的方式

皖江中学 202 班　胡　睿

日升月落，逝水流年，一生中我们所做的告别不计其数。若正确打开了告别，总有一天，醒来是满眼晨光。

苏轼少时博通经史，才气俊发，为官后刚正不阿，不平则鸣。但也因此受到了朝堂上一些大臣的诬陷。于是，他愤然告别京城官场，来到基层，融入民间。在徐州，他亲率军民于黄河泛滥之时筑堤堵水，保全一城人的生命财产；在杭州，他疏通西湖，兴修水利，灌溉农田，留下“苏堤”造福千年；在黄州，他临江而酾，将痛苦失意洒入滚滚东流。风雨再大，他吟啸徐行，“竹杖芒鞋轻胜马，谁怕？一蓑烟雨任平生”；谪地再远，他安之若素，“但愿人长久，千里共婵娟”。

苏轼旷达地选择了另一条出路。他既关注社会民生，又随缘自适，向后人诠释了他选择告别的全新方式。

王昭君才貌双全，琴棋书画，样样精通；她英勇大义，告别了故乡亲人，以柔弱的双肩挑起国家兴亡的重任，“千载琵琶作胡语，分明怨恨曲中论。”远离故国的昭君思乡心切，但她毕竟是个明是非、重大义的女子，她把背井离乡的苦痛深深地埋藏在心中，把青春年华付给了荒凉苦寒的大漠，慷慨地给匈奴带去了博大精深的中原文化，为西汉与匈奴的友好往来做出了巨大的贡献。她出塞后，边塞的烽烟熄灭了五十余年，西汉与匈奴团结和睦，呈一片欣欣向荣的和平景象。

昭君告别故土，勇毅地择了另一条道路。她拓展了美丽的深度和广度，温婉地告诉后人“告别”的正确打开方式。

陶渊明少时有“大济苍生”的愿望，但东晋社会黑暗，战乱频繁，让他无法实现志逸四海的远大抱负。“不为五斗米折腰”的清高也令他无法在官场上立足。于是他告别了“误入三十年”的尘网，告别了功名利禄与荣华富贵，回到了魂牵梦萦的山水田园，开启了“开荒南野去，守拙归田园”的淳朴自在生活。在菊花烂漫的时节，他“采菊东篱下，悠然见南山”；在日落黄昏之时，他“带月荷锄归”；在闲暇日子，他与三五好友饮酒作赋，抚琴高歌，写出了一篇又一篇至真至纯的诗作。

五柳先生告别世俗，悠然地选择了一条归隐之路，这条路走得轻盈又潇洒，向后人诠释了“告别”的另一类方式。

告别与人生常伴，前人的足迹仍在目可循。是否，我们也应潜下心来，体味告别的种种打开方式，待再回首前尘与往世，想必当是明月清风，已然在怀。

点评：告别是人生常态，也是人世某个终点与起点的联结，对于普通人而言，其中虽有进取的成分，但大多时候是一些无奈。作者选择了人们熟知的几位历史人物，从“告别”这个小切口入题，道出他们面对人生际遇的变换，从更高的境界流露出的洒脱情怀，寓意深刻，引人深思。(指导教师：吴文宁)

勇敢做自己　无畏展翅飞

皖江中学204班　闫书溢

无论是风靡一时的“多巴胺穿搭”，还是时时刻刻都在“整顿职场”和“整顿人际关系”的“小孩儿哥”“小孩儿姐”们，他们身上鲜明的个性让我们眼前一亮。那么，平平常常的我们，也会有属于自己的独家标志吗？

“一闪一闪亮晶晶，满天都是小星星”，这首耳熟能详的儿歌，却给我们带来不同的启示。茫茫人海如同那辽阔无垠的宇宙，而在宇宙中尚且找不到同样的星星，更何况是在眼前看见的人群呢？每个人的身上都有别人羡慕不来的东西，每个个体也都是独一无二的。将自己身上的闪光点发掘、发挥、再发扬，你也可以做自己的唯一。

在信息高速发展的今日，有人不禁感叹：手慢一秒都有可能落下一个月的爆料。多元化的信息，背后是多元化的世界。不少网民纷纷“拉帮结派”，圈出自己的圈子，吸引着更多“萌新们”接二连三地“种草”。可是，当这些“豆芽”入圈后才发现，他们需要适应这个圈子，只有做出符合这个圈子的事，才能称得上是“圈内人”。于是有的人选择主动退出圈子，撕下标签，重新审视自我；而有的人则学着“前辈”，不断重复、复刻，说着“圈内话”，做着“圈内事”，在圈子里渐渐迷失自我，丢了“导航”，忘记了原来的那个自我。

圈子，犹如那个辽阔无垠的宇宙，需要一颗一颗的星星点缀才显得流光溢彩。但如果每一颗星星都一样，只是机械性地粘贴、复制，那么宇宙将会成为一块胡乱挥洒过的画布，又有什么神圣而特殊的意义呢？作为星星的我们，要充分挖掘自己的潜力，做个“潜力股”，让自己的星星持续发光发热。我们可以学习别人的长处，但拒绝照葫芦画瓢的模仿，要将别人的东西经过消化理解变成自己的东西，为自己所用，扬长补短，最大程度上展现独属于自己的特色。

普通人的意志，坚定的不多，基本上很容易被改变，那么我们还要融入圈子吗？

答案是肯定的。圈子是一个给我们展现机会的大平台，每颗星星都享有平等的机会去“亮晶晶”。我们只有站在圈子这个大平台上，才能更充分地展现自己的个性特色，才能更好地汲取别人的经验，完善自己，这也需要我们有一颗坚持自我的心，无论是在什么环境，都能“出淤泥而不染”。

在人生的旅途中，我们都是独特的舞者，演绎着自己的故事。勇敢做自己，让无视外界的嘈杂，听从内心的声音。在这个多彩的世界里，我们都是那道最亮丽的风景，有属于自己的星辰大海。

点评：文章观点明确，用词时尚，紧跟时代脚步，作者表达了追求自由和真实自我的决心。平凡你我，也有独一无二的坚守，因为你是那无法复制的美丽。（指导教师：范丽丽）

以理想为帆　破万里长风

繁昌一中高三（15）班　孙　琴

雨果曾说："生活好比旅行，理想是旅行的路线，失去了路线，只好停止前进了。"

理想是人生的指路明灯，为我们驱逐寂静无声的漫漫长夜；理想是人生的明媚阳光，为我们赶走绝望无助的悲观。汉代扬雄以射箭为喻，指出追求理想要"修身以为弓，矫思以为矢，立义以为的，奠而后发"，启示我们青少年要实现理想需要做到修身、矫思、立义、实干。

时代青年追求理想，需要修身立德、矫思正心。颜回"箪食瓢饮、陋巷苦读"终成儒家著名人士；叶嘉莹直面苦难，潜心治学，在诗词中修身静思，著书立说，成为中国古典文化的传灯人；曾国藩身居高位，也不忘立身修德，"古之欲明明德于天下者，先治其国；欲治其国者，先齐其家，欲齐其家者，先修其身。"修养身心，砥砺德行，强大精神思想力量，要耐得住清贫苦寒，心无旁骛，孜孜以求。唯有如此，我们青少年才能为追求理想矢志不渝。

时代青年追求理想，需要立义坚定，胸怀祖国。"义"是鲁迅先生弃医从文，选择以笔为战斗工具的坚定；"义"是林则徐"苟利国家生死以，岂因祸福避趋之"的赤胆忠心；"义"是穆旦毅然弃笔从戎，加入中国远征军赴缅作战的坚毅。为国家，为民族，为人民，他们勇于奋斗立义。建筑学家黄锡璆，于百废待兴之际毅然归国，每一张地图，每一个承载他的家国梦想的设计，都是他义之所在；"量子鬼才"陆朝阳将自己的前途与国家的命运深深联系在一起，努力做量子"百年老店"的传承人。坚定主义，我们青少年应以他们为榜样，在新时代里乘风破浪，胸怀大义，奔赴理想的远方。

时代青年追求理想，需要实干奋斗，坚持不懈。"空谈误国，实干兴邦。"曾记否，当中流击水的毛主席在革命时为闯出人民的一方天地，不仅有一套科学理论的指导方针，更有敢死敢拼的实干精神。正因如此，毛主席才打下中国人民的江山。装满饭碗的米饭，小康生活，是袁隆平身体力行，倾其一生圆梦的杂交水稻的功绩。隐姓埋名三十年，只争朝夕的“两弹元勋”邓稼先默默无闻，坚持钻研，实干为国，终于做出卓越贡献。“现实是此岸，理想是彼岸。中间隔着湍急的河流，行动则是架在川上的桥梁。”吾辈青年，应为理想脚踏实地，不懈奋斗，披荆斩棘，用实干来构建未来社会的美好蓝图。

追求理想的路上定不会一帆风顺，前路必定坎坷，波折不定。我们青少年需以修身为基、以矫思为杆、以立义为帆、以实干为梁，在理想的海洋里，破万里长风，勇闯天涯！

点评：文章紧紧围绕理想展开写作，主题明确，中心突出。且行文思路非常清晰，各层次之间结合紧密。语言干净利落。写出了当代青年有理想，能担当的精神风貌，是一篇佳作。（指导教师：方贤华）